U0644030

青年艺术家画像

[爱尔兰] 乔伊斯 著　朱世达 译

James Joyce

A Portrait of the Artist as a Young Man

上海译文出版社

译文名著精选

YIWEN CLASSICS

图书在版编目(CIP)数据

青年艺术家画像/(爱尔兰)乔伊斯(Joyce, J.)著;
朱世达译.—上海:上海译文出版社,2011.1(2024.8重印)
(译文名著精选)
书名原文:A Portrait of the Artist as a Young Man
ISBN 978 – 7 – 5327 – 5251 – 5

I.①青… II.①乔…②朱… III.①自传体小说—
爱尔兰—现代 IV.①I562.45

中国版本图书馆 CIP 数据核字(2010)第 230677 号

James Joyce
A PORTRAIT OF THE ARTIST AS A YOUNG MAN

青年艺术家画像
[爱尔兰]詹姆斯·乔伊斯 著 朱世达 译

上海译文出版社有限公司出版、发行
网址:www.yiwen.com.cn
201101 上海市闵行区号景路 159 弄 B 座
上海中华印刷有限公司印刷

开本 890×1240 1/32 印张 11.125 插页 2 字数 207,000
2011 年 1 月第 1 版 2024 年 8 月第 3 次印刷
印数:8,001—10,000 册

ISBN 978 – 7 – 5327 – 5251 – 5/I·3015
定价:35.00 元

本书中文简体字专有出版权归本社独家所有,非经本社同意不得转载、摘编或复制
如有质量问题,请向承印厂质量科联系。T:021 – 62662100

艺术家的心灵历程

爱尔兰著名作家詹姆斯·乔伊斯 1904 年在都柏林开始创作长篇小说《青年艺术家画像》，1914 年完稿于意大利的里雅斯特，历时 10 年。他于 1904 年 1 月 7 日，在他母亲逝世之后 4 个月起意写一个自我画像。在都柏林刚筹建的杂志《达那》编辑们的怂恿之下，他在妹妹梅布尔的笔记本里急就了一篇叙述性的散文，题为《艺术家画像》。在这篇散文作品中，乔伊斯采用了他原先写成的所谓的"颖悟性速写"（epiphany），大致勾勒了一个故事，并声言要在散文中用"流动的现在时"表述过去，以充分体现"情感的跌宕"。

他将书稿寄给《达那》杂志，遭拒绝。不久，他便开始重写一部自然主义的长篇小说，题为《斯蒂芬英雄》。乔伊斯是在 1904 年 2 月 2 日 22 岁生日那天开始写作《斯蒂芬英雄》的。他想以此向《达那》杂志编辑们表明，"在描写我自己的作品中，我有一个比他们漫无目的的讨论更有兴趣的题材"。他对弟弟斯坦尼斯拉斯·乔伊斯说，这部小说将是自传性的，讽喻性的。在小说中，乔伊斯描写了许多熟识的朋友和天主教耶稣会修士。书名《斯蒂芬英雄》本身就含有讽刺的意义。1904 年 4 月，他完成了 11 章，一年多以后，他写到 25 章时（差不多是他计划创作的一半），感到文思枯竭，转而写作《都柏林人》和准备《室内音乐》的出版事宜。现在在哈佛大学图书馆保存的手稿始于 16 章中间部分而在第 26 章中间部分戛然中止。在《斯蒂芬英雄》中，乔伊斯对他的技巧"颖悟性速写"作了一个界定，认为它是一种"无论是在语言或是在手势的粗俗性中还是在心灵本身一个值得铭记的闪念中突发性的精神的表现"。文艺评论家西奥多·斯潘塞认为，与其说乔伊斯的颖悟性的速写，是戏剧性的，还不如说是抒情性的，这与作品主人公关于文学形式的观点是一致的。哈佛大学教授哈利·莱文认为，乔伊斯运用令人头晕目眩的转换场景和思维的流动的手法实质上是试图创造一种宗教式启示的替代物。

1904 年，乔伊斯出国远游巴黎、苏黎世和的里雅斯特等地。在这期间，他将《斯蒂芬英雄》改写为《青年艺术家画像》，在《青年艺术家画像》中保留了许多前者的人物和事件。《青年艺术家画像》自 1914 年2 月至 1915 年 9 月在伦敦《利己主义者》杂志上连载，1916 年在纽约首次出版。

意象派诗歌创始人埃兹拉·庞德在 1915 年 9 月读了《青年艺术家画像》之后给詹姆斯·乔伊斯写信说："我认为这本书与福楼拜、司汤达的作品一样具有一种永恒的价值。"他认为，乔伊斯的文体清澈而简约，没有堆砌无用的词汇和句子。在另一篇发表在《利己主义者》杂志1917 年 2 月号的文章中，他指出，乔伊斯的小说将永远成为英语文学的一部分。他说，他不可能就乔伊斯和任何英国或爱尔兰作家做一比较，因为他与其他的英国或爱尔兰作家太不同了。

虽然 H·G·威尔士并不赞同乔伊斯在小说创作中的试验，但他还是认为《青年艺术家画像》将与《格列佛游记》一样成为文学的一大成就。他说，和世界上其他最好的文学作品一样，这是一部教育的小说；它是迄今为止所有作品中最生动、最令人信服地描述了爱尔兰天主教家庭孩子成长的故事。

一

乔伊斯在《青年艺术家画像》扉页引用了古罗马诗人奥维德《变形记》里的话：Etignotas animum dimittit in artes（用心灵以使艺术黯然失色）。在这里，乔伊斯试图用新柏拉图主义的理念，创造一颗超越艺术的艺术家灵魂。青年艺术家斯蒂芬·德达罗斯采用了希腊发明之神德达罗斯的名字。斯蒂芬在成长的青春岁月与爱尔兰祖国、家庭、天主教传统始终处于格格不入的境地。德达罗斯的儿子伊卡洛斯乘上他父亲发明的一对翅膀，因飞离太阳太近而坠落。这是斯蒂芬生来就要为之服务的目的的一种预言，这是艺术家在他的工作室里用大地的没有生命的东西制造出一个新的生命的象征。他的飞翔是他的起点，终以坠落而告终。斯蒂芬终因"不想再侍候上帝"而走上自我流放的道路。他决心冲出民族、语言、宗教的牢笼。小说本身赋有一种戏剧性的悲剧色彩。希腊神德达罗斯之所以想全心致力于艺术，根据奥维德的解释，他是希冀躲开大地和海洋的统治者，是因为：

> . . . longumque perosus
>
> exsilium, tractusque soli natalis amore. . .
>
> （在太漫长的流放中
>
> 德达罗斯思念故土。）

艺术家的自我流放和对精神家园的思念更增加了这种乔伊斯式的悲剧效果。乔伊斯式的悲剧风格每每让人想起莎士比亚的《哈姆雷特》。

哈姆雷特为生与死所困扰，而斯蒂芬则在严峻的天主教教规与世俗的享乐和艺术之间犹豫不决。他最终发出：

老父，你这老巧匠，给我以帮助吧。

这一吁请让人想起十字架上的耶稣的呼吁："父啊，你为什么这般遗弃我！"

伊卡洛斯的坠落（fall）在《青年艺术家画像》中几乎具有一种预言的威力。fall 既预示亚当夏娃的坠落，又预示不想再侍候上帝的早晨之星路济弗尔堕落成撒旦——天使的堕落；既预示伊卡洛斯的堕落，又预言斯蒂芬的堕落和对天主教的反叛，又预言雪莱的"形单影只，成年漂泊"和纳什的"光明从空中坠落"。"星星陨灭了，细腻的星尘尘埃在宇宙间掉坠下来。"这《旧约·以赛亚书》中的 fall 的形象贯穿在《青年艺术家画像》之中。

另一贯穿整部小说的形象便是 metamorphoses（变形）。从斯蒂芬到伊卡洛斯，从路济弗尔到撒旦，从象牙塔到 E—C 到海鸟姑娘，从 E—C 到贫民区妓女的变形，其主调都是堕落。

乔伊斯在 fall 和 metamorphoses 之间描写了一个从小经受天主教传统教育、在冷峻的天主教耶稣会修士们布道中成长起来的青年的心灵历程。《青年艺术家画像》是一部艺术小说（Kunstlerroman），又是一部教育小说（Bildungsroman）。它和福楼拜的《情感教育》、勃特勒的《众生之路》、吉辛的《新格鲁勃街》、托马斯·哈代的《心爱的》、德莱塞的《天才》、诺里斯的《范多弗与兽性》、歌德的《威廉·迈斯特的学习时代》、司汤达的《亨利·勃吕拉传》一样，是描写青年、描写艺术家成长的小说。在小说中，多愁善感的、内向的、以个人为中心的艺术家是主角，是堂吉诃德式的英雄。艺术家青春时期的忧郁、感伤、困惑和感悟便是小说的主题。斯蒂芬关注的是纯美学和阿奎那的论述。他的心灵在与都柏林社会、天主教、式微的家庭的冲突中成熟起来。可以这么说，这部关于艺术家成长故事的艺术小说就是一部描述宗教与世俗、自我抑制与激情、肉欲与理智、艺术与生活冲突的作品。乔伊斯在这部小说中描写的不是"一位艺术家"，而是带有定冠词的"艺术家"，正如Ｗ·Ｙ·廷德尔所指出的，这表明乔伊斯描写的是一个特别的、也许含有讽刺含义的一类人的画像。这个艺术家就是斯蒂芬英雄类的人，而不是任何其他的一个人。斯蒂芬意味着殉道者、巧匠、流放者、希伯来、基督教、希腊和傲慢的罪人。

二

　　无论斯蒂芬在家时，还是在克朗哥斯公学、贝尔维迪尔公学或在都柏林大学学院，他一直在孜孜不倦地、时而明确时而朦胧地寻觅真正的自我，寻觅自己的归属。斯蒂芬摒弃了污秽的、愚蠢的、尔虞我诈的环境，飞越出式微的家庭、虚荣的父亲、呆板信教的母亲、"吞食自己生养的小猪的"民族、严峻的冷漠的天主教教会的网去寻找自我的。斯蒂芬怀疑自己与父母、兄弟姐妹的关系是一种神秘的领养的关系，而不是一种血缘的关系，他甚至不知道自己兄弟姐妹的确切数字。

　　他是一个学究式的、自恋的唯我主义者，一个以自我为中心的叛逆者。他与都柏林周围的环境格格不入，有一种弥漫整个身心的孤独感。孤独感正是敏感的艺术家的显著特征之一。乔伊斯在小说开首就写道：

从前，在一个很美妙的时刻，有一头哞哞母牛在路上踽踽而行，这头哞哞母牛在路上彳亍而行时遇见了一个名叫小杜鹃的可爱的孩子。

斯蒂芬一降生就生活在异类的环境里。小杜鹃这称呼，对斯蒂芬来说是再适合不过的了。雌杜鹃每每将蛋下在别类鸟的巢里。这注定了斯蒂芬作为艺术家的孤独的人生。

斯蒂芬在克朗哥斯公学遭受教导主任多兰神父的鞭笞是艺术家的自我第一次与权威发生了冲突。他打碎了眼镜，阿纳尔神父允许他可以不用读书，而多兰神父却诬蔑他为"懒惰的小骗子"。这是不公正而残酷的。艺术家要去跟院长说，他被错误地体罚了。他想，像这样告发冤枉的事在历史上有人干过，那是伟人。他于是饭后散步时不是趋向走廊，而是爬上右边通向城堡的楼梯，鼓足了勇气去找教区长。于是，艺术家成了伟人，成了乔伊斯式的孤独的英雄。他认为，他的命运是要躲避任何社会性的或宗教性的派别。他注定要与众不同地领会他自己的智慧，或者在世界的各种陷阱中周旋，自己来领会别人的智慧。

甚至当他16岁躺在妓女的怀中，他仍然是孤傲的，紧紧抓住他的自我不放。在乔伊斯的自然主义的描述中给人一种疏离感，在男女的接触中似乎有一种巨大的不可逾越的藩篱横亘在他们之间。

他默默地呆立在房间中央，她走上前来快活地正经八百地一把抱住他。她那滚圆的手臂将他搂在怀里，他一见她的正经而娴静的脸庞贴向他，一感受到她温热的乳房平静地在身上摩挲，他遽然歇斯底里地啜泣起来。愉悦和释然的眼泪在他的快乐的眼睛里闪烁，他张开了嘴唇，但并不想说话。

她用她那玎玲当啷的手抚摸他的头发，叫他小无赖。

吻我，她说。

他不愿躬身去吻她。他只想紧紧地偎在她的怀中，被轻轻地、轻轻地、轻轻地抚摩。在她的怀抱之中他突然变得强大、无畏而充满自信。但他不愿躬下身子去吻她。

她霍地一伸手将他的头压下来，她的嘴唇与他的嘴唇紧紧贴在了一起，从她那毕露的抬起的眼睛里他颖悟到她所有动作的含意。这对于他太过分了。

桀骜不驯的艺术家孤独的自我的另一面就是异端。他所信奉的思想与世俗迥异。他崇尚的是浪漫主义诗人拜伦，认为丁尼生只是一位韵律家，而最伟大的诗人是拜伦。但在都柏林庸俗的"有教养的"中产阶级看来，拜伦纯粹是个异端，"一个不道德的人"。斯蒂芬第一次因为坚信自己的异端思想而挨了一顿揍。即使斯蒂芬双手被反绑在身后，同学从沟里操起一根长长的白菜帮子扔在他身上，用手杖猛揍他的腿，赫伦严词要求他承认拜伦不好，艺术家仍然是一个断然的"不"。

由于与周围环境格格不入，斯蒂芬在同学的眼中无异是一个"魔鬼"。同学达文对斯蒂芬说："你真是一个可怕的人，总是孤独一个人。你完全脱离了爱尔兰民族主义运动。你是一个生来就对一切冷嘲热讽的人。"但艺术家却认为，"这个民族、这个国家、这人生创造了我，我只是说出了一个真实的我而已。"

富有讽刺意味的是，斯蒂芬作为艺术家的最后归属是由一位无知的教导主任肯定的。

教导主任问："你是一位艺术家，是吗，德达罗斯先生？ 艺术家的目标就是创造美。"

斯蒂芬说："只要视觉能理解它——我是指美学理解——那它就是美的。"

斯蒂芬对同样无知的同学林奇阐述美与艺术时，艺术家的自我达到最高峰，一个完整的新柏拉图主义、阿奎那思想的信徒便塑造完成了。斯蒂芬认为：

"艺术是人为了审美目的对可觉察的或可理解的事物的处置。根据阿奎那，对令人愉悦的东西的颖悟就是美。美需要三样特性：完整性、和谐和光彩。……"

关于艺术形式，他认为：

"你会发现艺术分为三种形式：抒情形式，在这种形式中，艺术家以与自己最直接的关系来创造形象；史诗形式，在这种形式中，艺术家以与自己和其他人间接的关系来创造形象；戏剧形式，在这种形式中，艺术家以与其他人最直接的关系来创造形象。"

乔伊斯有意安排艺术家在阐释自己关于美与艺术的观点时，他的听者是无知之徒，这使艺术家英雄的孤独感达到了极致。于是，在我们面前呈现出一个完整的作为异端分子、作为英雄、作为流放者的英雄的艺术形象。

三

对乔伊斯来说，女人具有一种神秘的福楼拜式的神的力量。女人与创造和艺术密不可分。对斯蒂芬来说，艺术家无异就是创世主。但神这个词只有在圣母马利亚想像力的子宫里才被肉化，也即是具象化。埃玛成了斯蒂芬的圣母马利亚，既是他的母亲又是他的女友。被意象化的或被神化的女人——无论是玫瑰、鸟、处女想像力的子宫还是圣母马利亚——都蕴涵着斯蒂芬的愿望和作为艺术家的创造力。乔伊斯甚至将"灵魂"也女性化。拉丁词 mulier(女人)对于斯蒂芬来说，具有柔和的美和令人沉醉的魅力。

在小说出色地描述了视觉、听觉、嗅觉、味觉和触觉的亚里士多德式的开头部分，在朦胧的孩提对一个完整的微观世界的印象中，斯蒂芬对住在7号的万斯家的艾琳有好感。"他长大后要娶艾琳做妻子"。但结果是灾难性的。他妈要他道歉，老鹰要飞来啄走他的眼睛。斯蒂芬无法接近她，因为她是新教徒，新教徒总是讪笑圣母马利亚启应祷文。但他还是要钟情于那一双又长又白的手，那手长长的，白皙而细瘦，那冰凉而洁白的东西就是象牙塔的含意。

有一天，他站在她身边，手放在口袋里。她将手伸进了他的口袋，他感觉到她的手多么冰凉、多么纤细、多么柔软。她陡然缩回手，咯咯大笑着沿着小道的坡路撒腿跑开去。她的金发在脑后随风飘拂起来，犹如阳光下的金子。这是斯蒂芬第一次对男女接触的温柔的感觉。斯蒂芬在这种接触中总有一种未完成的惆怅。

在经受了自我与权威的冲突之后，在斯蒂芬的梦幻中出现了阴郁的复仇者的形象。这形象代表他童年时听说与感觉到的怪异与可怕的一切。复仇的基度山伯爵的出现表明斯蒂芬心灵中孕育了反叛耶稣会教士、反叛教会教育的种子。而这种反叛的种子是与"美茜蒂丝光辉灿烂的形象"联系在一起,与盛开玫瑰的院子联系在一起。但复仇者与女人的最终的结局是悲剧性的。美茜蒂丝嫁给了别人。在他们最后一次的会面中,复仇者终于作了一个忧郁的、傲慢的婉拒的手势说:"夫人,我从不吃麝香葡萄。"他拒绝了女人的和解而成为英雄。对于艺术家来说,这是又一次完成的性。

在清澈的冬夜,斯蒂芬和埃玛在末班马车的踏板上聊天。斯蒂芬立在高一级的踏板上,埃玛站在低一级的踏板上。"谈话间,她多次蹿到高一级的踏板上来,然后又蹦下去,有那么一两次她待在他的身旁忘了站下去了。后来还是踩下去了。要是她一直待在他身旁该有多好! 该有多好!"但是,埃玛最终还是成了他赋写的维拉涅拉诗中的妖妇。"她成了她的国家女性的一个形象,具有一颗蝙蝠般的灵魂,只有在黑暗、神秘与孤独之中才有活力。"斯蒂芬和她成了陌路人,在图书馆台阶上他也没有向她招呼。她一手玩弄着爱尔兰语短语词典,一面和莫兰神父调情。斯蒂芬面对的是另一场失败的令人惆怅的思念。"让她去和神父调情,让她去和那教会逗乐吧,那教会不过是基督教厨娘而已。"

斯蒂芬对女人的崇拜表现在他对圣母马利亚的崇拜上。在他的心目中,圣母马利亚并不是神,而是一个实实在在的女人。"一旦他真的想弃恶从善,一旦他真的想忏悔,那么,那令他感动不已的冲动便是希望成为她的骑士。"

乔伊斯式的艺术家英雄所崇尚的女人从艾琳、埃玛、圣母马利亚、美茜蒂丝而演变成"一头奇异而美丽的海鸟",她代表了阿奎那式的美的极致。

有一位少女伫立在他面前的激流之中，孤独而凝静不动，远望着大海。她看上去像魔术幻变成的一只奇异而美丽的海鸟。她那顾长、纤细而赤裸的双肢犹如仙鹤的双脚一样纤美，除了肉身上留有一丝海草碧绿的痕迹之外，纯白如玉。她那大腿，圆润可爱，像象牙一样洁白，几乎裸露到臀部，游泳裤雪白的边饰犹如轻柔雪白的羽绒。

贯穿在斯蒂芬的女人们的形象之中有一样东西是恒久不变的，那就是象牙，象牙塔。像象牙一样洁白。象牙塔的形象出自《旧约·雅歌》第7章3节："你的两腿，圆润似玉，是艺术家手中的杰作。"在启应祷文中，圣母马利亚被称作"神秘的玫瑰""象牙塔""黄金屋""晨星"。所以，可以说，无论是艾琳、埃玛、美茜蒂丝以及那海鸟般的少女都是圣母马利亚的肉身化，世俗化。

极致的美的女人的出现意味着新的人生的来临，意味着创造。我们在乔伊斯1909年写给诺拉·巴纳克尔的信中，明确地表示他要将他与她的关系重建成一种母与子的关系，这种关系因为乔伊斯母亲的死亡而断绝了。对于乔伊斯来说，情人之间的关系太疏远了。他希冀一种更为紧密的关系："哦，我希望我能像一个诞生于你的肉与血的孩子一般生存于你的子宫中，领受你的血液的哺育，在你的身体中那温暖的神秘的黑暗中睡眠！"（《乔伊斯书信集》第1卷第296—297页）。跟乔伊斯一样，斯蒂芬的灵魂跳将出来去迎接那创造的召唤：

去生活，去犯错误，去沉沦，去成功，去从生命中创造生命！

正如哈佛大学教授哈利·莱文指出的，这种野性的飞翔实质上是一种性完成与艺术创造的比喻。女人、女人想像力的子宫使斯蒂芬英雄最终完成了他的性的梦幻，也即完成了他的艺术的受孕（构想）、妊娠（酝酿）和生产（再现）。在斯蒂芬看来，"艺术家，正如造物的上帝一样，存在于他创造的作品之中、之后、之外或之上。"斯蒂芬式的性与艺术，性与创造的关系就这样建立起来了。艺术的宗师每次将日常的经验演绎成永恒的艺术时，圣性的肉身化便再现一次。斯蒂芬成了他自己的母亲。

四

在唯美主义者斯蒂芬看来，自我总是处于与社会的不断的冲突中，这便形成了艺术与人生的对立，艺术与宗教的对立。 艺术和严峻的天主教是格格不入的，于是，艺术家从他开始懂事起就与天主教传统处于对立之中。他父亲和耶稣的关系给少年的斯蒂芬以莫大的启示。德达罗斯先生对"把上帝的神殿当作投票站"作了抨击。在虔诚的丹特看来，德达罗斯先生的家对教会大祭司毫无敬意。"德达罗斯先生往餐盘上叭——一声摔下手中的刀叉。他说：'敬意！ 爱尔兰没有上帝！ 在爱尔兰，我们受够了上帝的罪。打倒上帝！'"于是，在斯蒂芬的心目中，宗教与肉欲的冲突，宗教与自由自在的生活的冲突构成了他青春成长期心灵冲突的主要内容。

作为唯美主义者，他总感到自己会堕落。虽然他还没有堕落，但他会默默地刹那间堕落的。要不堕落太困难了。他感受到他的灵魂正默默地往下滑去，掉坠下去，堕落下去，虽然还没有掉入泥坑，还没有完全堕落，但总要堕落的。野性在斯蒂芬的心灵中召唤着他。

　　在身体的觉醒中，斯蒂芬不再去谨慎斟酌他是否会侵犯天主教的戒律、犯重大的罪愆。他心中充满了野性的欲望，而这种欲望在爱尔兰天主教的环境中已压抑了许久了。

　　他终于明白他自己的目标是多么的愚不可及。他想筑起一堵秩序与典雅的防波堤以阻挡他外部生活的污秽的潮流，并用端行准则来阻遏内心强大潮流的冲击。这一切全属徒然。无论是从外部还是从内部，水已经漫溢过了他的堤坝：潮水再一次汹涌澎湃地拍击业已倾颓的防波堤。

　　他热切地顺应心中强烈的欲望，在这种欲望面前，其他的一切都显得无关紧要而格格不入。他并不在乎他是否犯了不可饶恕的弥天大罪，他也不在乎他的人生成为一连串的欺骗与虚伪。除了他心中孕育的去犯滔天罪孽的粗野的欲念之外，没有任何东西是神圣的。

　　在16岁的一天，他终于来到了都柏林的红灯区。"他的热血沸腾起来。他在那幽暗的、泥泞的街上孑然独行，窥视着阴郁的小巷和门廊，热切地聆听一切声响。他像一只迷失的四处徘徊的野兽独自呻吟起来。"

　　他感到有一个黑魆魆的精灵从黑暗中不可抗拒地爬上了他的身子。那路济弗尔般的精灵难以捉摸，发出簌簌瑟瑟的声响，犹如一股春潮，充溢了他整个的身子。"他在喉咙间哽了如此长时间的呐喊终于从他的嘴里喷吐而出。他的呐喊犹如炼狱受苦的人们发出的绝望的呻吟，呐喊在一阵强烈的恳求声中渐渐销声匿迹，这是要求邪恶的不顾一切的纵情的呐喊，这呐喊仅仅是他在小便池湿淋淋的墙上读到的淫亵的涂鸦的回声而已。"

　　斯蒂芬闲逛走进了狭窄而肮脏的小街。从那散发恶臭的小巷里，他听见了一阵阵嘶哑的骚动和吵闹声，喝得酩酊大醉的人们瓮声瓮气地唱着小调儿。娘儿们和小妞儿们身穿色彩鲜艳的长袍，从一间屋子走到另一间屋子。她们的神态闲逸，散发出阵阵香水的味儿。一阵颤抖攫住了他，他的视线变得朦胧而模糊了。那橘黄色的煤气灯火光在他刺痛的眼睛看来似乎往弥漫着雾霭的天空冉冉升起，犹如在神龛前燃烧一样。在门前和点着灯火的厅堂里一群群人儿聚集在那里，排列有序，似乎在进行什么仪式似的。他走进了另一个世界：他从数百年的沉睡中苏醒过来了，从中世纪式的禁欲中解脱出来了。

一个身穿粉红长袍的年纪轻轻的女人将手搭放在他的手臂上一把拉住他，双眼直视他的脸庞。她快快活活地说："晚安，亲爱的！"他便进了她的房间。他闭上了双眼，将自己的肉体和灵魂全部付与了她。在这世界上，除了她那微启的嘴唇的轻压以外，他什么也感觉不到。她的嘴唇压在他的脑海上，就像它们压在他的嘴唇上一样，仿佛它们是一种模糊的语言工具似的。

斯蒂芬的罪愆是宗教所不能容许的。在充满宗教气氛的公学中，他的精神处于极端的痛苦与惶恐之中。恐惧（fear）左右了他的生活。恐惧甚至使人进入一种"舔舔嘴唇上油渍"的野兽状态。阿纳尔神父在课堂上宣讲地狱的苦难，让斯蒂芬不寒而栗。上帝创造了地狱之火来折磨、惩罚不知改悔的罪人。无止尽地永恒地燃烧的火的煎熬是让遭天谴的人蒙受的最痛苦的磨难。他在是否去教堂忏悔的问题上极端矛盾。他开始自责。宗教的力量战胜了他灵魂中野性的欲念。他感到一种恐惧，这种对死后命运的恐惧左右了他的灵魂。他的灵魂这时浸透了宗教的思想。"他星期日思考神圣三位一体的奥理，星期一思忖圣灵，星期二考虑守护神，星期三思索圣约瑟，星期四沉思祭台圣餐礼，星期五深思受苦受难的耶稣，星期六冥想为主所宠爱的圣洁的圣母马利亚。"这表明了斯蒂芬在思想上和行动上的皈依。他在创造世间万物和人的上帝面前感到敬畏，感到自卑。"他清晰地知道自己的灵魂通过自己的肉体无论在思想上，在言语上还是在行动上都肆意犯罪了。忏悔！ 他不得不坦白每一个罪孽。"

虽然斯蒂芬因惧怕地狱而去一座偏僻的小教堂忏悔，但宗教仍然不可能羁绊住他。在斯蒂芬心灵历程的演变中，即使当他全身心醉心于宗教时，在圣餐礼上，他被《雅歌》中的形象所召唤，关注的是 Inter ubera mea commorabitur(让他在我的两乳间安卧)"我的佳偶，我的美人，起来，与我同去"。（《旧约·雅歌》2：13)斯蒂芬恳请灵魂起来，就像去赴结婚典礼一样，并远走高飞，恳请她往下观望，一个从亚玛拿山巅、从豹子山岗来的佳偶正在那里。他的唯美的灵魂重又充斥了挥之不去的人性的肉欲的声音，肉欲的呼声在他祈祷和默想时又在他耳边絮聒不止了。天主教在与世俗的享乐的抗争之中在斯蒂芬的灵魂里终于失败。甚至在忏悔与祈祷之中，在罪愆与忏悔的交替之中，肉欲仍然一直在诱惑他年轻的心。这种诱惑是如此强烈，使他决意背弃自己做过的忏悔。他知道世界上充满了罪愆的陷阱，他甘愿让灵魂像伊卡洛斯一样静静地沉沦下去。这样他可以在心灵的自由与力量之中骄傲地创造出新的、有生命力的、美丽的、永远不会灭亡的东西来。他的堕落的罪孽成为发现自我和人生的重要的一部分。

在第三章，乔伊斯让阿纳尔神父长篇累牍地演讲天主的恩泽、耶稣的慈爱与地狱的可怖，其重要的用意就是要反衬出宗教的虚伪。一切恐怖与恫吓的词都用绝了，词也就不成其词，也就更暴露出其空洞无物，其虚妄和伪善。

耐人寻味的是，乔伊斯在第五章开头用"淡茶""炸面包皮"暗喻了斯蒂芬在心灵中经历了圣化弥撒的一幕，斯蒂芬作为艺术宗师亲吻代表耶稣的圣坛。乔伊斯使斯蒂芬变成了耶稣，这就意味着斯蒂芬亲吻自己。疯嬷嬷的呼喊："耶稣，啊！ 耶稣，耶稣！"暗喻在感恩弥撒上，斯蒂芬被命名为耶稣。乔伊斯在斯蒂芬抵达国家图书馆时，又暗喻斯蒂芬被象征性地钉上了十字架。斯蒂芬在国家图书馆的台阶上面对埃玛——圣母马利亚的肉身化，于是在雨中圣性的肉身化和斯蒂芬被钉上十字架的象征便结合在一起了。斯蒂芬英雄实质上是一个受难的"耶稣"，一个反叛天主教的"耶稣"。

同样耐人寻味的是，斯蒂芬与宗教的断裂是通过他违背母命来表现的。在他孩提最初的嗅觉中，"他妈散发出一种比他爸好闻得多的味儿"。但他一直与妈妈处于冲突之中。当她希望他在复活节接受圣职时，他与妈妈公开决裂了。

当斯蒂芬独自行走在基德尔街上时，有人一把死死抓住他的胳膊，那是克兰利。

斯蒂芬说："今晚我吵嘴了，很不痛快。"

"跟家里的人？"

"跟我母亲。她希望我复活节接受圣职。"

"你愿意吗？"

"我不愿意。我不想伺候上帝。"

"你知道吗，真是奇怪，你的心灵浸透了宗教，而你还说不信教。你在学校里的时候信教吗？"

"我那时信教。"

"你那时快乐一些吗？"

"常常快乐，又常常不快乐。我那时不是现在的我，不是我必须成为的那种人。我试图去爱上帝，我失败了。非常难。"

克兰利问："你脑子里想过吗，耶稣并不是如他装模作样做出来的样子？"

"产生这个疑问的第一个人是耶稣自己。"

"你也不想成为新教徒？"

"我说过我已丧失了信仰，但我还没有丧失自尊。放弃了一种合乎逻辑、严谨而荒唐的信仰，而去拥抱另一个不合逻辑、杂乱不堪的荒唐的信仰，算什么解放呢？"斯蒂芬接着说，"我可能得远走高飞了。"

"到哪儿去？"

"到我能去的地方。"

"我记得你曾说过，去寻觅、发现一种生活方式或艺术方式，你的精神可以在其中毫无阻拦地自由表达。"

"喂，克兰利，我不想伺候我不再信仰的东西，不管那称之为我的家，我的祖国或者我的教会：我将在一种生活或艺术方式中尽量自由自在地、尽量完整地表达我自己，我将使用我允许自己使用的惟一武器来自卫——那就是沉默、流放和狡黠。"

这一段对话对于理解斯蒂芬思想的脉络在全书中是至关重要的。它表明：(1)斯蒂芬是在一个具有浓厚的天主教气氛的都柏林社会与家庭中成长起来的，他的心灵里浸透了宗教；这是斯蒂芬情感悲剧的根源；(2)他曾试图去爱上帝，但因为肉欲与美学的原因，和路济弗尔一样，他不想伺候上帝；(3)他怀疑，要是圣餐礼上的酒变酸而成醋，献祭的面包发霉变质，那么耶稣基督作为上帝和作为人是否还存在于其中：他失去了对耶稣的信仰，因为耶稣只是一个装模作样的形象，连耶稣自己都不相信自己；(4)他认为，一切宗教信仰都有可能使他丧失自我、丧失自尊。他想获取自我的解放，必须摒弃一切信仰；(5)他的生活的目标就是在一种生活或艺术方式中尽量自由自在地、尽量完整地表达自我。

斯蒂芬——这个"具有永恒想像力的祭司"——是在给同学林奇在运河大桥阐述阿奎那的美学观(对令人愉悦的东西的颖悟就是美)之后不久,决意作出违抗母命的决定来的。阿奎那的美学观和"一种恣肆放任的充满少年美的"偶像破坏的易卜生精神是斯蒂芬决定与宗教决裂的思想基础;而斯蒂芬的最终的解放仍具体体现在一个新的艺术方式中得到自由表达的权利,是自我流放。这可以说是一个唯美主义者对天主教的宣言。正是斯蒂芬对宗教的反叛,正是他对于拒绝感官快乐的生活的惧怕,使他义无反顾地走上了艺术的道路,走上了探索美的真谛的道路,走进了自我流放的精神家园。

因为这样,斯蒂芬向世界宣告,他不会为任何他不再皈依的信念去献身,不管那是他的家、他的祖国或者是他的宗教。他要自由自在地完整地在人生和艺术的方式中去表达自己,而他的武器便是:缄默、流放、狡黠。最终,他将自己从小资产阶级家庭、爱尔兰与天主教中脱离出来,希望灵魂自由自在,想像也自由自在,像莎士比亚的哈姆雷特一样试图摆脱民族、语言与宗教的羁绊,他成为一个永恒的孤独的英雄。

在小说的结尾,乔伊斯将小说的第三人称戏剧性地改为第一人称,用日记的形式表现出来。据艾琳·亨迪·蔡斯,这是一种升华,从生物学意义上的升华(童年——成年)到心理的与道德的升华,也即从被动的接受到自我意志。在日记中,行将自我流放的青年艺术家斯蒂芬写下:离去吧!离去吧!欢迎,哦,生活!我将百万次地去迎接现实的经验,在我的灵魂的作坊里去锻冶我这一类人尚未被创造出来的良知。

在这里,乔伊斯表述了他的美学理论的基础。他认为自我主义,是不可磨灭的,自我主义是"救世主";艺术家是"一个拥有永恒想像力的教士，一个能将日常的经验演化成具有永恒生命力的光辉灿烂的东西的人"。斯蒂芬也跟乔伊斯一样，只相信"自己的灵魂"，世界上其他的一切都是不存在的。斯蒂芬终于在与天主教的决裂中找到了自我，"灵魂自由，想像自由驰骋"，他找到了真正的"救世主"——他自己的灵魂，"诞生以体验"，实践了乔伊斯的美学理论。

五

乔伊斯对他的斯蒂芬·德达罗斯的态度是什么呢？这是国际学术界多年来一直争论不休的问题。

约翰·V·凯莱赫认为，乔伊斯对斯蒂芬怀有一种复杂的感情。他一方面认为斯蒂芬相当学究气，另一方面怀着讥讽的态度来描述他。也就是说，乔伊斯一方面同情他，另一方面对他怀有一种柔和的、幽默的自豪感。休·肯纳认为，斯蒂芬仅仅是一个装模作样的唯美主义者，而不是一个真正的或者可能成为的艺术家。

持有与凯莱赫和肯纳相同观点的学者认为，乔伊斯把斯蒂芬看成是一个自传性的主人公，他战胜了污秽、愚蠢、叛变的环境，与家庭、民族、教会决裂去寻觅自己（或者说"灵魂"）的归属。

有的学者如威廉·约克·廷德尔则认为，乔伊斯将斯蒂芬看成是作家的自传性的代表，一幅由一位年长的长者描摹的"青年艺术家画像"。他认为，小说标题中的"作为青年的"短语是至关重要的，斯蒂芬不是乔伊斯，而是过去的乔伊斯。在创作《青年艺术家画像》时，乔伊斯作为一个成熟的人回眸他的青春期的自我；他这样做，并不是要歌颂他，而只是给予艺术家应得的那一份罢了。斯蒂芬只是乔伊斯手中的材料而已。正如所有的艺术家那样，他沉迷于他的材料之中，通过写作，他给这些材料以正式的形式，并与之保持一定的距离。在这个过程中，他创造了这个富有个性的人物，并赋予它以象征的形式，这样，象征的形式一旦摆脱了情感与个性，便会提供进一步审视现实的可能性。

肯尼思·伯克则认为，乔伊斯对寄托在斯蒂芬身上的自己的过去的感情是复杂的，它既含有揶揄，又含有浪漫与同情感。但斯蒂芬决不是乔伊斯。这可以在乔伊斯对朋友弗兰克·巴奇说的话中得到证实。乔伊斯曾经对他评论斯蒂芬时说："我没能让这位年轻人过轻松的日子，是吗？"他还说："我对这位年轻人太苛刻了。"

里查德·埃尔曼与廷德尔的看法在本质上相近。他认为，乔伊斯回忆叙述他的过去，主要是为自己的过去辩护，而不是为了揭露它。他认为，乔伊斯的"艺术的受孕、妊娠和生产"比喻是理解《青年艺术家画像》的关键。艺术家在描摹他的画像的过程中，便成为"他自己的母亲"；他"似乎重组了他的家庭关系，将他自己从作为一个孩子对自己看法的矛盾中摆脱出来，以充分地利用这些矛盾，克服他母亲的庸俗和对父亲的憎恨，成为他自己的母亲和父亲，通过超人的创造性的过程，变成詹姆斯·乔伊斯，而不是任何别的人"。

乔伊斯确实是在自己最初 20 年的经验的基础上创造《青年艺术家画像》的。作家创作的这类小说被称为艺术小说，或者说描述艺术家成长的小说。这类小说带有强烈的自传的性质。但是，文学创作终究是一个带有强烈的想像力色彩的创造过程。它不可能是生活的原封不动的翻版，也不可能是生活的简单的再现。纵然小说主人公带有作家的气质，带有他的优点和缺憾，他的期望和野心，但小说主人公不可能是作家本人。乔伊斯在与朋友巴奇的谈话中带有的那种揶揄的语调表明，他是站在高处，在一个远处审视他的主人公的。作家的经验、生活和灵魂通过想像力的作坊的锻冶便成为新的浓缩的赋予了暗喻、比喻和象征意义的经验、生活和灵魂。正如乔伊斯的弟弟斯坦尼斯拉斯写的，"《青年艺术家画像》不是一部自传，而是一部艺术创作。"（见哈利·莱文：《詹姆斯·乔伊斯》1960 年新方向版）所以，斯蒂芬是乔伊斯，又不是乔伊斯，这就是结论。

朱世达

Et ignotas animum dimittit in artes

—Ovid, Metamorphoses, VIII, 188. *

---

* 拉丁文：用心灵以使艺术黯然失色。奥维德：《变形记》第 8 卷第 188 页。

一

从前①，在一个很美妙的时刻，有一头哞哞母牛在路上踽踽而行，这头哞哞母牛在路上彳亍而行时遇见了一个名叫小杜鹃②的可爱的小孩儿……

这故事是他父亲告诉他的：他父亲从单片眼镜后面细瞧他；他的脸毛茸茸的。

他是小杜鹃。哞哞母牛从贝蒂·伯恩居住的路上走来：她卖柠檬棒糖。③

　　哦，野玫瑰

　　在小小的绿地上盛开。

他吟唱这支歌④。那是他的歌。

────────────────

① 根据加利福尼亚大学圣芭芭拉分校英语系教授休·肯纳在《都柏林的乔伊斯》的分析，小说的开头部分意在创造一个微观世界中的整体行为，从一个婴儿的意识的角度去体验一系列亚里士多德式的感觉与心理活动。

② 小杜鹃指斯蒂芬。对斯蒂芬来说，这称呼是再适合不过的了。雌杜鹃每每将蛋下在别类鸟的鸟巢里，小杜鹃每每处于一种异类的环境里。乔伊斯的父亲在1931年1月31日写给他的信中说："我一直在纳闷你是否记得当你还是个小杜鹃的时候我们住在布赖顿广场那些以往的日子，我总是带你到广场去，给你讲从山上奔将下来带走孩子的哞哞母牛的故事？"（《乔伊斯书信集》第3卷第212页）乔伊斯家从布赖顿广场迁走时，乔伊斯2岁。

③ Lemon platt，一种绞花的柠檬味的棒糖。

④ 这首歌是一首古老的感伤的民歌：《水莲谷》。第二行歌词应为"在这小小的绿色的墓地上"，因为是教授小孩唱这支歌，所以"绿色的墓地"便成了"绿地"了。

哦，绿色的玫瑰与土地。

当你初次尿床的时候，开始时还是温热的，然后变得冰冷。他妈换上了油布。那油布发出一种怪味儿。

他妈散发出一种比他爸好闻得多的味儿。她在钢琴上弹奏水手号角给他的舞伴奏。他跳了起来：

> 嗒啦啦，啦啦，
>
> 嗒啦啦，嗒啦啦迪，
>
> 嗒啦啦，啦啦，
>
> 嗒啦啦，啦啦。

查尔斯伯父①和丹特②拍着手。他们的年岁都比他的父母大，而查尔斯伯父比丹特还要年长。

丹特的衣橱里有两把刷子。一把背面是酱紫绒的衣刷是为迈克尔·达维特③准备的，另一把背面缀绿绒的衣刷是帕内尔④专用的。他每次

---

① 即乔伊斯的祖伯父威廉·奥康内尔，从科克迁来与乔伊斯家一起住在布雷。
② 即"丹特"（"姨"），在乔伊斯家 1887 年迁往布雷后不久，便从科克迁来共住。
③ 迈克尔·达维特(1846—1906)，爱尔兰革命家，组织旨在在爱尔兰实行社会主义的土地同盟。
④ 查尔斯·斯图尔特·帕内尔(1846—1891)，爱尔兰民族主义者。19 世纪末爱尔兰自治运动领导人。生于威克洛郡埃文代尔。先上寄宿学校，后就读于剑桥大学。1875 年当选为国会议员。1877 年当选英国地方自治联盟主席，年 31 岁。当时他已成爱尔兰政坛显要人物。1879 年任爱尔兰土地同盟主席。随后土地同盟遭到镇压。各地不断发生恐怖事件。1877 年 4 月 18 日《泰晤士报》发表据称是帕内尔的信件的影印图片，指控他包庇都柏林凤凰公园的一次暗杀事件的凶手。两年后，伪造信件的记者畏罪自杀，帕内尔在英国自由党人的眼中成为英雄与殉道者。这一时期是帕内尔一生政治生涯的顶峰。1889 年 12 月，奥谢上尉指控他与其妻妍居，天主教的主教们认为帕内尔道德败坏，不宜担任领导职务。1891 年帕内尔与奥谢夫人结婚，加剧了天主教会的反对，使他的事业前功尽弃。他死在妻子家中，葬于都柏林格拉斯内文墓地。

给丹特拿去一张薄皱纸时，她便给他一片口香糖。①

万斯家住在 7 号。②他们拥有不同的父母。万斯先生和夫人是艾琳的父母。他长大后要娶艾琳做妻子。他去躲避在桌子底下。他妈说：

——哦，斯蒂芬会道歉的。

丹特说：

——哦，要是他不道歉，老鹰会飞来啄走他的眼睛。③

> 啄走他的眼，
>
> 快道歉吧，
>
> 快道歉吧。
>
> 否则啄走他的眼。
>
> 快道歉吧，
>
> 否则啄走他的眼，
>
> 否则啄走他的眼，
>
> 快道歉吧。

*　　　*　　　*

宽阔的操场上到处是男孩儿。所有的人都在嘶叫，班督导高声呐喊

---

① cachou，一种甘草与腰果仁制成的锡纸包装的口香糖。
② 詹姆斯·万斯，一位化学家，新教徒，其家与乔伊斯家在布雷住在一幢楼里。万斯家最大的孩子艾琳，是一位十分漂亮的美人儿，比乔伊斯小四个月。两家父亲常常半开玩笑地说让他们将来结为一对儿。丹特警告詹姆斯·乔伊斯，如果他还继续与艾琳一块玩儿，他肯定要进地狱。
③ 根据乔伊斯所写的顿悟性的速写，这句话是由万斯先生说的。乔伊斯创造了如下的歌词。

给他们打气。夜色苍茫而阴冷，在足球运动员每一次冲锋陷阵之后，那油腻腻的皮球便像一头大鸟一般凌空穿越过晦暗的暮色。他一直在他所属的梯队里溜边儿①，班督导瞧不见他，也可免吃粗暴的硬脚头，装模作样地跑来跑去。在这一群球员之中，他感到自己身子矮小而孱弱，目光近视而模糊。罗迪·基克海姆②却迥然不同：所有的同学都说他会成

---

① 斯蒂芬属于第三梯队，因为他不到 13 岁。

② 在第一章，如果算上西班牙人和小葡萄牙人，除斯蒂芬以外，一共有 22 个男孩。在这些男孩中，有许多人可以在克朗哥斯公学乔伊斯班的登记簿中找到。下面按他们在小说中出场次序的先后列出，并说明现实生活中对应的模型，以及他们在公学求学的年份：

罗迪·基克海姆——罗道夫·基克海姆，都柏林人，1888—1893。

纳斯梯·罗奇——乔治·雷丁顿·罗奇，阿森里人，1883—1889（乔伊斯在克郎哥斯公学中还有 8 位同学姓罗奇。）

坎特韦尔——约翰·坎特韦尔，都柏林人 1888—1889；汤玛斯·坎特韦尔，克朗梅尔人，1885—1891。

塞西尔·桑德尔——塞西尔·桑德尔，都柏林人，1888—1894。

杰克·劳顿——约翰·劳顿，都柏林人，1889—1894。

韦尔斯——查尔斯·韦尔斯，都柏林人，1881—1890；H·韦尔斯，都柏林人，1888—1890。

西蒙·穆南——未见登记。

索林——迈克尔·索林，韦斯特米恩人，1887—1893。

弗莱明——阿洛伊修斯·弗莱明，约尔人，1891—1894。

潘迪·拉斯——帕特里克·拉斯，恩尼斯科瑟人，1886—1891。

吉米·马吉——詹姆斯·马吉，都柏林人，1889—1892。

西班牙人——胡塞·阿拉那·卢巴道，西班牙毕尔巴鄂人，1890—1892。

小葡萄牙人——未见登记。

（彼得·斯坦尼斯拉斯）利特尔——斯坦尼斯拉斯·利特尔，都柏林蒙克思顿人，1886—1890。（在乔伊斯在克朗哥斯公学求学的年月里，他的两位兄弟伊格内修斯和多米尼克也在公学里，夭折的是斯坦尼斯拉斯。）

艾西——未见登记。

基克海姆的哥哥——亚历山大·基克海姆，都柏林人，1886—1890。

巴恩斯——未见登记。

弗劳尔斯——未见登记。

图斯克（"夫人"）博伊尔——未见登记。

科里根——未见登记。

多米尼克·凯利——多米尼克·凯利，沃特福德人，1886—1890。

汤姆·弗朗——汤玛斯·弗朗，都柏林人，1889—1894。

为第三梯队的队长。罗迪·基克海姆是一个正派人，而纳斯梯·罗奇却是一个令人生嫌的家伙。罗迪·基克海姆在他的存衣柜里有一副护膝①，在饭厅里有饭篮。纳斯梯·罗奇有一双大手。他称星期五布丁为毛毯狗。有一天，他问道：

——你叫什么名字？

斯蒂芬回答道：

——斯蒂芬·德达罗斯②。

纳斯梯·罗奇说：

——这名字有什么含义？

没等斯蒂芬回答，纳斯梯便问道：

——你爸是干什么的？

斯蒂芬答道：

——一位绅士。

纳斯梯·罗奇问：

——他是地方长官吗？

他在他的队阵的边儿上从这儿跑到那儿，不时地奔上那么几下。他的

---

① 根据牛津大辞典，greaves in his number 应为"存衣柜里的一对护膝"。

② 斯蒂芬名字取自圣斯蒂芬，这位受过希腊教育的犹太人，因为说了亵渎神祇的话而被人用石头击死，成为第一个基督徒殉道者。（请参见《新约·使徒行传》7：57—58)在乔伊斯看来，圣斯蒂芬和帕内尔一样重又经历了被钉死在十字架上一般的苦难。乔伊斯和斯蒂芬一样将自己类比为这些殉道者。圣斯蒂芬公园位于都柏林南部，在公园南端坐落着都柏林大学学院，该公园也是以圣斯蒂芬命名的。当乔伊斯 1904 年在乔治·拉塞尔的《爱尔兰家园》发表最初几篇《都柏林人》小说时，便用斯蒂芬·德达罗斯为笔名。德达罗斯为神话传说中的希腊建筑师和雕刻家。据说，曾为克里特王弥诺斯建造迷宫。失去弥诺斯的宠爱之后，他用蜡给自己和儿子伊卡洛斯做成翅膀和羽毛，逃往西西里。但伊卡洛斯飞离太阳过近，翅膀被熔化，掉入海里淹死。他的尸体被冲到一个岛上，后来该岛就叫做伊卡里亚。伊卡洛斯同时也被认为是堕落之前的路济弗尔，路济弗尔是另一个遨翔于空中的神。所以，斯蒂芬的名字隐含着殉道者、巧匠、流放者、希伯来、基督教、希腊和傲慢的罪人之意。

手冻得通红。他将手伸进束着皮带的灰外套的侧口袋里。皮带就绕在他的口袋上。皮带也意味着给人一顿臭揍。有一天,有人对坎特韦尔说:

——瞧我来揍你一顿。

坎特韦尔答道:

——有种去揍塞西尔·桑德尔。我倒要瞧瞧看。他不给你屁股上来上那么一脚才怪呢。

那些不是文雅的词儿。他妈嘱咐过他在公学里不要和说粗话的同学讲话。多好的妈! 开学的第一天,当她在城堡①的大厅里与他道别时,她把面纱撩在鼻子上吻他:她鼻子和眼睛发红了。她是一位可爱的妈妈,可是当她哭泣的时候,就不那么可爱了。他假装没见到她行将要哭泣的样子。他爸给了他两枚五先令零花钱。他爸对他说,他需要什么,就给家里写信;绝不要干告密的勾当②。学院教区长③在城堡的门口与爸妈握手告别,微风吹拂着他的祭司法衣④,汽车载着他的爸妈远逝而去了。他们在车上对着他啜泣,挥舞着手:

——再见,斯蒂芬,再见!

——再见,斯蒂芬,再见!

他卷进了一场混战之中,他惧怕那发亮的眼睛和沾满烂泥的靴子,一骨碌蹲下身子从腿脚间往外望。伙计们在挣扎、呻吟,脚头互相摩擦,踢着,跺着。杰克·劳顿的黄靴子将球盘了出来,于是所有的腿脚和靴子便紧追其后。他在后面奔了一会儿便停止了脚步。再跑下去也没用。他们很快就要回家度假了。在自修室用完晚餐后,他把粘在他课桌

---

① 克朗哥斯公学主要建筑物曾经是一座城堡。

② 原文为 peach on,根据牛津大辞典,应为"告密"之意。

③ 学院教区长,作为教区的主教实际上身兼院长之职,在此指天主教耶稣会神父约翰·S·康米,乔伊斯对其印象不错。在《尤利西斯》中也提到了他。

④ 祭司法衣为一种长的、钉有钮扣的黑色的衣袍,装有袖子,为天主教耶稣会神父普通穿戴的衣物。

里的数字从 77 改为 76。①

待在自修室里比戳在这寒风之中要舒适多了。天空苍茫而阴冷，城堡里亮着灯火。他在心中纳闷，汉密尔顿·罗恩是从哪扇窗户将他的帽子扔在隐篱上的，当年在窗户下是否有花坛。②有一天，管事将他召到城堡，给他瞧士兵开枪打在木门上的痕迹，并给他一块耶稣会修士们吃的松脆的酥饼。看着城堡的灯火，令人觉得舒心而温暖。那犹如书里描述的一般。也许莱斯特大教堂就是那样的。在《康韦尔博士拼写读本》③里有一些很美的句子。虽然他们像诗，但不过是供人学习拼写的句子而已。

---

① 这是斯蒂芬在偷偷地倒计时数回家的日子。乔伊斯是 1888 年 9 月 1 日进入克朗哥斯公学的。那年的圣诞节假日应是 12 月 20 日星期四。假设斯蒂芬所遵循的时间表与乔伊斯的完全相同，并且他没有将离校的那天计算在内，那么，他改数字的那天应为 1888 年 10 月 4 日星期二。根据乔伊斯研究专家里查德·埃尔曼的说法，乔伊斯真的被一位同学推进粪池里，并随后发高烧，那时间很可能在 1891 年春天。但两名名叫韦尔斯的同学都于 1890 年离开公学，所以，乔伊斯应是在 1890 年被推入粪池的。

② 汉密尔顿·罗恩是爱国者、爱尔兰人联合阵线创始人沃尔夫·托恩的朋友，爱国者，于 1794 年因被指控煽动暴乱而逃来城堡。当他关上门的一刹那，追踪的士兵赶到并开枪射击，子弹击穿房门；他将帽子扔在隐篱上作为圈套，自己从秘密的门逃出藏进塔楼的房间里。而追踪者受骗，以为他已逃走，这使他在日后有可能逃亡到法国。乔伊斯在《流亡者》里将理查德·罗恩描写成英雄。

③ 这是詹姆斯·康韦尔博士单独或合作编辑的一套供年轻人阅读的教育丛书。

沃尔西①长眠于莱斯特大教堂

教堂执事亲自将他埋。

黑腐病是植物病，

而癌是动物的绝症。

　　躺在壁炉前的地毯上，将手枕在脑后，背诵一遍这些句子，真是太美好了。他打了一个冷战，仿佛他的皮肤沾上了冰冷的黏乎乎的尿水。韦尔斯把他扔进厕所的小便池②里，真是太卑鄙了，仅仅因为他不愿将他的小鼻烟盒与韦尔斯交换陈年的悬线核桃，那悬线核桃曾击碎过四十只核桃。③那尿水是多么的寒冷，多么的黏乎！有位同学曾经亲眼见到一只大老鼠跳进便池里去。妈和丹特端坐在壁炉前，等待布里吉特端茶来。④她将脚搁放在火炉围栏上，她那饰有珠宝的拖鞋被火烤得这么热，发出这么可爱的暖烘烘的味儿！丹特知晓许多事儿。她给他讲莫桑比克海峡在哪儿⑤，哪条河是美国最长的河流⑥，以及月亮上最高的山

---

① 沃尔西，英国红衣主教与政治家(1475—1530)。

② 原文为 square ditch，它不是方形水坑，应是广场厕所的小便池，乃克朗哥斯公学学生俚语。所谓广场，实质是学生宿舍后面一个露天的厕所，在厕所的斜边上横着一条小便池，小便池是厕所的一部分。

③ 所谓悬线核桃，是一方将核桃悬于线端，与另一方悬线核桃相互撞击，直至一方核桃被击碎。原文为"征服了四十只核桃"，很可能是四只核桃，其计算是以一为十。

　　当乔伊斯在克朗哥斯公学时，他有一只形似小黑棺材的鼻烟盒。乔伊斯在以后的岁月中曾想像莫利·布卢姆将一只小黑棺材扔向布卢姆，而布鲁姆则将一只小鼻烟盒扔向莫利·布卢姆，相互说，"咱们从此断绝关系。"

④ 乔伊斯家住在布雷期间还相当殷实，家中雇有用人。

⑤ 位于葡萄牙东非的莫桑比克是天主教耶稣会传教士圣方济各·沙勿略从葡萄牙前往东印度停靠的第一站。乔伊斯的弟弟斯坦尼斯拉斯在回忆丹特时，写道："（丹特）除了教授我哥哥读与写之外，还教他算术和地理，她向他灌输了大量僵硬的天主教思想和反英的爱国主义情绪。"

⑥ 美国最长的河流是密西西比河，最早为法国天主教徒发现的。

脉叫什么①。阿纳尔神父②比丹特还要博学，因为他是神父，他爸和查
尔斯伯父都夸丹特是一个聪颖的、博览群书的女人。当她晚餐后嗳气，
将手遮掩在嘴前时，那就是说她犯胃灼热了。

在操场上，有一个声音大声喊道：

——全体进屋！

然后，从第二梯队和第三梯队③传来别人的喊声：

——全体进屋！全体进屋！

球员们聚拢在一起，一脸通红，浑身是泥，他来到他们中间，心中
窃喜可以进屋里去了。罗迪·基克海姆手里拎着泥泞的球网兜。一个同
学请罗迪再给他踢上一脚；但是罗迪径直走去，甚至不屑于答理他。西
蒙·穆南跟他说别再踢了，因为班督导正瞧着呢。这个同学转身对着西
蒙·穆南④，说：

——我们都知道你为什么这么说。你是麦格莱德的马屁精。⑤

---

① 丹特讲授的知识显示她是相当皈依天主教的：月球上的许多地貌由天主教耶稣会
会士博洛尼亚的里奇奥里于 1651 年根据同事格里马尔迪的观察成果以耶稣会会
士的名字命名，因此，月亮竟然成为"天文学家的墓园"和"学者的先哲祠"。

② 在现实生活中，阿纳尔神父即威廉·鲍尔神父，耶稣会会士，乔伊斯在克朗哥斯
公学时任基础班班主任。

③ 第三梯队由 13 岁以下的孩子组成，第二梯队由 13 岁到 15 岁的孩子组成，15 岁
到 18 岁属于第一梯队。

④ 乔伊斯杜撰的名字。穆南是第一章后惟一再次出现的克朗哥斯公学同学的名字。
但在第五章中提及的穆南显然不是西蒙·穆南。愚钝的教导主任认为那个由于他
的崇高理想和勤奋的精神值得效法的穆南可能是穆南的父亲或哥哥，因为在《青
年艺术家画像》中，斯蒂芬讽喻地指责他为一个"马屁精"。他很可能是乔伊斯
多年的校友。斯坦尼斯拉斯曾这样描述穆南："在都柏林人们盛传这位法学学生
同时为两家政见相悖的报纸撰稿而显示出他的聪敏机灵。"穆南的名字在《尤利
西斯》中也有提及。

而第三次出现的穆南，多诺万声称获取印度语考试第五名的穆南，不可能与
第二次出现的穆南为同一个人，却极可能是西蒙·穆南。

⑤ 在现实生活中，麦格莱德是安德鲁·麦卡德尔，一位耶稣会士。在此处，suck 为
"谄媚者"的同义词。

马屁精真是一个奇怪的词。这位同学这么笑骂西蒙·穆南，因为西蒙·穆南总是将班督导祭司法衣的假袖①绑在其身后，而班督导总是假装很愤怒。但屁这字的发声是丑陋的。有一次，他在威克洛旅馆②厕所里洗手，洗完手后，他爸提起链子将塞子拔起，脏水便从洗手池的口子流下去。当水缓缓地流完时，洗水池浅水口便发出这么一声：屁——。只是声音更响亮而已。

回忆起这一切，想起厕所的那一片白色使他觉得寒冷，嗣后又觉得发热。那儿有两个龙头，你打开龙头，水便流出来：冷水和热水。他开始觉得冷，然后觉得有点热：他看见龙头上印着人名。那真是奇怪的事。

过道里的风也使他感到冷颤。这风奇异而带有一点湿意。煤气灯很快就会点燃，燃烧时，它发出轻轻的咝咝声，像一支小曲。总是这样的：当同学在游戏室一寂静下来，你就能听见这咝咝声。

这是做算术的时间。阿纳尔神父在黑板上写下一道很难的算术题，然后说：

——现在让我们来瞧谁能赢。快算，约克！快算，兰升斯特!③

斯蒂芬绞尽脑汁，但算术太难，他感到懵了。别在茄克衫胸前的、缀着白玫瑰的小丝质纹章开始颤动起来。他极不善于运算算术，但他竭力全力以赴，不希望约克输掉。阿纳尔神父一脸阴沉，但他没生气：他还在窃笑呢。杰克·劳顿啪——一声捏响手指，阿纳尔神父在他笔记本

---

① 在乔伊斯的时代，耶稣会修士穿的祭司法衣在两肩处有两片衣料下垂，为假袖。

② 威克洛旅馆如今仍然耸立在格拉夫顿大街西边的威克洛大街上。

③ 这是耶稣会修士鼓励学习竞赛的口号。阿纳尔神父显然忘却了爱尔兰在玫瑰战争中的角色，对约克家族和兰升斯特家族保持了不偏不倚的立场。斯蒂芬佩戴约克家族的白玫瑰，这是爱尔兰的传统立场，而杰克·劳顿代表兰升斯特家族，他的姓名隐含"新英国人"之意，而不是盖尔人，诺曼底法国人，斯堪的纳维亚人或佛兰德人。

上瞧上一眼，说：

——对。好极了，兰升斯特！红玫瑰赢了。快，约克，快算！

杰克·劳顿往侧边瞧了一眼。缀有红玫瑰的小丝质纹章，因为他戴着一顶蓝色的水手帽，而显得非常的神气。斯蒂芬一想到要么杰克·劳顿，要么他赢得这场初等算术比赛第一名，脸就发烫。有几个星期，杰克·劳顿得第一名，有几个星期，他获桂冠。他在算第二道算术题时，他那白色的丝纹章在颤动，他听到了阿纳尔神父的声音。这时，他所有的认真劲儿消失殆尽了，他感到脸颊一下子凉了下来。他心想他的脸一定苍白无色，因为脸庞是那么冰凉。他算不出算术题的答案来，但这无关紧要。白玫瑰和红玫瑰：这是些让人一想起就感到美的颜色。而第一名、第二名、第三名的证书也是美丽的颜色：粉红色，奶黄色和淡紫色。淡紫色、奶黄色和粉红色的玫瑰让人一想起就感到美。一朵野玫瑰也许会是这些颜色，他忆起了那首关于野玫瑰在小小的绿地上盛开的歌。但是你不可能见到绿玫瑰。也许在世界的什么地方你能见到。

铃声响了，同学们从教室里出来，沿着走廊走向饭厅。他坐着呆望着盘里的两块黄油，不想吃那潮乎乎的面包。桌布濡湿而揉皱。他喝完了围着白围裙的笨手笨脚的饭厅帮工冲在他杯子里的滚热的淡茶。他在心中寻思，饭厅里帮工的围裙是不是也是湿漉漉的，是不是所有白色的东西都是冰冷而潮湿的。纳斯梯·罗奇和索林①喝家人送来的罐装的可可茶。他们说，他们喝不了这茶；那是泔脚水。同学们说，他们的父亲是地方长官。

对于他来说，所有的男孩儿都显得很怪谲。他们都有父亲、母亲，穿不同的衣服，讲话的声气也不同。他渴望回家，将脑袋枕在妈妈的膝

---

① 索林父亲为地方长官。

上。但是，他不能：他只盼望这游戏、学习和祈祷赶快完结，好快快上床睡觉。

他又喝了一杯热茶，弗莱明问道：

——怎么回事？ 你哪儿疼还是怎么的？

——我不知道，斯蒂芬说。

——你准是犯胃病了，弗莱明说，因为你的脸看上去这么苍白。会好的。

——哦，是的，斯蒂芬说。

但是，他没犯胃病。他心想，他是犯心病，要是心那儿会生病的话。弗莱明问他是完全真诚的。他想哭。他将手肘撑在桌上，将耳朵阖上又打开。每次他打开耳朵时，他便听见饭厅里的喧哗。那犹如深夜夜行的火车的咆哮。当他掩上耳朵，那喧阗便消逝了，犹如火车飞驶进了山洞隧道。在达尔克那夜，火车就是这么喧嚣奔腾的，而当他一驶进隧道，喧闹便消逝殆尽了。①他闭上了眼睛，火车在奔驶，咆哮着，辄然消逝，再咆哮，再消逝。倾听着它轰然呼啸，戛然中止，从隧道里叱咤而出，然后又中辍无声，真是太好了。

第一梯队的球员开始沿着饭厅中央的垫子走进来，他们中有潘迪·拉斯、吉米·马吉②、被允许抽雪茄烟的西班牙人和戴一顶毛茸茸帽子的小葡萄牙人。然后才是第二梯队和第三梯队的桌子。每一个人走路的样子都与众不同。

他坐在游戏室的一个角落里，装模作样瞧多米诺牌戏，时不时他能

---

① 这是关于前往克朗哥斯公学就学之前的记忆。达尔克位于都柏林东南9英里处，在都柏林至布雷的铁路线上。

② 吉米·马吉是公学1891—1892板球队队长，球技高超，使年轻的乔伊斯钦佩万分。

倏然听见那煤气灯的小调。班督导和几个男生站在门口，西蒙·穆南正在将他的假袖打结在一起。他正在跟他们讲关于图拉贝格的事。①

然后，他离开了门口，韦尔斯走近斯蒂芬，说：

——告诉我们，德达罗斯，睡前你吻你妈吗？②

斯蒂芬回答道：

——我吻。

韦尔斯转身对着其他同学，说：

——哦，瞧，这家伙说他每晚睡前亲吻他妈。

其他同学中止了游戏，转过身来哈哈大笑。在众目睽睽之下，斯蒂芬脸刷地通红，说：

——我不吻。

韦尔斯说：

——哦，瞧，这家伙说他睡前不吻他妈。

他们又哈哈大笑起来。他竭力跟大伙儿一起笑。刹那间，他感到全身发热而困惑。怎么回答才算对呢？ 他作了正反两面的回答，而韦尔斯仍然讪笑他。韦尔斯一定知道正确答案的，因为他是语法三年级的学生。他竭力去想像韦尔斯母亲的样子，但他不敢抬头瞧韦尔斯的脸庞。他厌腻韦尔斯的脸。正是韦尔斯前天将他扔进厕所便池的，只因为他不愿将他的小鼻烟盒与韦尔斯交换陈年的、曾击碎过四十只核桃的悬线核桃。这样做是很卑鄙的；所有的同学都这么说。那尿水是多么的寒冷而

---

① 天主教耶稣会修士在图拉贝格见习。图拉贝格原来是创建于 1818 年的圣斯坦尼斯拉斯公学的所在地，1885 年与克朗哥斯公学合并。

② 这是同学之间开的玩笑。詹姆斯·乔伊斯的庇护圣徒意大利人圣阿洛伊修斯·囚萨加(1568—1591)也曾经自述太"纯洁"了而不能亲吻母亲。"他甚至不敢抬起眼睛直视妈妈。"斯蒂芬关于母爱的思想继续成为《尤利西斯》和《菲尼根守灵夜》的主题之一。

黏乎！有位同学亲眼见到一只大老鼠跳进便池里去。

便池里冰冷的黏液沾满了他的全身；当上课的铃声响了，学生从游戏室里列队而出，他感到走廊和楼梯的冷风直往他衣服里灌。他仍然在竭力思索正确的答案应该是什么。吻母亲是对还是错呢？吻，是什么意思呢？你抬起脸道晚安，然后母亲俯下身来。那就要亲吻了。他妈将嘴唇贴在他脸颊上；她的嘴唇柔软，濡湿了他的脸颊；而且还发出细微的叭——的一声。为什么人们的两张脸要那么做呢？

坐在自修室里，他打开了课桌的盖，将粘贴在里面的数字从77改为76。圣诞节假期仍然十分遥远；但它总是要来临的，因为地球总是在转。

他地理课本的扉页上印刷着一幅地球的画：飞云簇拥着一只大球体。弗莱明有一盒蜡笔，一天晚上自修时，他将地球涂成绿色，将云雾着酱紫色。这犹如丹特衣橱里的两把刷子，一把背面缀绿绒的衣刷是帕内尔专用的，而那把背面是酱紫绒的衣刷是为迈克尔·达维特准备的。他没有叫弗莱明这么设色。弗莱明自己这么上色的。

他打开地理书复习；他记不住美国的地名。不同的地方名字迥异。它们分布在不同的国家，国家分布在不同的大陆，而大陆存在于地球之上，地球存在于宇宙之中。

他翻到地理书的衬页，读他书写在那儿的关于他自己、他的名字、他存在于何处的话：

斯蒂芬·德达罗斯
初级语法二年级①

---

① 爱尔兰公学低年级分为五级，三年语法，一年修辞，一年文科，而最低年级的语法必须修习两年，一年为基础语法，一年为初级语法。

015

克朗哥斯·伍德公学

沙林斯

基德尔郡①

爱尔兰

欧洲

地球

宇宙

　　这是他亲笔写下的：有一晚，弗莱明在相对的一页上戏谑地写上：

　　我名叫斯蒂芬·德达罗斯，

　　爱尔兰，我的祖国。

　　我的安身之地在克朗哥斯

　　天堂正是我的归宿。

　　他倒着念诗句，这就不是诗了。他在衬页上从最末一行往上念，一直念到他的名字。那就是他：他又往下念。宇宙之外是什么？　一片虚无。在宇宙的周边有什么东西表明它与太虚的界限呢？　那不可能是一堵墙；很可能在一切的周边有一条极纤细、极纤细的线。思考这一切是需要极宽阔的心怀的。只有上帝能做到。他竭力思索一个伟大的思想应该是怎么样的；但他只能想到上帝。上帝是天主的名字，正如他的名字是斯蒂芬一样。Dieu 是法语的上帝，那也是天主的名字；当有人对上帝

　　────────────────

　　① 　克朗哥斯·伍德公学创建于 1813 年，位于基德尔郡 500 公亩最优美秀丽的风景区内，在大南方与中原铁路线之间，沙林斯大南方铁路线上。

祈祷，说 Dieu，上帝便立刻知道祈祷者是一位法国人。虽然在世界上不同的语言以不同的名字称呼上帝，虽然上帝懂得所有用不同语言祈祷的人们，上帝总是这一个天主，天主真正的名字叫上帝。

这么思索让他觉得很累。这使他觉得脑袋发胀。他翻开了衬页，疲惫地瞧着紫云中的绿色的圆圆的地球。他琢磨他到底应该欣赏哪一种颜色，是绿色还是酱紫色，因为丹特有一天用剪刀撕去了为帕内尔准备的衣刷背面的绿绒，对他说帕内尔是一个坏人。他心中纳闷他们是否在家里还在为此而争论不休。那是政治。他们形成了两派：丹特一派，他父亲和凯西先生①属于另一派，他妈和查尔斯伯父中立。报纸上每天都有有关这事件的报道。

他并不太懂得政治意味着什么，他也不知道宇宙的边际，这使他感到痛苦不堪。他觉得渺小而孱弱。他什么时候才能像诗歌与修辞年级的同学那样呢？ 他们大声说话，穿偌大的靴子，学三角。那将是十分迢遥的事。首先得过完假期，然后是下学期，假期，另一个学期，另一个假期。这犹如隧道里驶进驶出的火车，犹如你掩上、又放开耳朵听到的饭厅里用膳的男孩们的喧闹。学期，假期；驶进隧道，又从隧道呼啸而出；一片喧嚣，然后骤然一片静寂。多么遥远！眼下最好还是上床睡觉吧。小教堂做完祈祷后，便可以入寝了。他哆嗦，打呵欠。被褥暖和一些之后躺在床上太舒适不过的了。开始钻进被子时，很冷。一想到被褥开始时是多么冰冷，他就打哆嗦。不久被子便暖和起来，他可以入睡了。感觉疲乏不堪真是好事。他又打了一个呵欠。做完晚祷便可就寝：他哆嗦，想打呵欠。再过几分钟，一切就好了。他感到从

---

① 凯西先生即现实生活中的特雷利的约翰·凯利先生，爱尔兰爱国者，乔伊斯家的常客。

那寒峭的令人打冷颤的被子里升腾起一丝暖意，被窝里越来越暖，他感到周身暖烘烘的，感到从未有过的温暖，但他仍然有点哆嗦，仍然想打呵欠。

晚祷的钟声响了，他随着别的同学走出了自修室，步下楼梯，沿着走廊前往小教堂去。走廊里灯光黯淡，小教堂里灯火幽幽。一切很快就会被黑暗吞没，而进入梦乡。小教堂里凛冽的夜气袭人，大理石的颜色犹如夜色笼罩的大海①。大海无论日夜都是寒冷的：但晚上尤然。与他爸房子相邻的海堤下的大海冷冽而幽暗。但锅架上总是有冲饮香甜混合饮料的开水壶。②

小教堂执事在他的头顶上祈祷，他记得应唱圣歌：

> 哦，主，请启开我们的嘴唇
>
> 我们将颂扬您的圣明。
>
> 救赎我们吧，哦上帝！
>
> 哦主，快救赎我们！

在小教堂里有一丝冷冽的夜气。一种神圣的气息。那不是星期日弥撒跪在教堂后面那些年迈的农夫的味儿。农夫的味儿是空气、雨丝、泥煤和灯芯绒相糅合在一起的味儿。那是些非常圣洁的农夫。他们就在他的脖梗儿上呼吸，一边祈祷，一边叹息。一位同学说，他们居住在克兰③，那儿

---

① 克朗哥斯公学的小教堂地板、柱子和走廊全部装饰的是木头，只是油漆成大理石色。所以克朗哥斯公学的学生有时回忆起来以为那是大理石。

② 这种热饮料包括威士忌、开水、糖、柠檬汁。

③ 此为基德尔郡东北的一个爱尔兰小教区和村庄，位于克朗哥斯与沙林斯之间。克朗哥斯公学小教堂，现在仍然是克兰教区的教堂。

全是窄小的农舍，他乘沙林斯出租马车驶过时，看见一位农妇手中抱着孩子伫立在一座农舍的半门①前。要是能在那农舍里冒烟的泥煤的炉火前，在那由炉火点燃的幽暗——一种暖洋洋的幽暗之中，吮吸一下空气、雨丝、泥煤和灯芯绒——农夫的气息，睡上一夜的话，该有多美。但是，哦，林间的道路黑黝黝的！在黑暗之中你会迷路。一想到这，他就感到惧悚。

他听见教堂执事吟诵最后祷文的声音。他也在祈求保佑，以应对野外树丛的黑暗。

哦，主，我们恳求您莅临此地，荡涤所有魔鬼的陷阱。愿您那圣洁的天使降临于斯，保佑我们太平，愿您的祝福经我们的救主基督每时每刻陪伴我们。阿门。

在宿舍脱衣服时，他的手指颤抖起来。他催促手指快脱。他必须在煤气灯捻弱之前——这样，他死后不会去地狱受煎熬——脱完衣服，跪下作他的祷告，并上床。他将长袜顺势一溜儿卷起来脱掉，飞快地穿上睡衣，颤抖着跪在床边，迅疾地复述他的祷文，生怕煤气灯灭掉。他喃喃细语时，他感到肩膀在颤抖：

上帝，请保佑我的父亲和母亲，愿他们与我同在！
上帝，请保佑我的弟妹，愿他们与我同在！
上帝，请保佑丹特和查尔斯伯父，愿他们与我同在！

---

① 爱尔兰农村门前设半门，用以阻挡家禽和家畜入室。

他为自己祝福，然后，将脚顶在睡衣的下摆里，飞快地爬上床，全身蜷缩在冰凉的白被褥下，一个劲儿地颤抖。他死后不会去地狱了；颤抖总会中止的。有人向宿舍里的男孩儿们①道晚安。他从盖被上往外偷觑了一眼，黄色的帐幔轻垂在床的四周，将他与外界隔绝开来。灯火静悄悄地捻弱了。

班督导的脚步声走开了。到哪儿去？ 步下楼梯，沿着走廊走开，还

---

① 乔伊斯在三年级时才住进宿舍(1890—1891)。在此之前，他单独住在另一幢楼里的医务室里，由护士南茜·高文照顾，并兼做他的家庭教师。

仔细研究本书第一章后，人们可以发现在布雷的圣诞晚餐之前克朗哥斯的所有事件仅仅发生在斯蒂芬进入克朗哥斯公学第一年(对乔伊斯来说，那是 1888 年)24 小时之内，从距圣诞节还有 77 天的那天下午至距圣诞节还有 76 天的那天下午。乔伊斯用种种手法强调了那是斯蒂芬初次进入公学的一年：他逐渐认识同学，纳斯梯·罗奇问他父亲是干什么的，他回忆起在城堡大厅的第一天与母亲道别的情景，回忆起父亲叫他不要告密的谆谆教导。韦尔斯很可能是 1890 年将乔伊斯推入粪池的。斯蒂芬躺在医务室里每每梦见帕内尔，而帕内尔是 1891 年 10 月 6 日逝世的，利特尔死于 1890 年 12 月 10 日。罗奇于 1889 年离开克朗哥斯，那年乔伊斯刚入学。另外三位同学——桑德尔、马奇和弗朗则 1889 年刚入学，劳顿和西班牙人则 1890 年入学，弗莱明 1890 年入学。由此可见，斯蒂芬的经历并不一定是乔伊斯的经历。弄清楚乔伊斯 6 岁半到 9 岁的经历，人们便可以明白乔伊斯在作品中所作的浓缩与变异。将斯蒂芬和乔伊斯的经历完全等同起来显然是十分谬误的。

是走到尽头他自己的寝室？　他瞧见了一片黑暗。关于眼睛如同马车灯一般巨大的黑狗夜间时分会在漆黑之中觊觎的故事是真的吗？　同学说那是一个杀人犯的鬼魂。一阵恐惧长久地攫住了他，使他浑身打冷战。他瞧见了城堡黝暗的门厅。穿着旧式服饰的年迈的仆人们在楼梯上的熨衣室里。那是很久以前的事了。年迈的仆人们非常安详。燃着壁火，但大厅里仍然黑魆魆的。有一个人影从大厅的楼梯上潜行而上。[1] 他披着将军的白斗篷；他的脸庞苍白而古怪；他的手紧按在身侧。他用那怪谲的眼光盯视着年迈的仆人们。他们瞧了他一眼，认出了主人的脸和斗篷，心中明白他早已中了致命伤。他们正是在昏暗之中——在黝暗与寂静之中瞧见他的。他们的主人在遥远的大海彼岸布拉格战场上被击中而丧命。他当时屹立在战场上；手紧按在身侧；脸庞煞白而古怪，披着将军的白斗篷。

哦，回想这一切令人感到多么凄冷而怪异。所有的黑暗都是凄冷而怪异的。在黑暗之中，有苍白无色、怪谲的脸，像马车灯一般的偌大的眼睛在游荡。他们是谋杀者的鬼魂，是在遥远的海外战场上被击中而丧命的鬼影。他们的脸庞这么诡异，他们到底想说什么呢？

　　　　哦，主，我们恳求您莅临此地，荡涤所有……

回家度假！同学们对他说：那太美了。在冬日的清晨，在城堡门外乘上出租马车[2]。出租马车在砾石道上奔驶。为学院教区长欢呼！

---

[1] 彼得·凯尼神父于 1813 年买下克朗哥斯。克朗哥斯原来属于布朗家族。布朗家族先祖中有一位曾是奥地利军队的将军，于 1757 年死于布拉格战役。据传，此先祖的阴魂不断出现在布朗家仆役们的面前。

[2] 原文为 car，据牛津英语词典解，此词来源于古老的爱尔兰语。这是一种四轮的出租马车，用来奔驶于克朗哥斯公学与三英里半以外的沙林斯火车站之间。

好极了！好极了！好极了！

出租马车驶过小教堂，所有的人都脱帽致礼。他们愉悦地在乡间道路上奔驰。车夫将他们的马鞭指向博登斯镇①。同学们呼号起来。他们驱车经过快乐的农夫的农舍。他们欢呼，欢呼，再欢呼。他们穿越过克兰，呼喊着，人们也向他们招手。农妇站在半门前，男人到处是伫立的。在那冬日的氤氲之中有一股令人愉悦的味儿——克兰的味儿：饱含着细雨，冬日的空气，冒烟的泥煤和灯芯绒的味儿。

火车里挤满了学生：一辆长长的巧克力色的火车②，饰面漆成奶油色。列车员走来走去，开门啦，关门啦，开锁啦，上锁啦。这些男子汉穿深蓝与银白色制服；挂着银白色的哨子，钥匙开锁时发出急促的卡嗒卡嗒的音乐声。

火车在平原上飞驶，掠过艾伦山③。电线杆往后飞逝、飞逝。火车往前奔跑、奔跑。它竭尽着全力。在父亲屋子的大厅里挂着灯笼和绿枝花环。窗间镜周围环绕着冬青枝和常春藤，翠绿色和赭红色的冬青枝和常春藤盘绕着枝形吊灯。赭红的冬青枝和翠绿的常春藤簇拥着墙壁上旧日的画像。冬青枝和常春藤是为他，为圣诞节而装饰的。

太美了……

所有的人们。欢迎归来，斯蒂芬！问候的嘈杂声。他妈吻他。那行吗？他爸现在是将军了：比地方长官更大。欢迎归来，斯蒂芬！

嘈杂声……

---

① 博登斯教区，管辖沙林斯，位于利菲河沿岸。爱尔兰爱国者、爱尔兰人联合阵线创始人西奥博尔德·沃尔夫·托恩(1763—1798)葬于沙林斯路边，在克朗哥斯·伍德城堡以南4英里处。

② 乔伊斯最早的作品《斯蒂芬英雄》中便有"巧克力色火车"这样的句子。

③ 艾伦山是一座山顶十分平坦的山，山顶耸立着一座纪念三世纪英雄菲恩·马库尔的纪念碑，距沙林斯火车站不远，在大南方铁路线以北4英里处。

传来帘幔的吊环在吊杆上收拢、水在脸盆里泼溅的喧哗声。传来寝室里起床、穿衣、盥洗的喧闹声；班督导走上走下拍手击掌告诫同学留意的喧嚷声。一缕微弱的阳光照射在收拢起来的黄色的帐幔上，照射在凌乱的床上。他的床发热，他的脸颊和身子发烫。

他爬起身，坐在床沿。他感觉孱弱不堪。他想穿上袜子。袜子粗糙极了。阳光古怪而阴冷。

弗莱明问道：

——你不舒服吗？

他不知道；弗莱明说：

——躺下吧。我去报告麦格莱德说你病了。

——他病了。

——谁？

——报告麦格莱德。

——躺下吧。

——他病了吗？

一位同学搀扶着他的手臂，他脱去死死紧贴在脚上的长袜，爬上了发热的床。

他蜷缩在被褥里，被衾里的温热让他感觉舒适。他听见同学们穿衣赶着去做弥撒时，在谈论他。他们说，把他扔进厕所的便池里，真是太卑鄙了。

然后他们的声音消失；他们离去了。有一个声音在他的床边响了起来：

——德达罗斯，别出卖我们，你肯定不会吧？

那是韦尔斯的脸。他瞧了那张脸庞一眼，看得出来韦尔斯很惧怕。

——我不是故意的。你肯定不会吧？

他爸跟他说过，他绝不能出卖同学。他摇摇头，说不，并感到很高兴。

——我不是故意的，以名誉担保。那只是开开玩笑。我很抱歉。

脸庞和声音都消逝不见了。他抱歉，因为他害怕了。惊惧是一种病症。黑腐病是植物病，而癌是动物的绝症：或者什么别的不同的病症。那是很久以前的事了，在暮色苍茫的操场上，在他的球队里溜着边儿，一只沉甸甸的球低低地穿越过暮霭。莱斯特大教堂灯火辉煌。沃尔西长眠在那儿。教堂执事亲自将他埋葬。

那不是韦尔斯的脸，那是班督导的脸。他没骗人。没，没：他是真病了。他没骗人。他感觉到班督导的手摸在他的前额上；他感觉到在班督导冰冷的湿漉漉的手下他的前额温热而湿润。那正是一只老鼠会感觉到的，黏糊、潮湿而寒冷。每只老鼠有两只往外观觑的眼睛。光滑的黏糊的皮毛，细小、细小的腿，一勾便跃起，乌黑的令人生厌的眼睛往外滴溜溜地瞧。它们能审视如何逃窜。但它们的心无法理解三角。当它们一命呜呼，它们侧身躺倒。皮毛变得干瘪。它们成为死亡的东西了。

班督导又来了，那是他的声音在说，他必须起床，学院副教区长①说，他必须起床穿衣，到医务室去。当他正尽快地穿衣时，班督导说：

——咱们肚子痛，赶快打点去迈克尔修士那儿！肚子痛太可怕了！肚子痛真叫人受不了！

他是很真诚地这么说的。这把他逗乐了。但他不能笑，因为脸颊和嘴唇在打颤：班督导只能自个儿乐了。

班督导大声喊道：

---

① 学院教区长任命学院副教区长，负责全体学生福利方面的事务。斯蒂芬以为天主教耶稣会会士全向副教区长忏悔，而实际向副教区长忏悔是极不寻常的，也不是必须的。

——快步走！ 绕圈走！ 绕圈走！ ①

他们一起步下楼梯，穿过走廊，经过浴室。当他走过浴室门口时，不由怀着一种朦胧的恐惧想起那温热的泥煤色的池水，那温热的水雾，纵身跳入水中的喧闹，毛巾的味儿，犹如药味儿一般。

迈克尔修士站在医务室的门口，从他右边深色木柜的门里散发出一股类似药一般的味儿。架子上放着玻璃瓶。班督导对迈克尔修士说话，迈克尔修士回答，称班督导为先生。他长着一头微红的头发，间杂几缕白发，模样儿古里古怪。他将永远是一位修士，让人心里真觉得奇怪。同样让人心里觉得奇怪的是你不能称他为先生，因为他是一位修士，模样儿与众不同。难道这是因为他还不够圣洁？ 为什么他不能赶上别人呢？

在诊室里有两张床，一位同学躺在其中一张床上，当他们走进去时，喊道：

——喂，小德达罗斯！ 出了什么事？

——天晓得什么事，迈克尔修士说。

他是语法三年级生，当斯蒂芬脱衣时，他请迈克尔修士给他拿一块涂奶油的烤面包来。

——啊，劳驾啦！ 他说。

——讨好你啦，迈克尔修士说。上午医生来了，你便可以拿到出院通知了。

——是吗？ 这位同学说。我还没痊愈呢。

迈克尔修士重复道：

---

① 原文为 Hay，古英语，一种类似绕线圈似的乡间舞蹈，舞者围绕其他舞者或者树丛跳舞。

——告诉你吧，你会拿到出院通知的。

他躬下身子去拨火。他后背长长的，活像拉马车的马的长脊背。他严肃地摇动了一下拨火棍，对语法三年级的学生点点头。

迈克尔修士走了，不久语法三年级的学生转身对着墙睡着了。

这就是医务室。他病了。他们修书告诉他父母了吗？倘若神父亲自去跑一趟，要快得多。要不他自己写一封信请神父带去。

> 亲爱的妈妈，
>
> 我病了。我想回家。请来校接我回家去。我现在医务室。
>
> 你至爱的儿子
>
> 斯蒂芬

他们是多么的遥远而不可及！窗外的阳光冷冰冰的。他心中寻思自己会不会就此死去。在一个阳光明媚的日子，人照样会死的。也许不等他妈来校，他便断气了。同学们会身穿黑衣，脸色悲哀地在小教堂为死去的他做弥撒，就像同学告诉他的、利特尔①死后那样。他们中会有韦尔斯，但谁也不会屑于瞧他一眼。教区长穿着黑色与金色的长袍②也会在场，在祭坛上和在灵柩台周围点燃起高高的金黄色的蜡烛。他们会缓缓地将灵柩抬出小教堂，他将被葬于菩提树大道③旁边社区的小墓地

---

① 彼得·斯坦尼斯拉斯·利特尔葬于耶稣会士墓园大门左侧。墓前立着一个白色的十字架，上面写有："纪念彼得·斯坦尼斯拉斯·利特尔，殁于1890年12月10日。"

② 长袍是一种半圆形的弥撒祭服，祭服的颜色按天主教教规每每不同，黑色与金色相间的法衣是供葬礼上穿的。

③ 菩提树在通往克朗哥斯城堡的大路上构成弓形的荫庇，原文 limes 为椴属树或菩提树，不是石灰石。

里。韦尔斯会为他所做的事感到抱憾的。钟会缓缓地敲打起来。

他能听见那钟声的鸣击声。他对自己吟唱布里吉特教他的歌:

> 叮叮咚咚! 城堡的钟声! ①
> 永别了,妈妈!
> 将我葬在古老的墓地
> 在大哥的身边。
> 灵柩漆黑,
> 天使在身后飞,
> 两位吟唱,两位祈祷
> 两位驮着我的灵魂上天。

这是一首多么美丽、多么悲哀的歌。"将我葬在古老的墓地",多么美丽的句子! 一阵颤栗掠过他的全身。多么悲哀,多么美丽! 他希冀能静静地哭泣一场,不是为自己,而是为歌词,这么美丽,这么悲哀,像音乐一样。钟声! 钟声! 永别了! 哦,永别了。

冷冷的阳光愈加微弱了,迈克尔修士手捧着一碗牛肉茶,站在他的床边。他很高兴,因为他的嘴正发热而干涩。他可以听见同学们在操场上玩耍。公学生活像往常一样地进行着,仿佛他仍然厕身于其间一样。

迈克尔修士要走了,语法三年级学生请他务必回来,告诉他报纸上报道的新闻。他告诉斯蒂芬他名叫艾西,他父亲养着一大群漂漂亮亮能飞越障碍的赛马,他父亲会给迈克尔修士相当丰厚的小费,如果他想要的话,迈克尔修士是一个非常正直憨厚的人,总是告诉他城堡每天收到

---

① 此歌谣摘自《学生民谣与语言》一书。

的报纸上报道的新闻。报纸上什么新闻都有：突发事故，船只失事，体育和政治。

——如今报纸上全是关于政治的报道，他说。你们家人也常讨论政治吗？

——常讨论，斯蒂芬说。

——我们家人也是，他说。

他沉思了一会儿，说：

——你的名字很怪，德达罗斯，我的名字也很怪，艾西。我的名字取自一座城镇的名字。你的名字像是拉丁文。

他然后问：

——你善于猜谜吗？

斯蒂芬回答道：

——不太好。

他问：

——你能解这道谜吗？ 为什么基德尔郡像马裤的一个裤脚？

斯蒂芬思索了一会儿，说：

——我猜不着。

——因为郡里有一条大腿，他说。明白这里包含的笑料吗？ 艾西是基德尔郡的一个镇，而艾西镇则是那条大腿。①

——哦，我明白了，斯蒂芬说。

——那是一个古老的谜语，他说。

过了一会儿，他说：

---

① 艾西是基德尔郡的一个小镇，位于克朗哥斯西南 26 英里处。Athy（艾西），在英语中与 a thigh（一条大腿）谐音，故有此谜。

——嗨！

——什么？ 斯蒂芬问。

——嗯，他说，你可以用另一种方式来设问这个谜语。

——是吗？ 斯蒂芬说。

——同一个谜语，他说。你知道怎么用另一种方式来设问这个谜语吗？

——不知道，斯蒂芬说。

——你想不出怎么用另一种方式来设问吗？ 他说。

他说话时，眼睛在被褥上盯视着斯蒂芬。他靠在枕头上，说：

——还有另一种方式，但我不会告诉你。

他为什么不说？ 他那养着赛马的父亲，一定像索林和纳斯梯·罗奇的父亲一样，是一位地方长官。他想起了自己的父亲，想起他妈妈弹钢琴时他怎么引吭唱起歌来，想起他要六便士，他总是给他一个先令，想起他如何为他感到遗憾，因为他不像别的同学的父亲一样是一位地方长官。为什么他要被送到这儿来和同学们在一起呢？ 他爸对他说，他在那儿不是外人，因为他的曾祖叔父五十年前曾在那儿对解放者发表演说。①你能根据古老的服饰辨认出那时代的人们。对于他来说，那似乎是一个庄严的时代：他纳闷在那时克朗哥斯的学生是否穿铜扣的蓝外套，鹅黄色的背心，戴兔皮帽，②像大人一样喝啤酒，饲养追猎野兔的大灰狗。

他凝目望着窗户，日光越来越晦暗了。苍茫的阴霾会笼罩在操场

---

① 乔伊斯的曾祖叔父是约翰·奥康纳尔，威廉（即查尔斯伯父）的父亲。乔伊斯家的一位远亲丹尼尔·奥康纳尔作为解放者在 1834 年成功地鼓吹撤销爱尔兰与大不列颠的联盟。

② 根据克朗哥斯的记载，克朗哥斯学生节日礼服在 1816 年至 1840 年是："兔皮帽，蓝皮铜扣外套，黄色羊绒背心，灯芯绒裤。"礼服在随后的年月有所修改，于 1850 年废除。

上。操场上再也没有喧闹了。同学们也许在写作文，也许阿纳尔神父正在朗读课本里的传说。①

挺奇怪，没人给他开任何药剂。迈克尔修士回来时，也许会把药剂带来。同学们说，一进医务室，就让你喝有怪味的玩意儿。他感觉比原先好受多了。病情慢慢地见轻挺好的。痊愈后你能得到一本书。在图书馆里有一本关于荷兰的书。书里有可爱的外国名字和模样儿奇怪的城邦和船舰。书让你感觉这么幸运。

窗户上的光多么苍白无色！ 但那也好。壁炉里的火时高时低。就像波涛一样。有人添了煤，他听见人声。有人在谈话。那是波涛的喧哗。也许是波涛在汹涌之中相互聊天。

他看见了波涛澎湃的大海，长长的黝黑的浊浪汹涌，在无月的深夜那海浪显得格外的黑沉。在轮船进港的码头有一星微弱的灯火在闪烁：他看见成群的人们聚集在海边翘首以待轮船进港。一个颀长的男人伫立在甲板上，凝视着平坦的昏黑的土地：就着码头的灯光，他瞥见了他的脸——迈克尔修士悲痛欲绝的脸。

他看见他向人群举起手，听见他在海水之上用洪亮的忧郁的声音说：

——他逝世了。我们看见他躺在灵柩之上。

人群中有人悲哀地啜泣起来。

——帕内尔！ 帕内尔！ 他逝世了！②

人们跪下，痛苦地哭泣。

他看见丹特穿着一件酱紫色的绒衣，肩头上披着一件绿绒披风，在

---

① 即圣徒传说。
② 帕内尔死于 1891 年 10 月 6 日。根据记载，在 10 月 11 日星期日上午，爱尔兰号驶进金斯顿，船上载着帕内尔的灵柩。午前时分，在市政厅举行遗体告别仪式。下午，在众多的送葬队伍的护送下，帕内尔下葬。

海边跪着的人们面前骄傲而沉默地走过。

$$* \qquad * \qquad *$$

壁炉里燃烧着旺火，火苗蹿得很高，一片红艳，在环绕着常春藤的枝形灯下，圣诞餐桌已经铺好。他们回到家稍微迟了一点，但晚餐还没准备好：他妈妈说，很快就会就绪。他们在期盼门一下子打开，仆人们手持着盖着沉甸甸金属盖的大盆菜肴走进来。

大家都在等待：查尔斯伯父端坐在远处窗户的阴影里，丹特和卡西先生分别坐在壁炉两侧的安乐椅里，而斯蒂芬则坐在他们之间的一把椅子里，将脚搁放在脚凳上①。德达罗斯先生在壁炉架上的窗间镜②前给他的胡髭尖上蜡，然后分开燕尾服的尾摆，背对着熊熊的壁火站着：时不时地从尾摆上抽回一只手来给胡髭尖上蜡。卡西先生往一边侧着脑袋，微笑着用手指轻轻拍打他脖项上的喉结。斯蒂芬也笑了起来，他现在明白卡西先生喉咙里藏有银钱包并不是真的。他一想起卡西先生如何总是发出银铃般的响声哄骗他，便不禁窃窃自笑了起来。当他竭力掰开卡西先生的手，想瞧个究竟到底银钱袋是否藏在那儿，他发现卡西先生的手指无法伸直：卡西先生对他说，他在为维多利亚女皇做一件生日礼物时三根手指勾曲了起来。③卡西先生轻轻推打喉结，用睡意蒙眬的眼睛对着斯蒂芬微笑：德达罗斯先生对他说：

---

① 原文为乔伊斯在一封信中解释道，这是一种脚凳，两端有垂肩，中间塞有充垫物而无木架，这种称呼带有极强的孩子气成分，在当时颇为流行。

② 在乔伊斯布雷的家中，有一面窗间镜从壁炉架一直挂到天花板。

③ 特雷利的约翰·凯利因为煽动土地联盟的活动而屡屡入狱，约翰·乔伊斯在他每次出狱后总是邀请他来布雷的家修养。在狱中，他因为干拆麻絮的活而使三根手指蜷曲起来，永远无法伸直，他每每对孩子戏称他的手指之所以成为这样，是因为为维多利亚女皇做生日礼物的缘故。

——是啊。嗯,那好极了。哦,我们刚才散步真是令人心旷神怡,是不是,约翰? ……我纳闷今晚还会有顿像样的晚餐吗……是的,……哦,嗯,我们今天在海角①呼吸了新鲜的空气。啊,天啊。

他转身对丹特说:

——你没出去走走,赖尔登夫人?

丹特皱起眉头,简单答道:

——没。

德达罗斯先生放下了他的尾摆,漫步走向餐具柜。他从柜子里拿出了一只偌大的威士忌石坛,慢慢地将威士忌灌进圆酒瓶,不时躬身瞧瞧灌了多少酒。他把石坛放回柜子,将威士忌倒进两只酒杯里,加了一点儿水,端了酒杯回到壁炉旁。

——喝一点儿吧,约翰。他说,开开胃口吧。

卡西先生接过酒杯,一饮而尽,将酒杯放在身旁的壁炉架上。然后,他说:

——嗯,我不由想起我们的朋友克里斯托弗酿造……

他突然哈哈大笑起来,夹杂着一阵咳嗽,接着说:

——……为那些人酿造香槟酒的事。

德达罗斯先生大声地笑起来。

——克里斯蒂吗? 他说。在他秃顶脑袋的赘疣里所含的坏水比一群雄狐狸还要多。

他侧着脑袋,闭上眼睛,美美地舐了一下嘴唇,开始以旅店老板的口吻说话。

——还记得吗,他跟你说话时,口气总是那么柔和。他一说起脖子

①　从乔伊斯家在马特洛平台上房子的窗户可以看见布雷海角。

的垂肉，就非常忧伤，像是要哭的样子，上帝保佑他。

卡西先生仍然在一阵大笑，继而一阵咳嗽地折腾。斯蒂芬看到作为旅馆老板的父亲的脸和听到他作为旅馆老板的说话的声气，不禁咯咯笑了起来。

德达罗斯先生戴上了眼镜，细瞧着他，平静地慈爱地问：

——你笑什么，小家伙？

仆人们走了进来，将菜馐放在餐桌上。德达罗斯夫人跟随在后面。将座位安排妥帖。

——请就坐，她说。

德达罗斯先生走到餐桌的尽头，说：

——现在，赖尔登夫人，请就坐。约翰，请坐下，我的朋友。

他环视了一周，眼光落在查尔斯伯父坐着的地方，说道：

——啊，先生，那儿有一位年轻的妇女在等待着你呢。

当所有的人就坐之后，他将手按放在餐盘的盖上，然后抽回手，极快地说：

——斯蒂芬，该你了。

斯蒂芬在他的座位上站起来，做饭前感恩祷告：

哦，主，请保佑我们，因为您的仁爱，我们得以享用基督，我们的主给我们带来的所有这些您的恩物。①

所有的人都画十字，德达罗斯先生愉快地哼了一下，掀开了沉甸甸的餐盘上的盖，盖的周围挂满了亮晶晶的水珠。

斯蒂芬瞧着躺在餐桌上的肥美的火鸡，火鸡腿脚和翅膀扎在身子

---

① 这是天主教家庭通常做的感恩祈祷。

上，用串肉扦串了起来。他知道这火鸡是他父亲花一畿尼①在多利奥街邓恩铺子②买的，那店主每每戳一下胸骨，夸炫那火鸡有多肥：他仍然记得店主的声气：——买那只吧，先生。那是好货呀！③

为什么克朗哥斯的巴雷特先生④叫体罚的藤鞭为火鸡呢？克朗哥斯眼下在很遥远的地方：从餐盘和餐盆里散发出一阵阵温馨的浓重的香味，壁炉里的旺火蹿得很高，红通通的，那翠绿的常春藤和殷红的冬青枝让你感觉如此幸福，正餐一结束，仆人们就要送上葡萄干布丁，布丁上点缀着去壳的杏仁和冬青花样饰物，幽蓝的火苗在布丁周围跳跃，而布丁上飘拂着一面小巧玲珑的绿旗。

这是他第一次吃圣诞晚餐，他想起正等待在育儿室里的弟弟妹妹，他也曾这么等待过的，直到上布丁时才上桌。那深深的矮领口和伊顿公学式茄克衫使他觉得奇怪而有点儿过于老成持重：那天早晨，他穿戴好赴弥撒的衣服，当他妈带着他来到客厅时，他爸哭了。那是因为他撩起了对自己父亲的思绪。查尔斯伯父也是这么说的。

德达罗斯先生把餐盘盖盖上，开始用餐，像是很饥饿的样子。他说：

——可怜的老克里斯蒂，他如今无赖透了。

——西蒙，德达罗斯夫人说，你还没给赖尔登夫人调味汁呢。

德达罗斯先生一把抓住船形调味汁碟。

——是吗？他喊了起来，赖尔登夫人，原谅可怜的瞎子吧。

丹特双手遮住她的餐盘，说：

——不，谢谢。

---

① 一畿尼，旧时英国金币，合 21 先令。

② 现在在多利奥街 26 号仍可找到这家经营野味的铺子。

③ 原文为 real Ally Dally，都柏林俚语，用来描述事物的优良程度。

④ 在现实生活中，此为耶稣会修士帕特里克·巴雷特，实际上，他并未在克朗哥斯教过乔伊斯，他在贝尔维迪尔公学教过乔伊斯的弟弟斯坦尼斯拉斯初级语法的课（1893—1894）。称巴雷特为先生，而不是神父，说明他还未入神职。

德达罗斯先生转身对着查尔斯伯父。

——先生，你怎么样？

——味儿正好，西蒙。

——你呢，约翰？

——合适极了。你自己用膳吧。

——玛丽？①嗨，斯蒂芬，这东西可以让你的头发鬈曲起来。

他往斯蒂芬的餐盘里撒了好多，然后将船形调味汁碟放回餐桌上。他问查尔斯伯父火鸡烤得嫩不嫩。查尔斯伯父塞了一嘴，无法回答；只是一个劲儿点头称是。

——我们朋友的回应方式不失为一种对教规的很好的回应方式。什么？ 德达罗斯说。

——我并不认为他有那么世故，卡西先生说。

——当你不再把上帝的神殿当作投票站时，神父，我才会付教费。

——多么讨人嫌，丹特说，这不是一个自称皈依天主教的信徒应该对神父说的话。

——他们是咎由自取，德达罗斯先生温和地说。只要他们听取即使是最蠢的人的话，他们也会将他们的活动局限于宗教范围之内。

——那也是宗教，丹特说。他们的职责是向人民发出警诫。

——我们到教堂去，卡西先生说，是谦恭虔敬地向造物主祈祷，而不是去聆听竞选演说的。

——那也是宗教，丹特重复地说一遍。他们是对的。他们必须给人们指路。

——在祭台上宣扬政治，是吗？ 德达罗斯先生问道。

——当然，丹特说。那是一个公众道德的问题。要是一位神父不能

①　乔伊斯的母亲少女时的名字为玛丽·珍妮，和斯蒂芬的母亲一样。

告诉他的教众如何分辨是非，那他就不成其为神父了。

德达罗斯夫人放下刀叉，说：

——天呐，天呐，让我们别在今天这样的日子讨论政治了吧。①

——对极了，夫人，查尔斯伯父说。现在，西蒙，争论得够了。别再说了。

——是啊，是啊，德达罗斯先生赶快接上说。

他使劲掀开餐盆的盖，说：

——喂，谁还想再要点火鸡？

没人答应。丹特说：

——对于一位天主教徒来说，说这样的话真是太糟糕了！

——赖尔登夫人，我求求你，德达罗斯夫人说，别再争论这一问题了。

丹特转身对着她，说：

——难道我坐在这儿，听到有人嘲弄我的教会的大司祭们而无动于衷吗？

——并没有人嘲弄他们，德达罗斯先生说，只要他们不介入政治就得了。

——爱尔兰主教和神父都表了态，丹特说，教众必须服从他们。②

---

① 詹姆斯的父亲约翰·乔伊斯是一个热诚的帕内尔的信徒，他以他那善于交际的脾性和巧言善辩为帕内尔竞选工作。在 1880 年，他成功地使帕内尔派两个人成为都柏林议员，作为报偿，他被任命为都柏林市的税务总监。

② 1889 年圣诞节前一天，威廉·亨利·奥谢上尉以其妻基蒂与帕内尔通奸为由提出离婚的申请。他已经容忍这种通奸行为达十年之久，1866 年作为补偿成为议员。奥谢上尉的申请于 1890 年 11 月 17 日得到批准。起初，帕内尔表现出惊人的毅力将他的党仍然团结在他的周围；他的助手蒂姆·希利号召大家不要"在快临近到达乐园"的时候抛弃领袖。然而，后来由于达维特·格拉德斯通、天主教主教的压力以及蒂姆·希利和其他的政治盟友的反戈一击，正如叶芝描述的，他们一起"让堆石场倾颓了下来"。

——让他们离政治远一点儿，卡西先生说，要不人民将疏离教会。

——你听到了吗？ 丹特说，转身向德达罗斯夫人。

——卡西先生！ 西蒙！ 德达罗斯夫人说，就此打住吧。

——太糟糕了！ 太糟糕了！ 查尔斯伯父说。

——什么？ 德达罗斯先生大声叫了起来。难道我们要按英国人的愿望抛弃他吗？

——他已不配当头儿，丹特说。他是一个辜负了公众期望的罪人。

——我们都是罪人，罪孽深重的人，卡西先生冷冷地说。

——那毁谤人的有祸了？ 赖尔登夫人说。往他脖子上拴一块磨石丢到海里去，那比让他毁谤这小子里的一个要好得多。①这是圣灵说的话。

——那是非常糟糕的语言，如果你问我的话，德达罗斯先生冷淡地说。

——西蒙！ 西蒙！ 查尔斯伯父说。这孩子。

——是的，是的，德达罗斯先生说。我是指……我是指铁路搬运夫的脏话。啊，就这样吧。喂，斯蒂芬，让我瞧瞧你的餐盘，老兄。吃吧。啊。

他往斯蒂芬餐盘里堆了许多菜肴，给查尔斯伯父和卡西先生夹了大块火鸡肉，浇了许多调味汁。德达罗斯夫人吃的很少，丹特两手放在膝盖上坐着。她一脸通红。德达罗斯先生手里拿着切肉刀在餐盆末端找火鸡肉下刀，说：

——在火鸡身上有一块很鲜美的部分，我们称它为教皇鼻②。如果有哪位夫人或先生……

---

① 见《新约·路加福音》17：1—2。
② 教皇鼻即火鸡的臀部。

他用切肉刀叉齿戳着一块火鸡肉。没人答话。他将火鸡肉放在他的餐盘里，说：

——嗯，你们不能再说我没问过你们。最近我身体不对劲儿，还是自己享用吧。

他对斯蒂芬眨了眨眼，合上餐盘盖，又开始吃了起来。

他用膳的时候，众人一片沉默。他说：

——啊，今天天气还算不错。来了许多英国人。

没人答话。他接着说：

——我觉得今年圣诞节来访的英国人比去年圣诞节多。

他眼睛往众人溜了一圈，他们都俯着脸在用膳，没人答话，他稍等了一会儿，便不快地说：

——唉，我的圣诞筵席给毁了。

——在一个对教会大祭司毫无敬意的家里，丹特说，是不可能找到运气和上帝的恩宠的。

德达罗斯先生往餐盘上"叭"的一声摔下他手中的刀叉。

——敬意！ 他说。难道是对尖嘴薄舌的比利①和对阿尔马那肥胖笨拙的家伙的敬意吗？②敬意！

——难道是对教会王子们的敬意吗？ 卡西先生以一种温和的蔑视的口吻说。

——他们仅仅是莱特里姆大人的马车夫而已③，仅仅是马车夫而

---

① 即都柏林大主教管区大主教威廉·J·沃尔什。有诗云：谁都知道，没比利·沃尔什同意主教别想打嗝。

② 迈克尔·洛格于1887年被任命为阿尔马大主教。他后来成为枢机主教。

③ 莱特里姆大人是一个声誉极坏的地主，于1877年和他的两位随从一起在多厄根尔郡被一位农夫的儿子杀死。农夫的儿子是为他的妹妹申冤而杀死莱特里姆大人的。这次谋杀事件在下议院引起激烈的争论。

已，德达罗斯先生说。

——他们是上天遴选的，丹特说。他们是祖国的荣耀。

——脑满肠肥而已，德达罗斯先生粗鲁地说。听着，他在悠闲自得的时候，那脸蛋儿还挺漂亮。要是你能在一个寒冷的冬日见到那家伙舐吃餐盘里的火腿白菜就好了。哦，约翰尼！

他扭起面颊，做了一个非常粗俗的鬼脸，用嘴唇发出"叭嗒"、"叭嗒"舐舔的声音。

——说实话，西蒙，你不应该当着斯蒂芬的面那样说话。这不妥当。

——哦，他长大后会记住这一切，丹特尖厉地说，——记住他在自己家里听见的亵渎上帝、宗教和神父的话。

——但愿他也铭记住，卡西先生在餐桌对面对着她大声说，神父们和神父的走卒们所说的使帕内尔心碎、将他驱赶进坟墓的话。但愿他长大后也记住那些。

——婊子养的！ 德达罗斯先生大声嚷道。当他倒霉了，他们便攻击他，出卖他，像阴沟里的耗子一般吞噬他。卑劣的狗！ 他们像狗！天，他们像狗一样！

——他们完全正当行事，丹特喊道。他们服从他们的主教和神父。荣耀属于他们！

——啊，在一年中任何一天这样说话都是非常可怕的，德达罗斯夫人说，我们能中止这可怕的争论吗！

查尔斯伯父温和地举起双手，说：

——得了，得了，得了！ 不管我们持有什么样的观点，我们能不能不发这么大的火、不用这样污秽的语言来表述呢？ 这太糟了。

德达罗斯夫人低声悄悄跟丹特说了几句话，而丹特则大声嚷道：

——我怎么能缄默。当我信仰的教会和宗教受到天主教叛徒侮辱和唾弃的时候，我必须捍卫它们。

卡西先生粗鲁地将他的餐盘往餐桌中间一推，将肘子撑在身前，用一种嘶哑的声音对他的主人说：

——告诉我，我曾经给你讲过那个关于一次闻名遐迩的喷唾沫的故事吗？

——你没跟我讲过，约翰，德达罗斯先生说。

——啊，卡西先生说，那是一个颇有教育意味的故事。这故事不久前发生在我们所在的威克洛郡。[①]

他停顿了一下，转身对着丹特，以一种宁静的愤懑说：

——如果你是指我的话，我正告你，夫人，我绝不是天主教叛徒。我是一个天主教徒，正如我的父辈和祖辈，我们愿意献出生命以捍卫我们的信仰。

——你这么说，丹特说，更显出你的无耻。

——讲你的故事吧，约翰，德达罗斯先生微笑着说。不管怎么样，还是讲你的故事吧。

——好一个天主教徒！ 丹特鄙夷地重复一遍。即使最糟糕的新教徒也不会说出我今晚听到的话。

德达罗斯先生开始摇头晃脑，像一个乡村歌手一般轻轻低吟起来。

——我不是新教徒，我再告诉你一遍，卡西先生说，一脸通红。

德达罗斯先生仍摇晃着脑袋低吟着，他开始用粗浊的鼻音吟唱：

哦，从不做弥撒的罗马天主教徒们你们来吧。

他重又兴致勃勃地拿起刀叉，开始吃起来，并对卡西先生说：

---

① 布雷位于威克洛郡东北角，与都柏林郡南部边界接壤。

——给我们讲你的故事吧，约翰。那会帮助我们消化。

斯蒂芬以一种爱慕的心情瞧着卡西先生的脸，那张脸正越过交叉着的手凝视着桌子对面。他喜欢在火炉边挨着他坐，仰望他那黝黑的令人生畏的脸。但是他那黑眼珠却从不凶猛，而聆听他那缓缓的说话声是一种愉悦。他为什么要反对神父呢？ 丹特准是对的。他曾经听见父亲说丹特是一个宠坏了的修女，当她哥哥以小玩意儿和土人做生意发了一笔财，她便离开了阿勒格尼的女修道院。①也许正是这个原因使她对帕内尔非常严厉。她不喜欢他和艾琳一块儿玩耍，因为艾琳是新教徒，当她年轻的时候，她认识经常和新教徒在一起玩耍的小孩，新教徒总是讪笑圣母马利亚启应祷文。②象牙塔③，他们总是这么说，黄金屋！ 一个女人怎么可能是象牙塔，或者是黄金屋呢？ 到底谁对呢？ 他想起了在克朗哥斯医务室那个夜晚，那黑沉沉的浊浪，码头上那一星灯火，以及当人们听说时的悲哀的啜泣声。

艾琳的一双手又长又白。一天夜晚，捉迷藏④时，她将手蒙在眼睛上：那手长长的，白皙而细瘦，冰凉而柔软。那就是象牙：那冰凉而洁白的东西。那就是象牙塔的含意。

——这故事很简短而甜蜜，卡西先生说。故事发生在阿克洛⑤，首

---

① 丹特的哥哥和非洲土著人做生意挣了一笔财富，后来死去遗赠给丹特三万英镑。丹特差一点儿在美国进了修道院当修女。修道院在宾夕法尼亚州匹兹堡，由都柏林慈善姐妹会所建。原文中 chainie 意为不值钱的小装饰玩意儿。

② 启应祷文一般是晚上作祈祷时念的祷文。在启应祷文中，马利亚被称作"神秘的玫瑰"，"大卫之塔"，"象牙塔"，"黄金屋"，"约柜"（装有两块十诫碑的箱子），"天之门""晨星"。

③ 象牙塔，请参见②。这形象出自《旧约·雅歌》7：3："你的两腿，圆满似玉，是艺术家手中的杰作。"

④ 原文为 tig，即 tag，捉迷藏之意。

⑤ 位于布雷海岸以南约 25 英里处。

领逝世不久前一个酷寒的日子。愿上帝宽恕他!

他疲惫不堪地闭上双眸,顿了一下。德达罗斯先生从他的餐盘里拿起一块骨头,用牙齿在那上面撕肉吃,并说:

——你是说在他被杀之前。

卡西先生张开了眼睛,唏嘘了一声,继续说道:

——一天,在阿克洛。我们在那儿举行一次会议,会议结束后,我们在人群中硬挤出一条路到火车站去。老兄,那嚷嚷声,那嘘声,你从来没听见过。人们用世界上所有的诅咒辱骂我们。得,人群中有一个年迈的女人,她准是个喝得酩酊大醉的老丑婆,一个劲儿盯着我。她无休止地在我的身边泥地里狂舞,对着我的脸大叫大嚷:神父猎手! 巴黎基金! 福克斯先生! 基蒂·奥谢!①

——那你怎么办,约翰? 德达罗斯先生问道。

——我让她嚷,卡西先生说。那天天很冷,为了提精神气,(说句冒昧的话,夫人)我嘴里正嚼着图拉莫尔烟草,一个字也说不出来,因为嘴里塞了一口的烟草汁水。

——然后呢,约翰?

——嗯,我让她嚷,嚷个够,嚷基蒂·奥谢什么的,后来她干脆破口咒骂起那位夫人,我不想复述她的叱骂,玷污今天圣诞节聚会,玷污您的耳朵,夫人,玷污我自己的嘴唇。

他停了一会儿。德达罗斯先生从火鸡骨上抬起头,问:

——那你干什么来着,约翰?

——干什么来着! 卡西先生说。她咒骂时,抬起她那张丑陋的老

---

① 巴黎基金是一笔托付在帕内尔名下的爱尔兰民族联盟的资金。帕内尔于1890年被指控私自挪用这笔基金。福克斯先生是帕内尔与基蒂·奥谢私通时使用的匿名之一。

脸直向我戳来，而我嘴里一口的烟草汁水。我向她躬下身子，扑哧！我就是那么对她说的。

他侧转身子，做了一个喷吐的动作。

——扑哧！我就是那么对她说的，直喷她的眼睛。

他往眼睛上猛拍了一下，发出一声嘶哑的痛苦的呻吟。

——哦，耶稣，马利亚和约瑟夫！她说。我眼睛瞎了！我眼睛瞎了，我要给淹死了！

他顿了一下，一会儿一阵咳嗽，一会儿大笑不止，然后重复道：

——我全瞎了！

德达罗斯先生大声咯咯笑起来，背靠在椅背上，而查尔斯大伯不停地摇头。

丹特看上去非常愤怒，当他们大笑时，她说道：

——妙极了！哈！妙极了！

往一个女人眼睛里喷吐唾沫终究并不好。那女人到底咒骂基蒂·奥谢什么，卡西先生却不愿复述出来？他想像卡西先生从人群中挤出来，站到四轮敞篷马车上发表演说的情景。那正是为什么他去蹲了监狱，他记得有一天夜晚，奥尼尔中士来到他家，站在大厅里，低声与他父亲交谈，神经质地咬着他的帽带。那天晚上，卡西先生没有乘火车去都柏林，一辆车开到家门口，他听见父亲说什么凯宾梯利路。①

他献身于爱尔兰和帕内尔的事业，跟他父亲一样：丹特也是这样献身的，一天晚上，在海滨大道听音乐时，她操起雨伞猛击一位绅士的脑袋，因为当乐队奏完《上帝保佑女皇》时，这位绅士脱帽致礼了。②

---

① 这是一条从都柏林直达基利尼山脚下的凯宾梯利村的道路。

② 根据斯坦尼斯拉斯的回忆，这是一次真实的事件。

德达罗斯先生轻蔑地哼了一声。

——啊，约翰，他说。他们正是这样的。我们是一个不幸的、神父跋扈的民族，过去是，将来将永远是这样。

查尔斯伯父摇摇头，说：

——糟透了！ 糟透了！

德达罗斯先生重复道：

——一个神父跋扈、被上帝遗弃的民族！

他指了指右手墙上的祖父的画像。

——你看见那老人吗，约翰？ 他说。当神职人员不拿俸禄的时候，他是一个绝顶好的爱尔兰人。他作为白衣党人被处死了。[1]关于我们的教士朋友，他有一句名言，他绝不会让他们中的任何人将腿伸进他的餐桌下。[2]

丹特一腔怒火冒了出来：

——要是我们的民族是一个神父跋扈的民族，我们应该为此而感到骄傲！ 他们是上帝的眼珠。基督说，别触动他们，因为他们是我的眼珠。[3]

——难道我们不能热爱我们的祖国吗？ 卡西先生问道。难道我们不应该追随生来就是我们领袖的人物吗？

——祖国的叛徒！ 丹特回答道。叛徒，奸夫！ 神父们抛弃他是完全正当的。神父们一直是爱尔兰真正的朋友。

---

[1]　乔伊斯研究专家里查德·埃尔曼证实这是在历史上真的发生过的事。在蒂珀雷里，地主阴谋将佃户从他们开发的荒地上赶走。于是，佃户们于1769年组织起来，与地主斗争。他们在衣服外面系一件白衬衣作为联盟成员的标志，故被称为白衣党人。他们到处收罗武器，以十分残酷的手段逮捕并惩罚不服从他们命令的人们。

[2]　这里引用的是乔伊斯的曾祖父确实说过的一句话。原文mahogany，意指餐桌。

[3]　见《旧约·撒迦利亚书》2：12：凡触动你们的，就是触动他的眼珠。

——他们是信仰的真正朋友吗？卡西先生问。

他往桌上击一猛拳，愤怒地皱起眉头，将手指一个挨一个地伸将出来。

——当拉尼根主教向康沃利斯侯爵发表效忠演说时，难道爱尔兰主教们没有在大不列颠与爱尔兰合并①时出卖我们吗？难道主教们和神父们没有在 1829 年为了换取天主教解放②而出卖了他们祖国的希望吗？难道他们没有在讲道坛上或在忏悔室里谴责芬尼亚运动③吗？难道他们没有玷污特伦斯·贝柳·麦克马纳斯的骨灰④吗？

他的脸因愤怒而胀得通红，这些话语使斯蒂芬感到深深的震惊，他感到一股热潮涌向了他的双颊。德达罗斯先生发出一阵含有明显蔑视的哄笑来。

——哦，上帝。他大声喊道，我忘记了那矮小的老保罗·卡伦⑤！另一位上帝的眼珠！

丹特躬身伏在餐桌上，对卡西先生嚷道：

---

① 1707 年英格兰与苏格兰组成大不列颠王国。1801 年 1 月 1 日大不列颠王国与爱尔兰合并成为大不列颠与爱尔兰联合王国。约翰·拉尼根（1758—1828）。查尔斯·康沃利斯于 18 世纪末与 19 世纪初任爱尔兰总督。他镇压了沃尔夫·托恩 1798 年的叛乱，在爱尔兰议会上提议爱尔兰与英格兰立法机构合并。

② 在 1829 年，主要由于丹尼尔·奥康内尔组织的鼓动的影响下，英国首相威灵顿公爵劝说乔治四世接受"天主教解放法案"，法案将天主教徒从伊丽莎白时代制定的反对天主教徒的法律中解放出来。虽然天主教徒获得了选举他们教会的人进议会的权利，但许多人丧失了这样的权利。在爱尔兰，大约有 19 万小土地主被褫夺了选举权。

③ "芬尼亚人"创立于 1859 年，目的旨在反对英国统治，正式名称为爱尔兰革命兄弟会。

④ 麦克马纳斯（1823？—1860），爱尔兰爱国者，因叛国罪而被流放国外，他死在美国，1861 年遗体被运回爱尔兰，芬尼亚人在民族主义者示威声中将他下葬。枢机主教卡伦反对芬尼亚人。

⑤ 卡伦（1803—1878）1849 年被任命为阿尔马主教，1852 年被任命为都柏林大主教；1866 年被任命为枢机主教。他顽固地反对芬尼亚兄弟会和所有其他的革命组织。

——对呀！ 对呀！ 他们总是对的！ 上帝、道德和宗教为先。

德达罗斯夫人见她如此激动，对她说：

——赖尔登夫人，答话时别让自己太激动了。

——上帝和宗教高于一切！ 丹特高声喊道。上帝和宗教高于世上的一切。

卡西先生高举起他紧捏的拳头，往餐桌"嘭"一下捶下去。

——好极了，他嘶哑地吼道，要真是那样的话，爱尔兰没有上帝！

——约翰！ 约翰！ 德达罗斯先生大声喊道，一把抓住他客人的外衣袖子。

丹特凝视着餐桌的上方，双颊在抽搐。卡西先生从椅子里颤巍巍站了起来，全身伏在餐桌上正对着她，一只手在眼前空挥了一下，仿佛要撕开一层蜘蛛网似的。

——爱尔兰没有上帝！ 他大声吼道。在爱尔兰，我们受够了上帝的罪。打倒上帝！

——亵渎神祇！ 魔鬼！ 丹特尖声喊道，猛一下站起来，几乎要往他脸上吐唾沫了。

查尔斯伯父和德达罗斯先生将卡西先生硬按回椅子里去，坐在两边劝说他。他那黝黑的冒着火焰的眼珠直视前方，重复道：

——打倒上帝，我就这么说！

丹特猛一下子将椅子推向一边，离开餐桌，随手打翻了餐中套环，那套环沿着地毯缓缓地滚开去，停靠在安乐椅腿上。德达罗斯先生迅疾地起身，追着她来到门口。在门口，丹特猛一转身，对着房间大声嚷道，双颊飞红，因为愤怒而在抽搐：

——地狱里出来的魔鬼！ 我们胜利了。我们将他镇压！ 魔鬼！

门在她身后砰然关上。

卡西先生从两人手中挣脱开手臂来，突然将脑袋枕在手上痛苦地抽泣起来。

——可怜的帕内尔！ 他大声哭道。我的长眠的王！

他大声而痛苦地哭泣起来。

斯蒂芬抬起了他充满惊惧的脸，看见他父亲眼中噙满了泪水。

＊　　　　　＊　　　　　＊

同学们三五成群地在一起聊天。

一个同学说：

——他们是在莱昂斯山①被逮住的。

——谁逮的他们？

——格利森先生②和学院副教区长。他们正乘着一辆四轮出租马车。

这位同学接着说：

——一位高年级的同学告诉我的。

弗莱明问：

——告诉我们，他们为什么要逃走呢？

——我知道为什么，塞西尔·桑德尔说。因为他们从学院教区长房间里偷了钱。③

——谁偷的？

——基克海姆的哥哥④。他们平分偷来的钱。

------

① 位于赛尔布里奇以南三英里处。
② 格利森先生确有其人，运动能手，板球打得特别好。
③ 原文为 feck，意为"偷"。
④ 原文为 brother，考虑到亚历山大·基克海姆 1886 年进克朗哥斯公学，而罗迪·基克海姆是 1888 年入的学，亚历山大应是哥哥。

——那是偷窃。他们怎么能干那种事？

——你知道的真多，桑德尔！ 韦尔斯说。我知道他们为什么逃跑。①

——告诉我们为什么。

——我不能说。

——哦，说吧，韦尔斯，所有的人都说。你完全可以告诉我们。我们不会说给别人听。

斯蒂芬伸长了脑袋倾听着。韦尔斯往四周扫了一眼，瞧瞧是否有人走来。然后，他神秘地说：

——你们知道在圣器保藏室柜子里保管着祭坛酒吗？

——知道。

——嗯，他们喝了那酒，有人闻到了酒味，发现了谁偷喝的酒。这就是为什么他们逃跑，要是你们想知道的话。

最初说话的那位同学说：

——是的，高班的同学也是这么告诉我的。

同学们都缄默下来。斯蒂芬站在他们中间，惧怕说话，只是倾听着。一阵轻微的因为惊悚而产生的恶心使他感觉羸弱不堪。他们怎么能干那事呢？ 他想起那黑洞洞的寂静的圣器保藏室。那里有黑漆漆的木头柜子，在木头柜子里静静地躺着折叠妥帖的有皱折的白色法衣②。虽然那儿不是小教堂，但你说话时必须压低嗓子。那是一个神圣的地方。

---

① 原文为 scut，作为名词它可释为鹿、野兔和家兔的短而直的尾巴，在这里作为动词可释为"逃跑"。

② 这是一种宽松的白麻布法衣，袖子宽大，垂至双腿，神职人员、唱诗班成员和其他参加教学仪式的人一般将它穿在黑袍法衣外面。斯蒂芬很可能作为舟形香炉侍童穿过这种法衣。

他记得那夏日的夜晚，在行进到丛林小祭坛的行列中，他如捧舟形香炉侍童一样穿戴。①一个奇异的神圣的地方。捧香炉的侍童一边抛香炉，一边抽中间的链条打开炉盖，让炭火烧旺。人们称那为薪炭：那同学悠悠地摇晃香炉，薪炭在香炉里静静地燃烧，发出一阵阵淡淡的异味。当祭坛的布挂好，他站着，将舟形香炉奉献于学院教区长面前，学院教区长放一匙香于其中，香便在炭火上咝咝地燃烧起来。

在操场上，同学们三三两两地聚在一起在闲聊。在他看来，同学们似乎变得细小了：那是因为一个短跑运动员，一个语法二年级的学生，将他击倒了的缘故。在煤屑路上，那同学的自行车将他撞倒，不太重，但眼镜摔成了三片，吃了一嘴的煤屑。

这就是为什么同学们在他看来越发细小而遥远，球柱显得纤细而迢遥，而温柔的蓝灰的天穹却是这么高远。足球场上没人踢足球，因为板球成为了时尚：有人说巴恩斯将会成为教授，有人说弗劳尔斯②会。在操场上同学们在玩软球粗棒球、滚木球和下手球。在轻柔苍茫的空中到处回响着板球球板的响声：噼，啪，扑，叭：喷泉细小的水珠缓缓地滴落在满蓄的水池里。

一直保持缄默的艾西静静地说：

——你们全不对。

所有的人都热切地转向他。

——为什么？

——你们知道吗？

——谁告诉你的？

---

① 当乔伊斯刚进克朗哥斯公学的第一年里，乔治·罗奇是香炉侍童，乔伊斯是舟形香炉侍童。舟形香炉是香在香炉焚烧之前放置香的器物。

② 此两人在克朗哥斯档案材料中均无发现。

——告诉我们，艾西。

艾西指向操场对面，西蒙·穆南正独自一人在散步，脚踢着身前的一块石头。

——问他，他说。

同学们眼望着那儿，说：

——为什么问他？

——他也牵涉进去了吗？

艾西压低声音，说：

——你们知道为什么他们逃跑吗？我告诉你们，但你们绝不能再告诉别人。

——告诉我们，艾西。说吧。要是你知道，就告诉我们吧。

他顿了顿，然后神秘地说：

——一天晚上，他们在厕所和西蒙·穆南、"长牙兽"博伊①在一起被逮住了。

同学们盯视着他，问：

——被逮住？

——他们在干吗？

艾西说：

——同性亲热呗。②

所有的同学都沉默下来：艾西说：

——那就是为什么。

斯蒂芬瞧一眼同学们的脸，他们全瞅着操场对面。他想找个同学询问

---

① 此人在克朗哥斯档案材料中未有发现。
② 原文为 smugging，克朗哥斯公学学生俚语，意为一种温和的同性亲热行为。

个究竟。在厕所里同性亲热是什么意思？为什么高班的五个同学要为此而逃跑呢？那是开玩笑，他想。西蒙·穆南穿戴高级的衣服，一天夜里，他给他瞧一球的奶油糖果，那球是十五岁足球队同学在饭厅里沿地毯滚给他，他在门口接住的。那晚有一场对培克蒂佛森林看守人队的球赛；这球制作得犹如一只殷红而翠绿的苹果，一打开它，里面盛满了奶油糖果。一天，博伊说大象长两只长牙兽，而不是两具象牙①，这就是为什么他叫"长牙兽"博伊，有的同学叫他"小娘儿"博伊，因为他老是修指甲。

艾琳的双手也是颀长、纤细而白皙，因为她是姑娘。那手宛若象牙；只是更为柔软。那就是象牙塔的含意，但新教徒无法理解这含意而讪笑它。有一天，他站在她身边，瞧着旅店的院子。一位侍者正在往旗杆上升一溜小彩旗，一只猎狐小狗正在阳光灿烂的草地上跳来跳去。他手放在口袋里，她将手伸进了他的口袋，他感觉到她的手是多么冰凉、多么纤细、多么柔软。她说口袋真是怪玩意儿；然后，她陡然缩回手，咯咯大笑着沿小道的坡路撒腿跑开去。她的金发在脑后随风飘拂起来，犹如阳光下的金子。象牙塔。黄金屋。当你联想事物时，你便能理解它们。

但是，为什么在厕所里呢？只有当你想解手的时候，你才去那里。那儿全是厚实的石板，水从狭小的洞眼里终日不停地流淌，弥漫着一股腐水的臭味。在一座小隔间的门后画着一幅红铅笔的画，一个蓄胡子的男子，穿着罗马服装，双手各持一块砖头，画下面写着标题：

巴尔勃斯在砌墙。

有人画下这幅画完全是为了开开玩笑。那张脸滑稽极了，很像一个

---

① 在英语中 tusker 为长牙兽，而 tuck 为长牙，博伊在此将两词混淆了。

蓄胡须的男子。在另一小隔间的墙上用漂亮的逆写体写着：

朱利乌斯·恺撒写了《花下腹部》①

也许这正是他们到那儿去的缘故，因为那是同学涂鸦插科打诨的地方。但艾西所说的以及他说话时的样子还是让人觉得非常奇怪的。那绝不是一场玩笑，因为他们逃逸了。他随同大家一起凝视操场对面，心中开始感到惧怕。

弗莱明终于说道：

——难道我们都要为别的同学所为而受罚吗？

——要是我干了，我就不回来了，塞西尔·桑德尔说。在饭厅里三天不准说话，每分钟先在双手打三记手心，然后再打四下手心作为处罚。②

——是的，韦尔斯说。老巴雷特用一种新招折纸条，你没法打开纸条，瞧瞧你到底会受几下戒尺。再折叠上。③要是我的话，我也不

---

① 根据 G·S·艾瑟顿，此涂鸦源出《肯尼迪拉丁语初阶》。巴尔勃斯是罗马帝国时期的一个石匠，口吃得厉害。作为口吃的石匠，巴尔勃斯与乔伊斯小说《菲尼根守灵夜》的主人公口吃的 H·C·厄韦克尔和总是提着一只灰浆桶的蒂姆·菲尼根有某种隐喻的联系。西塞罗在给阿提库斯的信（《西塞罗致阿提库斯书信集》第七卷第二封）中说，在公元前 47 年罗马遭受无数困扰的岁月里，当许多罗马人在寻欢作乐时，巴尔勃斯却在为自己建造新的宅邸：他还会关心什么呢？ 在朱利乌斯·恺撒的罗马城中，有两个闻名遐迩的巴尔勃斯，他们都来自西班牙，和生活在爱尔兰的丹麦人厄韦克尔一样，他们是外国人。年长的巴尔勃斯被以莫须有的罪名指控为罪人。他坚持记日记，记录他的和恺撒的生活，后来他的日记成为恺撒的《高卢战记》（Commentarii de Bellor Galico）第八章的基础。拉丁语 bello（战争）与英语的"肚皮"相近，而 Galico(高卢)则成了英语的"印花布"。这厕所里的涂鸦表明青春发育期的少男一种朦胧的关于性的玩笑，即乔伊斯所谓的 smugging。

② 原文为 six and eight，意为：先在双手打三下，然后再在双手打四下。

③ 教师要处罚一个学生，便在纸条上用拉丁文写上学生该被罚鞭笞的次数，然后让学生被送到顶楼由班督导根据纸条的数字执行鞭笞。

会再回来。

——是的，塞西尔·桑德尔说，教导主任①今天上午在语法二班。

——我们来造一次反，弗莱明说。好吗？

所有的同学都沉默下来。空气中一片寂静，你甚至可以听见板球拍的响声，那响声只是更为缓慢而悠长了：噼，啪——。

韦尔斯说：

——那校方会怎么处分他们呢？

——西蒙·穆南和"长牙兽"将挨鞭笞，艾西说，高班的那几个同学可以抉择：要么挨鞭笞，要么开除。

——他们选择什么？ 最初说话的那位同学问。

——除了科里根，所有的人都宁愿被开除，艾西回答道。将由格利森先生执戒尺对他体罚。

——就是那大个儿科里根吗？ 弗莱明说。啊，他足可以对付两个格利森！②

——我明白，塞西尔·桑德尔说。他是对的，而其他那几个人选择错误，鞭笞过一阵便好了，可从公学给除名却要背一辈子耻辱。况且格利森不会打得太重。

——格利森最善于装模作样抽打了，弗莱明说。

——我才不想像西蒙·穆南和"长牙兽"那样，塞西尔·桑德尔说。我想，他们不会挨鞭笞。也许先在左手打九板子，然后再在右手打九记手心作为体罚便完事了。③

---

① 教导主任的职责是在学业组织方面辅佐学院教区长，所以担任教导主任，可以"为了上帝的荣耀，在做人、艺术和教义方面获得尽可能的进步"。
② 原文中此句用 able for，表明"能够"，这是在爱尔兰目前仍然流行的英语。
③ 原文为 twice nine，指在双手各打九板子，是此类处分的最高数额的惩罚。接受这种惩罚的学生还必须躬下身子，在屁股上挨板子。

——不，不，艾西说。他们将在要害部位挨揍。

韦尔斯擦了一下身子，用一种哭声说：

——求您了，先生，饶了我吧！

艾西启齿一笑，卷起茄克衫袖子，说：

没办法；

只得干。

脱去裤子，

露出你的屁股来。

同学们哈哈大笑起来；但是，他觉得他们都有点儿害怕。在那轻柔的苍茫的空气的寂静之中，他听见板球拍的拍击声：嚓——啪。那是一个供聆听的声音，要是击中你，你便会感到一阵刺痛。戒尺①也会发出声响的，但不会是那种声音。同学说，戒尺是由鲸鱼骨制作的，外包之以皮，内藏以铅：他在心中纳闷挨戒尺该是什么滋味。所感受的疼痛是不同的，因为声音不同。细长的戒尺会发出尖厉的呼啸声，他琢磨那痛苦该是什么样子。一想起那痛苦他浑身就会颤抖、发冷：艾西所言也使他毛骨悚然。这有什么好笑的？ 它使他战栗：这是因为你脱裤子时总是感觉一阵冷战的缘故。这与你在沐浴脱衣服时的感觉是一样的。他纳闷到底谁脱裤子，是班督导还是这男孩。哦他们怎么能这么讪笑这种事情呢？

他瞧一眼艾西挽起的袖口和他那指关节粗大的、被墨水玷污的手。他卷起袖口让人瞧瞧格利森先生会挽起袖子的神气。格利森先生的袖口

---

① 原文为 pandy，源自拉丁文 pande。

滴溜儿圆，亮光光的，干干净净的雪白手腕，一双丰腴的白手，指甲长而尖。也许他跟"小娘儿"博伊一样精心修剪指甲。然而他的指甲吓人地修长而尖利。虽然他的肥腴的白手看上去并不可怕，甚至可以说极其温柔，但他的指甲却长得令人骇然。尽管他一想到那怕人的修长指甲，一想到那戒尺尖厉的呼啸声，一想到脱去衣服时，在衬衣的边端所感受到的震栗便发起抖来，但当他一想到那双丰腴的白手，干净、强韧而柔软的白手，他内心便会充溢一种奇异的、宁静的愉悦。他想起塞西尔·桑德尔所言，格利森先生不会重揍科里根的。弗莱明说，他不会抽打得太重，因为他最善于装模作样抽打了。但那并没说明为什么。

在操场的远处有一个声音喊道：

——全体进教室！

其他声音也高喊道：

——全体进教室！　全体进教室！

在写作课上，他坐在那儿，双手叉在胸前，聆听铅笔悠悠的沙沙声。哈福德先生在教室里走来走去，用红铅笔做小小的记号，有时干脆坐在学生的旁边教他握笔的正确的方法。他竭力想自己来演绎那标题来，虽然他已经知道该写什么，因为那是书中的最后部分。鲁莽的热情犹如飘摇无定的船。字母的线条就仿佛是极纤细的隐形的线，只有当紧紧地、紧紧地闭上右眼，从左眼观觑出去，他才能看清大字字母的曲线。

哈福德先生是一位非常正直的人，从不发怒。①而其他的督导发起

---

① 在现实生活中，哈福德先生即乔伊斯在克朗哥斯公学求学时的詹姆斯·杰夫科特先生。杰夫科特先生为耶稣会会士，基础班教师。当乔伊斯来到克朗哥斯公学时，杰夫科特仅22岁，是一位年轻的学者，充满了耐心与理想主义，所以他"从不发怒"。

脾气来可怕极了。为什么他们要为高班同学所为而遭罪呢？ 韦尔斯说他们偷喝了圣器室柜子里的祭坛酒，根据酒味校方抓到了偷喝的同学。也许他们偷窃了圣体盒①逃跑，并把圣体盒卖了。深夜悄悄地溜进圣器室，打开那黑魆魆的柜子，偷窃那金光闪闪的玩意儿，一定是非常可怕的罪愆；在圣体盒里盛载着上帝，在圣体祝福式②上，当同学轻轻抛起香炉、香烟烟雾从祭坛两端袅袅升起，多米尼克、凯利③在唱诗班独唱起第一段圣歌时，圣体盒将被置放在祭坛鲜花与香烛之中。当然，当他们偷窃圣体盒时，上帝并不在盒中。但，即使碰触它一下，也仍然是一个非同寻常而重大的罪过。一想起这他便会感到一阵深深的惊惧；一个骇人的非同寻常的罪愆：钢笔在纸上发出轻微的沙沙声的一片静寂之中，他一想起这，就感到震颤。偷喝柜子里的祭坛酒，而且因为一嘴酒味而被逮住也是一种罪孽；但那不可怕，也不非同寻常。只是那酒味让你感到一点恶心。因为当他在小教堂接受第一次圣餐的那天，他闭上双眼，张开嘴，微微地伸出舌头：学院教区长躬下身子，给他圣餐时，继弥撒酒之后，他从学院教区长的呼吸里嗅到了一丝微微的酒味。这字很美：酒。它使你想起深紫色，因为栽种在希腊像白庙一般屋子外面的葡萄是深紫色的。在他领圣餐的清晨，从学院教区长的吐气里嗅到一丝微微的酒味使他感到恶心。初次领受圣餐的那天是人生最幸福的日子。有一次，许多将军询问拿破仑，哪一天是他一生中最幸福的日子。他们猜测他准会说他赢得一场大战或他被加冕做皇帝的

---

① 一种打开的或透明的金或银的盛器，其中盛放圣体。圣体盒一般做工十分精致，缀以钻石和宝石。

② 圣体祝福式是一种罗马天主教的仪式，一般在晚上举行。

③ 这很可能就是 1890 年在克朗哥斯公学忏悔节上与伊格内修斯、利特尔一起唱两重唱的多米尼克·凯利。一般批评家认为凯利不是克朗哥斯公学的学生。

那天。但他说：

——先生们，我一生最幸福的日子是我第一次领受圣餐的那一天。①

阿纳尔神父走进教室，拉丁文课开始，他双手交叉倚靠在课桌上，一动也不动。阿纳尔神父发下作文本，他说作文做的糟透了，立刻按照批改的文本重写一遍。最糟糕的是弗莱明的，纸页被污垢粘在一起了：阿纳尔神父用手提拎着作文本的一角，说交给任何导师这样的作文本，都是一种侮辱。他然后请杰克·劳顿变化名词 mare 的词尾，杰克·劳顿在夺格单数上打住了，再也说不出它的夺格复数了。②

——你应该为你自己感到耻辱，阿纳尔神父严厉地说。你，全班的头儿！

他询问下一个学生，一个又一个。谁也不知道。阿纳尔神父变得非常宁静，当一个又一个学生竭力想回答他的问题却又讷讷答不上的时候，他显得愈益泰然处之了。但他的脸阴沉沉的，瞪着眼，虽然说话的声气是沉静的。他问弗莱明，弗莱明说这词没有复数形式。阿纳尔神父霍地合上书，冲着他怒吼道：

——在全班中间跪下。你是我所遇到的最懒惰的学生。其他同学重抄作文。

弗莱明灰溜溜地从座位上走出来，在最后面的两条长凳中间跪了下去。其他同学则伏在书桌上，开始抄写作文。寂静笼罩着教室，斯蒂芬胆怯地瞄了一眼阿纳尔神父黝黑的脸，那脸因为发怒而显得有点红

---

① 罗马天主教徒一般在 7 岁，即所谓"理智的年纪"领受第一次圣餐，这句话由弃教者与罪人拿破仑说出含有讽刺意味。

② 拉丁名词 mare(海)是第三类变格中的中性名词，在第三类变格中大多数名词为阴性。

晕了。

阿纳尔神父大发其火是一种罪过吗，抑或当学生懒惰，他完全可以发怒，因为那会促使他们更用功地学习，抑或他仅仅在佯装发火吗？ 他发怒，是因为上帝允许他发怒，神父知道什么是罪愆，而不犯罪孽。假如他偶尔疏忽而犯了罪过，他向谁去忏悔呢？ 他也许会去大祭司那儿忏悔。假如大祭司犯了罪愆，他会去找教区长；而教区长会去找大教区长；大教区长会去找耶稣会会长忏悔①。这就是所谓的教序；他听见他父亲说这些人全是聪明绝顶的人。要是他们不做耶稣会修士，他们完全可以成为高级人才。他在心中纳闷，要是阿纳尔神父、帕迪·巴雷特、麦格雷德先生和格利森先生不是耶稣会修士的话，他们眼下可能会干什么。要想像他们可能干什么是很困难的，因为你不得不从不同的角度去想像，想像他们穿着迥然不同的颜色的外衣和裤子，蓄着须髯和八字胡子，戴迥异的帽子。

门悄悄地打开又关上。全班迅即耳语道：教导主任来了。刹那间死一般地寂静，然后从最后一排课桌传来戒尺啪——一声的击声。斯蒂芬的心惊悚地急跳起来。

——这儿有学生该挨揍吗，阿纳尔神父？ 教导主任高喊道。这班里有需要鞭笞的无所事事的懒虫吗？

他踱到班级中间，看见正跪着的弗莱明。

——啊唷！ 他喊道。这学生是谁？ 为什么罚跪？ 你叫什么名字，孩子？

——弗莱明，先生。

———————————

① 斯蒂芬对于耶稣会内部等级顺序的概念是正确的。然而他关于忏悔的想法却是错误的。按照耶稣会规定，各类神职人员均找同类级别的神职人员忏悔。

——啊唷，弗莱明！ 当然是个懒虫啦。我可以从你的眼睛里看出来。他为什么罚跪，阿纳尔神父？

——他写了一篇糟糕透顶的拉丁文作文，阿纳尔神父说，他的语法全错了。

——他当然全写错了！ 教导主任喊道。他当然全写错了！ 生来就是一个懒虫！ 我可以从他的眼角看出来。

他把戒尺啪——往课桌上一扔，喊道：

——站起来，弗莱明！ 站起来，我的孩子！

弗莱明缓缓地站了起来。

——伸出手来！ 教导主任大声喊道。

弗莱明伸出他的手来。戒尺飞将下来打在手心上，发出一阵阵响亮的啪啪声：一下，二下，三下，四下，五下，六下。

——伸出另一只手来！

戒尺重又在手心啪啪响了六下。

——跪下！ 教导主任喊道。

弗莱明跪下去，将手夹在腋下，脸因痛苦而扭曲起来，但斯蒂芬清楚弗莱明总是往手心擦松脂，他的手非常坚韧。也许他真的很疼，因为戒尺的声响是那么可怕。斯蒂芬的心在急跳。

——开始学业，全体！ 教导主任大声吼道。我们不希望无所事事的懒虫，无所事事的小骗子呆在这儿。开始工作，我说。多兰神父①将每天来监督你们。多兰神父明天还要来。

---

① 即现实生活中的詹姆斯·戴利。乔伊斯曾对赫伯特·戈尔曼说起过这次鞭笞事件。尽管斯蒂芬经受了不公正的鞭笞，但克朗哥斯公学的残酷性与C·S·刘易斯、乔治·奥威尔、西里尔·康诺利——大致上与乔伊斯同时代的作家笔下英国公学中的残酷性相比便要缓和多了。

他用戒尺戳一下一位同学的侧身，说：

——你，孩子！ 多兰神父什么时候还要来？

——明天，先生，汤姆·弗朗①的声音说。

——明天，明天，再一个明天，②教导主任说。全身心为此而做好
准备。多兰神父将每天来。写吧。你，孩子，叫什么名字？

斯蒂芬的心骤然疾跳起来。

——德达罗斯，先生。

——为什么你不跟别人一样在写作？

——我……我的……

他因恐惧而说不出话来。

——他为什么不写，阿纳尔神父？

——他把眼镜打碎了，阿纳尔神父说，我免去了他的作业。

——打碎？ 我听见了什么？ 你叫什么名字？ 教导主任说。

——德达罗斯，先生。

——到这儿来，德达罗斯。懒惰的小骗子。我从你的脸上就可以看
出你是个骗子。你在什么地方打碎眼镜的？

斯蒂芬跌跌撞撞走到班级中间，因为惊惧，因为匆忙，眼前一片
空白。

——你在什么地方打碎眼镜的？ 教导主任重复一遍。

---

① 汤姆·弗朗是克朗哥斯公学倒数第二年轻的孩子。大约在1890—1891年间，乔伊
斯和他闯入了不准学生入内的果园，并被抓住。当时流行一句双关俏皮话"弗朗
和乔伊斯高兴不了多久了"（Firlong and Joyce will not for long rejoice.），乔伊斯后
来很喜欢这句双关语。

② 见莎士比亚戏剧《麦克白》第五幕第五场："明天，明天，再一个明天，一天接
着一天地蹑步前进，直到最后一秒钟的时间，我们所有的昨天，不过替傻子们照
亮了到死亡的土壤去的路。"

——在煤屑路上，先生。

——啊唷！煤屑路！教导主任喊道。我知道那一套骗局。

斯蒂芬在惊讶之中抬起了眼睛，刹那间瞥见多兰神父浅灰色、并不再年轻的脸庞，浅灰的秃顶，脑袋两侧飘着细发，钢架眼镜，一双无色的眸子透过镜片往外瞧。为什么他说他知道那一套骗局？

——无所事事的小懒虫！教导主任大声说。打碎了眼镜片！老一套学生骗术！伸出手心来！

斯蒂芬闭上眼睛，手心朝上，将颤抖的手伸在半空中。他感觉到教导主任触摸了一会儿手，将手指扳直，祭司法衣袖子窸窣一撩，戒尺便飞起，直揍下来。像折断的木棍一般发出一声响亮而清脆的啪——，一阵热辣辣的针一般的刺痛使他战抖的手像火中的树叶一般蜷曲起来：应声而来的刺痛使他眼睛中蓄满了热泪。他整个身子因为惊悸而打起颤

来，手臂在打哆嗦，蜷曲的疼痛难耐的青黑色的手掌像空中飘飞的落叶一般战栗。他嘴唇间快要迸发出哭噼，呼喊出祈祷了。虽然热泪使他眼睛发烫，四肢因剧痛和震悚而发抖，但他竭力忍住热泪，将在喉咙处烧灼的哭喊压住。

——另一只手！ 教导主任大声喊道。

斯蒂芬缩回了他那伤痕累累的颤抖的右手，伸出了左手。祭司法衣袖子重又刷地往后一撩，戒尺飞将起来，接着便是一声响亮的击打声，强烈的、叫人发疯的、火辣辣的刺痛使他的手猛地紧缩起来，手指捏在手心里，成了一只青黑色的战抖的肉团。炙热的泪水从眼睛里流淌出来，耻辱、痛苦与惊悚一齐袭来，他在恐怖之中一下子抽回了战栗的手，痛苦地号啕大哭起来。他的身子因惊骇而颤抖起来，在羞辱与愤懑之中他感到那热辣辣的呐喊从喉头迸发出来，那炙热的泪水从眼睛里泫然奔涌而出，顺着发烫的脸颊滚淌下去。

——跪下去！ 教导主任大声吼道。

斯蒂芬立时跪了下去，将被打肿的手紧紧贴在身侧。一想到双手在刹那间被击打肿将起来而疼痛难耐，他便为双手而感到遗憾，仿佛它们不是他的双手，而是别人的。当他跪下去，压住冒到喉头的最后的抽噎，感到紧贴在身侧的那火辣辣的针刺般的痛楚时，他想起他手心朝上、伸在半空中的双手，想起教导主任稳住他的颤栗的手后那硬邦邦的一摸，想起在半空中身不由己地打战的那被打肿的、血红的手心与指头紧捏在一起的肉团。

——做作业吧，全体，教导主任在门口喊道。多兰神父将每天来视察，瞧瞧有没有小懒虫需要鞭笞一番。每天。每天。

门在他身后砰然关上。

全班在寂静之中继续抄写作文。阿纳尔神父从他的座位上站起来，在同学座位间踱来踱去，用非常温和的语言帮助学生，告诉他们所犯的错误在什么地方。他的声音非常和蔼而温柔。他然后回到他的座位上，对弗莱明和斯蒂芬说：

——你们可以回座位了，你们两个。

弗莱明和斯蒂芬起身，走回座位，坐下。因羞辱而一脸飞红的斯蒂芬用孱弱不堪的一只手打开书，伏案工作起来，脸几乎贴到书页上。

这是不公正而残酷的，因为医生对他说过他没有眼镜可以不用读书，那天上午他给家里的父亲写信，请他寄一副新眼镜来。而且，阿纳尔神父也说过，在新眼镜寄达之前，他可以不用学习。可如今他在全班同学面前被诬为骗子，并遭受鞭笞，而他却一直是名列全班第一二名，约克队的佼佼者！教导主任凭什么说那是一场骗局？当教导主任的手指伸来稳住他的手掌时，他感觉到了那触摸，他起先还以为他是要与他握手，因为那手指柔软而坚实；刹那间他听见了祭司法衣袖子的窸窣声和那飞将下来的击打声。罚他跪在全班中间是残酷而不公正的：阿纳尔神父对他们两人说，他们可以回到座位上去，不对他们另眼相看。他细心聆听阿纳尔神父修改作文时那低缓的柔和的声音。他也许现在才感到抱歉，而想显得宽宏大量起来。但那是不公正而残酷的。教导主任是一位神父，但那是不公正而残酷的。那张浅灰色的脸庞和钢架眼镜后面闪动的无色的眼睛是歹毒的，因为他起先用他那坚实而柔软的手指稳了稳手，只是为了击打得更狠、更响。

——那太卑鄙了，真是太卑鄙了，当同学列队前往饭厅时，弗莱明在走廊上说，以莫须有的过错鞭笞一个学生。

——你真的不小心打碎眼镜了，是吗？纳斯梯·罗奇问道。

斯蒂芬心中充溢了弗莱明的话语而没有回答。

——他当然打碎眼镜了！弗莱明说。我忍受不了。我要到学院教区长那儿去告他。

——对，塞西尔·桑德尔急切地说，我瞧见他将戒尺举过肩头，这是不允许的。

——打得很疼吗？纳斯梯·罗奇问。

——很疼，斯蒂芬说。

——我忍受不了那秃瓢儿或类似秃瓢儿的任何人的所为，弗莱明重复地说。那太卑鄙了，真太卑鄙了。饭后，我要直接到学院教区长那儿去告诉他发生的一切。

——对，去吧。对，去吧，塞西尔·桑德尔说。

——对，去吧。对，去吧，到学院教区长那儿去告他，德达罗斯，纳斯梯·罗奇说，他还说明天还要来揍你。

——对，对。去告诉学院教区长，所有的同学都说。

语法二班也有同学在听着，有一位开口道：

——元老院和罗马人宣布德达罗斯被错误地惩罚了。

这是错误的；不公正而残暴的：当他坐在饭厅里时，他时不时想起那侮辱便深深痛苦起来，在心中不禁纳闷难道在他脸上真有什么使他瞧上去像个骗子么，他真希望有面镜子瞧一瞧。但没有镜子；这是不公正的，残酷的，冤枉的。

他咽不下四旬斋①星期三的黑乎乎的油炸鱼馅饼，一只土豆上还留有铁铲的印痕。是的，他会按同学说的去做的。他会去跟学院教区长说，他被错误地体罚了。像这样告发冤枉的事在历史上有人也干过，那是伟人，伟人的头像印在历史书里。学院教区长会宣布他被错误地

---

① 指复活节前的四十天的大斋期。

处罚了，因为元老院和罗马人总是宣布提出申诉的人被冤枉了。那都是些伟大的人物，他们的名字记载在《理查德·马格纳尔问答》里。历史就是记叙这些伟人，记叙他们的行为，那正是《彼得·帕利希腊与罗马故事集》①所描述的。彼得·帕利的形象就出现在扉页的一幅画里。画里画着一条荒野上的路，路边长着野草和小树丛；彼得·帕利戴着一顶宽边的帽子，像一个新教牧师，手提一根大手杖，沿路大步迈向希腊和罗马。

他所需要做的事简单得很。他只需饭后轮到他散步时不是踅向走廊，而是爬上右边通向城堡的楼梯。他所需要做的只是：向右转，急步爬上楼梯，半分钟之内他便可进入低矮的、湫隘的走廊，那走廊穿过城堡而通向学院教区长的房间。每一个同学都说这是不公正的，甚至语法二班的那位谈及元老院和罗马人的同学也这么说。

会发生什么呢？ 他听见高班的同学在饭厅高处站起来，听见他们沿着地毯走来的脚步声：潘迪·拉思，吉米·马吉，西班牙佬，葡萄牙佬，第五个人是大个儿科里根，他将要挨格利森先生鞭笞。那就是为什么教导主任称他为骗子，无故地鞭笞他：他眯起弱视的眼睛，眼睛因流泪而变得疲惫不堪，注视着大个儿科里根宽阔的肩膀和偌大的低垂的黑脑袋在行列里走过去。他毕竟犯了点事儿，何况格利森先生不会打得太重：他记起了大个儿科里根在浴室里的样子。他的皮肤和浴池浅处泥煤色的澡水是一样的颜色，当他走过浴池边湿砖时，脚板发出响亮的叭嗒叭嗒的声音，每走一步，大腿便颤动一下，因为他太胖了。

饭厅走空了一半，同学们仍在列队走出去。他完全能步上楼梯去，因为在饭厅门外从来不站有神父或督导。但是他不能上楼去。学院教区

---

① 乔伊斯在此将笔名为彼得·帕利的两部书的书名合在了一起。

长会站在教导主任一边，并认为这是学生的骗术而已，这样，教导主任照样每天会来，甚至会更糟糕，因为他对去学院教区长那儿告他的学生会更可怕。同学们怂恿他去，但他们自己则不去。他们早忘得一干二净了。不，最好将这一切遗忘，也许教导主任声言每天会来只是吓唬人而已。不，最好还是退避三舍，因为如果你既矮小又年轻，你总是可以躲避开的。

同桌的同学站起来。他也站起来，和他们一起列队而出。他必须马上作出决定。他快走近门口了。如果他随同学一起走，他便不可能到学院教区长那儿去，因为他将不能为此而擅离操场。倘若他去了，仍然受到鞭笞，所有的同学会讪笑他，大谈小德达罗斯去学院教区长那儿告发教导主任的事。

他正沿地毯走着，他看见门口就在眼前了。那是不可能的：他不能去。他想起教导主任的光秃脑袋，那一对残酷的无色的眼睛正盯视着他，他听见教导主任两次问他叫什么名字的声音。当第一次告诉他姓名时，他为什么记不住呢？ 难道第一次他没在听吗？ 抑或他纯粹在拿他的姓名开玩笑？ 历史上的伟人也有类似的名字，从没人取笑他们。倒是多兰自己的姓名，他完全可以嗤笑一番，要是他想耻笑的话。多兰：多像一个给人洗衣服的娘儿的名字。

他走到了门口，急速趋向右边，爬上楼梯，没等他下定决心往回缩时，他已经来到这引向城堡的低矮、黝暗、湫隘的走廊。当他跨过走廊门槛时，无需转过头来瞧一瞧，他知道所有正在列队而出的同学全在目送着他。

他穿越过这狭小而黝暗的走廊，经过耶稣会修士住房的一扇扇小门。在阴暗之中他眯细眼睛往前、往左、往右瞧，心想那些准都是些画像。周围一片幽暗、寂静，他眼睛视力很弱，因为流泪而十分疲惫，什么也瞧不见。但是，他猜想那些画像准都是些宗教的圣人和伟人，在他举步走过时，他们在默默地俯视着他：圣依纳爵·罗耀拉捧着一本打开的书，手指着书中的字"为了上帝更大的荣耀"，①圣方济各·沙勿略②手指着胸口，洛伦佐·里奇③，头戴法冠，像班督导，神圣青春的三位守护神——圣斯坦尼斯拉斯·科斯特卡，圣阿洛伊修斯·冈萨加和圣约翰·伯克曼斯，他们的脸庞都很年轻，因为他们逝世时都青春年少④，彼得·肯尼神父端坐在披盖着一件大袍的椅子里。⑤

他来到门厅上面的梯台，往四周扫视了一眼。这正是汉密尔顿·罗恩经过的地方，那儿仍然残留着士兵枪弹的痕迹。也正是在那儿，年迈的仆人们瞥见穿着将军白斗篷的幽魂。

一位年迈的仆役正在梯台的一端扫地。他向他问询学院教区长的房间在哪里，这老仆人指了指远处边端的一扇门，目送着他走到门前敲门。

没有人应答。他更响地敲，当他听到一个闷闷的声音说：

——进来！

他的心突突地跳起来。

他转动手柄，打开门，摸索着里层缀垫绿色的桌面呢的门把。他摸到了门把，推开门，走了进去。

他看见学院教区长正坐在书桌前书写着什么。在书桌上摆放着一只头骨，房间里有一股类似椅子旧皮革的味儿。

---

① 圣依纳爵·罗耀拉(1491—1556)，西班牙人，于1540年创立天主教耶稣会。"Ad Majorem Dei Gloriam"（为了上帝更大的荣耀），后成为耶稣会座右铭。
② 圣方济各·沙勿略(1506—1552)，天主教耶稣会创始人之一。
③ 洛伦佐·里奇(1703—1775)，自1758年起为耶稣会会长。
④ 科斯特卡(1550—1568)；冈萨加(1568—1591)；伯克曼斯(1599—1621)。科斯特卡和冈萨加均为圣母马利亚会社成员和庇护人。
⑤ 彼得·肯尼神父于1813年为耶稣会购下克朗哥斯林地。

由于置身于这么一个庄严的地方，由于寂静，他的心不由急速地跳动起来：他瞧了一眼头骨和学院教区长慈爱的面容。

——嗯，我的小男子汉，学院教区长说，什么事？

斯蒂芬咽下一口唾沫，说：

——我把眼镜打碎了，先生。

学院教区长张开口，说：

——哦！

他然后莞尔一笑，说：

——嗯，要是打破了眼镜，就得给家写信要一副新的。

——我给家写信了，先生，斯蒂芬说，阿纳尔神父对我说，在新眼镜寄达之前，我可以豁免学业。

——好极了！ 学院教区长说。

斯蒂芬又咽下一口唾沫，竭力控制颤抖的双腿和声音。

——但是，先生……

——怎么？

——可多兰神父今天来到教室，把我揍了一顿，因为我没在写作文。

学院教区长默默地望了他一眼，他可以感觉到鲜血正往脸颊涌来，双眼里快噙满泪水了。

学院教区长说：

——你的名字叫德达罗斯，对吗？

——是的，先生。

——你在什么地方打破眼镜的？

——在煤屑路上，先生。一位同学从自行车存车房冲将出来，撞倒了我，眼镜便碎了。我不知道那位同学的名字。

学院教区长又默默地望了他一眼。然后，他粲然一笑，说：

——哦，得，那是一场误会；我相信多兰神父并不知情。

——但我告诉了他我打碎了眼镜片，先生，而他还体罚我。

——你告诉他你已给家里写了信要一副新眼镜吗？学院教区长问。

——没，先生。

——哦，那么，学院教区长说，多兰神父并不了解一切。你可以说，我豁免你几天的学业。

斯蒂芬急急地说，生怕因为发抖而说不出话来：

——是，先生。但多兰神父说他明天还要来为此而鞭笞我。

——好吧，学院教区长说，这是一场误会，我将亲自去跟多兰神父讲。这样行吗？

斯蒂芬感到泪水濡湿了双眸，喃喃道：

——哦，当然，先生，谢谢。

学院教区长从书桌的那一头越过头骨向他伸出手来，斯蒂芬将手放了一会儿在他的手掌里，感觉他的手心冰凉而湿润。

——日安，学院教区长说，缩回了手，鞠了一躬。

——日安，先生，斯蒂芬说。

他鞠了一躬，静静地退出房间，小心翼翼地、慢慢地将两扇门合上。

当他走过梯台上的老仆人，再一次来到那低矮的、黝暗的走廊时，他开始越来越快地疾步起来。他心中充溢激动之情，越来越快地飞也似的穿过那一片阴暗。他胳膊肘猛一下撞上了走廊尽头的门，急匆匆奔下楼梯，飞速地走过两道走廊，终于来到了室外。

他能听见操场上同学们的喧闹叫嚷。他猛然奔跑起来，越奔越快，跃过煤屑道，气喘吁吁来到第三梯队操场。

同学们看见他奔来。他们在他周围围成一圈，互相推搡着以听得清楚一些。

——告诉我们！ 告诉我们！

——他说什么来着？

——你进去了吗？

——他说什么来着？

——告诉我们！ 告诉我们！

他跟他们讲他说了些什么，学院教区长怎么说的，他说完后，所有的同学却往上抛帽子，帽子旋向空中。他们欢呼：

——嗬啰！

他们接住了帽子，重又将它抛到空中，帽子在空中旋转，他们高呼：

——嗬啰！ 嗬啰！

他们将手臂绞在一块儿组成一个坐椅，将他抬起飞跑，直到他使劲

挣脱开来。当他摆脱开时,他们往四面八方狂奔,又一次将帽子抛撒到空中,帽子在半空中飞旋时,他们吹起嗯哨,高喊:

——嗨啰!

他们为秃瓢儿多兰大叹三声,为康米大呼三声,他们说他是在克朗哥斯公学任职的所有教区长中最通情达理的。

欢呼声在轻柔的苍茫的薄暮中消逝了。他孤身一人。他幸福而自由:但他无论如何不会倨傲于多兰神父。他将会非常安静而听话:他希望他能为他做些善事,让他瞧瞧他并没有就此而傲慢无礼起来。

暮霭是柔和、苍茫而温馨的,夜色快降临了。在空气中可以嗅到夜色的芬芳,这是他们散步到巴顿少校农场采挖萝卜削皮吃的田野的味儿,是塔楼①外长着五倍子的小树林的馥香。

同学们在玩远掷球、高吊球和慢旋球。在柔和的薄暮的静谧之中,他可以听见板球的击打声:从宁静的空气中不时从各处传来板球球拍的声音:噼——,啪——,扑——,叭——:犹如喷泉的水滴轻柔地滴落在满池的水中。

---

① 这座城堡里的正对操场的楼至今仍完好无损。

二

查尔斯大伯抽的黑绳烟①味儿怪极了，他的侄儿建议他到花园尽头户外小屋里去过清晨烟瘾。

——好极了，西蒙。那可太庄严了，老人平静地说。只要你乐意，到哪儿抽都成。户外小屋对我挺合适：更有益于我的健康。

——该死，德达罗斯坦率地说，要是我早知道你抽这么糟糕的烟，我绝不会让你抽。那简直像火药，老天。

——那烟好极了，西蒙，老人回答说。清凉而又能松弛神经。

这样，每天清晨，查尔斯大伯小心翼翼地梳理好后脑勺的一绺头发，掸去高帽上的尘埃，戴上它之后，便前往他的户外小屋。当他抽烟时，从户外小屋门的侧柱望去，正好瞥见他高帽的帽檐和烟斗头。他与

---

① 将烟叶搓成粗绳状抽。

猫以及园艺工具共同占用这户外小屋，虽然户外小屋散发出阵阵臭气，但他却称它为他的凉亭，这小屋还成了他的共鸣箱：每天早晨，他心满意足地哼唧他喜爱的歌：《哦，请为我搭一座凉亭》，或者《蓝眼睛，金头发》，或者《布拉尼树丛》，他唱歌时，蓝灰色的烟雾便袅袅浮升起来，渐渐消失在清新的空气之中。

　　在布莱克洛克①居住的那段初夏时光，查尔斯大伯成了斯蒂芬的伴儿。查尔斯大伯虽然年迈，但身板硬朗，皮肤被太阳晒得黝黑，面容矍铄，蓄着雪白的络腮胡子。在平常的日子里，他在卡里斯福特大道上的家②与城中大道上几家德达罗斯家经常购货的商店之间跑腿。斯蒂芬乐意跟着他一块儿去跑腿，因为查尔斯大伯每每非常慷慨地一把一把抓柜台外敞开着的箱子和桶里的食品给他。他会抓一把还沾着木屑的葡萄或者三四个苹果，大方地塞进他侄孙的手中，店员则在一旁尴尬地微微笑着；当斯蒂芬假装婉拒时，他便会皱起眉头，说：

　　——拿着吧，先生。听见了吗，先生？　这对你的肠胃有好处。

　　购货单定好之后，两人便前往公园，在那儿斯蒂芬父亲的一位老朋友麦克·弗林准会坐在一条长凳上等他们。他们然后便开始让斯蒂芬在公园里跑。麦克·弗林会站在火车站大门附近，手中拿着表，而斯蒂芬则高昂着头，抬腿，两手直垂在身子两侧，沿着铁轨跑，这姿势赢得麦克·弗林的赞许。晨练结束后，教练作一番评论，有时穿着他那双旧蓝帆布鞋滑稽地蹒跚跑上一二码作示范。一小群好奇的孩子和保育阿姨会围拢来瞧他，甚至当他和查尔斯大伯重新坐下大谈田径运动和政治时，

---

① 1892 年年初，乔伊斯全家从布雷移居布莱克洛克镇卡里斯福特大道 23 号。在那里居住到 1893 年年初，然后移居都柏林。布莱克洛克是都柏林东南一个郊区小镇。

② 这座房屋大门上饰有一只蹲着的狮子，与布莱克洛克镇中心商业区相隔一大段街区。

076

还不肯散去。虽然他听父亲说麦克·弗林亲手培养了几位现代最佳的赛跑运动员，但斯蒂芬总是以一种怀疑的眼光瞧着他教练那松弛的胡子拉碴的脸低垂在卷烟卷儿的长长的被烟熏黄的手指上，他怀着怜悯瞧着他那温和的毫无光泽的蓝眼珠子，那眼睛会突然从卷烟中抬起，那长长的浮肿的手指不再卷烟卷儿，烟丝散落进烟袋里，眼眸迷茫地凝视着幽蓝的远方。

在回家的路上，查尔斯大伯会去造访小教堂，斯蒂芬太矮够不着圣水钵，老人便蘸了圣水，将圣水利索地洒在斯蒂芬的衣服上和门厅的地板上。他祈祷时，跪在他的一方红手绢上，大声诵读一本被手指捻翻得脏兮兮的祈祷书，祈祷书每页下面印着下一页第一个字的提示。虽然斯蒂芬没他那么虔诚，他仍然出于尊敬在他身边跪了下去。他常常在心中纳闷他的叔祖到底在如此严肃地祈求什么。也许他在为在炼狱里煎熬的灵魂们祈祷①，或者为赐予快乐死的天恩②而祈祷，也许他在祈求上帝将他在科克荡尽的那笔巨富的一部分仍然归还给他。

每逢星期日，斯蒂芬和父亲以及叔祖父一块儿去散步。尽管老人脚趾上长鸡眼，举步却非常敏捷，每每信步可走上十至十二英里。斯蒂洛根小村处于交叉路口。他们或者往左前往都柏林山，或者沿着戈兹敦路前往顿德伦，从桑迪福德回家。无论是在大路上徒跣还是站立在路边肮脏污秽的酒吧里，长辈们常常谈论心中最想谈论的话题，谈论爱尔兰政治，谈论芒斯特③，谈论家中的传说，对这一切，斯蒂芬如饥似渴地聆

---

① 根据天主教教义，死前犯有不可饶恕的弥天大罪的灵魂进地狱；那些犯有较轻的不可饶恕的罪愆的灵魂进炼狱。在炼狱里的灵魂可以因活人的祈祷而缩短呆在炼狱的时日。这些灵魂呆够了在炼狱的日期便可升至天堂。
② 快乐死意味着一个人死时所有的罪孽得到宽恕而进入天堂。
③ 爱尔兰西南端的省份。乔伊斯的祖籍在西端的康诺省，然而在乔伊斯诞生前已有好几代人生活在芒斯特省的新克市。

听着。有些词他不懂，便反复独自吟读，直到记住为止：通过这些，他瞥见了他周围的现实世界。他行将参与到这一世界的生活中去的日子似乎越来越临近了，他开始暗暗为行将落在他肩膀上的重大责任而作好准备，对于这种重大责任的性质，他只是依稀有点了解而已。

夜晚，他独自一人呆着；他耽读一本破破烂烂的《基督山伯爵》译本。①那阴郁的复仇者②形象在他心目中代表他童年时听说与感觉的怪异与可怕的一切。在夜里，他在起居室桌上用印花纸、纸花、彩色的餐巾纸和包装巧克力的金银纸搭起一座美妙神奇的小岛洞穴。当他腻味这华丽的俗物而将景物一扫而光时，心中便浮现出马赛，阳光下的格子凉亭和美茜蒂丝③光辉灿烂的形象来。在布莱克洛克郊外延伸到山间的大路上在一座盛开玫瑰花丛的院子里有一栋小巧玲珑的髹漆得雪白的屋子：他自言自语道，另一位美茜蒂丝就住在这屋子里。在远足与回家的路上，他把这小屋当作测算距离的标志：在这种想像之中他经历了一系列的冒险，跟书中描述的一样的光怪陆离，在结尾时出现了他的形象，显得更年迈、更阴郁了，和美茜蒂丝一起站在月光如水的花园里，美茜蒂丝这么多年拒绝了他的爱，他作了一个忧郁的、傲慢的婉拒的手势，说：

——夫人，我从不吃麝香葡萄④。

他与一个名叫奥布里·米尔斯⑤的男孩成了好友，他们在大道⑥上

---

① 《基督山伯爵》为法国作家大仲马(1802—1870)所著。英译本为纽约 A·L·伯特公司出版的两卷本。
② 复仇者指基督山伯爵。
③ 美茜蒂丝的家在马赛，是一座破旧的渔民小屋。
④ 麝香葡萄是法国的一种浅色的葡萄，有麝香味。
⑤ 奥布里·米尔斯，即现实生活中的雷诺，雷诺是一个信仰新教的男孩，是乔伊斯在布莱克洛克镇认识的惟一的一位朋友。当乔伊斯十岁时曾与之合作试图写一部小说。
⑥ 指卡里斯福特大道。

组成了一个冒险家帮。奥布里将哨子挂在纽扣洞上，腰间皮带上悬一只自行车车灯，其他孩子则在腰间皮带上像插匕首似的插上一根短棍。而斯蒂芬读到过关于拿破仑衣着俭朴的说法，不愿有任何装饰，这样，在发号施令前与他的副官商议时，却平添了几分乐趣。这帮冒险家骚扰老处女的花园，或者前往城堡①，在杂草丛生的石头上打仗，打完仗回家时，一个个都成了疲惫不堪的残兵败将，鼻子里充满着一股海滩腐臭的味儿，手上和头发里沾满了沉船的奇臭不堪的油污。

奥布里和斯蒂芬喝同一个送奶人送的牛奶，他们常常搭乘奶车到奶牛放牧吃草的卡里克缅因斯去。当挤奶员在挤奶时，他们便轮流骑上驯顺的母马在田野上飞跑。然而，当秋季来临，奶牛便被从牧草地赶回奶牛场；斯蒂芬一瞧斯特拉布罗克肮脏不堪的奶牛场，那龌龊的发绿的小水坑，一堆堆稀牛粪和蒸发水汽的牛料糟，便感到恶心。在乡间阳光灿烂的日子看上去如此美丽的牛群让他倒胃口，甚至不愿再瞧一眼它们挤出的奶汁。

今年九月的来临不再使他烦恼，因为家人不再送他上克朗哥斯公学去了。麦克·弗林生病住院后，在公园里的胡闹也随之结束。奥布里上学了，只有在晚上有一两小时空余的时间。冒险家帮便也作鸟兽散，再也没有夜间的骚扰和岩石上的战斗了。斯蒂芬有时候乘上送晚牛奶的车兜风：乘在车上一丝丝凉意袭来，吹散了他关于奶牛场污秽的记忆，看到送奶人外衣上的牛毛和草籽，他也不再感到厌恶了。当送奶车停在每一家门前，他便一面等待，一面瞧一眼洗刷得一尘不染的厨房，或者光线柔和的门厅，望着仆人如何捧着奶罐，如何关上大门。他思忖，每天夜晚，戴上暖烘烘的手套，口袋里装满了可随手拿着吃的姜汁饼干，赶

---

① 这可能是指弗雷斯卡蒂城堡。富有浪漫情调的爱德华·菲兹杰拉德勋爵和他的妻子奥尔良公爵的女儿帕梅拉就住在这城堡里。城堡就位于布莱克洛克公园的对面。

车上路送牛奶该是一件何等赏心的乐事。当他在公园里赛跑，曾经使他突然感到恶心、两腿发软的那种预感，曾经使他以一种怀疑的眼光瞧着他教练那松弛的胡子拉碴的脸低垂在长长的被烟熏黄的手指上时所感到的直觉驱散了一切有关未来的展望。他朦胧地感到他父亲遇到麻烦了，这就是为什么没有再送他去克朗哥斯公学的原因。他已经有好一阵子觉察到家中发生的细微的变化；有些事情他曾经认为是不可能改变的，但还是改变了，这如此多细小的变化冲击着他对于世界稚嫩的看法。有时在他灵魂阴郁深处涌动的勃勃雄心每每找不到出路。当他倾听着母马的铁蹄在罗克路上的街车道①上发出笃笃的声响，那大奶桶在他身后摇摇晃晃，发出丁零哐啷的响声时，一种与外部世界的暮色一样的昏暗笼罩住了他的心灵。

他重又想起美茜蒂丝，当他沉思揣摸她的形象时，一种奇异的躁动流进了他的血液之中。有时，狂热之情在他内心中积聚，驱动他在夜色之中沿着静悄悄的大道孤独地去漫游。花园的宁静以及窗棂里射出来的柔和的光温情脉脉地慰藉他躁动的心。正在嬉戏的孩子的喧闹使他感到烦恼，他们愚蠢的喊声使他比在克朗哥斯公学更深切地觉得他确实与众不同。他不想玩耍。他希冀在现实的世界中遇见他的灵魂经常邂逅的虚无缥缈的那形象。他并不知晓在什么地方或者怎么能找到那形象：但是，一种总是引领他前行的预感告诉他，无需他作任何明显的努力，这形象定会与他相遇。他们会静静地相见，仿佛他们早就互相熟知，仿佛他们早就约定在一座大门前或什么秘密的地方幽会。只有他们两人，笼罩在黑暗与静默之中：在那回肠荡气的柔情中，他会变形。他会在她的

---

① 罗克路是斯特兰德路和马里恩路的延伸部分，一直伸展到沿海的南郊，包括布莱克洛克和布雷。罗克路与电车道与都柏林—布雷铁路平行。斯蒂芬在家道兴盛的时期曾搭乘过这条铁路。

面前演变成不可触摸的东西，然后刹那间变形。在那神奇的瞬间，软弱、胆怯和稚嫩便会离他而去。

＊　　　＊　　　＊

一天上午，两辆偌大的黄色大篷车停在大门前，脚夫们走进屋子搬家具。家具从前花园搬进停在大门口的大车上，前花园地上撒满了草屑和绳头。当一切在车上都安放妥帖之后，大篷车便隆隆地沿大道驶走了：斯蒂芬和他哭红了眼睛的母亲坐在火车车窗前，他从车窗看见大篷车笨重地沿着马里恩路①辘辘行驶。

那天晚上，客厅的壁火怎么也烧不旺，德达罗斯先生将火棍支在炉栅上使火烧得旺一些。查尔斯大伯在这放置了一半家具、地板上光溜溜的还没铺放地毯的房间的一角打盹，在他附近的墙上挂着德达罗斯家先人的画像。桌上的台灯往木地板上洒下微弱的光，木地板被大篷车伙计的脚踩得很脏了。斯蒂芬坐在他父亲旁边的脚凳上聆听着他那冗长的、每每是极不连贯的自言自语。开始时，他对父亲的独白懂得很少，甚至全然不懂，后来他渐渐地明白他父亲遇到了仇敌，迟早会发生倾轧与争斗。他还感觉到父亲指望他也投入到这场倾轧与争斗之中去，他的肩头上也负有什么责任了。突然离别布莱克洛克的恬适与梦幻，坐车驶过阴郁的充满雾气的市区，一想到他们就要在这光溜溜的毫无生气的屋子里长住下来，他的心就沉甸甸的：关于未来的直觉与预感重又袭上心头。他也明白了为什么仆人们常常在大厅里聚在一起窃窃私语，为什么他父亲常常站在炉边地毯上，背对着炉火，对催促他坐下用膳的查尔斯大伯

---

① 乔伊斯一家很可能是在亚眠街车站下的车，距蒙乔依广场有两个街区。乔伊斯家于1893年搬入菲茨吉本街14号，在蒙乔依广场附近。这是他们家最后住得较为体面的一处。

大声嚷嚷。

——我还有活力，斯蒂芬，老兄，德达罗斯先生一边说，一边使劲用火棍拨弄着死样怪气的火苗。我们还没有完蛋，儿子。没有，耶稣基督作证（上帝宽宥我），绝没有完蛋。

对都柏林的感觉是全新而复杂的。查尔斯大伯已神志不清，无法再差遣他到商店去购货了，安置新家时的混乱使斯蒂芬比在布莱克洛克更为自由自在。开始时，他满足于在邻近的广场①怯生生地绕上一圈，至多沿着小街走上一半；但是，当他在心中描摹出了全城的概图②，他大胆地沿着城市的中轴线走，一直走到海关大楼。③他毫无阻拦地在船坞与码头之间留连，瞧着在满是黄色泡沫水面上上下漂动的无数浮标，瞧着一群群码头搬运工、轧轧作响的马车和穿得很糟糕的、蓄胡须的警察发愣。堆在墙边或从汽轮货舱里吊将出来的一捆捆的货物所启示的那种广阔而奇异的生活重又唤起了存在于他心中的躁动来，那躁动曾经驱使他在夜晚从一座花园走到另一座花园去寻觅美茜蒂丝。在这全新的热闹非凡的生活中，他也许会想像自己置身于另一座马赛城里，只是这座马赛城没有阳光灿烂的天空，没有酒馆被太阳晒得暖洋洋的葡萄藤架。④当他瞧着那码头，那河，那阴霾密布的天空时，心中闪过一阵朦胧的不悦，但他还是日复一日地继续闲逛，仿佛他真的在寻觅一个在吸引他的人似的。

他有一两次随母亲去拜访亲戚：虽然他们路经一座座为圣诞节⑤而

---

① 指蒙乔依广场。
② 乔伊斯的父亲曾经这样说起他的儿子："如果将那家伙丢在撒哈拉大沙漠中间，他也会坐在那儿，画出一幅地图来。"
③ 指加德纳街，在此街南端耸立着海关大楼。海关大楼位于利菲河北岸，是一幢罗马风格的圆顶建筑，由詹姆斯·甘顿设计。
④ 这正是基督山伯爵被捕的地方。
⑤ 很可能是1893年圣诞节，在这一年，乔伊斯一家迁入都柏林。

热热闹闹装饰起来的灯火通明的商店，那种郁郁寡欢的情绪始终没有离开过他。有诸多的原因使他感到痛苦，有遥远的也有近在咫尺的原因。他为自己太年轻、成为躁动不安的愚蠢的冲动的俘房而感到愤愤然，他也因为命运的剧变，改变了他周围的世界，使他面临一个污秽与奸诈的前景而感到愤懑。然而，生气并不能改变这一前景。他极有耐心地记叙下他所见的一切，竭力使自己客观公允，暗中玩味那令人羞辱不堪的感受。

他端坐在舅妈①厨房无靠背的椅子上。一盏带有反射镜的灯挂在壁炉边涂了日本漆的墙上，就着灯光，舅妈正在阅读放在膝头上的晚报②。她往报上一幅嫣然微笑的照片望了许久，沉思地说：

——好漂亮的梅布尔·亨特！③

一个一头鬈发的小姑娘④踮起脚瞧照片，轻轻地问：

——她在干什么，妈⑤？

——她在演哑剧，⑥宝贝。

姑娘将鬈发的脑袋枕在妈妈的袖口上，瞅着照片，仿佛着了迷似的喁喁细语道：

---

① 指现实生活中的约瑟芬舅妈，乔伊斯母亲的弟弟威廉·默里的妻子。默里一家住在德拉姆孔德拉，位于蒙乔伊广场以北一英里处。在乔伊斯的亲属中，他最喜欢这位舅妈，他离开都柏林之后一生与她保持通讯联系。
② 可能指《自由人报》。威廉·默里的哥哥约翰·默里在现实生活中和在《尤利西斯》中均在该报财务部门工作。
③ 爱尔兰当时著名演员。
④ 这可能是乔伊斯的表妹凯思林，威廉·默里和约瑟芬的女儿。乔伊斯曾短暂地爱过她。她比斯坦尼斯拉斯年轻，斯坦尼斯拉斯爱她的时间更长久些，更深些。这一场景据认为发生在乔伊斯祖姨家。乔伊斯曾在他的颖悟性速记里描述了这一场景。
⑤ 原文为 mud，是小孩发"妈"的声音，不能理解为"泥土"。
⑥ 当时都柏林盖蒂剧院经常演出哑剧。

——好漂亮的梅布尔·亨特!

仿佛着了魔似的,她的眼眸长久地驻留在那一对娴静而含有讥刺的眼睛上,她又一次赞赏地轻声说道:

——难道她不是一个好优雅的人儿吗?

男孩弯腰驮着一筐煤从街上歪歪拧拧地走进来,正听见了她说的话。他立即将煤筐卸在地上,急匆匆走到她身边想瞧个究竟。但是她却不移开她那低垂的脑袋。他用他那通红、脏兮兮的手扯报纸边,用肩膀将她挤到一边去,嘴里嚷嚷着瞧不见。

他正坐在这栋古老、窗户黝暗的房子高处湫隘的早餐室里。映在墙上的火光闪烁着,窗外河面上的幽灵般的暮色越来越昏黑了。在炉火前,一位年迈的妇女正忙着煮茶,她一边忙着干活,一边低声给他讲神父和医生说过的话。她也讲述最近目睹的一些变化,讲述她怪异的想法和说法。他端坐在那儿,聆听她的话语,追索着在煤堆、拱廊、穹窿、曲曲折折的走廊和犬牙交错的山洞之中的冒险经历。

陡然间,他感觉在门廊里有声响。在门廊的黝暗之中似乎浮现出一具骷髅。在门廊站着一个羸弱的像猴子一般的人影,她被炉火前谈话的声音所吸引来。从门口传来一声呜咽般的声音:

——那是约瑟芬吗? ①

忙忙碌碌的老妇人从炉前兴高采烈地回答道:

——不,埃伦。这是斯蒂芬。

——哦……哦,晚安,斯蒂芬。

他回应了问候,瞅见门廊那儿的那张脸绽开了一丝傻笑。

——您需要什么吗,埃伦? 在炉火前的老妇人问道。

---

① 指约瑟芬舅妈。

她没有回答问话，却说：

——我以为是约瑟芬。我把你当约瑟芬了，斯蒂芬。

她重复说了好几遍，然后孱弱地咯咯笑起来。

他正坐在哈罗德十字街①举行的儿童聚会上。他的举止越来越缄默，越来越警觉，他对游戏兴趣索然。孩子们拿着响炮礼品②，吵吵嚷嚷地跳着，嬉闹着，虽然他曾试着分享他们的欢乐，但他感到在这一群快乐的戴卷边帽和宽边帽的孩子们中间他自己是一个阴郁寡欢的人。

当他唱完他的歌，隐退到房间一个很舒适的角落后，他便开始品味起孤独的乐趣来。在晚会刚开场的时候，那欢笑对他来说似乎显得虚妄而又猥琐，而现在却含有一种慰藉心灵的氛围，愉悦他的感官，当她的目光越过旋转着的舞者，随着音乐和欢笑而瞟向他的一隅时，则正好将他热血中狂热的激动在旁人的眼前掩饰过去。她的目光慰藉、嗔怪、探索、激动着他的心。

在大厅里，玩到最后才走的孩子们正在穿戴衣物：聚会结束了。她披上了一条头巾，当他们并肩走向街车时，她吐出的一缕缕清新的温暖的气息快乐地升腾到她戴头巾的头上，她的鞋伶俐地橐橐轻踩在玻璃般光滑的路面上。

这是最后一班街车。瘦削的棕色马似乎知道这是最后一班了，在清澈的夜色中叮当摇晃着铃铛似乎在提醒人们。乘务员在和车夫聊天，两人在车灯的绿色光中频频点头。在街车空着的座位上散落一些彩色的废票。路上一片寂静，听不见一丝来往走路的声响。除了那瘦削的棕色马儿互相摩挲鼻子、摇晃铃铛之外，没有任何声息打破夜间的谧静。

---

① 位于南湾和大运河之南，在波特贝娄兵营附近。

② 这是一种用绉纸包裹的糖果，里面装有响炮，在两头一拉，糖果包便会爆炸。

他们似乎在互相倾听对方的谈话，他站在高一级的踏级上，而她则立在低一级的踏板上。在他们谈话间，有好多次她站到他这一级踏级上，然后又走了下去，有那么一两次，她在高一级踏级上有那么一会儿和他挨得很近，忘了回到下一级阶梯上去，但最后她还是走下一级了。他的心随着她站上站下而激跳，就像海潮中的浮标。他听见了头巾下那对眼睛对他所诉说的一切，而且心中清楚在以往朦朦胧胧的时日里，不知是在现实生活中还是在梦幻中，他曾经听见过那对眼睛的倾诉。他看见她摆弄她的装饰小玩意儿、她那华丽的服饰、腰带和长统黑袜，他知道他不止千次地倾心仰慕于这些东西了。然而，在他灵魂的深处有一个声音比他激跳的心更为响亮，正在诘问他是否愿意去撷取伸手便可搂取的她的身子。他记得那一天，当他和艾琳站着瞧旅馆的院子，看见侍者沿一条旗杆上飘扬着彩旗的小道走来，猎狐小狗在那阳光灿烂的草地上窜来窜去，她突然爆发出一串朗朗的笑声，沿着斜坡的小路跑去。眼下，他跟那时一样，痴骏地伫立在那儿，仿佛是眼前景色一个与世无争的观察者。

——其实她也希望我搂抱她，他心中想道。要不她为什么和我一起走向街车呢。当她踏上我的台阶时，我完全可以轻而易举地抱住她：周围没有人。我可以搂住她，吻她。

但是，他什么也没做：当他孑然一身坐在乘客稀落的街车上时，他将车票撕得粉碎，阴郁地凝视着脚底沟纹状的地板。

翌日，他长时间地默坐在光秃秃的楼上房间的桌前。在他面前置放着一支笔、一瓶新墨水和一本新的鲜绿色的练习本①。按习惯，他在扉页的顶端书写了耶稣会座右铭的缩写：A. M. D. G. 。②扉页的第一行

---

① 这很可能是为了纪念1798年革命一百周年而印制的爱国练习本。
② 即"为了上帝更大的荣耀"。乔伊斯独创的缩写。

写下了他正在赋写的诗的第一行：献给 E—C—。①他知道这样开首是可以的，因为他在拜伦诗集②中读到过类似的标题。当他书写完标题并在标题下面划上一道饰线，他便陷入白日梦中，在练习本封面上乱画。他瞥见自己在圣诞节宴席辩论后的翌日上午枯坐在布雷的桌前试图在父亲催付后半税款通知书③的背后赋写一首关于帕内尔的诗。但是，他毫无灵感，为了打消这一念头，他在纸上写下了几位同学的名字和地址：

      罗德里克·基克海姆

      约翰·劳顿

      安东尼·麦克斯威尼④

      西蒙·穆南

现在，他似乎才思枯竭又无法赋写诗了，然而细细思索一下相会的整个过程，他开始有了信心。他筛去在相会整个过程中他认为平庸与猥琐的一切。不再有街车，不再有街车上的车夫与售票员，也不再有马儿的痕迹：甚至连他和她也淡然而毫不鲜明生动了。诗句仅仅描述夜色，那温馨的微风，那月儿少女般的光华。当主人公默默地伫立在光秃秃的树下，两人的心中蓄着一腔无以名状的悲哀，当分别的时刻来临，一人还迟疑了一下，但最终两人还是拥抱亲吻在一起了。诗写完后，他在纸

----

① 即埃玛·克莱利的缩写。

② 《拜伦诗集》，由 E·H·科勒律治主编，七卷本，出版时正是乔伊斯在第五章所叙述的时期。

③ 原文 moiety，为伊丽莎白女王时期英语，指后一半，伊丽莎白女王时期英语至今在爱尔兰仍十分流行。显然，乔伊斯父亲作为税务官将寄出这些催款单。当然，在 1891 年圣诞节时期，他的财务已相当困难了。

④ 在克朗哥斯公学档案中未见其名。

页的底部写上缩写字母 L. D. S. ①，将练习本藏匿起来，走进母亲的
卧室，在她的梳妆镜前长时间地揣摸自己的脸庞。

　　他的漫长的闲暇与自由自在的日子要结束了。有一天傍晚，他父亲
回到家中，一肚子的新闻，晚餐席上喋喋不休。斯蒂芬一直在期盼父亲
回家，因为那天菜肴中有羊肉丁，他知道父亲会叫他往菜汁中醮面包
吃。然而，他不再醉心品尝羊肉丁了，因为一提到克朗哥斯公学就让他
食欲全无，感到厌恶。

　　——在广场角上②，德达罗斯先生第四次述说他的故事，我几乎和
他撞了个满怀。

　　——我想，德达罗斯夫人说，他可以安排一下入学的事儿。我是指
贝尔维迪尔公学。

　　——他当然会，德达罗斯先生说。难道我没有告诉你他是天主教耶
稣会教区大主教③了吗？

　　——我从来就不乐意送他到基督教兄弟会④那儿去，德达罗斯夫
人说。

　　——让基督教兄弟会见鬼去吧！德达罗斯说。那不只是些臭帕
迪、脏米基之类的人儿吗？不，看在上帝的分上，让他坚持呆在天主教
耶稣会里，因为他一开始就跟他们在一起。在以后的岁月中，他们对他

---

① L. D. S. 即拉丁文 "Laus Deo Semper"（永远赞美上帝）的缩写，与 A. M. D. G
　一样，耶稣会学校学生作文中常常喜用作惊叹句。乔伊斯在早年写的散文《别
　相信外貌》中就引用过。
② 即蒙乔伊广场，靠近菲茨吉本街 14 号乔伊斯第五次迁入的家。贝尔维迪尔公学
　和加德纳街的耶稣教堂均只距蒙乔伊广场几个街区而已。乔伊斯 1893 年 4 月 6 日
　进入贝尔维迪尔公学语法三班，而成为该公学最声名卓著的学生。
③ 约翰·康米神父辞去了克朗哥斯公学院长的职务，而成为贝尔维迪尔公学的教导
　主任。他当时还未成为爱尔兰天主教耶稣会大主教，他 1906—1909 年担任此职。
④ 乔伊斯 1893 年在北里奇蒙街的基督教兄弟会学校呆过很短的一个时期。而斯蒂
　芬没有上该校学习。

会有用处。那些人可以为你找一份差事。

——而且他们很有钱，是不是，西蒙？

——相当有钱。你听我说，他们生活得很惬意。要是你见过他们在克朗哥斯吃饭时的情景就好了。老天，吃得就像斗鸡一样撑。

德达罗斯先生将他的餐盘推给斯蒂芬，让他吃完剩下的菜肴。

——嗨，斯蒂芬，他说，该卖力气了，老兄。你已经度过了一个舒适的漫长的假期了。

——哦，我相信他会很用功的，德达罗斯夫人说，特别是莫里斯①跟他在一起。

——哦，天，我把莫里斯忘了，德达罗斯先生说。来，莫里斯！ 到这儿来，你这小笨蛋！ 你知道我要送你去上学，那儿老师会教你拼写 c．a．t．，猫。我要给你买一便士一条的很漂亮的小手绢擦鼻涕。好玩吗？

莫里斯对着父亲，然后对着哥哥微微一笑。德达罗斯先生戴上单片眼镜，细细瞧着两个儿子。斯蒂芬只管自己嚼面包，躲避开父亲的目光。

——过了一会儿，德达罗斯先生终于说道，主教，或者说大主教告诉了我你和多兰神父的事儿。他说，你是个厚颜无耻的小偷！

——哦，他不会这么说，西蒙。

——他当然不会这么说，德达罗斯先生说。他给我详细讲了整个事情的经过。你知道，我们在聊天，一句接一句。顺便说，你们知道他告诉我谁获得了那公司的职位？②我以后再告诉你们。嗯，正如我说的，

---

① 莫里斯指斯坦尼斯拉斯·乔伊斯，他也上了贝尔维迪尔公学。莫里斯是《斯蒂芬英雄》里的主人公。

② 当税务收款员这一市政府职位于1892年被撤销之后，约翰·乔伊斯便失去了这一收入颇为丰厚的工作。

我们非常友善地聊起天来，他问我我们那位朋友还戴眼镜吗，然后他讲述了整个事情的经过。

——他感到恼怒吗？

——恼怒！　他才不！　他说，一个富有男子气概的小老弟！

德达罗斯先生模仿大主教吞吞吐吐的鼻音说话。

——多兰神父和我，当我在饭桌上讲述了这件事，多兰神父和我不禁哈哈大笑起来。多兰神父，你要小心，我说，要不小德达罗斯要让你左右手各挨九大板手心。我们两人痛痛快快大笑了一场。哈！　哈！　哈！

德达罗斯先生转身对着妻子，用自然的语调插入说：

——从中你可以看出他们在那儿是怎么对待孩子的。哦，一辈子当个天主教耶稣会修士，知道怎么对付别人！

他重又模仿起大主教的口吻，重复道：

——我在饭桌上跟大伙儿讲述了这件事，多兰神父和我以及所有的人都开怀哈哈大笑了一场。哈！　哈！　哈！

*　　　*　　　*

圣灵降临周①演剧晚会②来临了，斯蒂芬从化妆室窗口眺望那一小片草地③，草地上挂着几排中国灯笼。他看见宾客从屋子里走出来，步下台阶④，走进剧场。穿着晚礼服的管事，全是些贝尔维迪尔的老人，

---

① 即复活节后的第7个星期日。
② 演的戏剧为 F·安斯蒂的《正相反》，很可能是在1898年5月演出的。该戏剧戏谑地描述父子之间的矛盾。乔伊斯在日后的创作中也描述了这一主题。该戏剧自安斯蒂的同名小说改编，出版于1882年1月，重印19次，畅销40年而不衰。《青年艺术家画像》中不少部分包含对该书的回忆。
③ 指贝尔维迪尔大楼后面的花园。该花园如今已被水泥广场所代替。
④ 指贝尔维迪尔大楼后面的台阶，沿台阶而下是由公学大楼组成的一个四方的院子。在乔伊斯求学的年代，院子的东边并没有楼宇，是敞开的。

三三两两在剧场的进口处附近闲走，毕恭毕敬地将客人引领进剧场。在灯笼烛光突然的一闪下，他认出了一位神父微笑的脸。

为了给圣坛和圣坛前方留出更大的空间，圣餐盒从圣餐台搬了开去，前面几排长凳也往后挪移了。沿墙立着一排排杠铃和火棒①，哑铃乱堆在一个角落里：在无数如山的装着体操鞋、运动衣和汗衫背心的邋遢不堪的棕色包中间躺着那结结实实的包皮鞍马，正等着被抬到舞台上去。一只用白银箍着尖头的偌大的青铜盾牌，靠在圣坛的镶板上，也正等着被抬到舞台上去，竖立在体操表演冠军队的中间。

由于斯蒂芬擅长写作的名声，他被选为体操馆大会的秘书②，但他在第一部分节目中没有演出，而在第二部分节目中他却要担任一个重要角色——一个可笑的迂腐的学究③。他被选中担任这一角色是因为他的身材和严肃庄重的举止，要知道这已经是他在贝尔维迪尔公学的第二个年头，他已俨然是中级班学生了。④

十几个穿着雪白扎口短裤和汗衫背心的小男孩喊喊喳喳从舞台上走下来，穿过祭服室而走进小教堂。祭服室和小教堂里挤满了正热切等着上台的老师和学生。胖墩墩的秃顶的军士长正在用脚测试鞍马的弹簧。那位瘦削的穿长大衣的年轻人，将表演令人眼花缭乱的木棒大绕环，正站在附近，饶有兴味地望着这一切，他那银白色的木棒从他那深裤兜里伸将出来。当另一队人马正列队准备上台时，从舞台上传来木哑铃空洞的撞击声：过了一会儿，激动非凡的班督导像轰赶鹅群似的驱遣孩子们

---

① 火棒，Indian club，艺术体操用语，棒呈瓶形。

② 乔伊斯在贝尔维迪尔公学高年级时被选为新开的体操馆大会秘书。

③ 乔伊斯曾经真的饰演过这一角色。

④ 乔伊斯于 1893 年 4 月 6 日进入贝尔维迪尔公学语法三班。安斯蒂的《正相反》大约一年之后演出。原文中 in number two 是指教室号码，而不是班级。四个教室由 1 至 4 分别为高级班，中级班，初级班与预备班。所以"第二"应为中级班。

穿越祭服室，神经质地甩扬起两袖，大声吆喝着步伐迟疑的孩子赶紧跟上。一小群那不勒斯农夫①在小教堂的尽头正在练习舞步，有的将手臂围成圈儿放在脑袋顶上，有的挥舞着纸扎的紫罗兰花蓝，欠身行屈膝礼。在小教堂黑魆魆的角落里，在祭坛北侧，一位粗壮的老妇人正跪在那儿，偌大的黑裙裾铺张地落放在她身子周围。当她站起时，人们看清了她身边有一个穿粉红上衣的身影，戴着一头鬈曲的金假发和一顶老式的宽边帽，眉毛用画笔描黑，脸颊上施了薄薄的脂粉。当人们见到这少女般的身影时，小教堂里传来一阵阵好奇的窃窃私语。有一位班督导，微笑着，点着头，走向黑暗的角落，向壮实的老妇人鞠一躬，诙谐地说：

——塔隆夫人，在您身边的是一位漂亮绝伦的年轻姑娘还是一只洋娃娃？

他俯下身子细瞧了那张帽檐下嫣然微笑的男扮女装的脸庞，惊呼道：

——不！我敢担保这准是小伯蒂·塔隆！

斯蒂芬从他呆着的窗口的位置听见了老妇人和神父的大笑声，听见同学们从他身后挤着去观看一个小男孩跳宽边帽独舞时发出的啧啧的赞叹声。他不禁感到一阵心烦意乱。他放下了百叶窗，从他一直站着的长凳上跳下来，走出了小教堂。

他从校舍里走出来，来到花园一侧的棚屋，从对面的剧场传来观众闷闷的嘈杂声和士兵吹奏乐队铜管乐器猛然的轰鸣。从玻璃屋顶向上散射的光，使剧场看上去仿佛是一座披着节日盛装的方舟，停栖于冥冥屋影之间，那细长的灯笼线犹如缆绳将方舟系于停泊的码头。剧场的侧门突然打开，一道灯光立时倾泻在草地上。从方舟刹那间传来音乐声，那是华尔滋的前奏；而当侧门一关上，他便只能听到隐隐约约的音乐节奏

①　这是第一部分的节目，并不属于安斯蒂的戏剧《正相反》。

了。开首的乐节饱含感情，忧郁而又缠绵，撩起了他难以言说的情愫，正是这种情愫使他一整天处于躁动不安、使他刚才处于心烦意乱之中。在他身上所躁动的不安犹如一阵阵音响的波浪：随着涌动的音波，方舟在前行，在它的尾部悠悠拖曳着那排排灯笼。像小炮一样的隆隆声打断了音乐。人们在鼓掌，欢迎哑铃队上台表演。

在棚屋的最远端、靠近大街的地方在黑魆魆之中闪亮一星粉红色的光，当他向光的方向走去时，闻到了一股淡淡的香味。两个男孩正站在门廊里抽烟，在他还未走到他们跟前之前，他已经从说话的声气辨认出赫伦了。①

——高贵的德达罗斯驾临！　一个高高的沙哑的声音说道。欢迎我们可以信赖的朋友！

赫伦用右手摩额鞠躬致礼，话声一落，便响起了一阵轻轻的毫无欢乐的笑声，接着便用手杖戳地。

——嗨，斯蒂芬停了下来，眼睛从赫伦一直扫视到他的朋友，说道。

赫伦的朋友他不认识，在一片漆黑之中，他借助烟头的星星火光，可以瞥见一张苍白的公子哥儿般的脸，脸上缓缓闪过一丝笑影，身材颀长，穿着大衣，戴了一顶铜盔护帽。赫伦没有劳神作任何介绍，却说：

——我刚才正跟我的朋友沃利斯②说，要是今晚你扮演校长时，模仿学院教区长③的腔调，该有多逗。那准会笑死人。

---

① 奥尔布雷克特·康诺利是贝尔维迪尔公学的纨绔子弟。他穿一件诺福克茄克衫，手持一根手杖。在《青年艺术家画像》中乔伊斯将奥尔布雷克特·康诺利的衣饰与其兄维森特·康诺利的脸庞结合在一起创造了赫伦这一形象。

② 可能指维森特·康诺利。

③ 指威廉·亨利神父。

赫伦为他的朋友沃利斯模仿一遍学院教区长的学究式的低音，一点儿也不像，便自嘲地一笑，请斯蒂芬来一下。

——来吧，德达罗斯，他怂恿道，你能绝妙地模仿他的声音。如果他连教会也不听从，你就将他看作外教人或税吏。①

他的模仿被沃利斯的愠怒打断，香烟牢牢地粘在了他们的烟嘴口上。

——这该死的烟嘴，他说，从嘴里抽出烟嘴，微笑着，无奈地皱起眉头。烟嘴总是这么堵住。你抽烟用烟嘴吗？

——我不抽烟，斯蒂芬回答道。

——不，赫伦说，德达罗斯是一个模范青年。他不抽烟，他不逛市场，他不与妞儿调情，他他妈的什么也不干。

斯蒂芬摇摇头，看着他对手微红的机灵的像鸟一般尖尖的脸，不禁一笑。他常常在心中觉得挺奇怪，维森特·赫伦不仅脸长得像鸟，而且姓名也像鸟。②一绺浅色的头发垂在前额上，犹如蔫儿了的鸟冠：他的前额狭窄而精瘦，在两只靠得很近的淡蓝色、毫无表情的眼睛之间突兀着一只瘦削的鹰钩鼻。这两个对头原都是学校的朋友。他们在同一个教室里听课，跪在同一个小教堂里，午餐祷告后在一起聊天。由于高班的学生全是些毫不起眼的笨蛋，斯蒂芬和赫伦在这一年里实际上成了全校学生的头儿。正是他们两人每每走到学院教区长跟前要求放一天假或者赦免一位同学的过失。

——哦，顺便告诉你，赫伦蓦然说，我瞧见你爹走进去了。

笑影从斯蒂芬脸庞上消失了。只要同学或者老师一提到他父亲就会立刻让他不安起来。他怯生生地沉默无言，看赫伦往下会说什么。赫伦

----

① 《玛窦福音引言》18：16—17。在1898年的一次学校表演会上，乔伊斯确实丢开原剧台词，而模仿起学院教区长的腔调。

② 赫伦，英文为 heron，意为苍鹭，故有此说。

用胳膊肘含义深刻地推搡他一下，说：

——你是条狡猾的狗，德达罗斯！

——为什么？ 斯蒂芬说。

——人们都以为你是个正经孩子，赫伦说。但我想你恐怕是条狡猾的狗。

——我能请问你这是什么意思吗？ 斯蒂芬极有礼貌地问。

——当然可以，赫伦回答道。我们瞧见她了，沃利斯，是吗？ 她真是俊极了。而且喜欢刨根问底！ 德达罗斯先生，斯蒂芬扮演什么角色？难道斯蒂芬不唱歌吗，德达罗斯先生？ 你爹从眼镜镜片后面死死地瞧她，我想你家老头儿发现你的秘密了。天，要我才不在乎呢。她真是美极了，是不是，沃利斯？

——当然美极了，沃利斯平静地回答道，一边将烟嘴再度塞进嘴角。

由于赫伦在一个陌生人面前这么粗野地提及与他关联的人，斯蒂芬的心中一时激起了愤懑之情。对于他来说，一位少女对他的兴趣与关怀并不是供人谈笑的笑资。他一整天在思忖与她在哈罗德十字街街车踏级上告别的情景，思忖在他心中所撩起的忧郁以及他赋写的那首诗。他一整天在想像与她再次相遇，因为他知道她会来看戏剧演出。旧的躁动与忧郁像那晚相会时一样重又充塞他的心头，但他无法赋写一首诗歌来淋漓尽致地发泄这种情绪。少年时代两年的成长与经验横跨于往昔与今天之间，阻塞这种发泄：一整天，忧郁的柔情在他内心的深处萌发，在漆黑一片的激流与漩涡之中汹涌澎湃，使他最终疲惫不堪，而班督导的玩笑话以及那男扮女装的男孩更使他感到心烦意乱。

——所以，你得承认，赫伦接着说，我们已经发现了你的秘密。你在我面前不要再装什么圣人了，这一点是肯定的。

从他嘴唇间迸发出一阵轻轻的无奈的笑声，他跟刚才一样弯下身子，用手杖轻轻敲打斯蒂芬的小腿肚子，仿佛是一种打趣的斥责。

斯蒂芬心中的气恼消了。他既不感到受宠若惊，也不感到困惑，只是盼望这种戏谑赶快结束。他现在不再为起始他觉得异常粗野的话语而感到愤恨了，他知道他们的话语对他心灵的漫游没任何危害：于是，他的脸上也漾起他对手那种虚假的笑容来。

——承认吧！　赫伦重复道，又一次用手杖敲打了他小腿肚一下。

这一次敲打虽然是闹着玩儿的，但比第一次重多了。斯蒂芬能感到皮肤热辣辣的，轻轻地、几乎毫无疼痛地发红；他顺从地鞠一躬，似乎顺应他朋友的百无聊赖的心情，开始背诵起《忏悔词》来。赫伦和沃利斯为他这种对宗教的不恭而哈哈大笑，这场戏也就这么圆满地结束了。

斯蒂芬的嘴唇机械地背诵着忏悔文，然而，当他在吟诵这些词语时，仿佛是在一种神奇力量的驱使下，他突然想起了另一个情境；当他看到在赫伦噘起嘴唇微笑，在嘴角漾起那隐约可见、凶狠的酒窝时，当他感到那熟稔的小腿肚上的一击时，当他听到那熟悉的警示的词：

——承认吧，

他便想起这一情境。

那时他在第六教室上课，正临近公学第一学期期末。他的敏感的天性正在一个平庸、污秽的生活方式的折磨下煎熬。他的灵魂仍然处于不安之中，都柏林沉闷的生活使他感到沮丧。他已经从两年的梦幻中解脱出来了，发现自己处于一种新的情境之中，在这一情境中的每一件事、每一个人都深深地影响他，不是使他心灰意懒就是诱惑他，诱惑他也罢，使他心灰意懒也罢，则总是使他心中充满了不安和痛苦的思想。他将学校生活中一切闲暇的时间全用来耽读反叛性作家的作品，这些作家作品的讥讽和激进言词使他深深地激动，并在他的习作中得到反映。

写作文是他一星期的主要工作，每星期二，在从家里去学校的路上，他按路上发生的事情来预测他的命运，例如，以前头的一个身影作为竞赛的目标，走着超过它，并达到一个预定的目的地，或者在人行道铺砖之间小心翼翼地落步，来测算在这一星期的作文写作中他是否会获得第一名。

有一个星期二，他的名列前茅的记录被粗暴地打断了。英语老师塔特先生①用手指着他，直截了当地说：

——这位同学在作文中写了异端邪说。②

教室里一片寂静。塔特先生没有打破静谧，双手在交叉的大腿之间乱搔，浆得很硬的亚麻布衬衣在脖子和手腕处发出窸窸窣窣的声音。斯蒂芬不敢抬头。那是一个春寒料峭的上午，他的眼睛仍然在发疼，视力很弱。他意识到失败，意识到败露，意识到他自己的心灵和家庭的卑下，感到他的向上翻起的犬牙交错的领口的毛边磨着他的脖子。

塔特先生一阵短暂的朗朗大笑使全班同学松了一口气。

——你也许并没有意识到，他说。

——在什么地方？ 斯蒂芬问。

塔特先生将乱搔的手抽了回来，打开作文本。

——在这里。是关于创世主和灵魂的。嗯……嗯……啊！ 永远不可能走近。那是异端邪说。

斯蒂芬喃喃地说：

---

① 即现实生活中的世俗的英语作文教师乔治·斯坦尼斯拉斯·登普西。他总是穿得一尘不染，蓄胡须，在纽扣眼上插着花儿。他的言谈举止纯然是老派的。在以后的岁月里，乔伊斯和登普西一直保持通讯联系。

② 在塔特先生看来，斯蒂芬所提出的异端邪说是对灵魂是否能获得足够的恩泽以与创世主进行精神的交流提出疑问。天主教教义认为，每一颗灵魂都有可能获得这样的恩泽；根据这一学说，所有没有走近创世主的灵魂实际上是拒绝了这一恩泽。

——我意思是说，永远不可能晋见到。

这是一种屈从的表现，塔特先生情绪缓和了过来，合上作文本，交给他，并说：

——哦……啊！ 不可能晋见到。那就是另一回事了。

但全班同学却不可能这么迅速地将情绪缓和起来。虽然课后没有任何人向他提及这事，但他可以感觉到在他周围有一种隐隐约约的幸灾乐祸的情绪。

在公众面前遭受呵斥几晚之后，当他手持一封信函正行走在德拉姆孔德拉路①上时，听见一个声音喊道：

——站住！

他转过身，看见他班里的三个男孩正在薄暮中向他走来。高声大喊的是赫伦，当他在两位保镖的护驾下往前迈步时，手舞着一根很细的手杖，随着步伐将身前的空气劈开。他的朋友博兰咧嘴笑着，而纳什拉在后面几步，因为赶不上趟而大口喘着气，摇晃他那硕大的红发脑袋。

孩子们一起踅进克朗利夫路②，便开始聊起书籍和作家来，谈到他们正在读什么书，他们父亲在家中的书架上有多少书。斯蒂芬听着他们说话，一腔狐疑，因为博兰是班里的劣等生，而纳什则是个懒虫。在他们聊了一会儿最喜欢的作家后，纳什声称他最喜爱的作家是马里亚特船长③，他说，他是最伟大的作家。

——胡说！ 赫伦说。问问德达罗斯。谁是最伟大的作家，德达

---

① 乔伊斯一家大约 1894 年 3 月迁入新居德拉姆孔德拉路米尔伯恩巷。这是他们第七次迁家。德拉姆孔德拉路是多斯特街的延伸，位于北湾之北，横跨皇家运河和托尔卡河便到达德拉姆孔德拉路。

② 费尔维逅西的一条主要街道，在皇家运河以北与德拉姆孔德拉路相交。

③ 马里亚特的书至今仍在都柏林码头附近的书店出售。

罗斯?

斯蒂芬意识到问话的嘲弄意味,说:

——你是指散文吗?

——是的。

——我认为是纽曼。

——你是说红衣主教纽曼①吗? 博兰问道。

——是的,斯蒂芬回答道。

纳什转身对着斯蒂芬,满是雀斑的脸庞上漾着微笑,说:

——你喜欢纽曼红衣主教吗,德达罗斯?

——哦,许多人说纽曼的散文文体是最好的,赫伦对其他两人解释
道。他当然不是诗人。

——谁是最好的诗人,赫伦? 博兰问。

——当然是丁尼生勋爵②啦,赫伦回答道。

——哦,是的,丁尼生勋爵,纳什说。我们家里都有他的诗集。

斯蒂芬遗忘了他刚才在心中一直在默默信守的誓言,脱口说道:

——丁尼生还算诗人! 吓,他只是一位韵律家而已!

——哦,滚开! 赫伦说。谁都知道丁尼生是一位伟大的诗人。

——那你认为谁是最伟大的诗人呢? 博兰说,用胳膊肘戳一下站
在他旁边的朋友。

——当然是拜伦,斯蒂芬回答道。

赫伦率先大笑,接着三人都讪笑起来。

---

① 根据斯坦尼斯拉斯·乔伊斯的回忆,下面关于拜伦和异端邪说的辩论以及辩论后
的厮打是真实发生过的事。那天詹姆斯·乔伊斯回家,衣服被撕破,母亲赶着给
他缝补好,第二天上学好穿。

② 丁尼生(1809—1892),英国维多利亚时代杰出诗人。著有挽歌集《悼念》等。

——你们笑什么？斯蒂芬问。

——你，赫伦说。拜伦是最伟大的诗人！没教养的人才认为他是诗人。

——他谅必是一位了不起的诗人！博兰说。

——闭嘴，斯蒂芬鼓起勇气说。你们所知道的诗歌无非就是你们书写在厕所石板①上的那类玩意儿，只配送到班督导那儿去受惩罚。②

事实上，据说博兰在厕所石板上写过一首关于一位从公学骑小马回家的同学的打油诗：

泰森骑着马儿去耶路撒冷

落马摔伤了阿莱克·卡夫塞伦。③

这一下倒真使两位斗士哑口无言，最终，赫伦说道：

——不管怎么样，拜伦是一个异端分子，一个不道德的人。

——我才不管他是什么人呢，斯蒂芬激烈地喊道。

——你不管他是否是一个异端分子？纳什说。

——你了解他多少？斯蒂芬大声嚷道。你一辈子除了读一些翻译作品之外，从来不读诗，博兰也一样。

——我知道拜伦是一个坏人，博兰说。

——吓，抓住这异端分子，赫伦大声喊道。

斯蒂芬一下子成了他们的囚犯。

――――――――――――

① 原文中的 square， yard 均是指厕所，所以 slates in the yard 指小便池的石板。

② 原文为 sent to the loft，其原意是学院小教堂的顶层风琴房，合唱队阁楼式十字架神龛。但在克朗哥斯公学学生俚语中它是指被送到班督导处受处罚。

③ 此处应理解为摔伤了他的生殖器。

——塔特那天关于你作文中的异端邪说，赫伦说，着实让你趾高气扬。

——我明天去告诉他，博兰说。

——你敢？斯蒂芬说。谅你不敢开口。

——害怕？

——是。怕没命。

——规矩点！赫伦喊道，用手杖猛揍斯蒂芬的腿。

这是进攻的信号。纳什将他手反绑在身后，博兰随手从沟里操起一根长长的白菜根。斯蒂芬死死挣扎，对雨点般落下的棍杖和坚硬的白菜根乱踢，最终被推倒在铁丝网篱笆上。

——承认拜伦不好。

——不。

——承认。

——不。

——承认。

——不。不。

在一阵疯狂的厮打之后，他终于摆脱掉了他们。虐待他的那三个小子大笑着嘲弄他，向琼斯路①走去，而他衣服被撕破，一脸通红，喘着气，在他们后面跌跌撞撞地走着，眼泪模糊了视线，发疯似的捏紧拳头，嘤嘤哭泣起来。

当他在听者纵情的大笑中背诵《忏悔词》时，当他在心中迅速而清晰地回忆起充满恶意的那一幕时，他纳闷他为什么对那些虐待他的人们

---

① 自克朗利夫路迤南通往皇家运河的一段很短的小街。斯蒂芬沿此街正走回德拉姆孔德拉的米尔伯恩巷的家。

不怀有丝毫忌恨。他一点也没有忘却他们的胆怯与残暴，但记忆却没有在他心中燃起愤怒。他读到的书中关于所有强烈的爱与恨的描写因此对于他来说都是不真实的。甚至在那天夜晚，当他沿着琼斯路跟跄往家走时，他还感到有一种力催使他摆脱掉突然萌发的愤恨，就像剥去柔软的成熟水果的皮一样轻而易举。

他和两个伙伴儿一直站在棚屋的一端。百无聊赖地倾听他们的谈话或者从剧院传来的鼓掌声。她也许正坐在观众中间，等待着他的出场。他竭力想回忆起她的模样来，却怎么也想不起来。他能想起的只是她头上披着一条头巾，像头罩一样，她那乌黑的眼眸诱惑着他，使他丧失任何意志。他纳闷，她是否像他一样一直在心中想他。在一片漆黑之中，在另两个同学看不见的情况下，他将一只手的手指尖放在另一只手的手心上，几乎感觉不到地触摸一下，轻轻地挤压一下。但她的手指的触摸要轻、要稳得多：关于触摸的感觉的回忆陡然像一阵看不见的暖流一般流遍他的头脑和全身。

一个男孩沿着棚子向他们奔来。他非常激动，气喘吁吁。

——哦，德达罗斯，他喊道，多伊尔对你大发脾气了。[①]你必须马上回去，穿上戏装。你最好赶紧点儿。

——他就来，赫伦对传话的人用一种傲慢的卷舌音说。他每每想用卷舌音说，就能说出来。

男孩转身对着赫伦，重复道：

——多伊尔光火极了。

---

① 多伊尔即现实生活中的耶稣会会士查尔斯·多伊尔，1897 年教授贝尔维迪尔公学语法三班的课。乔伊斯 1893 年已结束了语法三班的学业，所以他不是乔伊斯的授课教师。原文英文为"in a bake"，表明"生气"。在安斯蒂的戏剧中用"in a bait"表明"生气"，此种用法"in a bake"可能是"in a bait"的传讹。

——能否劳驾你向多伊尔致以我最好的问候，就说我要黑了他双眼？ 赫伦回答道。

——啊，我得走了，斯蒂芬说，他对于这类面子问题毫不在乎。

——要是我才不去呢，赫伦说，我决不去。传唤一个高级生可不能这样轻慢。大发脾气，真是的！ 依我看，你能在他那该死的老戏里担任一个角色就满不错了。①

斯蒂芬近来在他对手身上发现的好斗的友情并没有诱使他放弃历来默默隐忍的习惯。他不喜欢恣意捣乱，并怀疑这种友情的真诚性，对于他来说，这种友情过早地预示成人气质而令人遗憾。在这件事上所牵涉的面子问题，如同所有类似的问题一样，对于他来说，显得微不足道。当他的心灵在追索它那不可捉摸的幽灵，并在这种追索中犹豫不决而退却时，他每每听到父亲和老师的声音，激励他不遗余力去成为一位绅士、不遗余力去成为一名虔诚的天主教徒。现在，这些空空洞洞的声音复又在耳边响起。当体操馆开放时，他听见一个声音，鼓励他成为一个强壮的、健康的男子汉，而当校园里受到民族复兴运动的影响时，他便听到一个声音，敦请他忠于祖国，为振兴她那颓败的语言与传统而献身。在尘世，正如他预见到的，在耳边每每回响一个世俗的声音，召唤他去吃苦流汗，重振父亲业已凋敝的地位，同时又回响起学校挚友的声音，希望他够朋友，保护同学免受责难，请命宽宥他们，或者尽力为同学们争取更多的休假日。正是这些乱哄哄的空洞的声音使他在追索幽灵之中踌躇不前。他只是暂时倾听这些声音，只有当他远离它们，远离它们的呼唤，孑然一人或者与幽灵朋友为伴的时候，他才是幸福快乐的。

---

① 原文为 bally，1884 年后的用法，为 bloody 的婉语。赫伦的语言 "deucedly" "Your Governor" "by Jove" 是当时英国纨绔子弟的用语，这在安斯蒂戏剧《正相反》里格里姆斯顿学校学生语言中得到证实。

在祭服室，一位胖墩墩的气色很好的耶稣会修士和一个穿破破烂烂的蓝衣服的老人在一个盘子里调颜料和白垩。化好装的孩子走来走去，或者尴尬地站在那儿，用手指尖儿偷偷地、小心翼翼地触摸一下脸庞。在祭服室的中央，一位年轻的正在公学访问的耶稣会修士，双手插在侧身口袋里，正有节律地一会儿脚尖踮起，一会儿后跟顶立。他的小脑袋上长着一头油光光的红鬈发，而他的刚剃过须的脸庞和他那一尘不染的满有身份的祭司法衣以及他那油光锃亮的皮鞋十分协调。

当他观望着这一摇头晃脑的身影，仔细琢磨神父带嘲弄意味的微笑时，他想起了在被送往克朗哥斯公学前就听说的父亲的一个说法：你总是可以从一位耶稣会修士的衣着式样上判断他的为人。几乎就在这时，他想他在父亲的心灵和这位笑容可掬的衣着入时的神父的心灵之间觉察到一种相似之处：他意识到对这位神父的圣职，甚至对这祭服室本身的一种亵渎，眼下，祭服室的静谧已荡然无存，充满大声的喧嚷和笑闹，空气中弥漫着煤气火焰和油彩的味儿。

当那位老人在他前额上描上皱纹，在下巴上涂上一块黑一块紫时，他心不在焉地听着那胖胖的年轻耶稣会修士叨咕，他要求他把台词念得大声点，吐词清晰点。他能听到乐队演奏《基拉尼的百合花》①的音乐，知道过一会儿幕布就要升起来了。他并没有上台怯场的感觉，但一想到自己扮演的角色，不禁感到羞辱。当他回忆起他的台词时，一阵红晕突然泛上了他化了装的腮帮。他瞅见她那一本正经的迷人的眼睛正从观众席上望着他，那眼神立时将他的拘谨一扫而光，使他的意志坚实起来。他似乎赋有了另一种气质：弥漫他周围的激动的氛围与青春气息感

---

① 此歌剧为朱利叶斯·本尼迪克特(Julius Benedict)1862年所创作。歌剧改编自戴恩·鲍西考特(Dion Boucicault)关于爱尔兰被出卖的情节剧。

染了他，改变了他对一切都不信任的阴郁心情。在一个很少出现的一刹那间，他似乎进入真正的少年时代：当他置身于其他演员之中时，他和他们一起享受欢乐，在一片欢乐之中，两位身强力壮的神父用力一甩，落下的幕布便歪歪扭扭地被拉了上去。

不一会儿，他发现自己站在舞台上，置身于煌煌的煤气灯和晦暗的布景之中，在一片虚无面前，在无数的脸庞面前表演起来。他不无惊讶地发现他在排演时所熟识的互不联贯的毫无生气的戏剧骤然赋有了它自己的生命活力。戏剧仿佛自己在展开着，而他和其他演员仅仅用自己的角色帮助它展开而已。当最后一场帷幕落下时，他听到从那一片虚无之中漫过掌声，从幕布边的隙缝处，他看到他曾经在它面前表演的那简单的形体像变魔术一般地变了形，虚无缥缈的脸庞在所有的角落蠕动起来，分散成一堆堆匆匆忙忙的人群。

他很快离开了舞台，摆脱掉那装腔作势的表演，经过小教堂而走进公学花园。现在既然戏演完了，他的神经却渴望更大的冒险。仿佛为了赶上冒险似的，他向前匆匆走去。剧院的门全打开了，观众正在往外走。在他曾经想像是方舟的缆绳上，挂着的灯笼在夜间的微风中摇曳，无精打采地闪亮着烛光。他匆促地爬上花园台阶，急切希望他想捕捉的东西不要落空，他从大厅的人群里挤了过去，走过那两位耶稣会修士，他们正站在那儿瞧着离去的人流，向来宾鞠躬、握手告别。他紧张地挤过人群，假装更加行色匆匆，隐隐约约感到敷了白粉的脑后有人在对他微笑，在注视他，用臂肘在指点他。

当他从屋里走出来，来到台阶时，他看见家人正在第一根灯柱前等着他。在刹那的一瞥中，他知道这一群人中的每一个人他都熟稔，生气地从台阶上走下去。

——我得到乔治大街送个信儿①，他急急地对父亲说。你们先回家吧。

他没等父亲发问，便径自穿过马路，飞也似的沿山坡跑去。他根本不知道他到底走到哪儿。骄傲、希望与欲念在心中犹如被碾压的小草，在心灵眼睛的注视下，散发出令人发疯的气息。他怀着斗然升起的受伤的自尊、被粉碎的希望和受挫的欲念举步走下山去。一腔怒火在他极度痛苦的眼前，升腾而起，在他的头顶上空消散涤尽，空气重又变得清澈而又料峭起来。

他的视线仍然蒙蒙眬眬，但眼睛不再疼痛了。一种与以前每每使他消解怒气与愤懑的力相似的力使他停止了脚步。他静静地伫立在那儿，仰视停尸房阴沉的门廊，他的视线从门廊移向停尸房旁边的黝暗的铺卵石的小巷。他在小巷的墙上读到：洛茨②，缓缓地深深地吸了一口那充满臭味的凝重的空气。

——那是马尿和腐草的味儿，他想。闻起来也不赖。这种气息能安定我的心灵。我的心现在相当宁静了。我该回家了。

*　　　　*　　　　*

斯蒂芬又一次在金斯布里奇火车车厢的一角坐在父亲的身边。他和父亲搭乘夜邮车前往科克③。当蒸汽火车隆隆开出火车站时，他回忆起从前童年对一切都怀有好奇的岁月和在克朗哥斯第一天每一个细微的事件。然而，他现在对一切不再有任何惊讶之感了。他望着渐渐黑沉下来的土地从他身边向后退去，默然伫立的电线杆每四秒钟从他的窗户向后

---

① 乔治大街向南正与大丹麦街相交，贝尔维迪尔公学正门面对大丹麦街。
② 这是迄今尚存的一段都柏林小巷，位于利菲河北边码头的后面。
③ 乔伊斯父亲处置完最后一批家产后，乔伊斯于1894年2月陪父亲到科克去。

飞逝，望着那灯火闪烁的只有几个缄默路警的小车站，刹那间便被邮车甩在了后头，在一片漆黑之中小车站闪亮星星灯光，犹如由一个赛跑者往后抛甩火星似的，闪耀一下便泯灭了。

他无动于衷地听着父亲回忆科克和他的青年时代，每当父亲的故事中出现业已逝世的朋友的形象或者突然想起此行的真正的目的时，父亲便打断故事，不是太息一番就是拿出小酒瓶呷上一口。斯蒂芬只是洗耳恭听，却没有任何怜悯的感情。除了查尔斯大伯之外，所有的死者对于他来说都是陌生的。而对于查尔斯大伯的记忆近来也渐渐淡然了。不过，他知道他父亲的财产将要被拍卖掉，这实际上意味着剥夺掉他的所有权，他感到这世界太残酷地打破了他的梦幻。

在玛丽巴罗①，他睡着了。当他醒来时，火车已经驶过马洛②，父亲正伸胳膊伸腿地躺在另一张座位上睡着了。清晨寒冷的曙光映照在乡间，映照在阒无人影的田野上和门户紧闭的村舍上。当他凝视着静谧的乡野，不时听到父亲深沉的呼吸或者他睡梦中遽然翻身时，对于睡眠的恐怖攫住了他的心。他无法看见的躺在他周围的人们使他充满了一种奇异的恐惧感，似乎他们会伤害他；他祈祷白天快一点来临。他既不是对上帝也不是对什么圣徒祈祷，他开始祈祷时，阴冷的晨风从车厢门的缝隙间直灌进来，吹在他的脚上，他不禁打了个寒颤。他随着火车连续不断的节奏编织出一连串废话来结束祈祷；这样，每隔四秒钟出现的电线杆便默默地成了节奏急迫的乐谱的节线。这充满狂怒的音乐减轻了他的恐惧，他将头枕在窗框上，又闭上了眼睛。

在晨光熹微之中，他们的四轮有顶出租马车③驶过科克城，斯蒂芬

①　现在称之为拉奥斯港，距都柏林 52 英里。
②　距科克 21 英里处的一个铁路联轨处。
③　原文为 a jingle，与爱尔兰"car"一样，为四轮出租马车。

在维多利亚大旅馆的卧房里睡了个够。灿烂的温暖的阳光从窗户泻将进来，他能听到来往交通的聒噪。他父亲正站在梳妆台前，小心翼翼地整理着他的头发、脸庞和小胡子，在水盆上伸长脖子，或者将脖子扭向一边好看得清楚一些。当他在做这一切时，口中用一种奇异的土音和词轻轻地独自哼唱一支歌：

> 年少无知
> 使年轻人儿快乐之至，
> 哦，我的爱，我不在此
> 　久羁。
> 无法医治，当然啦，
> 必然是因为创伤太厉，当然啦，
> 　我将去美国游历。
> 我的爱，她美貌，
> 我的爱，她小巧：
> 　她宛如新酿的威士忌
> 酒醪；
> 当酒老，
> 　冰冷，
> 酒味跑掉，
> 就像山露一样没有了味道。

斯蒂芬一看到窗外温馨而阳光灿烂的城市，一听到父亲用柔和的颤音吟唱这支陌生、悲哀而又充满幸福的曲调时，脑子里一夜的怒气一下子消散殆尽了。他赶快起床穿衣，当歌声一结束，便说：

——这比你唱的"哦，你们来吧"的歌好听多了。

——你是这么认为吗？ 德达罗斯先生问道。

——我喜欢这支歌，斯蒂芬说。

——这是一支相当古老的曲子，德达罗斯先生说，捋一捋他的小胡子尖儿。啊，要是你能听到米克·莱西唱这支歌就好了！ 可怜的米克·莱西！ 他唱这支歌时，用小回音①，他惯用的装饰音我没有。要是你喜欢的话，他也能唱"哦，你们来吧"。

德达罗斯先生要了羊肠布丁②作早餐，用膳时，他向侍者反复盘问了有关当地的一些事情。但在大部分情况下，他们两人纠缠不清，当提到一家姓氏，侍者心目中是现在的主人，而在德达罗斯先生的心目中，这可能是这主人的父亲、甚至可能是他的祖父。

——得，不管怎么样，我希望皇后学院③没有挪地方，德达罗斯先生说，我要带我的儿子去看看。

---

① 近代音乐中所用装饰音之一种。
② 原文为 drisheens，科克美肴。这是一种用羊小肠作肠衣，灌之以去除红色的血，并伴以燕麦片和其他作料。
③ 即现在的科克大学学院。乔伊斯父亲于1867年进入该校学习，第一年主修医科，以后又投身体育和戏剧。他是学院四人划艇、越野跑、铅球运动员，并是学院三级跳运动纪录的创造者。他花费大量的时间演戏和唱歌，第二年和第三年均没考及格。

在马德克大道①，树儿正盛开着花朵。他们走进校园，一位喋喋不休的工友带领他们穿越过四方的院子。他们在砾石路上每走十几步便要停下来，听工友的答话。

——啊，你是这么说的吗？　可怜的波特儿贝利死了？

——是的，先生，死了，先生。

当两人止步，斯蒂芬尴尬地站在他们后面，他对他们进行的话题毫无兴趣，兀自不耐烦地盼望这缓慢的行进再度动起来。当他们穿越过院子时，他的烦躁到达了顶点。他在心中纳闷，他知道他父亲是一个非常诡谲、对一切持怀疑态度的人，何以会被工友卑躬屈膝的举止所欺骗；他一上午还非常喜欢听到的生动活泼的南方口音现在听起来却异常刺耳了。

他们走进了梯形解剖室，德达罗斯先生在工友的帮助下寻找刻有他姓名缩写的桌子。斯蒂芬拉在梯形教室的后面，解剖室的黝暗和寂静，它所具有的令人生腻的堂而皇之的学术气氛使他十分地痛苦。在他面前的一张桌子在沾满污迹的黑木上有"胎儿"字样，像是用小刀刻过好几次的样子。他突然联想到与这字样有关的故事使他的热血沸腾起来：他似乎感觉到学院放学的学生正聚集在他周围，而他想远离开他们。从镌刻在书桌的字样中他看到了他们生活的情景，而无论他父亲怎么给他描摹也无法做到这一点。一个宽肩膀的、蓄一绺小胡子的学生正在一本正经地用折合小刀刻"胎儿"字样。其他同学或站着或坐在附近正在哈哈大笑嘲弄他的手工活儿。有人碰了一下他的胳膊肘。这大个儿学生对着他皱了皱眉。他穿着宽松的灰色服装和一双黄褐色的靴子。

斯蒂芬听到有人喊他的名字。他急匆匆沿着梯形教室的阶梯走下去，希冀离开他想像的情景越远越好，趁低头细瞧他父亲姓名的缩写来

---

①　是科克极负盛名的散步场所，距大学有几个街区。现今它仅仅是一条小巷了。

掩饰一脸飞红。

在他重又穿越校园，向学院大门走去的路上，这字样和情景一直在他的眼前跳跃。他在外在世界中竟然发现了他直到现在一直认为是他心灵中一种肉欲的、自己才有的病态的痕迹，这使他震惊。他最近所做的可怖的梦幻重又涌进了他的记忆之中。这些梦幻也是遽然地、强烈地仅仅由词所引发的。他很快便屈从于它们，任凭它们横扫并贬抑他的灵智，他心中一直在纳闷它们到底从何处而来，从什么可怖的形象中引发的，当它们征服他时，他每每觉得赢弱，谦卑，浮躁并腻味自己。

——啊，天，这正是那小酒店①！ 德达罗斯先生喊道。你经常听见我提到小酒店吧，是不是，斯蒂芬？ 许多次在我们名下作了记号后②我们就进去喝酒，好一大群人呵，哈里·皮尔特和小杰克·蒙顿，还有鲍勃·戴斯、"法国人"莫里斯·莫里亚蒂、汤姆·奥格雷迪和米克·莱西，我今天早晨跟你说起了他了，还有乔·科贝特、可怜的好心肠的坦蒂尔斯公学的约翰尼·基弗斯。③

马德克大道行道木的树叶在微风中抖动起来，在灿烂阳光下飒飒作响。一群板球运动员从身边走过去，都是些敏捷而机灵的年轻人，穿着法兰绒运动上衣，一人扛着长长的绿色的三柱门袋。在一条宁静的僻巷里，一支由五人组成的德国乐队，穿着褪色的制服，正在为街头流浪儿和闲下来的送信的侍童吹奏他们那破损的铜管乐器。一个戴白帽、围着围兜的女仆正在为窗台上的一盆花草浇水，在温暖的日光下那窗台犹如白石灰石一般耀眼。从另一扇打开的窗户飘来钢琴的叮咚声，一个音阶

---

① 这是大学学院附近的普通酒店。很可能有售卖烈酒的执照。

② "When our names are marked"意为"在我们名下作了记号后"，因为该酒店卖烈酒，根据规定，进酒店喝烈酒的学生必须在进店之前记下名字。

③ 坦蒂尔斯公学是科克一所著名的公学。

一个音阶地往上昂扬，直至达到最高音。

斯蒂芬走在他父亲身边，听他讲他早听腻的故事，重又听到他提到年轻时一起胡闹的失散的与业已逝世的朋友们的名字。他只能在心中唏嘘哀叹，感到腻味极了。他回想起他自己在贝尔维迪尔公学的矛盾处境，一个自由自在的孩子，当学生的头儿却又惧怕自己的权威，骄傲，敏感，多疑，一面与他生活中的污秽作战，一面还要与他心灵的躁动斗争。那镌刻在书桌污迹斑斑的木面上的字母逼视着他，嘲弄他羸弱的肉体和轻浮的热情，使他因为自己疯狂而肮脏的放荡行为而憎厌自己。他喉咙里哽着一口苦涩的唾沫，难以下咽，隐隐的难受直涌到脑际，使他一时闭上了眼睛，在一片漆黑之中往下走去。

——当你步入社会时，斯蒂芬——我想你总有一天会步入社会的——请记住不管你干什么，你必须与有教养的人来往。我告诉过你，当我年轻时，我过得很快乐。我和有教养的正派人来往。我们每个人都会点儿什么。一个同学有一副好嗓子，一个演技绝妙，一个能唱很动人的喜剧歌曲，一个是优秀划手或板球手，一个能讲动听的故事，等等。我们总能找到点乐子，玩得高高兴兴，我们经历世事，但依然享受生活。我们都是有教养的人，斯蒂芬——至少我希望我们都是——我们还是好极了的正直的爱尔兰人。我希望你和这样的人交友，正派人。我是像一个朋友一样和你交谈，斯蒂芬。我不喜欢当个整天绷紧脸儿的父亲。我不喜欢儿子一定得惧怕父亲。不，我待你就像你祖父当年在我年轻时待我一样。我们父子更像是兄弟。我永远不会忘记他第一次抓住我抽烟的那一天。一天，我和几个跟我一样的小伙子一起站在南巷尽头，当然啦，烟斗插在嘴角边上，我们自以为很了不起了。突然，老爹正经过那儿。他没说一句话，甚至都没停下来。第二天星期天，我们一起出外散步，在回家的路上，他拿出他的雪茄盒，说：西蒙，我一直不知道你抽烟，或者说了类似的话什么的。当然啦，我竭力装出一副很镇静的样子。如果你想抽好烟，他说，试试这雪茄看。一位美国船长昨晚在昆斯城①送给我的。

斯蒂芬听见他父亲斗然间哈哈大笑起来，那笑声几乎像是哭声。

——那时，他是科克最英俊的男子，哦，天，他确实是！ 娘儿们在街上每每止步盯着他瞧。

他听见父亲在喉咙大口吞下呜咽的声音，在神经质的驱动下，他睁开了眼睛。阳光遽然照在他的眼睛上，使天空与云彩在他看来是一片深暗色的梦幻般的世界，映着湖面似的深玫瑰色的光。他的脑子觉得痛苦而孱弱。他几乎无法辨认商店招牌上书写的字母。由于他可怕的生活方式，他似乎将自己置于现实的极限之外。除非他在内心深处聆听到那愤懑的呐喊的回音，在现实世界没有任何东西会使他感动，没有任何东西可以与他沟通。他无法对俗世的或人的呼吁作出回应，对于盛夏、欢乐与友情的召唤麻木不仁，他父亲的声音使他感到疲惫困顿而沮丧。他几乎无法辨认他自己的思想了，缓缓地自言自语道：

——我是斯蒂芬·德达罗斯。我正在父亲的身边行走，他名叫西蒙·德达罗斯。我们正在爱尔兰的科克。科克是一座城市。我们住在维多利亚旅馆。维多利亚、斯蒂芬和西蒙。西蒙、斯蒂芬和维多利亚。仅仅是名字而已。

他对于童年时代的记忆突然变得模糊起来。他竭力想回忆起童年时代生动的片断，却不能。他只能回忆起名字：丹特、帕内尔、克兰、克朗哥斯。一个幼小的男孩从一位年迈的妇女那儿学习地理，这位年迈的妇女在衣橱里放着两把衣刷。后来，他从家里被送往公学。在公学里，

---

① 科克的港口城市，如今称为科勃。

他接受了首次的圣餐礼，就着板球帽吃"瘦吉姆"①，瞧火光在医务室狭小的病房的墙上跳跃，梦见自己死了，学院教区长穿着黑色与金黄色相间的长袍为他做弥撒，他被埋葬在菩提树林荫大道旁教区的小墓地里。但是他没有死。而帕内尔死了。没有在小教堂为死者做弥撒，也没有送葬的队伍。他没有死，但却像阳光下曝光的底片般黯淡了。他迷失了，从存在中消失，因为他不再存在。想像自己这么地从存在中消失，不是因为死亡，而是因为在阳光下消退、因为在宇宙中的某一个地方迷失、被遗忘殆尽是多么地诡谲而奇异！见到他细小的身子一刹那间重又出现是诡谲而奇异的：一个幼小的男孩，穿着一件扎腰带的灰衣服。他双手插在腰间的口袋里，裤腿用橡皮筋卷在膝盖上。

在卖掉财产的那天夜晚，斯蒂芬顺从地跟随着父亲从一家酒吧走到另一家酒吧。对市场上的摊贩，对酒吧男女侍者，对恳求他施舍②的乞丐，德达罗斯先生都絮絮不休地说，他可是一个老科克人了，他在都柏林呆了三十年，一直想改掉他的科克口音，他身边的这位某某是他的大儿子，不过是都柏林的无用之辈而已。③

清晨，他们从纽科姆咖啡馆早早地出发，在纽科姆咖啡馆德达罗斯先生将咖啡杯重重地丁零当啷磕放在碟子上，为了掩饰父亲昨夜喝醉了酒后令人难堪的表现，斯蒂芬故意吱吱移动一下椅子，并大声咳嗽一下。令人尴尬的事接踵而来：市场摊贩装出一脸虚假的微笑，父亲和酒吧女侍者调笑，打打闹闹，眉来眼去，他父亲朋友们的祝贺和鼓励。他

---

① 原文为 slim jim，这是一种甜药蜀葵果酱条，外面涂以粉红色的糖汁。它之所以被称为"瘦吉姆"，因为它出售时形状似皮条，有一码或一码半长，一英寸宽。这种果酱条韧性极好，孩子们可以从两头同时吃一根果酱条。

② 原文为 a lob，这是方言，意为"一叠钞票"、"一块金子"，然而在爱尔兰语中，它仅为一便士。

③ 原文为 jackeen，意为毫无价值的人。

们对他说他很像他的祖父，德达罗斯先生同意这一看法，并说他继承了他祖父所有丑陋的特点。他们在他的言谈中发现了科克口音，要他承认利河①比利菲河美丽多了。有一位为了检验他的拉丁文知识要他翻译几段《拉丁文选》②，并询问他是 Tempora mutantur nos et mutamur in illis 还是 Tempora mutantur et nos mutamur in illis 对。③另一个人，那是个仍然还很利索的老人，德达罗斯先生叫他约翰尼·卡什曼，问他是都柏林妞儿漂亮还是科克妞儿漂亮，这着实让他迷惑了好一阵子。

——他可不是那种人，德达罗斯先生说。别问他这个问题吧。他是一个头脑冷静、喜欢思索的孩子，他才不会去想那种无聊事儿呢。

——那他就不是他父亲的儿子了，小老头儿说。

——我不知道，我真的不知道，德达罗斯先生说，非常满足地微笑起来。

——你父亲，小老头儿对斯蒂芬说，当年是科克城胆儿最大的与妞儿调情的哥儿。你知道吗？

斯蒂芬低着头审视他们正站在上面的酒吧铺地的砖。

——别跟他说那种事儿，德达罗斯先生说。让造物主去教他吧。

——瞧④，当然啦，我不再往他脑袋里灌输那种思想了。我够当他爷爷了。我确实当上爷爷了，小老头儿对斯蒂芬说。你看得出来吗？

——是吗？ 斯蒂芬问道。

——天，我是，小老头儿说。我在礼拜日井⑤有两个活泼可爱的孙

---

① 利河，爱尔兰西南部河流，约 50 英里长，在科克郡自西向东流入科克港。

② 《拉丁文选》，理查德·瓦尔皮 1816 年所编。

③ 这两句拉丁文都是对的，意为"时代变了，我们也随之而改变"。

④ 原文为 Yerra，有时拼写为 arrah，意为"当心"、"瞧着点儿"。源自爱尔兰语"aire"。

⑤ 礼拜日井是科克城时髦郊区。

子。哈，你以为我有多大？ 我记得你祖父穿着鲜红的外套，骑马纵狗打猎。那时你还没生到这世界上来呢。

——啊，难道你见过？ 德达罗斯先生说。

——天，我真见过，小老头儿重复一遍。我甚至还记得你的曾祖父老约翰·斯蒂芬·德达罗斯，他可是个可怕的火爆性子。瞧！ 我全记得！

——这可有三代——四代啦，另一个人说。啊，约翰尼·卡什曼，你准快百岁了。

——得，说实话吧，小老头儿说。我才二十七岁。

——其实一个人的年岁与自我感觉很有关系，约翰尼，德达罗斯说。喝完你们杯中的酒吧，让我们再来上一杯。嗨，我也不知道你叫什么，给我们再斟上原来的酒。天，我觉得我似乎还不到十八岁。我这儿子还不到我一半年岁，可我任何时候都比他强。

——别吹牛了，德达罗斯。我想该是你靠边站的时候了，那位先前说过话的绅士说。

——不，天呀！ 德达罗斯先生插嘴说。我要和他比唱一支男高音的歌，比跳五根木头钉成的围栏门①，或者比在乡间跟在猎狗后面赛跑，正像我三十年前跟在一条名叫"克里孩儿"②的猎狗后面奔跑一样，我赛过了所有的人。

——他会赛过你，小老头儿说，轻轻拍打一下前额，举起酒杯仰脖一饮而尽。

——我当然希望他像他爸一样是一个正直的人。这就是我想说的，德达罗斯先生说。

———————————————

① 原文为 fivebarred gate，在爱尔兰农场由五根横木钉在一起的门。
② 爱尔兰西南部克里郡是一个多山的农业区，那里的人被认为粗俗而野蛮。

——他会的，小老头儿说。

——感谢上帝呀，约翰尼，德达罗斯先生说，我们活了这么一把年纪，从没干过害人的事儿。

——干了这么多好事，西蒙，小老头儿严肃地说。感谢上帝，我们活了这么长，干了这么多好事。

斯蒂芬在一旁瞧着他父亲和两个朋友在酒柜前举杯，为他们往昔的回忆而干杯。财产或者脾性的鸿沟将他与他们分隔了开来。他的心似乎比他们的还要老成持重：他的心像一轮月亮冷冷地瞧着他们的奋斗和欢乐，为一片更为年轻的土地而太息。生命和青春在他们的心中勃发，而他却没有。他既没有尝过友情的愉悦，也从不知晓粗莽的男性的健康或孝道的力量。在他灵魂中躁动的是一种冷漠的、残忍的、无爱的情欲。他的孩提时代死亡了，或者说迷失了，在孩提时代他的灵魂还能享用简朴的快乐，而他现在却像一轮不毛的孤月在人生之海随波逐流。

> 你为什么这般苍白，
>
> 莫非倦于攀登苍穹，凝视大地？
>
> 形单影只，成年漂泊……①

---

① 此乃英国诗人雪莱的《致月亮》，原有两节，第二节只有两行残诗：

一

你为什么这般苍白，

莫非倦于攀登苍穹，凝视大地？

形单影只，成年漂泊，

而周遭的星星又和你身边迥异？

莫非倦于盈亏，像一只抑郁的眸子，

什么也不配消受你坚贞的凝视？

二

你，天选的精神之女神，

月亮儿凝视着你，直至它怜悯你……

第一节为杨熙龄译文，《雪莱抒情诗选》（上海译文出版社）。

他独自背诵雪莱诗歌的片断。雪莱诗歌中广袤无垠的非人间的周期活动与人类的无能为力的悲哀的更迭出现使他觉得悲凉不已，他甚至忘却了他自己的作为人的徒然的悲哀。

*　　　*　　　*

斯蒂芬的母亲、弟弟和一位表妹①等待在宁谧的福斯特巷②角上，而他和父亲步上台阶，沿着柱廊走去，在柱廊苏格兰士兵正在逡巡。他们穿过大厅，来到柜台，斯蒂芬来兑现一张由爱尔兰银行行长承担支付的三十三英镑的支票；付款员很快如数支付了他纸币和硬币，这是他作文比赛获得的奖金③。他似乎满不在乎地将钱塞进兜里，让正在与父亲交谈的友善的付款员手伸过宽阔的柜台和他握手，祝贺他日后事业飞黄腾达。他腻烦他们的谈话，他已无法安静地站立在那儿了。付款员仍然不去理会在后面等着提款的人们，而絮絮不休地说他正生活在一个变化的时代，再没有比花钱让孩子接受最好的教育更重要的了。德达罗斯先生在大厅里流连，举目细瞧周围的一切，抬头审视屋顶，对正催促他快走出去的斯蒂芬说，他们正站在旧日爱尔兰议会的下议院④里。

——天呐！他虔敬地说，请想一想在那些年月我们所拥有的人物，斯蒂芬，像希利·哈钦森、弗勒德和亨利·格拉顿、查尔斯·肯德尔·布希⑤，再想一想我们现在所拥有的权贵们，在国内和国外的爱尔

---

① 兄弟无疑是莫里斯，而表妹可能是凯思林·默里。
② 这是一条树木苍郁的死巷，就在爱尔兰银行后面。
③ 在贝尔维迪尔公学，乔伊斯多次获奖，但只有这一次获得三十三英镑的奖金。
④ 1800 年通过联合法案后，爱尔兰议会就变得没有必要存在，于是新成立的爱尔兰银行便搬入议会大楼。
⑤ 这都是爱尔兰 18 世纪议员，以擅长演说著称。

兰人民的领袖们。嗨，天，权贵们不愿死后和他们呆在同一个十英亩的墓园里。不，斯蒂芬，老弟，我不无遗憾地跟你说，权贵们任意妄为，只要符合他们的私利便行，正如我在一个美好的五月的清晨出外散步，他们却非说那是快乐的、甜蜜的七月。①

银行前正刮着刺骨的十月的风②。那三个站在土路边的人儿脸颊冻得通红，眼睛里水汪汪的。斯蒂芬瞧着衣着单薄的母亲，想起他几天前在巴纳多皮货公司③橱窗里见到的一件标价二十畿尼的披风。

——一切办妥，德达罗斯先生说。

——我们最好一起去吃一顿吧，斯蒂芬说。到哪儿去吃呢？

——吃一顿？德达罗斯先生说。嗯，我想我们是得去吃一顿了，去哪一家呢？

——到家不太贵的餐馆吧，德达罗斯夫人说。

——去那半生不熟餐厅④？

——好吧。找家安静的餐馆。

——走吧，斯蒂芬急促地说。别考虑贵不贵。

他微笑着，在他们前面迈着短促的神经质的步子。他们尽力紧跟在他后面，不禁为他的急切劲儿而暗自笑起来。

——像个有教养的年轻人那样悠着点儿，他父亲说。我们出来不是为进行半英里赛跑吧，对吗？

在一段迅速飞逝的寻欢作乐的时间里，斯蒂芬随心所欲地花着他获

---

① 原文为 as I roved out one fine May morning in the merry month of sweet July, 此乃爱尔兰人习惯说法，表明任意妄为的意思。

② 这是指 1897 年 10 月。

③ 这是指格拉夫顿街 108 号巴纳多父子公司，至今仍在经营皮货生意。

④ 这浑名听起来很不舒服的饭馆指都柏林的声名遐迩的菜价昂贵的饭店之一——贾米特饭店，在巴纳多皮货公司的对面，位于拿骚街上。

奖的钱。他从城里买来大包大包的食品、糕点和蜜饯。他每天为家里拟订一张菜单，每天晚上他带上三四个人去剧院看《英戈马》①或《里昂贵妇》②。他在大衣兜里装满了一大块一大块的请客用的维也纳巧克力，而裤兜因为银币和铜币而鼓得满满的。他为每一个人购买礼物，彻底装修他的房间，书写各种各样决议案，将账本井然有序地上下排列在书架上，他浏览各种价目表，为全家制定了一个类似联邦的计划，在这联邦里每一位家庭成员都供有一定公职，他为全家开设了一家信贷银行，给愿意借钱的人贷款，这样，他便可以有收益与生息的乐趣。当他无法再做这一切时，他便乘马车满城乱跑。接着，快乐的时日结束了。粉红色的瓷漆罐干巴了，他卧房墙壁装修的下半部粉刷也没全做完，有的地方灰泥涂得非常糟糕。

他家重又回到原来生活的轨迹之中。他母亲再也找不到机会斥责他浪费金钱。他也重又回到原来的学校生活之中，所有的别出心裁的计划全落空了。联邦倾颓了，信贷银行关闭了它的金库，账本记载着相当大的亏空，他为自己制定的生活的规则全部崩塌。

他的目标是多么的愚不可及！　他想筑起一堵秩序与典雅的防波堤以阻挡他外部生活的污秽的潮流，并用端行、积极的利益和新的孝道的准则来阻遏内心强大潮流的冲击。这一切全属徒然。无论是从外部还是从内部，水已经漫衍过了他的堤坝：潮水再一次汹涌澎湃地拍击业已倾颓的防波堤。

---

① 《英戈马》，德国情节剧，弗里德里克·哈恩著，G·W·洛弗尔夫人英译。
② 《里昂贵妇》，埃德华·布尔沃-利顿所著浪漫剧。戏剧描写园艺工儿子和穷诗人克劳德·梅尔诺特装扮成科莫王子赢得了波林·黛夏佩尔丝的爱情。当波林发现了他真实的身份后，她拒绝了他的爱。他参加了拿破仑的军队，英勇善战而升至上校。他回来击败了伪善狡诈的对手，终于又赢得了波林的爱。

　　他也清晰地看到自己与外界隔绝的生活毫无补益。他一点儿也没靠近他曾经希冀获得的生活，他也没有弥合将他与母亲、弟弟和妹妹分隔开的那种不安的羞耻感和怨恨。他感觉他和他们几乎毫无血统的关系，他们之间只存在一种神秘的寄养、养子和继弟的亲缘关系而已。

　　他热切地顺应他心中强烈的欲望，在这种欲望面前，其他的一切都显得无关紧要而格格不入。他并不在乎他是否犯了不可饶恕的弥天大罪，他也不在乎他的人生成为一连串欺骗与虚伪的组合。除了他心中孕育的去犯滔天罪孽的粗野的欲念之外，没有任何东西是神圣的。他怀着狐疑的心情忍受着秘密躁动的令人羞耻不堪的细微情节，在这些情节中他以能耐心地亵渎对他具有诱惑力的一切形象而狂喜不已。他日日夜夜在外部世界被扭曲的形象间彳亍。白天在他看来还是文静端庄而无邪的身影，在夜间，在他睡梦的迷乱的一片漆黑之中，这身影的脸庞却因淫荡骄奢的奸邪而变形，眼睛里充满了兽性的快乐。只是在清晨，那朦朦胧胧的关于在黑夜中狂欢闹饮的记忆以及那强烈的令人感到卑下的违法乱纪的感觉深深地刺痛他。

　　他重又回到他到处漫游的生活。正如数年前飘着雾霭的秋天的薄暮吸引他在布莱克洛克寂静的大道上漫步一样，如今秋天的薄暮又引逗他在大街上到处游逛了。而现在，再也没有修葺整齐的前院花园或者从窗棂向外映照出的温馨的灯光能撩拨起他的百般柔情了。只是有时候，在他欲望的间隙中，那正在使他损耗殆尽的情欲容纳更为柔和的温情时，美茜蒂丝的形象才从记忆的幕后显现出来。他重又瞧见那通向大山的路边玫瑰园里的那座小巧玲珑的雪白的屋子，记忆起在数年的离别与冒险之后他和她伫立在月光如水的花园里，他那悲哀的、傲慢的绝情的一挥。在这种时候，克劳德·梅尔诺特①温情脉脉的台词重又回到他的唇间，抚慰了他的不安。对于他一直期盼的幽会，对于他曾经想像描摹的神圣的会面的充满温情柔意的预感使他深深地感动，尽管在他往昔与如今的希冀之间横隔着可怕的现实，但在这种神圣的幽会中，他的一切柔弱、胆怯与无知全都离他而去。

　　这样的瞬间一消逝，那损耗人的精神气的情欲的火焰重又燃烧起来。他吟唱起诗句，模糊不清的呐喊和尚未说出口的粗莽的话语从脑海里奔涌而来，竭力想冲出一条出路来。他的热血沸腾起来。他在那幽暗的、泥泞的街上孑然独行，窥视着阴郁的小巷和门廊，热切地聆听一切声响。他像一只迷失的四处徘徊的野兽独自呻吟起来。他希冀和他同类的另一个人一起去犯罪，逼迫另一个人同他一起去犯罪，同她一起在罪愆中狂欢作乐。他感到有一个黑魆魆的精灵从黑暗中不可抗拒地爬上了他的身子，那精灵难以捉摸，发出簌簌瑟瑟的声响，犹如一股春潮，充溢了他整个的身子。它那絮絮细语犹如睡梦中万千人群的梦呓萦绕在他

---

① 　克劳德·梅尔诺特实际上跟基督山伯爵一样为斯蒂芬和乔伊斯提供了一个自我观照的形象。从深层来说，他们的"身份问题"就是斯蒂芬的身份问题。

的耳际；它那细细的溪流渗流进他的整个存在。当他忍受它那渗透的痛苦时，他痉挛地捏紧拳头，咬紧牙关。他在大街上张开双臂，去抓住那正从他身边溜开、又一再挑逗他的羸弱的渐渐消失的身影：他在喉咙间哽了如此长时间的呐喊终于从他的嘴里喷吐而出。他呼喊出的呐喊犹如炼狱受苦的人们发出的绝望的呻吟，呐喊在一阵强烈的恳求声中渐渐销声匿迹，这是要求邪恶的不顾一切的纵情的呐喊，这呐喊仅仅是他在小便池湿淋淋的墙上读到的淫亵的涂鸦的回声而已。

他闲晃走进了狭窄而肮脏的小街。从那散发恶臭的小巷里，他听见一阵阵嘶哑的骚动和吵闹声，喝得酩酊大醉的人们瓮声瓮气地唱着小调儿。他继续往前走去，没有一丝沮丧的感觉。心中一直嘀咕他是否闯进了犹太人居住区①。娘儿们和小妞儿们身穿色彩鲜艳的长袍，从一间屋子走到另一间屋子。她们神态闲逸，散发出阵阵香水的味儿。一阵颤抖攫住了他，他的视线变得蒙眬而模糊了。那橘黄色的煤气灯火光在他刺痛的眼睛看来似乎往弥漫着雾霭的天空冉冉升起，犹如在神龛前燃烧一样。在门前和点着灯火的厅堂里一群群人儿聚集在那里，排列有序似乎在进行什么仪式似的。他走进了另一个世界：他从数百年的沉睡中苏醒过来了。

他伫立在路中间，心在胸中激烈地跳动。一个身穿粉红长袍的年纪儿轻轻的女人将手搭放在他的手臂上一把拦住他，双眼直视他的脸庞。她快快活活地说：

——晚安，亲爱的！

她的房间暖洋洋的，亮着昏黄的灯。一只偌大的洋娃娃劈开双腿坐在床边一张宽大的安乐椅上。他竭力启齿说上几句话，这样他可以显得

---

① 这地区靠近马博特和梅克伦伯格街，乔伊斯在《尤利西斯》中也曾加以描述。

自在一些，他瞧着她脱去她的长袍，留意到她那洒了香水的脑袋骄傲地自鸣得意地晃来晃去。

他默默地呆立在房间中央，她走上前来快活地正经八百地一把抱住他。她那滚圆的手臂将他搂在怀里，他一见她的正经而娴静的脸庞贴向他，一感觉到她温热的乳房平静地在身上摩挲，他遽然歇斯底里地啜泣起来。愉悦和释然的眼泪在他的快乐的眼睛里闪烁，他张开了嘴唇，但并不想说话。

她用她那玎玲当啷的手抚摸他的头发，叫他小无赖。

——吻我，她说。

他不愿躬身去吻她。他只想紧紧地偎在她的怀中，被轻轻地、轻轻地、轻轻地抚摩。在她的怀抱之中他突然变得强大、无畏而充满自信。但他不愿躬下身子去吻她。

她霍地一伸手将他的头压下来，她的嘴唇与他的嘴唇紧紧贴在了一起，从她那毕露的抬起的眼睛里他颖悟到她所有动作的含意。这对于他太过分了。他闭上了双眼，将自己的肉体和灵魂全部付与了她，在这世界上，除了她那微启的嘴唇的轻压以外，他什么也感觉不到。她的嘴唇压在他的脑海上，就像它们压在他的嘴唇上一样，仿佛它们是一种模糊的语言工具似的；在她的嘴唇间，他感觉到一种莫名的、胆怯的压力，这压力比罪愆更阴沉，但比声响或气息更为柔和。

三

毫无生气的一天过完之后十二月①的薄暮像小丑一般匆匆降临了，当他伫立在教室沉闷不堪的方形窗户前时，感到饿极了。他希望晚餐能吃上一顿炖肉，萝卜、胡萝卜、土豆泥和洒上胡椒末、浇上厚重的芡粉浇头的肥腻的羊肉块。尽量吃得饱饱的，他的胃对他说。

这将是一个阴郁而神秘的夜晚。当夜幕刚降临时，污秽的妓院区将到处点亮橘黄色的灯火。他将穿越街巷绕着道儿走，总是怀着恐惧与欢欣的颤抖越来越靠近妓院区，然后，他的脚遽然踅进一个黑暗的角落。妓女们正从她们的屋子里走出来，为夜间的卖笑作准备，她们像是睡梦初醒的样子懒散地打着呵欠，双手在一捧头发丛中整理着发夹。他将沉静地走过她们面前，期待着他自己的意志下突然的决心，或者等待着她们那粉嫩的散发香水味儿的肉体向他的耽于罪孽的灵魂发出召唤。当他正踟蹰独行等待着那召唤时，他的感官——只有情欲才能使之迟钝——将敏锐地感受到使她们感到伤害或羞辱的一切；他的眼睛竟然能看清一张没铺台布的桌上的一圈黑啤酒泡沫，一张照有两个肃立的士兵的照片或者一张花哨的戏单；他的耳朵能听清那慢吞吞吐将出来的互相打招呼的陈词烂调儿：

——喂，贝蒂，想着什么好事儿呐？

——是你吗，小鸽子？

——十号。弗兰西·南利将伺候您。

---

① 这是指 19 世纪末 1898 年的 12 月。这年 12 月 3 日，星期六，是圣方济各·沙勿略纪念日。

——晚安，老公！ 进来玩一会儿吗？

他草稿本上的等式将它的尾巴大大地伸展开来，涂上眼点和星点就像孔雀尾巴一样；当指数的眼点和星点抹去了之后，等式又开始合拢来。忽而显现忽而消匿的指数是忽而张开忽而闭上的眼睛，忽而张开忽而闭上的眼睛是忽而诞生忽而泯灭的星星。这广阔无垠的星际生命的周期将他的困顿不堪的心灵忽而推向其边缘忽而推向其中心，远处有音乐伴随着他的这种外向与内向的摆动。什么音乐？ 乐声越来越近，他记起了音乐的歌词，这是雪莱关于因困倦而脸色苍白的、孤零零地流浪的月亮的诗的片断。星星陨灭了，细腻的星尘尘埃纷纷在宇宙间掉坠下来。

无精打采的、更为黯淡的光照在草稿本上的另一等式上，等式缓缓地伸展开来，将尾巴延伸得长长的。这是他自己的灵魂，诞生以体验，随着犯一个罪愆又一个罪愆而伸展开来，到处洒满它燃烧的星星的火焰①，然后，再龟缩回去，渐渐消失，扑灭它自己的光与火。它们被泯灭了：阴冷的黑暗充塞了这混沌的世界。

他的灵魂被一种冷冷的清醒的淡漠所攫住。当他初犯那弥天大罪时，他感到一股生命力的春潮从他身上飞逝而去，他担心他的肉体或者他的灵魂因过度行为而受到摧残。然而不然，生命力的春潮在它的浪尖将他从他自身中带走，然而当春潮消退时，它又将他送回：无论他的肉体还是他的灵魂都没有受到摧残，反而在他的肉体与灵魂之间建立起隐秘的平静。在那混沌世界中他的热情泯灭殆尽，而这混沌世界正是由于他对自身有了一种冷冷的淡漠的了解之后才出现的。他不止一次而是许多次犯了那致命的罪孽②，他明白仅仅那初次的罪愆就足以将他置于永

---

① 原文为 balefire，指旷野的大火，不能与 bale 混淆，认为是致命的、罪恶的火。
② "致命的罪孽"指导致精神死亡的罪过。

远受到谴责的危险之中，而以后每犯一次，他的罪责和对他的惩罚就会加倍。他的时日，他的作品，他的思想都无法补偿他的罪过，习常的神恩之泉不再洗涤他的灵魂。至多，通过向乞丐施舍——他又惧怕乞丐的祝福，他也许能渺茫地期望为自己赢得某种程序的实际的神恩。他早弃绝信仰了。当他知晓他的灵魂热烈追求自我毁灭之后，祈祷又有什么裨益呢？ 虽然他知道当他熟睡时上帝的伟力将可以夺走他的生命，不等他祈求宽宥就会将他的灵魂扔进炼狱，然而，一种傲慢，一种肃敬使他不能在晚上对上帝哪怕作一次祷告。他对于自己罪愆的自豪，他对于上帝没有任何爱意的肃敬使他明白他对上帝的冒犯太严重了，不可能以对无所不见、无所不知的上帝的虚假的敬意而获得全部或部分的宽恕。

——好呀，恩尼斯，我看你长着个木头脑袋！ 你是说你不知道无理数是什么意思吗？

错误的回答使他更加看不起同学。对别人，他既没有羞耻感，也没有恐惧感。星期日清晨，当他走过教堂门口时，他往做礼拜的信徒们冷冷地瞥一眼，他们光着脑袋分成四排站在教堂门外，他们既看不见也听不见弥撒，只是道义上出席弥撒而已。他们死气沉沉的虔诚和他们抹脑袋的廉价的令人恶心的发油使他对他们对着祈祷的圣坛望而却步。他已经堕落到跟别人虚伪周旋的地步，他对他们的无辜抱有怀疑，轻易地嘲弄讥讽他们的无辜。

在他的卧室墙上挂着一幅彩饰的卷轴，那是公学圣母马利亚会社聘请他为班督导的证书。[①]每星期六早晨，当会社成员聚集在小教堂做小礼拜时，他跪在圣坛右边备有坐垫的桌前，带领他这一边的孩子们致应

---

① 乔伊斯于 1895 年 12 月 7 日加入该会社，1896 年 9 月 25 日被选为班督导，他的对头奥尔布雷克特·康诺利（赫伦）被选为助理班督导。在贝尔维迪尔公学，成为班督导是一个学生最高的成就。乔伊斯还不同寻常地担任了两期，直至他 1898 年 6 月离开该校。

唱圣歌。他地位的虚伪性并没有使他感到痛苦。如果说有时候他感到一种冲动，从他的荣誉的位置上站起来，跟大家坦诚说出自己为什么不配这样的荣誉并离开小教堂，但只要一瞥孩子们的脸他便止住了自己。先知诗篇中赞美诗的意象①抚慰了他苦涩的傲慢。圣母马利亚的荣耀②吸引住了他的灵魂：甘松香油、没药和乳香象征上帝给予她灵魂的礼物的可贵，华美的服饰象征她高贵的血统，她的徽记，那迟开花的植物和晚放蕾的树儿③象征千百年来男人对她逐渐增长的崇拜之情。当礼拜快结束时该轮到他诵读经文时，他用一种虚饰的嗓音来念，在抑扬顿挫的音乐声中安抚他的良心。

　　我犹如黎巴嫩山挺拔的雪松，犹如锡安山头的翠柏。我犹如卡德士的棕榈，犹如杰里科的玫瑰。犹如田野婀娜多姿的橄榄树，犹

---

① 先知诗篇按拉丁文圣经指旧约《诗篇》第 8、18、23、44、45、86、95、96、97 篇。

② 圣母马利亚的荣耀，实际上是意大利道德神学家利古奥里一本著作的书名，也是红衣主教纽曼的布道题目。

③ 经外书记叙马利亚在圣殿一直待到 14 岁。然后，祭司长大卫家的年轻人召集在一起，答应将马利亚嫁给大卫，大卫的权杖将发芽生枝，成为将形体寓于鸽内的圣灵的休息之地。

如街道河畔的悬铃木。我散发出桂皮和香脂般甜蜜的芬芳馨香；我像精选的没药散发出甜蜜的芳香。①

使他与上帝的垂视眷顾无缘的罪孽越来越近地将他引向罪人的避难所②。她的双眸似乎饱含一种温和的怜悯注视着他；她的圣洁，一种奇异的光淡淡地映照在她那脆弱的肉体上，却并不使走近她的罪人感到屈辱。一旦他真的想弃恶从善，一旦他真的想忏悔，那么，那令他感动不已的冲动便是希冀成为她的骑士。一旦他的灵魂在肉体疯狂的情欲消融殆尽之后重又羞涩地步进她的圣殿，无限皈依她——她的美宛若晨星，光彩熠熠而富有音乐的韵味，象征天堂和充溢一切的宁静③——那正是他嘴里不断轻柔地呼唤她的名字的时候，尽管那嘴刚吐过下流的令人羞耻的脏话，仍然残留着淫荡的吻的余味。

那太奇异了。他竭力想弄明白这一切怎么可能，然而这时教室里渐渐浓重的薄暮却笼罩住了他的思想。铃声响了。老师布置了下堂课的几何习题④后便走了出去。在斯蒂芬旁边的赫伦开始走调地哼唱起来。

　　我的挚友庞巴多斯。⑤

---

① 拉丁文原文为：Quasi cedrus exaltata sum in Libanon et quasi oupressus in monte Sion. Quasi palma exaltata sum in Gades et quasi plantatio rosae in Jericho. Quasi uliva speciosa in campis et quasi platanus exaltata sum juxta aquam in plateis. Sicut cinnamomum et balsamum aromatizans odorem dedi et quasi myrrha electa dedi suavitatem odoris.

② 在小礼拜和启应祷文中，"罪人的避难所"常常是指圣母马利亚。

③ 在启应祷文中，晨星这一形象被用来描述圣母马利亚。

④ 原文为 sums and cuts，根据乔伊斯在一封通信中的解释，这是学生对数学题的简称。

⑤ 在乔伊斯原稿中开始将 Bombados 拼写成 Pompados，接着还有一句"我最亲爱的佩塔克"。乔伊斯听从了妻子诺拉·巴纳克尔叔叔迈克尔·希利的劝告，作了如今的修改。

恩尼斯从厕所回来，说：

——下议院那家伙来找学院教区长了。

斯蒂芬身后一个身材高大的同学擦擦手，说：

——那简直太棒了。我们可以溜走整整一个小时。①两点半之前他不可能来了。两点半之后你来问他教义问答的问题吧，德达罗斯。

斯蒂芬背靠在椅背上，懒洋洋地在草稿本上乱涂，一面倾听关于他的谈话，赫伦不时地打断他们的谈话：

——闭嘴好吗？ 别这么吵吵嚷嚷的！

当他自始至终恪守教会死板的教义，保持暧昧的缄默，结果更加深切地听到和感受到对自己的谴责时，他却获得一种干涩的快乐，这也太奇异了。圣雅各说，在一条律法上跌倒，他就是犯了众条律法。②这格言起初在他看来像是一句唬人的话，后来他在自己困惑的心境中摸索时才改变这一想法。由肉欲这一罪孽深重的种子而萌发其他致命的罪恶：骄傲自满，蔑视他人，巧取豪夺以获得非分的快乐，羡慕别人犯罪，嫉恨自己没能像别人一样犯罪，在上帝信徒背后散布流言蜚语，耽于饕餮之乐，以郁闷气愤之心琢磨欲望，整个存在沉沦于精神的与肉体的怠惰的泥淖。

当他端坐在长凳上，沉静地望着学院教区长狡黠的严厉的面庞时，他在心中揣摸各种各样奇怪的问题。要是一个人年轻时偷窃了一英镑，他用那一英镑积聚了一大笔财产后，他该如何归还呢？ 归还他偷窃的一英镑以及一英镑由此而生的复利，还是归还他的全部财产？ 要是一个外行人给人施洗礼，没有念祷词就给他洒了圣水，那这孩子算受了洗

---

① 原文为 scut，爱尔兰学生俚语，意为"溜走"。不能释为"刷掉"cut。
② 见《新约·雅各书》2：10。天主教致命罪孽为：肉欲、骄傲、贪婪、忌妒、饕餮、愤怒、懒惰。

礼么？ 那矿泉水施洗礼有效吗？ 真福八端第一说，虚心的人是有福的，因为天国是他们的，那真福八端之二怎么又说，温柔的人是有福的，因为他们要承受地土呢？①如果耶稣基督的圣体和圣血，圣灵和神力仅仅聚于面包或者酒之中的话，为什么圣餐礼要用面包和酒两样东西呢？ 献祭的面包微粒包含耶稣基督全部的圣体和圣血呢还是仅仅一部分圣体与圣血？ 要是酒变酸而成醋，献祭的面包发霉变质，那么，耶稣基督作为上帝和作为人是否还存在于其中？

——他来了！ 他来了！

一位同学从他在窗口的位置见到学院教区长从校舍走出来。所有的人打开教义问答集，寂然无声地低头看着教义问答集。学院教区长走了进来，在讲坛上坐了下来。坐在后面长凳上的高个儿轻轻地踢了斯蒂芬一下，怂恿他问一个难题。

学院教区长没有让大家讨论教义问答集上的问题。他双手抱紧撑在桌上。说：

——为纪念圣方济各·沙勿略，星期三下午开始静修，圣方济各·沙勿略的纪念日是星期六。静修从星期三一直延续到星期五。星期五圣餐念珠祷告完后整个下午将用来听大家忏悔。如果谁有特别的忏悔神父，最好不要换。星期六上午九点将举行弥撒，全公学举行圣餐礼。星期六放假。星期日当然也休息。星期六和星期日放假，也许有的学生会以为星期一也放假。注意别犯那样的错误。我想你，小捣蛋，就可能犯那样的错误。

——我，先生？ 为什么，先生？

---

① 见《新约·马太福音》5：3—5。"温柔的人是有福的，因为他们要承受地土"应为真福八端之三，而不是之二。

学院教区长严峻的微笑在全班同学中激起了一阵悄悄的欢乐。斯蒂芬的心慢慢地收紧起来，由于恐惧，像一朵凋谢的花萎顿了。

学院教区长继续严肃地说道：

——我想，你们都十分熟悉圣方济各·沙勿略，公学守护神的生平。他出生于一个古老的西班牙望族，你们一定也记得他是圣依纳爵最初的信徒之一。他们在巴黎会面，当时方济各·沙勿略是巴黎大学哲学教授①。这位年轻而聪颖非凡的贵族和学者全心全意接受我们光荣的创始人的思想，你知道，按照他自己的意愿，他被依纳爵派往印度去传教。正如你们知道的，他被称为印度使徒。他漫游东方诸国，从非洲到印度，从印度到日本，给人们施洗礼。据说，他在一个月之中给多达一万名信徒施了洗礼。据传因为他的右手总是高举在人们的头顶上施洗礼而变得麻木。他曾经希望到中国去为上帝赢得更多的信徒，但是他在萨希安岛死于热病而未能实现这一夙愿。一位伟大的圣徒，圣方济各·沙勿略！ 一位伟大的上帝的斗士！

学院教区长停顿了一下，然后在胸前摇晃他交叉的十指，继续说：

——他的信仰足以感动天地。在一个月为上帝赢得一万名信徒！那是真正的征服者，真正实践了我们教会的座右铭：ad majorem Dei glori-am! 一个在天堂拥有伟力的圣徒，请记住：那是当我们痛苦时使我们缓解的伟力，只要能慰藉我们的灵魂，这伟力将使我们获得我们祈求的一切，最重要的是，如果我们犯有罪孽，这伟力能为我们赢得神恩，允许我们忏悔。一位伟大的圣徒，圣方济各·沙勿略！ 一位伟大的传教士！

他不再摇晃在胸前交叉的十指，而是将手放在前额上，一对乌黑的严厉的眸子往手左边和右边紧盯在下面听众的身上。

---

① 沙勿略于 1528 年在巴黎大学教授亚里士多德哲学，1529 年与依纳爵相遇。

在一片寂静中，那眸子黑色的火焰使薄暮赋有了一层昏黄的光。斯蒂芬的心就如行将遭受远方沙暴①袭击的沙漠之花一样萎缩了。

*　　　　*　　　　*

——你在一切事上，要记得你的末日，这样，你就永远不会犯罪。②——我亲爱的在基督内生活的小兄弟们，这是《旧约·传道书》第七章第四十节的话。以圣父、圣子和圣灵的名义。阿门。

斯蒂芬坐在小教堂的第一排长凳上。阿纳尔神父③坐在圣坛左侧的桌前。他在肩膀上披着一件厚重的斗篷；他的苍白如纸的脸庞歪歪扭扭的；喉咙因为哽着黏痰而发出咕噜咕噜的声音。他以前教师的身影如此神奇地出现在他面前，使他重又回忆起在克朗哥斯公学的生活：那宽广的挤满了学生的操场，那厕所，通衢菩提树大道旁的小墓地，他曾经梦想葬在那小墓地里，他生病躺在医务所在病房墙上看到的火光，迈克尔修士悲恸的脸。当他回忆起这一切时，他的灵魂重又充溢了童真的情趣。

——我亲爱的在基督内生活的小兄弟们，我们今天聚集在这里，暂时远离外面世界的尘嚣来赞颂和纪念最伟大的圣徒之一，印度使徒、同时也是公学的守护神圣方济各·沙勿略。远在你们，我的亲爱的孩子

---

① 原文为 simoom，这是每年春天和夏天在非洲和亚洲沙漠吹刮的一种热而干燥的沙暴。

② 这最后的四件事情为：死亡、最后审判、天堂、地狱。这句话引自《旧约·德训篇》7：40。下面说《旧约·传道书》是错的。乔伊斯是否故意让阿纳尔神父说错，不得而知。

③ 在贝尔维迪尔公学静修的真实主持人为詹姆斯·A·卡伦神父。卡伦神父布道严格按照耶稣会的老版本。卡伦神父的"地狱布道"主要依据乔瓦尼·皮埃特洛·皮纳蒙蒂的书《基督徒的地狱》。阿纳尔神父所说"在基督内生活的小兄弟"，按《圣经》所说，即基督信徒。

们，所能记忆之前，也远在我所能记忆之前，公学的学生已年复一年地在守护神纪念日前夕进行每年一度的静修。随着时日的演进，它也带来变化。即使在最近几年，你们大多数人能想起什么变化呢？几年前坐在前排长凳的大部分学生也许现在正身处遥远的土地，在炙热难耐的热带，或者身负职业的重责，或者在神学院供职，或者在浩淼广阔的海洋上航行，或者可能已被伟大的上帝召唤到另一世界去，将一生的重担就此交卸。然而，岁月流逝，带来或好或坏的变化，但公学的学生仍然纪念这位伟大的圣徒，在他的纪念日前几天进行一年一度的静修，这是圣母教堂规定的，以将西班牙天主教最伟大的儿子之一的名字与名声世世代代传诵下去。

——现在我要来谈一谈静修这一词的含意，为什么从各方面讲对于希冀在上帝面前和在世人面前过一种真正基督信徒生活的人们，它成为一种有益的实践呢？静修，我亲爱的孩子们，意味着我们从繁琐的生活，从这个繁忙纷扰的世界暂时引退一段时间以审视我们的良知，默想神圣宗教的神秘，更好地理解我们为什么生活在世上。在这些时日里，我想将有关最后四件大事的思想直诉于你们面前。正如你们从教义问答集中了解到的，这四件大事便是死亡、上帝的最后审判、地狱和天堂。我们将在这些时日中竭力全面地理解它们，这样我们可以从理解中汲取有益于我们灵魂的永恒的教益。请记住，我亲爱的孩子们，我们来到这一世上就是为了一件事，仅仅为了这一件事：那就是实现上帝神圣的旨意，拯救我们不灭的灵魂。所有其他的一切都是微不足道的。只有一件事是必须做的，那就是拯救自己的灵魂。假若一个人丧失了他不灭的灵魂，那他即使获得了整个世界又有何补益呢？啊，我亲爱的孩子们，请相信我，在这个可怜的世界没有任何东西可以弥补这种损失。

　　——因此，我要请求你们，我亲爱的孩子们，在这些时日中将世俗的想法，无论是有关学业的，有关享乐的还是有关勃勃雄心的，从你们的心灵中摒弃出去，而专注于你们灵魂的状况。无需我来提醒你们，在静修的时日所有同学应该保持宁静、虔诚的心境，弃绝所有粗俗的不体面的享乐。当然，年岁大一点的同学更应该注意不要做有损于这一习俗的事，我特别要提醒我们圣母会社和以神圣天使命名的其他会社的督导和干事为他们的同学树立典范。

　　——因此，让我们全身心投入这一纪念圣方济各的静修吧。上帝将祝福你们全年的学习。首先，让我们努力使这次静修成为多年后当你们远离公学、置身于绝然不同的环境之中时还能以快乐与感激之情回顾的一次活动，你们将称谢上帝，因为他给予了你们这一奠定虔诚的、高尚的、热诚的基督信徒生活最初基础的机会。如果现在在座中有一颗可怜的灵魂已经陷入失去上帝神恩并堕入可悲的罪孽的难以言说的不幸之中的话——这是很可能发生的，那么，我热切地相信并祈求这次静修能成为那颗灵魂生活的转机。我祈求上帝通过他的热诚的仆人方济各·沙勿略的美德，引导这颗灵魂进行真诚的忏悔，使今年圣方济各纪念日圣餐礼成为上帝与那颗灵魂之间一次永恒的圣约。对于义人和不义的人，对于圣徒和罪人一样，愿这次静修成为一次永远值得怀念的活动。

　　——请帮助我吧，我亲爱的在基督中生活的小兄弟们。请用你们的虔诚，你们的信仰，你们外在的品行来帮助我吧。从心中摒弃所有世俗的念头，仅仅考虑那人生最后的四件大事，死亡，最后的审判，地狱和天堂。《旧约·传道书》教导说，铭记这四件大事的人永远不会犯罪。铭记这四件大事的人行动和思想时，这四件大事总是浮现在他的眼前。他将生于安乐，死于安乐，他相信并记住，假如他在现世的生活中作出巨大的牺牲，那么，他将在来世，在那永恒的天国得到百倍、千倍的报答，我衷心希望你们所有的人，我亲爱的孩子，都将享有这福音，以圣父、圣子和圣灵的名义。阿门。

在他和默默无言的伙伴走回家的路上，浓重的白雾似乎笼罩住了他的心灵。他在恍惚与麻木之中期待雾霭消散显现出它笼罩、藏匿的一切。晚餐时，他的胃口糟透了，当他用完餐，油腻的餐盘被弃放在餐桌上时，他起身走到窗前，用舌头舔掉嘴里厚厚的油腻，然后伸将出来舔掉嘴唇上的油渍。所以，他已堕入大嚼肉食之后舔舔同伴的野兽的状态。一切完了；一丝隐隐的恐惧穿越过他心灵中的雾霭。他将脸庞紧紧贴在窗户玻璃上，凝眸注视正渐渐笼罩在黑幕中的街道。在黯淡的暮霭中影影绰绰的人影在路上匆匆来来往往。那就是生活。组成都柏林的几个字母深深地压在他的心灵上，以一种缓慢的粗鲁的执拗互相险恶地推推搡搡。他的灵魂在变肥厚，凝结成一团偌大的油脂，在麻木的恐惧之中坠入了阴沉的险恶的黑暗中，而那属于他的肉体伫立在那儿，无精打采，蒙受耻辱，从日益变得暗淡的眼睛往外瞧，在牛神①看来他孑然无助，心事纷乱，但仍不失为人。

翌日将带来死亡和最后审判，这将他的阴沉的绝望的灵魂搅得更乱。神父用嘶哑的声音将死亡的念头吹进他的灵魂，那一丝隐隐的恐惧感变成了精神上的恐怖。他经受着那痛苦的煎熬。他感到冰冷死亡在触摸他的四肢，慢慢爬向他的心脏，死亡之幕蒙住了他的眼睛，头脑最活跃的中枢像灯火一样一盏接着一盏地泯灭了，最后一颗汗珠从皮肤的毛孔里渗透出来，他感到垂死的四肢孱弱无力，讲话变得模糊不清，语无伦次，最后失音了，心脏微弱地、更为微弱地跳动，直至停止，他感到

---

① 牛神，古埃及阿比斯神。

还有最后一口气，这可怜的一口气，这可怜的孑然无助的人的精神气，在喉咙里嘤泣，欷歔，发出呼噜呼噜的响声。完全无助！完全无助！他，他本人，他所赖以寄托的肉体正奄奄一息。和肉体一起进坟墓吧！将它，将尸体钉进一只木头箱子吧。雇来苦力将棺木抬出屋子吧。将它扔进地下世人看不见的一方长长的洞穴里，扔进坟墓里，任其腐烂，任蛆、虫蚕食它，任奔窜的肥鼠吞噬它吧。

当友人们还满含热泪站在床边时，罪人的灵魂受到上帝最后的审判。在死亡前意识的最后一瞬间，整个尘世的一生呈现在灵魂的眼前，没等灵魂意识过来，肉体便死亡了，而灵魂却诚惶诚恐地站在审判者的面前。一直宽厚仁慈的上帝将是公正中允的。他一直诲人不倦，饬厉死罪的灵魂改邪归正，给它以忏悔的时间，给它以宽容。但那样的时间一去不复返了。在那段时间里，那灵魂犯罪，寻欢作乐，它嘲弄上帝、揶揄上帝神圣教会的警诫，蔑视上帝的权威，睥睨他的诚命，欺骗同类，屡屡犯罪，在世人面前公然隐匿自己的腐败。那样的时间过去了。现在该轮到上帝来审判了：他是不可能被欺瞒或蒙蔽的。每一个罪孽，不管是有违神意的最叛逆的罪行，还是对于我们可怜的腐败的本性来说最堕落的行为，不管是最微小的瑕疵，还是最穷凶极恶的暴行，都要从它们的藏匿之所被挖将出来。这时，无论是伟大的帝王，功勋盖世的将军，绝顶聪明的发明家还是最渊博的学者又有何用呢？在上帝的审判面前所有的人都是平等的。他将褒奖善者，惩罚恶者。只需一瞬间就足够审判一个人的灵魂了。在肉体死亡后的一瞬间，灵魂受到审视。特别的审判一结束，灵魂就被送往极乐的天堂，或者涤罪所，或者声嘶力竭哭号着被扔进地狱。

这也不是最后审判的全部。上帝的判决还需获得人们的认可：在特别的审判之后仍然还有一般审判。最后的日子来临了。末日近在咫尺。天上的星星像风中从无花果树上纷纷飘落的无花果一样坠落到地球上①。太阳，那宇宙间伟大无比的光源，变成像山羊毛织丧服一样漆黑。月亮是一只血红的球。苍穹像一幅轴画不停地往前卷去。天使长迈克尔，这天堂的王子，在天际显现，荣耀而威严。他一脚伸在大海里，一脚踩在大地上。吹响天使长的号角，悍然宣告时间的死亡。天使的三声长鸣充溢了整个苍穹。时间现在存在，过去存在过，但未来消遁了。在吹响最后一声号角时，整个宇宙的人类，无论是富人还是穷人，无论是有教养的还是简拙的，无论是智者还是傻瓜，无论是善良的人还是奸诈的人，都奔向约沙法谷②。所有存在过的灵魂，所有行将诞生的灵魂，亚当所有的子女在这决定性的一天都聚集在一起。啊，瞧，至高无上的审判官来了！　从今以后不再有卑微的上帝的羔羊③，不再有驯顺的拿撒勒④的耶稣，不再有悲天悯人的人⑤，也不再有善良的牧羊人⑥，人们看见他腾云驾雾而来，拥有伟大的权力和威严，由天使组成的九个队阵，也就是由天使、天使长、象征封邑、权力、德行、王座、统治的天使、有翅小天使和六翼天使组成的队阵拥戴在万能的、永恒的上帝周围。他讲话了：在苍穹最遥远的边际和在无底的渊薮中也可以聆听到他的声音。至高无上的判官，他作出的判决不会也不可能再上诉。他将义人召集到自己的身边，恳请他们进入为他们准备好的天国，那永恒的、极乐的天国。他将品行不端的人们从身边驱赶开去，以受辱的威严说：从我身边

---

① 源自《新约·启示录》6：13："天上的星辰坠落于地。如同无花果树被大风摇动，落下未熟的果子一样。"

② 见《旧约·约珥书》6：12："万民都当兴起，上到约沙法谷，因为我必坐在那里，审判四周的列国。"

③ 上帝的羔羊指耶稣。

④ 拿撒勒，巴勒斯坦北部城市，耶稣故乡。

⑤ 悲天悯人的人指耶稣。

⑥ 善良的牧羊人指基督。

走开去。你们这些可诅咒的人们，到为魔鬼和魔鬼侍从准备的永恒的火狱中去吧。哦，对于可怜的罪人，这是何等样的痛苦啊！　朋友被拆散了，孩子从父母手里被夺走，丈夫永远离别妻子。可怜的罪人伸手向尘世中的亲人求救，向怀有简朴虔诚的人们求救，他们的虔诚他曾经无情嘲弄过，向曾经竭力劝戒他、引他走向正路的人们求救，向慈爱的兄弟，向充满爱意的姐妹，向如此疼爱他的父母求救。但这一切太迟了：可怜的该诅咒的灵魂在所有人的眼前现出了它们凶狠与邪恶的原形，品行端正的人们远远地逃避开它们。哦，伪君子，哦，伪善者，哦，脸上装出可掬的笑容而却又怀有一颗罪恶灵魂的人，你将何以度过那可怕的一天呢？

死亡的一天，最后审判的一天将来临，必然会来临。对于每一个人来说，死亡和死亡后的最后审判是劫数难逃。死亡是定数。只是死亡的时间和死法不定，也许是因长期罹病、或因不幸意外事故而亡；在完全出乎你的意料时圣子会降临。因为你可能随时随地死亡，所以每时每刻都准备好吧。死亡是我们所有人的终点。由于我们始祖的原罪而带到世上的死亡和最后审判是两扇黑门，黑门将尘世关在后面，而开向未知与不可见的一切，每一颗灵魂必须从这两扇门孤单单地走过去，除了自己做过的好事之外没有任何东西来支撑他，没有朋友，兄弟，父亲或母亲，老师来帮助他，他孤独而战颤地走过这两扇门。让这想法永存于心间吧，这样我们就不会犯罪了。使罪人惊惧不已的死亡对于他来说却是可祝福的瞬间，因为他一直走在正路上，他完成了人生这一站的职责，坚持做早祷和晚祷，常常参加神圣的圣礼，他做过许多好事和善事。对于虔诚的笃信的天主教徒，对于品行端正的人，死亡不应是惊悚不安的原因。难道不正是艾迪生，这位伟大的英国作家，临终时派人去唤年轻而奸诈的沃里克伯爵来，让他看看一位

基督信教是如何面对他的死亡的吗？① 正是他，也只有他，一位虔诚
而笃信的基督信徒，能够在心中吟唱：

　　死啊，你得胜的权势在哪里？

　　死啊，你的毒钩在哪里？②

　　这中间的每一个字都是针对他的。上帝的全部愤怒都冲着他的下流
而隐蔽为人所不知的罪孽而来。传道士的利剑深深地刺进了他受伤的良
知，他感到他的灵魂正在罪孽中溃烂。是的，传道士说的对。该轮到上
帝来审判了。他的灵魂像野兽躺在洞穴中一样正沉溺在污浊之中，而天
使的号角将他从罪恶的黑夜引向光明的天地。天使关于末日的警谕在一
瞬间击碎了他那虚妄的宁静。末日之风横扫过他的心灵；他的罪孽，他
想像中的宝石般眼珠的妓女，在这狂飙之前仓皇逃窜，像恐慌中的老鼠
一样哇哇乱叫，蜷缩在一撮鬃毛之下。

　　当他在回家的路上穿越广场③时，一位姑娘轻松的略略笑声传进了
他发热的耳朵里。那软软的快乐的声音比号角更激烈地震撼他的心；他

---

① 　约瑟夫·艾迪生(1672—1719)，英国散文家，诗人，剧作家，政治家。根据塞缪
　　尔·约翰逊博士的描述，沃里克伯爵在与沃里克伯爵夫人结婚之前，艾迪生曾是
　　他的家庭教师，并认他为义子。沃里克伯爵生活放荡，名声不好。虽然年轻的沃
　　里克伯爵并不尊重艾迪生，艾迪生仍竭力劝告他。当艾迪生发现自己天年将尽
　　时，将沃里克伯爵叫到床前，说，"我唤你来，是想让你瞧瞧一个基督徒是怎么
　　死的。"乔伊斯在此运用这一典故和隐喻，显然是含有讽刺意味的。艾迪生本人
　　是爱尔兰总督沃顿伯爵的秘书。
② 　见《新约·哥林多前书》15：55。但乔伊斯以诗引此两句源自英国讽刺诗人亚历
　　山大·蒲柏的《面对灵魂的垂死的基督徒》。乔伊斯在此引用蒲柏也是含有讥讽
　　意味的，旨在贬损神父理解力和文学上的敏感性的缺乏。而更含有讽刺意味的
　　是，斯蒂芬竟然会因这美的布道而信仰起这一套来。
③ 　指蒙乔依广场。

不敢抬起眼睛，只是侧过脑袋，一边走一边往那枝丫交错的灌木丛阴影里瞧。从他被震撼的心灵里升腾起一股羞耻之感，充溢全身。埃玛①的形象出现在他面前，在她明眸的逼视下，他心中又涌起一阵羞耻感。要是她知道他的心灵让她蒙受了什么耻辱，或者要是她知道他野兽般的肉欲是如何亵渎、践踏她的纯真无邪就好了！ 难道那是童恋吗？ 那是骑士的风流韵事吗？ 那是诗吗？ 他仿佛嗅到了自己寻欢作乐的污秽的细节的臭气：他将一包图片藏匿在壁炉的烟道里，沾满了烟尘；他躺着几小时地欣赏这些无耻的、下流的、淫荡的图像，在意像里和在实际的行为中犯罪；他做怪异的梦，在梦中他梦见猿猴般的人和长着宝石般明眸的妓女；他以率真直陈负疚内心而赢得的快乐书写了令人作呕的长信，成天秘密地携带在身上，希冀在夜色的掩蔽下扔在操场角上的草地里，丢在没铰链的门下，或者塞在篱笆的洞里，也许会有个姑娘散步经过那儿，秘密地读他写的长信。疯狂！ 疯狂！ 这一切可能是他干的吗？ 当这一切令人憎厌的记忆一古脑儿汇集在他脑海里时，他的额头沁出了冷汗。

当羞辱的痛苦从他身上飞遁之后，他竭力想让他的心灵从下流的孱弱中振作起来。上帝和圣母马利亚离他太迢遥了：上帝太伟大、太严肃，而圣母马利亚则太圣洁了。他在心中描摹他在一片广阔的大地上站在埃玛身边，一脸谦恭，噙着泪水，俯下身去亲吻她的袖口。

广阔的大地躺在温馨的清澈的暮色下，云彩在淡绿色的似大海般的天际向西飘飞，他们，两个犯有过错的孩子，伫立在一起。虽然那仅仅是两个孩子的过错，却深深地激怒了威严的上帝，但却没有触忤她，她的美全然不是那种世俗的美、瞧上一眼便危险万分，而宛若晨星——那

---

① 埃玛·克莱利。

是她的美的象征，光彩熠熠而富有音乐的韵味。①她投射在他们身上的眼睛不像是被撩怒的样子，也没有丝毫嗔怪的成分。她将他们手搭放在一起，手捏着手，对他们的心灵说：

——携起手来吧，斯蒂芬和埃玛。这是天堂里一个美丽的黄昏。你们犯了过错，但你们仍然是我的孩子。一颗心灵爱另一颗心灵。携起手来，我亲爱的孩子，你们在一起将非常幸福，你们的心将永远彼此相爱。

小教堂里充满了从垂下的百叶窗里漏射进来的死沉沉的猩红的光；一缕苍白的光像一支剑一般从百叶窗底部与窗框的隙缝间投射进来，映照在圣坛雕有花饰的铜烛座上，铜烛座像天使久经沙场的铠甲一样闪闪发光。

细雨落在小教堂屋顶上，落在花园里，落在公学校园里。雨会永远这样悄没声儿地降下去。水会一英寸一英寸地上涨，淹没青草和灌木，淹没树木和房屋，淹没纪念碑和山顶。一切生命将被悄没声儿地淹死：鸟儿，人，象，猪豕，孩子：尸体在世界遭难的漂浮物间悄没声儿地飘流。雨将会下四十个日日夜夜，直到整个地球的表面都淹没在洪水之中。

这是可能发生的。为什么不可能？

——地狱扩张其欲，开了无限量的口——这引自《以赛亚书》第五章第十四节，我亲爱的在基督中生活的小兄弟们。以圣父、圣子、圣灵的名义。阿门。

布道神父从法衣口袋里取出一只没有链条的表，琢磨了一会儿表的针盘，便默默地将表安放在他面前的桌上。

他开始用一种安详的语调说话。

_____

① 这段文字引自纽曼的《马利亚的荣耀》。

　　——亚当和夏娃，我亲爱的孩子们，正如你们知道的，是我们的始祖，你们一定记得，他们是由上帝创造的以替补由于路济弗尔①和他的反叛的侍从们的堕落而在天际留下的空缺。我们知道，路济弗尔是光辉灿烂、威力无比的天使清晨之子；但是他堕落了：他堕落了，天堂三分之一的神灵也随之堕落：他堕落了，和他的反叛的侍从们一起被扔进了地狱。我们无法说清楚他所犯的罪孽到底是什么。神学家们认为是傲慢的罪孽，在刹那间怀有的罪恶的想法：non servian：我不伺候了。就是那一瞬间造成了他的毁灭。他在一瞬间产生的罪恶的想法触怒了威严的上帝，上帝将他赶出天堂，并永远扔进了地狱。

　　——上帝创造了亚当和夏娃，将他们置于大马士革平原伊甸园内，那是一座可爱的花园，充满阳光，色彩斑斓，郁郁葱葱。富饶的大地向他们提供她的一切财富：野兽和鸟儿是他们驯顺的仆人：他们没有我们肉体易犯的罪孽，没有疾患、贫穷和死亡：伟大而慷慨的上帝为他们做了他所能做的一切。上帝只要求他们遵守一项条件：听他的话。他们不能吃那禁树上的果实。

　　——啊，我亲爱的孩子们，他们也堕落了。魔鬼，这可怕的恶魔，曾经是一位荣耀的天使的清晨之子，装扮成一条大毒蛇，在天主创造的一切野兽中最阴险狡猾的野兽，来到伊甸园。他嫉忌他们。这位倒台的伟大人物无法容忍一个用泥捏成的男人竟然继承他因为罪孽而被永远剥夺的一切。他来到意志较为薄弱的女人面前，往她耳朵里灌输他恶毒的言语，答应她——哦，那亵渎神祇的诺言！——假若她和亚当吃了禁果，他们便会变成神，变成像他一样的神。夏娃中了恶魔的奸计。她吃

---

① 在基督教时期，人们认为撒旦在堕落以前名叫路济弗尔。在古典罗马神话里指启明星，诗歌以他为黎明的先驱。

了苹果，并且还给了亚当，亚当没有道德的勇气拒绝她。撒旦的毒舌得逞。他们从此堕落了。

　　——伊甸园里响起了上帝的声音，他严厉责问他创造的男人：天堂神灵之长迈克尔手持吐着火舌的短剑来到这一对负罪的男女面前，将他们从伊甸园驱赶到尘世，这充满病痛和奋斗，残暴和失望，劳苦与艰难的尘世，用血汗去挣面包养活自己。即使在那时，上帝仍然是何等样的仁慈！　他怜悯我们可怜的堕落的始祖，允诺当时机成熟时，他将从天堂送来一个人为他们赎罪，使他们再次成为上帝的孩子和天国的继承者：那个人，那位堕落的人的赎罪者是上帝的独生子，最可祝福的三位一体①中的第二位，他就是福音。

　　——他来到了世上。他由一位非常纯洁的处女——圣母马利亚所生。他在朱迪亚②一座破旧的牛棚里降生，在他去执行他的使命之前当了三十年谦卑的木匠。他心中充满了对人类的爱，终于站出来号召人们来倾听新的福音。

　　——他们来听了吗？　是的，他们听了，但没听进去。人们像抓犯人一样抓住了他，将他捆绑起来，嘲弄他是个傻瓜，让他和行劫的强盗呆在一起示众，他们抽打了他五千鞭子，让他戴上荆棘编的冠冕，犹太暴民和罗马士兵押送他游街，他被脱得精光，吊在绞刑架上，长矛从他侧身直刺进去，水和血不断地从我们主身体的伤处流出来。

　　——即使在那时，在那极度痛苦煎熬时刻，我们仁慈的赎罪者仍然怜悯人类。就在那里，在骷髅地③，他创建了神圣的天主教会，他允诺

① 基督教的根本教义，谓上帝本体为一，但又是圣父、圣子耶稣基督和圣灵三位。
② 在巴勒斯坦。
③ 耶路撒冷古城外，耶稣受难之地。

地狱之门将永远战胜不了它①。他将天主教会建立在古老的磐石上，赋与它他的恩泽、圣餐和牺牲，答应如果人们服从他的教会的福音，他们仍然可以升入天国；如果在为他们做了一切该做的事之后他们仍然坚持奸诈和罪恶的行为，地狱——这永恒的煎熬和痛苦，将等待他们。

布道者的声音放轻了下来。他顿了顿，将手心合上了一会儿，然后又分开。他继续说道：

——现在，让我们来审视一下被激怒的公正的上帝命令建造以永远惩罚罪人的那遭受天谴的人们的居所的样子。地狱是一座阴森的一片黑暗、臭气冲天的监狱，魔鬼和迷失的灵魂的居所，充满了火焰和烟雾。上帝故意将监狱设计成阴森可怖之所用以严惩违背忤逆他的法则的人们。在尘世的监狱中，可怜的犯人在狱舍的四壁之中或者在阴郁的监狱院子之内至少还有一些行动的自由。然而在地狱里连这种自由也没有。在那里，由于遭受天谴的人太多，犯人密密匝匝堆放在可怕的监狱里，监狱的墙据说有四千英里之厚：这些遭受天罪的人们被完全捆绑在一起，一点儿也动弹不得，正如有福的圣人——圣安塞姆②在他的书中所比喻的，他们甚至不可能动弹去抓正在吞噬他们眼睛的蛆虫。

——他们躺在一片漆黑之中。请记住，因为地狱的火焰是不发光的。按照上帝的诫命，巴比伦火炉的火不发热只发光，按照上帝的诫命，地狱之火一方面保持它的强大的热力，同时永远在黑暗之中燃烧。那是永远不会完结的黑色风暴，燃烧的硫黄石燃起黑色的火焰，发出黑色的烟雾，在它们中间密密麻麻堆放着肉体，连一丁点儿透气的空隙都

---

① 见《新约·马太福音》16：18："我再跟你说：你是彼得（磐石），在这磐石上，我要建立我的教会，阴间的门决不能战胜它。"
② 坎特伯雷的圣安塞姆（1033／34—1109），经院哲学学派建立者，本体论和苦行赎罪理论创始人。著有《为什么上帝与人同形？》，为赎罪经典理论。

没有。在袭击法老的土地的所有的灾祸中，只有一种灾祸，那就是黑暗，被认为是最可怕的，既然地狱的黑暗不是仅仅持续三天的事儿，而是将持续到永恒，那么，我们该如何称呼这地狱的黑暗呢？

——那狭窄而漆黑一片的监狱因为它的臭气熏天而变得更为可怖。当令人骇然的末日大火荡涤全世界，世界上所有的污秽，尘世所有的垃圾和渣子就像冲向广阔的腐臭不堪的下水道一样麇集在那里。大量燃烧的硫黄石使地狱充满了令人难以忍受的臭味；天谴的肉体吸入这种传染瘟疫的气味，正如圣波拿文都拉①说的，仅仅一个这样腐烂的肉体就足以使全世界感染疫疠。如果地球被严严实实封闭起来，那么，纯洁的地球上的空气也会变得奇臭不堪，无法呼吸。那么，请想一想地狱空气将会是何等样的恶臭。请想像一下那躺在墓穴里腐朽的臭气冲天的尸体像一摊海蜇般浆糊状腐败物是什么样子。请想像一下这样的尸体在火中炙烧，完全被硫黄石的火焰吞没，腐尸散发出一股股令人恶心的可厌的令人窒息的浓烟。然后，再请想像一下这令人作呕的臭味，由于成百万腐臭的尸体堆塞在散发恶臭的黑暗之中——成为一堆巨大无比的腐烂的霉菌麇集之所，而成百万倍、成百万倍地增加。请想像一下这一切，那么，你就会了解地狱恶臭之可怕。

——然而，虽然这种恶臭令人不寒而栗，但它还不是天罚的人所遭受的最痛苦的肉体的折磨。火的煎熬是暴君让他的同类遭受的最痛苦的折磨。将你的手指在烛火中放一会儿，你就会感到炙烧的剧痛。我们尘世的火是上帝创造为人服务的，是为了在人身上保持生命的火花，是为了帮助人进行各种有用的活动，而地狱之火就全然不是这回事了，它是上帝创造来折磨、惩罚不知改悔的罪人的。我们尘世的火按照燃烧对象

---

① 圣波拿文都拉（约1217—1274），基督教神学家，方济各会会长，枢机主教。著有《彼得·朗巴徒〈教父名言集〉注疏》，《〈圣经〉评注》和《神学概要》等。

的可燃性程度总是会熄灭的，人类依靠智慧甚至发明了化学合剂来控制并熄灭火势。然而，在地狱里燃烧的硫黄石是一种特殊创造出来的物质，可以无尽止地、无尽止地以难以言说的势头燃烧。而且，尘世的火在燃烧的过程中摧毁一切，所以火势越猛，其燃烧的时间便也越短；而地狱之火的性能却能保存它燃烧的一切，所以，虽然它以难以想像的势头燃烧，它却能永恒地燃烧下去。

——而且，无论尘世的火势头有多凶猛，燃烧的范围有多广泛，它总是有限的；但地狱里的火海却是既无岸也无底，是无限的。书中有记载，当一位战士询问魔鬼时，魔鬼本人也不得不承认即使整整一座山扔进地狱的火海之中，它也会像一块蜡一样刹那间融化掉。这可怕的火不仅从外面炙烧天谴的人的肉体，而且使每一个迷失的灵魂本身成为一座地狱，无边无际的火焰在它的命门里疯狂地燃烧。哦，这些可怜的人们的命运是多么可怕！血液在血管里沸腾，脑浆在头颅里翻腾，心脏在胸中发烧，几乎要爆炸开来，肠子成了一堆白热化的熊熊燃烧的浆液，而脆弱的眼睛像熔化的铁球一样喷吐着火焰。

——和火的势头比较起来，我刚才所说的火的力量、特性和无边无涯就微不足道了。火所具有的势头正是神祇创造出来以同时惩罚心灵与肉体的工具。这是直接从上帝的忿怒里喷射出来的火焰，它不是按自己的活动特性，而且作为神明报复的工具而燃烧。正如洗礼的圣水洗净身体时洗净灵魂一样，惩罚之火使肉体受苦时也使精神受苦。肉体的每一感官以及与之有关的灵魂的每一功能受到折磨：眼睛所见是一片永远穿不透的绝对的黑暗，鼻子嗅到的是臭气熏天的气味，耳朵所闻则是嘶号、嚎叫与诅咒，所尝的味儿无非是臭不可闻的东西，麻风般的腐烂物和无以名状的令人窒息的污秽，所触摸的则是喷吐着残酷火舌的烧红的火棒和尖钉。通过对感官的折磨，不朽的灵魂的本质在深渊里受到一阵又一阵滚滚大火永恒的炙烧，这大火是被触怒的全能的上帝所点燃，神的永恒的愈益激烈的怒气给大火扇风，使它越烧越旺。

——最后请想一想由于天罚的人们麇集在一起而使火狱的折磨更为痛苦的情景。在尘世，恶物聚合生发恶气，甚至植物似乎是本能似的远离任何对它们是致命或有害的聚合在一起的恶物。在地狱，所有的法则都颠倒了过来：在那里，没有家庭、国家、友情、亲缘的概念。遭天罚的人们相互嘶号与叱喝，由于看到同类的人像他们一样遭受折磨与煎熬、痛苦地发疯而使他们的折磨与疯癫更甚。所有人类的感觉都给遗忘了。痛苦的罪人的嗥叫充斥了广阔无垠的深渊所有的角落。天谴的人们满嘴亵渎上帝的脏话，充满了对一同受苦的人的仇恨，诅咒犯罪的同伙。在古代，惩罚弑父罪，惩罚对父亲举起谋杀之手的人，是将他塞进一只麻袋，里面装上一只公鸡、一只猴子和一条毒蛇沉入大海的深处。制定这条律法的执法者意在使罪人与充满敌意的、歹毒的野兽为伍作为惩罚，这在现在看来有失残酷。然而，当地狱里天谴的人们看到曾经协同、唆使他们犯罪的人、看到曾经在他们的心灵中布下罪恶想法与罪恶生活方式的最初的种子、他们放浪不羁的想法曾经将他们引向犯罪、他们的眼神曾经将他们蛊惑、引诱离开正路的人和他们一起在悲惨地受苦，那么，不会说话的野兽的愤怒与从他们焦干的嘴唇与嘶哑的喉咙里发出的狂怒的诅咒相比，又算得了什么呢？他们扑向他们的同伙，谴责、诅咒他们。但没有任何人帮助他们，他们也没有任何希望：忏悔已经太迟了。

——最后，请想一想那些天谴的灵魂，蛊惑者与被蛊惑者，和魔鬼呆在一起所受到的骇人听闻的折磨。这些魔鬼将以显现与责难两种方式伤害天谴的灵魂。我们无法想像这些魔鬼是多么的可怖吓人。锡耶纳的圣凯特琳曾经见到过这魔鬼，她写道，与其再看上一眼这令人战栗的魔鬼，她宁可一生在烧红的炭火铺的路上走下去，直到生命的最后一息。

这些魔鬼曾经是美丽无比的天使，他们和他们曾经美丽绝伦一样而变得可怕、丑恶绝伦了。他们嘲弄、揶揄他们使之毁灭的迷失的灵魂。正是他们，这些令人毛骨悚然的魔鬼成了地狱良知的声音。你为什么犯罪？你为什么听信了魔鬼的诱惑？你为什么鄙弃了你虔诚的做法和做过的善事？你为什么没有拒绝犯罪的机会？你为什么没有离开你罪恶的伙伴？你为什么没有放弃那淫猥的习惯，那不纯洁的习惯？你为什么没有倾听你的忏悔神父的劝告呢？在你犯了第一次、第二次、第三次、第四次、第一百次罪孽之后，你为什么不忏悔你罪恶的行为、转向上帝呢？上帝正期待着你忏悔，从而宽恕你所有的罪。现在忏悔的时间过去了。时间现在存在，时间过去存在过，但在将来便不复有时间了！在过去，你可以偷偷地犯罪，沉迷于怠惰与骄傲之中，钦羡无法无天的人，听命于你低下的天性的驱使，过着荒野中野兽般的生活，呵，不，过着比荒野中野兽更糟糕的生活，因为它们仅仅是野兽而已，没有理性指导它们的行为：时间过去存在过，但将不复再有，上帝通过这么多声音和你说话，你却不肯聆听。你不愿粉碎你心中的骄傲与愤怒，你不愿归还你非法所得，你不愿服从神圣教会的戒律，也不愿履行你的宗教职责，你不愿与那些奸诈的伙伴断绝往来，也不愿拒绝那些危险的蛊惑。这是那些魔鬼般的折磨者的语言，奚落、谴责、仇恨和厌恶的语言。厌恶的语言，是的！因为即使他们，这些魔鬼在犯罪的时候，犯下了惟一可以和天使天性相容的一种罪行，即理智的反叛：他们，甚至这些令人恐怖的魔鬼也对那些无法启齿的罪孽感到厌恶和腻味，甚至不屑去细想一下那些罪孽，而堕落的人却用这些罪孽去激怒、亵渎圣灵之所①，去亵

---

① 原文为 the temple of the Holy Ghost，指身子。《新约·哥林多前书》6：19："岂不知你们的身子就是圣灵的殿么？这圣灵是从神而来，住在你们里头的。"

149

渎、玷污他自己。

——哦。我亲爱的在基督内生活的小兄弟们，愿我们永远听不到那样的语言！我是说，愿我们的命运不是那样！在可怕的最后审判日，我要热切地祈求上帝，希望伟大的审判官不会驱逐今天小教堂在座的任何灵魂，我们中的任何人不会听到那可怕的拒绝的判决：离开我，可诅咒的，到那为魔鬼和魔鬼侍从们预备的永火中去吧！①

他从小教堂过道走过来，两腿打着颤，头皮不寒而栗，仿佛魔鬼的手指刚触摸了它似的。他爬上楼梯，从走廊穿过去，走廊的墙上挂着大衣和雨衣，像被绞死的极刑犯，没有脑袋，流淌着水，身影都不像样子了。他每走一步都胆颤心惊，生怕他死了，灵魂从肉体里给挖将出来，一头栽进无边无际的深渊。

他简直站立不住，一屁股重重地坐在书桌前，随意翻开一本书浏览。每一个字都是针对他的！确实是那样。上帝是全能的。上帝现在就能召唤他，当他坐在书桌前还没明白过来时就把他召去。上帝召唤过他。是吗？什么？是吗？当他感到吞噬一切的火舌临近时，他的肉体一下子收紧起来，他感到那令人窒息的热气在翻腾，肉体被烤得干焦干焦的了。他已经死了。是的。他受到了审判。一股大火横扫过他的身子：第一股大火。然后又是一股大火。他的脑袋开始燃烧。又是一股大火。脑浆在快要炸裂的头颅里沸腾、冒泡儿。火焰像花冠一样从他的头颅里冲将出来，仿佛尖声嘶喊着：

——地狱！地狱！地狱！地狱！地狱！

他身边有声音在说：

——现在专门谈一谈地狱。

①　见《新约·马太福音》25：41。

——我想他所说的正触动了你的痛处。

——他确实触动了痛处。他让我们大伙儿吓得够呛。

——这正是你们这一帮人需要的：得好好地触动你们一下，让你们端正过来。

他屡弱地靠在椅背上。他没有死。上帝宽宥了他。他仍然生活在学校熟稔的环境里。塔特先生和维森特·赫伦正站在窗前，聊着天，开着玩笑，瞧着窗外阴郁的细雨，不时移动着脑袋。

——我盼望天很快放晴。我和同学约好骑自行车到马拉海德去兜一圈。路上的烂泥一定有齐膝深。

——天会晴的，先生。

他这么熟稔的声音，这些普普通通的闲聊，当谈话声戛然停止，只听见牛儿细细嚼草、同学悄悄吃午饭的声响时笼罩在教室里的一片宁静抚慰了他发痛的灵魂。

还有时间，还来得及。哦，圣母马利亚，罪人的救星，请为他说说情吧！哦，圣洁的处女，将他从死亡的深渊里救赎出来吧！

英语课开始时听读一段历史。皇家成员，宠臣，阴谋家，主教在他们名字的面纱后面逐一像无声的幽灵一般走过去。他们都死了：他们都受到了最后的审判。如果一个人丧失了灵魂，那么，即使他赢得整个世界对他又有何益呢？他终于懂得：人生就在他身边存在着，一片和平宁静的景象，蚂蚁般的人们在博爱的氛围中劳作，死人在寂静的坟堆里永眠。伙伴的胳膊肘碰了他一下，他惊醒了过来：当他回答老师的问题时，他听见自己的声音充满了谦恭和悔悟带来的宁静。①

_____

① 原文为 humility，与 pride 相对，意为"谦恭"，不能译为"羞辱"（humiliation）。

他的灵魂往悔悟的宁静的深处沉下去，不再能忍受恐惧的煎熬了，在他愈来愈往下沉时，发出了微弱的祷告。啊，是的，他会幸免的；他会在心中忏悔，并得到宽恕；在天上，在天堂的神祇将会看到他将努力弥补以往的过失：整整一生，一生中每时每刻他都将努力。等着瞧吧。

——一生，上帝！ 一生，一生！ ①

传信的侍童来到门口说小教堂开始接受忏悔了。四个同学离开了教室；他听见其他同学穿越过走廊的声音。一阵冷颤向他的心头袭来，像一阵微风，他默默地倾听着，忍受着痛苦，他似乎将耳朵紧贴在自己心房的肌肉上，感觉到心在收缩和颤抖，他听到心室在扑腾直跳。

没有法子逃避开。他不得不忏悔，和盘托出他所犯的所有的罪孽和所怀有的所有罪恶的想法。怎么说？ 怎么说？

——神父，我……

关于忏悔的想法犹如一把闪着冷光的细剑直刺他脆弱的肉体。但他

---

① 原文为 all，根据上文整整一生，这里显然是指"一生"，而不是"全体"。这样理解，对理解斯蒂芬当时完全相信阿纳尔神父的布道是至关重要的，对于理解他的精神历程也是至关重要的。

不会去公学的小教堂忏悔。他要真诚地坦陈一切，所有的罪恶行为和思想；但他不会在公学的同学中间这么做。在远离公学的地方，在一个阴暗的角落，他会轻声说出他的羞辱；他不敢在公学小教堂忏悔，他谦卑地哀求上帝不要因此而觉得被冒犯；在完全的落魄中，他默默地期盼周围的同学们会原谅他。

时间在飞逝。

他又坐在小教堂前排的长椅上。教堂外的日光正在黯淡下来，随着薄暮透过死气沉沉的红色百叶窗缓缓渗透进小教堂，仿佛末日的太阳正在落下山来，而所有的灵魂被召集在一起经受最后的审判。

——我从您的眼前被驱逐离开：这诗摘自《赞美诗》第三十章二十三节，我亲爱的在基督内生活的小兄弟们。以圣父、圣子和圣灵的名义。阿门。

神父开始用一种平静的、友好的口吻布道。他的脸庞闪着慈祥的光，他将两手的手指轻轻地合在一起，手指尖组成了一个歪歪扭扭的笼子。

——今天上午，我们在探讨地狱时竭力设法弄明白我们神圣创建者在他的著作《精神锻炼书》中所述的环境联想法是什么意思。[①]也就是说，我们竭力用心灵的感官想像那可怖的地方和所有在地狱的罪人所遭受的肉体折磨的物质特点。今晚，我们将要花些时间来考察一下地狱精神折磨的性质。

——请记住罪愆是一种双层意义上的极恶。它是卑鄙地依顺我们腐败的本性的驱使，听命于低下的本能，顺服一切粗鄙的兽欲；它也是对我们高尚本性劝诫的背离，对一切纯洁与神圣的东西的违忤，对神圣上

----

① 《精神锻炼书》，圣依纳爵·罗耀拉著于 1548 年。环境联想法是罗耀拉所倡导的一种方法，指人将自己设想站在上帝的面前，心中默念与耶稣有关的物质的事物，如十字架木头、汗味和血等。

帝本身的违背。正因为这一原因，不可饶恕的大罪在地狱里用两种方式进行惩罚，即肉体的与精神的惩罚。

——在目前所有精神痛苦中最刻骨铭心的是丧失上帝存在的痛苦①，事实上，这种痛苦是如此巨大，它本身就是一种巨大的折磨。圣多马②，我们教会最伟大的神学家，人们称之为天使神学家说，最可怕的诅咒就是人的颖悟力完全失去神明的光辉，人的情感断然背离上帝的慈爱。请记住，上帝是一个无限慈祥的存在。因此，丧失这一存在一定是一种无限痛苦的损失。在现世，我们不太清楚这种损失的含意，但在地狱里被诅咒的罪人因为经受了最巨大的折磨，所以完全理解他们丧失这一存在的含意，完全理解他们之所以丧失它，是因为犯了罪孽，完全理解他们已经永远地丧失它了。在死亡的一刹那，灵与肉的维系被撕裂开，灵魂立刻飞向上帝就像飞向她存在的中心一样。请记住，我亲爱的孩子们，我们的灵魂希冀和上帝永在一起。我们由上帝那儿而来，我们依靠上帝而生，我们属于上帝：我们是他的，不可剥夺地属于他的。上帝以神明的博爱爱每一颗灵魂，每一颗灵魂生活在他的博爱之中。怎么可能不是这样呢！ 我们所呼吸的每一口气，我们的每一个思想，我们生命的每一刻无不源于上帝永不枯竭的慈爱。如果将孩子与母亲拆离开是一种痛苦，如果将人从甜蜜的家中流放到异地是一种痛苦，如果将朋友拆散是一种痛苦，那么，哦，请想一想，将一颗可怜的灵魂从至善与至仁的创世主面前摈斥开是一种何等样的痛苦，何等样的悲哀呵，创世主曾经从虚无中创造了那颗灵魂，在生活中曾经支撑过它，以难以估量的爱爱过它。因此，与至善的上帝分离，忍受这种分离带来的痛苦，并心

---

① 此处丧失指丧失上帝存在的痛苦。
② 圣多马，死于公元 53 年，十二使徒之一。因怀疑耶稣的复活而出了名。

中非常清楚这是不可改变的——这一切是上帝创造的灵魂能够忍受的最巨大的折磨了，poena damni，丧失的痛苦。

　　——地狱中遭天谴的罪人感到的第二种痛苦便是良心的痛苦。正如在尸体里由于腐烂生发出蛆虫一样，迷失的灵魂也会从腐烂的罪孽中滋生出永恒的悔恨，即良心的刺戟，这种蛆虫，正如教皇英诺森三世①称谓的，具有三重的刺。这残酷的蛆虫刺来的第一根刺便是对往昔快乐的回忆。哦，那将是何等样骇人的回忆！　在吞噬一切的火海中，傲视一切的国王将回想起宫殿富丽堂皇的礼仪，智者和机巧者将想起他的图书馆和研究的工具，艺术爱好者将回忆起他的大理石雕刻品、画品和其他艺术瑰宝，美食家将想起他豪华的盛宴，他精美的菜肴，他上等的好酒；吝啬者将回想起他的金库，强盗将想起他非法得来的财富，怒气冲冲的、报复心重的、残忍的谋杀者将想起他们为之取乐的血腥暴力行为，无耻的淫荡的人将想起他们沉迷于其中的难以启齿的肮脏的享乐。他们将回想起这一切，怨恨自己，嫌恶他们所犯的罪愆。因为对于被罚到地狱成百年、成千年地经受烈火的煎熬的灵魂来说，所有这些享乐显得是何等样的痛苦。当他们想到他们为了贪恋尘世贱如粪土的糟粕，贪恋几个铜板，贪恋过眼的虚荣，贪恋肉体的享乐和精神的刺激而丧失了天堂的福祉，他们会变得何等样的疯狂而气愤。他们终究会忏悔；这就是良知这一蛆虫的第二重刺，对所犯的罪孽感到一种过迟的、毫无用处的痛苦。神明的正义坚持要那些可悲的可怜虫不断地理解他们所犯的罪孽，正如圣奥古斯丁②所指出的，上帝将向他们传授他自己对罪孽的理解，

---

　　①　英诺森三世(1160／1161—1216)，意大利籍教皇，1198—1216 在位，原名塞尼的洛泰乐。在位期间，曾发动两次十字军东征。

　　②　圣奥古斯丁，又称希波的奥古斯丁(354—430)，通称古代基督教会最伟大的思想家。

这样，罪孽就会在他们眼前就像在上帝的眼前一样现出它所有可怕的邪恶来。他们将看清他们罪孽的污秽与渎神而顿生悔恨之意，然而这已经太迟了，他们将痛悔与许多上好的机会失之交臂。这是良知。这一蛆虫的最后一根，也是刺戟得最深、最残酷的刺。良知会说：你曾经有过忏悔的时间和机遇，然而你放走了。你的父母在宗教的氛围中把你养大成人。你享有教会的圣礼、恩泽和宽容来帮助你。你有上帝派遣的仆人给你布道，当你迷路时呼唤你回来，不管你犯了多少罪孽，多么可厌的罪孽，只要你忏悔，就原谅、宽宥你。不。你不愿悔罪。你侮慢神圣宗教的仆人，你拒绝忏悔，你在罪孽的泥潭里越陷越深。上帝向你呼吁，警告你，哀求你回到他的身边。哦，这是何等样的耻辱，何等样的悲惨啊！　宇宙的主宰恳求你，泥土捏成的生灵，爱他，因为他创造了你，恳求你遵从他的诫命。不。你不愿。即使你将地狱用你的眼泪完全淹没——如果你还能继续哭泣的话，整个忏悔的泪海也不抵你在现世掉一滴真正忏悔的泪水能给你带来的好处多。那时，你祈求获得哪怕一刻的尘世的生活，以期进行忏悔：那已是徒然的了。机遇已失去；永远失去了。

　　——这就是良知的三重刺，这就是啮咬地狱里可怜虫心脏的毒蛇，这些可怜虫充满了地狱般的愤怒诅咒自己的蠢行，诅咒将他们引向如此毁灭道路的罪恶的伙伴，诅咒在尘世诱惑他们，如今又在永恒中嘲笑他们的魔鬼，他们甚至辱骂、诅咒万能的上帝，他们曾经嘲弄、蔑视上帝的慈爱与耐心，而现在却又无法逃避上帝的公正与威严。

　　——天谴的罪人遭受的下一个精神的痛苦是蔓延的痛苦。在尘世中，虽然人有可能犯许多罪孽，但他不可能一下子犯所有的罪孽，因为一种罪孽纠正另一种罪孽，互相抵消，正如一种毒物每每可以中和另一种毒物一样。而在地狱，一切都正好相反，折磨非但不会互相抵消，反而会形成更大的力；而且，正如内脏的器官比外在的感官更为完善，所以它们更能承受磨难。和感官一样；第一个精神的官能也有相应的折磨；在幻想中出现阴森可怖的形象，在敏感的官能中一会儿希望，一会儿忿怒，在心灵和意识中充斥着一片内在的黑暗，这种内在的黑暗甚至比主宰这可怕的牢狱的外在的黑暗更为骇人。占据这些恶魔灵魂的邪恶，虽然它本身没有多大力量，却是一种可以无限蔓延、没有时间界限的罪恶，是一种可怕的奸诈险恶的境地，对于这一切，我们除非记住罪孽的极恶程度以及上帝对极恶的憎厌，我们便几乎无法理解。

——与这种蔓延的痛苦相对立、同时又与它共存的是强度性痛苦。地狱是万恶的中心，正如你们知道的，物质在中心点比在边缘点上具有更大的强度。没有任何对立物或羼杂物可以调和、减缓哪怕一点点地狱的痛苦。不，本身极好的东西到地狱便也变得邪恶了。在其他地方，友情对于经受痛苦折磨的人来说是一种慰藉的源泉，在那里都是一种连绵不断的折磨：人们一直在追逐、并视为智力的主要成就的知识，在那里却比无知更遭人憎恶：万物，从创世主到森林里最细小的植物，都趋之若鹜的光明在那里被人十分厌嫌。在现世，我们的悲哀要么很短暂要么很微不足道，因为人的本性要么依靠习惯克服了悲哀，要么在悲哀的重压下垮掉结束了悲哀。但是，在地狱，不能依靠习惯克服折磨。因为虽然折磨的强度很可怕，但它们一直在变异，打个比方说，每一种痛苦从其他痛苦那里汲取火焰，并赋与那点燃它的痛苦以更旺盛的火力。人的天性也无法以屈从于折磨而逃避强烈的各种各样的折磨，因为灵魂既然依靠邪恶来支撑，那么，它的痛苦应该更为剧烈。折磨无边无际地蔓延，痛苦的强度令人难以置信，并不断地变异着——这是被罪人激怒、冒犯的天主的诫命；这是因腐化的低下的肉欲而被蔑视、轻慢的神圣的上帝所要求的；这是无辜的上帝的绵羊遭受到最无耻的恶人的蹂躏为了赎救罪人而洒的鲜血所坚持的。

　　——那阴森可怖的地方所有折磨中最后和最残酷的折磨便是地狱的永恒性。永恒！哦，何等可怕和骇人的字眼。永恒！什么人的心能够理解它呢？请记住那是永恒的痛苦。即使地狱的痛苦有可能没那么可怕，但它们是无限的，它们注定要永远地存在下去。只要它们永恒地存在，正如你们知道的，它们会变得难以忍受地强烈，无以复加地蔓延开来。被昆虫的刺扎一下，要永恒地忍受下去，尚且已经是一种可怕的折磨了。要永恒地忍受地狱多种的折磨会是什么样子呢？永远！永恒！不是一年，也不是一代，而是永远。请想一想这可能包括的一切可怕的含意吧。你们都见过海滩的沙。它的细细的颗粒是多么细腻！小孩在玩耍时一手抓一把沙，他手中会有多少那样细小的颗粒。现在请想像一下细沙堆积起来的山是什么样子，一百万英里高，从地球一直高耸入最遥远的太虚，一百万英里宽，一直延伸到最迢遥的空间，一百万英里厚；再请想像一下这由无数颗粒组成的庞然大物像森林中的树叶、浩瀚大海中的水滴、鸟身上的羽毛、鱼身上的鳞、动物身上的毛、广袤空间中的原子会不断成倍增长：请想像一下每一百万年有一只小鸟飞来沙山，用它的嘴衔走一小颗粒沙。小鸟衔走哪怕一平方英尺的沙需要多少百万个世纪，如果它要把整座沙山衔完，又需要多少千百万个亿的世纪呀？然而，那数不清的世纪，对于永恒来说，仅仅是一眨眼的功夫。经过数十亿、数百亿年之后，永恒还没有开始。如果那沙山在被衔完之后重又长出来，而小鸟重又飞来一颗沙一颗沙地衔走，如果这样消长就像天上的星星、空中的原子、大海中的水滴、森林中的树叶、鸟身上的羽毛、鱼身上的鳞、动物身上的毛发一样多，那么，这简直无法测算的庞然的大山的无数次地消长之后，对于永恒来说，也不过是一刹那的光景；即使在这段时间之后，比方说千百万个亿年之后——想一想这个我们的头脑就要发晕——永恒还几乎没有开始。

　　——一位神圣的圣徒（我相信他是我们的一位前辈）被恩准见到地狱的景象。他仿佛站立在一个大厅之中，黑洞洞、肃然无声，只听见一座大钟嘀嗒嘀嗒地响。钟的嘀嗒声无尽无休地响着；在这位圣徒听来，嘀嗒声似乎在不断地重复说：永远，永不；永远，永不。永远呆在地狱里，永不能升入天堂；永远与天主断绝分离，永不会有缘享受到福象①；永远在火中经受焚烧，被蛆虫啮咬，受发烫的铁钉捅扎，而永不能免除痛苦；永远受到良心的谴责，一回忆起往昔就患恨不已，心中充满了黑暗与绝望，永不能摆脱；永远诅咒和谩骂那阴险的恶魔，他们正邪恶地从受到他们欺骗的人们的痛苦中取乐，而永不能见到受佑精灵的金光灿烂的衣饰；在一刹那间，仅仅是脱离那可怕痛苦煎熬的一刹那间，永远在大海的深渊向上帝呼救，而永不能获得上帝哪怕一刹那间的宽恕；永远受苦受难，永不能享受；永远被诅咒和遗弃，永不能得到救赎；永远，永不；永远，永不。哦，多么令人毛骨悚然的惩罚！　在这永恒中充满了无穷尽的痛苦，充满了无穷尽的肉身与精神的折磨，没有一线希望，没有一刻停止过，在这永恒中，充斥了在程度上与在烈度上都是窈然无际的苦难，在这永恒中，充满了无限扩展、无限变异的折磨，这种折磨一方面永恒地吞噬一切，一方面又使被它吞噬的东西永恒地存在下去，一方面永恒地侵袭精神，一方面又磨难肉体，在这永恒中，每分每秒本身就是一种永恒，而这种永恒本身就是一种永恒的苦难。这就是万能的公正的天主对那些因致命罪孽而死亡的人们的可怕的惩罚。

　　——是的，公正的天主！　因为人总是理性的，人们会惊愕地发现上帝竟然会为了不过一个可悲的罪孽而作出永远入火狱的无尽休的惩

――――――――――

　　①　福象在神学中指圣徒在天上亲近上帝。

罚。他们这么推断，因为他们被人类理智的盲区和粗鄙的肉欲的幻想所蒙蔽，他们无法理解致命罪孽所包含的可怕的邪恶。他们这么推断是因为他们无法理解甚至很细微的罪孽也是很险恶和可怕的，即使万能的创世主不惩处仅仅一个细微的罪过，诸如说谎、怒目而视、瞬间任性的怠惰，而能够消除尘世间所有的罪恶和痛苦，如战争、疫病、抢劫、犯罪、死亡、谋杀的话，他，至高的全能的上帝，也不能这样做，因为任何罪孽，无论是在图谋之中还是在行动之中，都是对上帝戒律的一种违背，而如果上帝不惩处违背他戒律的罪人，上帝也就不成其为上帝了。

——一个罪孽，理智瞬间的反叛与傲慢，使路济弗尔和天堂三分之一的神灵堕落，他们的荣光被剥夺。一个罪孽，瞬间的愚蠢和软弱，使亚当和夏娃被逐放出伊甸园，死亡和苦难降临于尘世[①]。为了赎救那罪孽的后果，天主圣子来到世间，生活，受难，身悬十字架达三小时之久而痛苦地死去。

——哦，我亲爱的在耶稣基督内生活的小兄弟们，我们还会忍心去冒犯救赎者，让他生气吗？ 我们会忍心在那撕裂的、被砍得血肉模糊的尸体身上再踩上一脚吗？ 我们会忍心往那张充满悲伤和爱的脸庞上啐上一口唾沫吗？ 救世主为了救赎我们单独忍受那榨汁机般的苦难，我们会像那些残酷的犹太人和野蛮的兵士一样嘲弄温和、富于同情心的救世主吗？ 每一句罪孽的话都是对他脆弱身体的损伤。每一个罪行都是刺穿他头颅的荆棘。每一个存心故犯的下作不纯的想法都是一把锐利的长矛戳穿那颗至圣至爱的心。不，不。对于每一个人来说，做那么深深地冒犯天主的事，做要遭受永恒惩罚的事，做再一次让圣子钉死在十字

---

① 按《圣经》，由于原罪，死亡进入了世界。人人在亚当内犯了罪，人人在亚当内也受到了他的罪恶招来的惩罚——死亡。

架上、让他成为笑柄的事是不可能的。

——我祈求上帝我所说的微不足道的话语今天能坚定正享受上帝恩泽的人们的神圣信念，使在歧路上犹豫不决的人们坚强起来，将那些迷路的可怜的人们——如果你们中有这样的人的话——重新带领进上帝的怀抱。我祈求上帝，请你们和我一起祈求，上帝将允许我们为我们的罪孽忏悔。我请求你们，请求你们全体，跪在这简陋的小教堂里，在上帝面前，跟随我背诵忏悔祷词①。上帝就在那圣龛里，充满了对人类的爱，随时准备慰藉受伤的灵魂。别害怕。不管你的罪孽有多少，不管你的罪孽有多么糟糕，只要你忏悔，你就会得到宽恕。别让世俗的耻辱感让你却步。上帝是至慈的上主，他并不希望判决罪人永恒的死亡，而是希望他能重新皈依上帝并活下去。

——他正在召唤你们到他的怀抱中去。你们是属于他的。他从虚无中创造了你们。他尽神的一切可能爱你们。虽然你们对他犯了罪孽，但他仍然敞开胸怀准备容纳你们。到他这儿来吧，可怜的罪人，可怜的虚荣的犯了罪孽的罪人。现在正是接纳你们的时候。正是时候。

神父站起来，转身面对圣坛，在薄暮的昏暗之中跪在圣龛前的台阶上。当小教堂里所有的人全跪下，一片肃然寂静时，他抬起头，以充满激情的语调，一句一句地念忏悔祷词。孩子们跟随在他后面一句一句地复述。斯蒂芬舌头紧粘在上颚上，低着头，在心中祈祷。

　　　　——哦，我的上帝！——
　　　　——哦，我的上帝！——

---

① 忏悔祷词，一种正式的祷词，开首为："哦，我的上帝，我为我所有的罪孽感到悔恨……"

——我由衷地表示歉意——

——我由衷地表示歉意——

——我冒犯了你——

——我冒犯了你——

——我憎厌我的罪孽——

——我憎厌我的罪孽——

——比对任何其他的忿尤都更痛恨——

——比对任何其他的忿尤都更痛恨——

——因为我的罪孽使你震怒，我的上帝——

——因为我的罪孽使你震怒，我的上帝——

——你值得——

——你值得——

——我竭尽我所有的爱来爱你——

——我竭尽我所有的爱来爱你——

——我决心——

——我决心——

——在你的神圣恩宠的荫庇下——

——在你的神圣恩宠的荫庇下——

——永远不冒犯你——

——永远不冒犯你——

——并改过自新——

——并改过自新——

*　　　*　　　*

晚餐后，他上楼回到寝室以便独自静思一会儿：他每爬一层阶梯，灵魂似乎都发出一声太息：每爬一层阶梯，仿佛灵魂也随着腿脚上升，在升腾中，在一片凝固的昏暗之中唏嘘。

他在楼梯口的门前停了一会儿，然后一把抓住瓷门把，飞速地打开门。他满怀惊惧地伫立了一会儿，心中的灵魂已颓唐不堪，默默祈祷他跨过门槛时死神不会来抓他，潜伏在黑暗中的魔鬼不会有能力来左右他的生命。他纹丝不动地站立在门槛前，仿佛呆立在一座黑暗的洞穴的门口。那儿有一张张脸；一双双眼睛：它们正虎视眈眈地等待着。

——我们诚然非常清楚虽然事情终究要败露，但是他发现要试图迫使自己去明晓神的绝对威力是异常困难的，我们诚然也非常清楚——

窃窃私语的一张张脸庞在虎视眈眈地等待着；窃窃私语充斥这黑漆一片的洞穴。他在精神上和肉体上都十分恐惧，但他勇敢地高昂起头颅，以坚定的步伐走进了寝室。门厅，卧室，同样的卧室，同样的窗户。他平静地对自己说这些话毫无意义，它们仿佛是从黑暗中的窃窃私语中升腾起来的。他对自己说这就是他自己的卧室，门大开着。

他关上门，匆匆走到床边，跪了下来，用双手将脸庞掩住。手冰冷而潮湿，四肢因为冷颤而发疼。肉体的不安、透骨的冷和困顿困扰着他，使他无法思想。为什么他跪在那儿，像个孩子一般在吟诵晚祷？他要独自面对他的灵魂，审视他的良知，直面自己的愆尤，回想一下犯罪的时间、方式和情景，为自己的罪债而哭。但他哭不出来。他无法回忆起这一切。他只感到灵与肉的痛楚，他的整个身子、记忆、意志、理智、肉体都处在一种麻木不仁、颓唐不堪的状态之中。

那正是魔鬼的杰作，使他的思想迷乱，使他的良知蒙上阴翳，在他的怯懦的被罪孽腐败的肉体的门前攻击他：他一边胆怯地恳求上帝宽赦他的软弱，一边爬到床上去，将被褥紧紧地裹住身子，再一次用双手掩住脸面。他犯了罪孽了。他犯了如此不可赦免的得罪上天和上主的罪您，他已不配再称作上主的孩子了。①

他，斯蒂芬·德达罗斯，可能干这种事情吗？ 他的良知在唏嘘声中回答。是的，他偷偷地、肮脏地屡屡干这种事情，罪恶的顽固不仅使他更铁下了心，当他肉体里的灵魂充塞着一团糟腐化思想的时候，竟然敢于在圣龛前装出一副全然圣洁的样子。为什么上主没有把他击毙呢？他那帮恶毒的犯罪的同伙向他围拢来，对着他呼吸，从四面八方逼视着他。他想藉祈祷把他们遗忘，四肢更紧地蜷缩在一起，闭上了眼皮；虽然他紧紧地合上眼睛，但心灵的感觉却无法合上，他看见了他犯罪的地方，虽然他紧紧地掩上了耳朵，但他能听见。他竭尽全力希冀自己既看不见也听不见。他的身体在希冀的重压下颤抖了一下，心灵的感觉合上了。它们合上一刹那便重又打开。他又能看见了。

荒野上生长着直楞楞的芦苇、蓟花和簇状的荨麻。在这一簇簇繁茂的直楞楞戳着的芦苇中间满地是踩瘪了的罐头和晒干了的粪便堆。一丝微弱的沼泽的光从粪堆透过密密的浅青色的芦苇向上升腾。一股难闻的臭气，和光一样的微弱而污浊，慢慢吞吞地从瘪罐里散发出来，从臭烘烘的结了嘎巴儿的粪堆上往上蒸腾。

荒野里有生灵：一个，三个，六个：生灵在荒野到处跑来跑去。他们样子像山羊，人脸，眉毛像触角，有一绺稀疏的胡子，一身像橡皮一样的灰色。当他们跑来跑去时，险恶的眼睛里闪烁着邪恶的光，身后拖曳着一条长长的尾巴。那凶残的阴险的豁嘴使他们那苍老的、瘦骨嶙峋的脸看上去更为灰暗。一个生灵将一条破旧的法兰绒背心紧紧裹在肋骨上，另一个生灵胡须纠缠在簇生的芦苇上，在嘟嘟囔囔地抱怨。他们在

---

① 见《新约·路加福音》15：18—19："我要起来，到我父亲那里去，向他说：父亲，我得罪了天，又得罪了你，从今以后，我不配称为你的儿子，把我当作一个雇工吧。"

荒野四周慢条斯理地转着圈儿，窸窣窸窣，在芦苇间蜿蜒徐行，拖曳着长长的尾巴，罐头在尾巴的抛甩下丁零当啷作响，干巴巴的嘴唇间发出轻轻的喃喃声。他们围成圈儿慢慢地走动，圈儿越来越小，越来越紧，要围上来了，要围上来了，嘴里喁喁低语，沙沙作响的长尾巴沾着奇臭的大粪，他们猛抬起阴森骇人的脸……

救命！

他发疯般地将毯子从脸上和脖子上掀开。那是他的地狱。上帝让他见一下为他的罪孽准备的地狱：臭气熏天，野蛮而凶险，那是充斥恶毒的山羊魔鬼的地狱。是为他而准备的！ 是为他而准备的！

他从床上蓦地跳将起来，臭不可闻的味儿直往他喉咙里灌，他感到恶心。空气！ 天堂的空气！ 他跌跌撞撞走到窗前，呻吟着，差一点因恶心而昏倒过去。在洗手池前，他感到内脏一阵痉挛；他紧紧地按住冰冷的前额，哇——一声痛苦地呕吐了出来，吐得很多。

呕吐完后，他孱弱地走到窗前，拉起吊窗，坐在漏斗状斜面墙的一角，将手肘撑在窗台上。雨停了；在星星灯火间飘浮着雾霭，整座城市笼罩在一片柔和的浅黄色的氤氲之中。天际是宁静的，发出淡淡的光，空气吸入肺中仿佛有一种甜蜜的感觉，犹如置身于绵绵细雨中的灌木丛：在静谧、闪烁的华灯和宁静的芬芳之中，他在心中默想誓约。

他祈祷道：

——他曾经希冀带着天上的荣光来到世间，但是我们犯罪了：他无法平安无事地访问我们，而只能掩蔽自己的威严和神光，因为他是上帝。所以，他降临于世显得柔弱，并不显示其伟大，他派遣你，一个创造物，以他的名义，以人的清秀美丽和适合我们处境的光辉来到世间。现在，你的脸和身影本身，亲爱的圣母，对我们来说就意味着永恒，你的美不像世俗的美，瞧上一眼就危险万分，而宛若晨星——那是你的象征——光彩熠熠而富有音乐的韵味，散发出圣洁的气息，象征天堂和充溢一切的宁静。哦，白昼的先驱者！哦，朝圣者的灯塔！ 像你以前引导我们那样地引导我们吧。在黑夜，在那凄凉的荒野，带领我们到主耶稣那儿去吧，带领我们回家吧。①

他的眼睛因噙满眼泪而变得模糊起来，他谦卑地抬起头望天，他为他失去的无辜而哭泣。

当夜幕降临时，他离开了屋子，当他一呼吸那湿润的黑夜的气息，听到身后门砰然关上的响声，他的被祈祷和眼泪平静下去的良心又痛楚起来。忏悔！ 忏悔！ 仅仅依靠眼泪和祈祷来平静良心是不够的。他不得不去跪在圣灵的祭司面前，坦率地忏悔他隐匿的愆尤。在他再一次听到屋门打开让他进屋，屋门的脚板嘎然扫过门槛，在他再一次见到厨房的餐桌铺好准备开晚餐之前，他必须去跪下忏悔。事情就这么简单。

良心停止了自责，他匆匆穿过黝暗的街道往下走去。在这条街的人行道上有这么多石板，在这城市中，有这么多街道，在这世界上有这么多城市。永恒是没有穷尽的。他犯了致命的罪孽。即使犯上一次这种罪孽就够致命的了。这种罪孽可以在刹那间就犯。怎么这么快？ 只要看上一眼或者想看上一眼就犯上这罪了。眼睛瞧了那玩意儿，虽然最初并不想看。然后在一瞬间，罪孽就犯了。身体的那一部分懂吗？ 或者懂得什么？ 在一切野兽中蛇是最狡猾的。②当它在一刹那间有欲念时，它一定

---

① 这一段是纽曼的《马利亚的荣耀》的结束语。
② 《旧约·创世记》3：1："耶和华神所造的，惟有蛇比田野一切的活物更狡猾。"

是懂得的，然后罪恶地一瞬间一瞬间地延续它自己的欲念。它能感觉、理解并欲求。多么可怕！ 谁在人身体上创造了那兽欲般的部分，它能像野兽一般地懂得、野兽一般地欲求？ 难道当时他或者一个非人的东西被比他灵魂更为卑下的灵魂所驱使？ 一想到这一种冬眠的蛇一般的生活，靠吮吸他生命娇嫩的骨髓而生存，靠肉欲粘腻的玩意儿而得以肥壮，他的灵魂就感到恶心。哦，为什么要那样？ 哦，为什么？

一想到这，他就畏缩不前起来，在创造世间万物和人的上帝面前感到敬畏，感到自卑。这纯然是颠狂。谁能这么想？ 他在黑暗中畏葸不前，自惭形秽，默默地祈求他的守护神用他的剑将对他脑海聒噪不休的魔鬼赶走。

耳边的絮叨停止了，这时，他清晰地知道他自己的灵魂通过他自己的肉体无论在思想上，在言语上还是在行动上都肆意犯罪了。忏悔！ 他不得不坦白每一个罪孽。他怎么能对神父说出他所干的一切呢？ 必须，必须。或者说，他怎么能说出来而不羞愧而死呢？ 或者说，他怎么能干出这种事而不感到羞耻呢？ 一个疯子，一个令人憎厌的疯子！ 忏悔！哦，他多么希望他重又自由而清白无辜！ 神父也许会知道的。哦，至亲的上帝！

在灯火昏暗的街上他不停地走下去，生怕止步伫立在那儿一会儿，看起来好像他想从等待他的一切面前退缩回去，惟恐去到那他还热切想去的地方。上主充溢着爱俯视的、受到他恩泽荫庇的灵魂该是多么美丽！

邋遢不堪的姑娘沿着路边拦石坐在她们的篮前。湿漉漉的头发垂在眉间。她们蜷缩在泥淖里，看上去并不美。但是，上主俯视着她们的灵魂，只要她们的灵魂享受着上主的护佑，她们看上去就光彩夺目：上主爱她们，俯视着她们。

一想到他怎么堕落沉沦，这些灵魂比他的灵魂更亲近上主，一阵使人疲乏不堪的、感到屈辱的风凄清地吹拂过他的灵魂。这风吹拂过他，继而吹拂成千上万其他的灵魂，在这些灵魂之上，上帝的福荫有时护佑得多些，有时护佑得少些。星星有时晶亮些，有时暗淡些，时隐时现。闪烁发光的灵魂，时隐时现，从他身边走过去，汇集成一阵涌动的风。有一颗灵魂迷失了；一颗渺小的灵魂：他的灵魂。它曾经闪闪发光过，继而熄灭了，被遗忘了，迷失了。结果是：一片黝黑的冰冷的空荡荡的荒原。

在越过了一大片漆黑的、没有感觉、没有生活的时间荒原之后，他渐渐对周围环境有所感悟了。他周围是一片污浊不堪的景象；下等人的口音，商店里燃烧的煤气灯，腥鱼、烈酒、湿润的木屑的味儿，彳亍而行的男女。一个年迈的女人手中拿着一只油壶，正要横穿马路。他躬身问她附近有没有小教堂。

——小教堂，先生？　是的，先生。教堂街小教堂。

——教堂？①

她将油壶移到另一只手上，给他指路：当她从披肩边缘伸出臭烘烘的干瘪的右手，他向她更低地躬下身去，她的声音使他感到悲哀而又慰藉。

——谢谢您。

——不客气，先生。

---

①　乔伊斯没有在公学小教堂里忏悔，在亨利神父面前忏悔，对于他来说，是无法忍受的；他去教堂街一家小教堂忏悔。小教堂一位嘉布遣小兄弟会神父充满同情地倾听了一个少年忏悔所犯的一个成年人的罪孽。

在宗教改革运动以后施行惩戒法期间，爱尔兰天主教徒只能在旷野或小屋中做弥撒，而新教徒却可在教堂中做礼拜。以后，新教徒做礼拜的教堂称作church，而天主教徒做礼拜的教堂称作chapel（小教堂）。

高高的祭台上的蜡烛已经熄灭了，香烛的馨香仍然在黝暗的教堂的中部飘渺。蓄胡须的工友，一脸虔敬的样子，正把一座圣坛的罩盖从边门抬出去，圣器监护司事默默打着手势，有时说几句话，帮助他们抬出去。有一些虔诚的信徒仍然留在教堂里，有的在旁边的祭台前祷告，有的跪在忏悔室旁边的板凳上。他怯生生地走过去，在殿堂最后一排板凳上跪下来，对于教堂的宁谧、肃静和芬芳的阴影心中充溢了感激之情。他所跪的木板狭窄而破旧，跪拜在他附近的人们都是耶稣谦卑的信徒。耶稣也是在贫困中降生的，他曾在木匠铺干活，锯、刨木板，他第一次宣讲上帝的天国，是对穷困潦倒的渔夫讲的，他教导人们顺从、心地谦卑。

他将头枕在手上，希冀他的心变得顺从而谦卑，这样，他就可以和跪拜在他旁边的人们一样，他的祈祷也像他们的一样被上帝所接受。他在他们身旁祈祷，但很难。他的灵魂因为罪孽而变得污浊，他不敢像他们一样以朴实的信赖祈求上帝宽赦，耶稣以上帝神秘的方式将他们——木匠、渔夫、那些干低下活的人们，锯刨树木、耐着性儿修补渔网的人们——召唤到他身边。

一个高个儿的身影从过道走来，准备忏悔的人们开始蠢动起来：在最后的一刻，他急速抬起头来，只见一绺长长的灰白胡须和嘉布遣小兄弟会神父棕色的法衣①。神父走进忏悔间，不见了。两位忏悔者站起，走到忏悔间的两侧，木头滑门拉上，一阵阵喁喁细语搅扰着静谧。

他的血液开始在血管里絮聒，其嘈杂犹如整整一座罪孽的城市从沉睡中被召唤醒来聆听对它末日的裁决。细小的火星和尘埃缓缓沉降下

---

① 嘉布遣小兄弟会为天主教圣方济各会独立分支。方济各会修士着带有光顶风帽的会服，蓄须赤足，生活俭朴清贫。

来，落在人们的屋顶上。他们被发烫的热空气从睡梦中惊醒，开始躁动起来。

滑门啪——一声关上。忏悔者从忏悔室的边门走出来。更远一些的那扇滑门打了开来。一个女人默默地熟稔地跪在刚才那忏悔者所跪的地方。悠悠的喁喁细语又开始了。

他还能离开这小教堂。他只需站起来，迈开腿蹑手蹑脚地走出去，然后飞快地跑啊，跑啊。奔过黝暗的街道。他还能逃离这耻辱。要是不是犯上这一罪孽，而是什么其他可怕的罪债该有多好！ 哪怕是谋杀！细小的火星降下来，落在他的全身，可耻的思想，可耻的话语，可耻的行为。羞耻就像那不断降落的细小的喷火的尘埃将他全身覆盖。要用嘴把它讲出来！ 他的灵魂感到窒息而无助，将不复存在了。

滑门啪一声关上。一位忏悔者从忏悔室远一些的那边走出来。近一些的那扇滑门打开。一位忏悔者从刚才那位忏悔者出来的地方走进去。一阵阵窃窃细语声像蒸汽云雾一般从忏悔室飘逸出来。这是那女人的声音：轻柔的喁喁细语的云雾，轻柔的咕嚅的蒸汽，一会儿哼哼唧唧，一会儿又消失了。

在木扶手的掩蔽下，他谦卑地用拳头击打胸口。他要和其他人以及上帝打成一片。他会爱他的邻居。他会爱创造了他、爱他的上帝。他会和别人一起跪拜、祈祷而感到无上幸福。上帝会俯视他、俯视他们，爱他们所有的人。

做一个良善心谦的人是容易的。上帝的轭甜蜜而轻松。①最好是永不犯罪，永远停留在孩提的岁月，因为上帝热爱小孩，应允他们来到他

---

① 见《新约·马太福音》11：29—30："我心里柔和谦卑，你们当负我的轭，学我的样式，这样，你们心里就必得享安息。因为我的轭是容易的，我的担子是轻省的。"

的身边，降福于他们。犯罪是一件可怕而又可悲的事。但上帝对可怜的罪人，只要他们真诚忏悔，是宽宏大量的。那是一点儿也不错的！ 那就是至善。

滑门突然关上。忏悔者走了出来。下一个该轮到他了。他在惊恐不安中站了起来，懵懵懂懂地走进了忏悔室。

这时刻终于来临了。他在寂静的昏黑之中跪下，抬眼望一下挂在脑袋上的雪白的十字架。上帝可以看得出来他后悔不已。他将和盘说出他所犯的所有的恣尤。他的忏悔会很长、很长。小教堂里所有的人都会知道他是一个怎样的罪人。让他们知道好了。事实就是那样。要是他忏悔，上帝答允宽宥他。他真诚地忏悔。他将十指交叉，向白色的耶稣受难像举起合抱的双手，两眼发黑、浑身颤抖地祷告起来，脑袋前后摇摆，活像行尸走肉，他一边祈祷，一边啜泣起来。

——悔悟！ 悔悟！ 哦，悔悟！

滑门啪——一声推开，他的心在胸中激跳。一位年迈的神父的脸出现在格栅前，没有正视他，托在一只手上。他划了十字，请求神父给他以祝福，因为他犯了罪了。然后，他低下脑袋，在惊恐中吟诵忏悔祈祷。当他念到我最可悲的错误时，他打住了，感到透不过气来。

——离你上次忏悔到现在有多长时间了，我的孩子？

——很长了，神父。

——一个月，我的孩子？

——要更长一些，神父。

——三个月，我的孩子？

——更长一些，神父。

——半年？

——八个月，神父。

他开始忏悔了。神父问：

——从那以后，你记得你干了什么？

他开始忏悔他的罪孽：不做弥撒，不做祈祷，说谎。

——还有别的吗，我的孩子？

发怒、妒忌别人、贪食、虚荣、不顺从等等罪孽。

——还有别的吗，我的孩子？

——懒惰。

——还有别的吗，我的孩子？

没有办法。他嘟嘟囔囔说：

——我……犯了下流的罪孽，神父。

神父没有转过头来。

——和你自己，我的孩子？

——和……别人。

——和女人，我的孩子？

——是的，神父。

——她们是已婚的女人吗，我的孩子。

他不知道。他细细述说他的罪孽，一件又一件，件件令人羞耻的事从灵魂深处抖落出来，他的灵魂像一个疮肿，正在溃烂和流脓，流出来的是一连串污浊的秽事。肮脏的罪孽终于不情愿地流淌出来了。没什么再可说的了。他低下头，完全泄了气。

神父沉默不语。他然后问道：

——你多大了，我的孩子？

——十六岁，神父。

神父用手抚摸脸庞，抚摸了好几次。然后，将前额撑在手上，他将脸贴向格栅，眼睛仍然不直视他，开始缓缓地说起话来。他的声音疲惫困顿而又苍老。

——你很年轻，我的孩子，他说，让我恳请你痛改那罪孽。那是可怕的罪孽。它摧残肉体，戕害灵魂。那是许多罪愆与不幸之源。为了上主，杜绝那罪孽吧，我的孩子。那是不光彩的，也不是一个男子汉应该干的。你不可能知道那卑劣不堪的习惯将会把你引向何处，或者在什么地方让你栽跟头。只要你犯那罪孽，我可怜的孩子，你对于上帝将是一钱不值。祈求圣母马利亚帮助你吧。她会帮助你的，我的孩子。当那罪孽潜进你的心时，向我们的圣母祷告吧。我肯定你会这么做的，是不是？你忏悔了所有的罪孽。我肯定你会这么做的。你现在向上主起誓，承蒙上帝的恩宠，你永远不会再以那邪恶的罪孽冒犯他了。你会向上帝作那庄严的保证的，是吗？

——是的，神父。

那苍老而疲惫的声音像甘雨滴落在他那战抖的焦渴的心田上。多么甜蜜而又悲伤！

——起誓吧，我可怜的孩子。魔鬼让你迷了路。当魔鬼蛊惑你那样糟蹋你的肉体时，将他赶回地狱去吧。——这邪恶的精灵仇恨我们的主。向上帝起誓你将会抛弃那罪孽，那糟透了的、糟透了的罪孽。

泪水和上帝宽赦的光辉使他的眼睛变得蒙蒙眬眬的了，他低下头，聆听那庄严的赦罪文①，看见神父抬起了手，举过他头顶表示宽恕的样子。

——愿上帝降福于你，我的孩子。为我祈祷吧。

他跪下来做告解圣事②，在黝黑的教堂中殿的一隅祈祷：他的祷告从他再次变得纯洁无瑕的心里奔涌而出，往天上升去，就像馨香从雪白的玫瑰花蕊不断散逸出来。

泥泞的街巷充满了欢乐。他往家走回去，感到有一种无形的神明的力量充溢了他的全身，使他的脚步迈得轻松而自如。不管他犯了多少罪孽，他已经忏悔了。他忏悔了，上帝已经宽宥了他。他的灵魂再一次变得美好而圣洁，圣洁而幸福。

要是上帝希望他去死，那死亡该是多么美丽。要是上帝希望他活下去，那生活又该是多么美丽，在上帝的福荫下过一种和平宁静的、循规蹈矩的、宽容的生活。

他坐在厨房的火炉边，因为太幸福了，不敢说出话来。在那时刻之前，他从没体验到生活竟然能如此美好，如此宁静。从用别针别在灯上的翠绿色的方灯罩里射出一圈柔和的光影。在厨房桌上放着一盘香肠和白色的布丁，在柜橱里有鸡蛋。它们是为公学小教堂做完圣餐礼后开早餐准备的。白布丁，鸡蛋，香肠，一杯杯茶。生活毕竟是多么简单而美好！人生在他面前展现了一切的可能。

在梦幻中他睡着了。在梦幻中他起身，发现已经是清晨了。他一边做着白日梦，一边穿过静谧的晨霭向公学走去。

同学们都在那儿，跪拜在各自的位置上。他幸福而羞怯地在他们中

---

① 神父用拉丁语说，"Absolvo te in nominis Patris et Filii et Spiritus Sancti. Amen."（以圣父、圣子、圣灵的名义赦罪你。阿门）

② 告解是耶稣赦免信友领洗后所犯的罪过的圣事。

间跪了下来。圣坛上堆满了散发浓郁芬芳的雪白的花朵；在晨曦之中，在雪白的花丛中，淡淡的烛火就像他的灵魂清澈而静默。

他和他的同学一起跪拜在圣坛前，手提着圣坛罩布，一排溜看上去就像由手组成的栏杆。当他听见神父手持圣体容器①从一个领受圣餐者走向另一个领受圣餐者施圣餐时，他的手颤抖起来，他的灵魂也颤抖了起来。

——Corpus Domini nostri.②

这可能吗？ 他跪拜在那儿，无辜而胆怯；他用舌头长长地舔着圣饼，这样，上帝就会进入他业已清白无瑕的身体。

——In vitam eternam. Amen.③

一种新的生活！ 一种享受上帝福佑、有道德的、洋溢幸福的生活！

---

①　一种类似高脚酒杯样的金属容器，内盛圣体，以在圣餐弥撒上散发。
②　拉丁文："（这是）我们主的圣体。"
③　拉丁文："走向永恒的人生。阿门。"

这一切是真真切切的。这并不是一朝醒来发现不过是梦幻而已。过去的永远过去了。

——Corpus Domini nostri.

圣体容器来到了他的面前。

四

他星期日思考神圣三位一体的奥理，星期一思忖圣灵，星期二考虑守护神，星期三思索圣约瑟，星期四沉思享受上帝至高祝福的祭台圣餐礼，星期五深思受苦受难的耶稣，星期六冥思为主所宠爱的圣洁的圣母马利亚。①

每天清晨，在一个神圣的圣像面前或置身于神秘的氛围之中时，他都使自己的灵魂变得更加神圣。他每每一醒来，便雄赳赳地将每分每秒都用来思考或实践至尊大司祭的思想，做早弥撒。冷冽的清晨的空气磨砺他坚贞的虔诚；当他和寥然可数的几个信徒跪拜在侧圣坛前，就着插着书签的祈祷书②随神父吟诵有声时，他常常抬头瞅一眼那站在两根代表新约与旧约蜡烛中间阴影里的、穿着祭袍的身影，心中纳闷这一切仿佛跪拜在罗马墓窖③的弥撒仪式上似的。

他的日常生活都是在宗教场所度过的。通过向神祇的呼号④和祈祷，他毫不吝啬地为炼狱里的灵魂积攒了由天、四十天、年组成的无数涤罪的世纪；然而，如此容易地获取由于规范的告解圣事而带来的这么神奇般多的涤罪的岁月使他感到精神的胜利，但这并没有完全酬答他祈祷的热忱，因为他永远无法知晓通过为受炼狱之苦的灵魂作代祷他到底帮助减轻了多少俗世的惩罚；他生怕在炼狱的火海中——它与地狱的区

---

① 这表明斯蒂芬在思想上与行动上的皈依。
② 显然，斯蒂芬在祈祷书中插有写着专门为炼狱的灵魂赦罪的祷文纸条。
③ 早期基督徒避难所。
④ 对上帝和圣母马利亚的简短的呼号，如："主耶稣基督，请怜悯我吧！"

别就在于它的火不是永恒不灭的——他的告解圣事不过是一滴水而已，所以，他每天逼迫自己做越来越多遵守上帝诫命之外的善事。

他一天的时间由他现在认为是人生的职责而分割成各个部分，各个部分都以宗教精神力量为其轴心。他的人生似乎离永恒更近了：每一个思想，每一句话，每一个行为，每一个意识都能在天堂发出灿烂无比的反光：有时候，他对于这种即时的回应的感觉是如此真切，感到他的沉浸在宗教信仰中的灵魂似乎像手指一样在敲打一座巨大的现金出纳机的键盘，同时似乎看到他的购物量①不是作为数字，而是作为一根细细的香柱或者一朵娇嫩的花朵，立即在天堂显现出来。

他还常常吟诵念珠祷告，为了在街上散步时也可吟咏，他将念珠折散了放在裤兜里。念珠也变形幻成了各种花冠，这些花儿的结构非常模糊，非尘世所有，似乎既无色也无臭、难以名目。他每天诵读三遍每日必诵的念珠祷告②，希望每吟读一遍就能使他的灵魂在三个神学德行中的一个方面变得更为坚强，在信德方面，他要无限信赖创造了他的天父，在望德方面他渴望救赎他的圣子再来，在爱德方面他要爱使他圣化的圣灵，他通过圣母马利亚，以她那欢乐的、悲愁的、光荣无比的奥理的名义，向天主三位一体每日作三次这三重的祷告。

在一星期七天中的每一天，他还向圣灵祷告祈求圣灵七个德行③中的一种降临于他的灵魂之上，每天从他的灵魂驱赶走一个使他的过去蒙受污垢的致命的罪孽；每天他祈求一个特定的德行，心中充满了信心令德行降临于他身上，虽然他有时纳闷为什么智慧、领悟和知识在性质上要分得如此清晰，以致每一种才能都应该单独祈求。然而，他相信在他

---

① "购物量"，是19世纪90年代在商店收款处贴的一个口号。
② 念珠祷告分为三部分：Pater，Aves，Gloria。
③ 圣灵的七个德行是：智慧、理解、劝导、虔敬、坚忍、知识、对主的恐惧。

未来精神发展的某一阶段，这种狐疑会消失的，到那时他的有罪的灵魂
将摆脱它的脆弱性并受到三位一体中最受上主宠爱的第三位的启示。他
更加坚定地相信这个，并且怀着极大的敬畏之情相信，因为隐形的圣
灵①藏匿于神圣的黝暗与肃静之中，他的象征是鸽子和强劲的风，他是
永恒的、神秘的、秘密的神明，对他犯罪是不可饶恕的②，神父穿上火
舌般鲜红的法袍每年为他像对上帝一样做一次弥撒。

　　当他耽读宗教信仰方面的书籍时，他在心中隐隐约约描摹出了一幅
图景：天父在永恒之中像在镜子中一样默想他那神明的尽善尽美，永恒
地生下了永恒的圣子，而从圣父和圣子中又在永恒之中诞生了圣灵，这
图景多少解释了三位一体中的三位的性质与亲缘关系，他的心还能较为
容易地接受这图景的形象，因为它们威风凛凛而不可理解，然而对于那
简单的说法——在他诞生到这个世界上来之前许多许多世纪，甚至在这
个世界诞生之前许多许多世纪，上帝已经在无限的永恒中宠爱他的灵魂

---

①　原文为 Paraclete，是希腊和拉丁语的"圣灵"。
②　亵渎圣灵的罪过便是不可饶恕的罪。见《马太福音》12：32，《马可福音》3：
　　29，《路加福音》12：10。然而，对不可饶恕的罪从来没有明确界定过。天主教
　　教义认为，对于获取神恩完全绝望，是不可饶恕的。

了——却不太容易接受。

他听到在舞台上和布道坛上庄严地宣说爱与恨的激情，他发现在书中庄严地描述它们，但他心中一直在纳闷为什么他的灵魂却无论在任何时候都无法怀有这样的激情，他也无法强迫自己的嘴唇理直气壮地道出这样的激情来。他常常也短暂地生起气来，但他从来未能使愤懑长久地持续下去，他总是发现自己能从这样的感情中解脱出来，就仿佛他的肉体只是被轻易地剁掉一层外皮而已。他感到有一个细微的、黑暗的、喁喁私语着的东西潜入了他的身子，使他斗然燃起一阵短暂的邪恶的肉欲来：而肉欲还未等及他来抓住它便溜之大吉，使他的心灵变得清澈而冷漠。这似乎是他的灵魂愿意怀有的惟一的爱，而那似乎是他的灵魂愿意怀有的惟一的恨。

既然上帝自己从永恒以来一直以神爱宠爱他个人的灵魂，他不能对爱的现实有任何质疑。随着他的灵魂由于精神知识而得到充实，他渐渐地看到整个世界不过是一个广袤的由上帝的神威与爱组成的对称的表述而已。生活成为一种神赐，为了生活中的每一时刻，每一个感受，即使是望一眼挂在树枝上的一片树叶，他的灵魂都应该赞颂、称谢创造了这一切的上主。对于他的灵魂来说，拥有实在物质的、复杂不堪的世界，除了神威、爱和无所不包的神性之外，已不复存在。在所有的万物中，赋与他灵魂的这种对神的意义的颖悟是如此完整而不容置疑，他几乎无法理解他到底为何还要继续活下去。然而，那正是神的宏旨的一部分，他不敢怀疑其用途，特别是他，一个比任何人都深地、邪恶地犯了罪、玷污了神的宏旨的罪人。由于意识到那永恒的、无所不在的、至美至善的存在，他的灵魂变得驯顺而自卑，它再次承载起虔敬、弥撒、祈祷、圣礼和禁欲的重任，自从那之后，他深思了爱的伟大奥理，第一次感到在他身体里涌动一种像灵魂本身新生的生命或德行一样的暖流。对神圣艺术的欣喜而表现出来的颠狂，高举双手，愕然张开嘴唇，眼睛一副神魂颠倒的样子，对于他来说，变成了祈祷中灵魂的形象，在灵魂的造物主面前感到屈辱而微不足道。

有人预先警告过他精神狂喜可能带来的危险，虽然他从不允许自己拒绝哪怕是最微末的虔敬活动，通过时时的禁欲和苦行以救赎罪恶的过去，但却不求获得充满危险的圣洁。他将他所有的感官都置于严厉的管束之下。为了抑制视觉感官的欲念，他坚持在街上散步时只看地面，目不斜视，更不往后瞧。他躲避一切有可能与女人青睐相遇的机会。时不时他也有做不到这一点的时候，一股突如其来的意志的力量唆使他猛然抬起眼来，犹如写了一半句子而合上书时那样。为了抑制他的听觉的欲念，他不去设法疗治他业已嘶哑的喉咙，他既不唱歌又不吹唿哨，遇到在磨刀石上磨刀、用火铲掏煤渣和用树枝抽打地毯时发出令人痛苦、刺激神经、叫人烦躁不堪的噪音时，他也从不回避。抑制嗅觉的欲念更为困难一些，因为他发现自己对于异味并没有本能的反感，无论是外部世界诸如粪便和焦油的臭味还是他自己身上的酸味，关于他身上的酸味他做了许多怪异的比较和实验。他最终发现使他的嗅觉感觉反感与腻味的惟一味儿是一种像长期搁置而发酸的小便一般的腐臭的鱼腥；只要有可能，他就强迫自己闻这种令人厌嫌的味儿。为了抑制口腹之欲，在餐桌上他实行严格的自制，一丝不苟地遵守圣教会所有的斋戒，千方百计使自己分心，不去注意不同菜肴的味道。正是在抑制触觉方面，他表现出了最大的独创性和发明才能。他睡眠时从不有意识地辗转翻身，坐时，保持最不舒服的姿势，耐心地忍受一切奇痒或疼痛，从不烤火，除了诵读新约福音时，在整个弥撒期间他坚持跪在板凳上，洗脸时，他不擦干脸和脖子上有些地方，让冷空气刺戟他的肌肤，只要他不做念珠祷告，他就像赛跑运动员一样将手僵硬地置于身侧，从不放在口袋里或背叉在身后。

他不再有任何蛊惑诱使他去犯致命的罪孽了。然而，他不无惊讶地发现在他实践了这一切繁复的虔敬和自我抑制的行为之后，他仍然会犯充满孩子气的、毫无意义的过失。他祈祷和遵守斋戒，却未能使他在听到母亲打喷嚏或在做宗教仪式被人打扰时压住怒火。要控制住使自己发泄光火的冲动需要极大的意志的力量。他重又忆起他的老师常常因为琐碎的小事而发火的形象来，歪扭着嘴巴，紧闭着嘴唇，一脸通红，虽然他一直非常谦恭自律，但这样一比较，心中还是感到十分的沮丧。对于他来说，将他的生活和其他人的生活洪流融合在一起是比守斋戒或祈祷更为艰难的事，在这方面，他是常常失败，连自己也很不满意，这终于在他灵魂中造成一种精神枯竭的感觉，使他更为怀疑和犹豫。他的灵魂经历了一段痛苦忧伤的时期，在这段时期中，圣事本身变成了枯竭的源泉。他的忏悔成为使细小的尚未悔罪的过失得以逃避的通道。他领受实实在在的面包和酒没有给他带来像有时在圣餐礼结束时由于与基督的精神沟通而带来的童贞的忘我的欢乐。在这些圣餐礼上他所用的书是一部由圣利古奥里撰写的很旧、很破的书①，字迹业已模糊，书页变得干枯而焦黄。诵读这些书页在他灵魂里似乎撩起一个业已消褪的充满热烈的爱和对热烈的爱作出童贞回应的情愫，在这些书页里雅歌的形象②和领受圣餐的信徒的祈祷交织在一起。一个几乎无法听见的声音似乎在抚慰灵魂，告诉她③许多英名和荣耀的业绩，恳请她起来，就像去赴结婚典

---

① 这很可能是指意大利道德神学家利古奥里著的《救赎之路》或《准备死亡》，这两本书在耶稣会会社手册中曾作推荐。而下面所引《雅歌》内容表明它们引自利古奥里的《圣餐的天惠》。

② 在这段中的雅歌形象均取自《旧约·雅歌》。

③ 在此处，她指灵魂。

礼一样，并远走高飞，恳请她往下观望，一个从亚玛拿山巅、从豹子山岗来的佳偶正在那里①；而灵魂也以几乎无法听见的声音回答。全然自暴自弃了：Inter ubera mea commorabitur②。

这种自暴自弃的想法对于他的心有一种危险的蛊惑力，他感到他的灵魂重又充斥了挥之不去的肉欲的声音，肉欲的呼声在他祈祷和默想时又在他耳边絮聒不止了。这使他强烈地意识到只要他稍许松懈纵容一下，在转念之间他便可以使他所做的一切前功尽弃。他感到似乎有一股潮流正奔涌向他赤裸的双足，期盼着那潮水初次轻柔地、怯生生地、悄没声儿地触摸一下他那发烧的肌肤。然而，几乎就在触摸的一刹那间，几乎行将要罪孽地顺从纵容的时候，他发现自己已经站到远离潮水的干燥的岸上，被一阵突如其来的意志力或者一声遽然的对神明的呼号所拯救：当他瞧着潮汐银白色的水线远远消退，然后又缓缓地奔涌向他的双足时，他明白他没有弃绝自己，也没有使一切前功尽弃，这时，一阵新的自制力量与心满意足的震颤便袭上了他的心头。

当他这样经过多次逗引诱惑的潮流后，他感到不安起来，心中纳闷他一直不想失去的上帝的恩泽是不是正一点点地在他身上被蚕食殆尽。对于自己固若金汤的信念渐渐动摇起来，而代之以的是一种朦朦胧胧的忧惧，惟恐自己的灵魂已经不知不觉地堕落了。重新找回享受上帝恩泽福祉的心境是很不易的，他总是告诉自己在每一次诱惑来临时他便向上帝祈祷，他所祈求的福荫准会赐予他的，因为上帝必须这样做。诱惑发生的频仍，其诱惑力之强烈终于使他明白他所听说的关于圣徒审判的真

---

① 见《旧约·雅歌》2：13；"我的佳偶，我的美人，起来，与我同去。"
② 拉丁文："让他在我的两乳间安卧。"见《旧约·雅歌》1：13。而中文《圣经》却译为："我以我的良人为一袋没药，常在我怀中。"避开了"双乳"的形象。

实性。频仍发生的势不可挡的诱惑证明了灵魂的城堡倾颓了，魔鬼前来侵扰使它毁于一旦。

当他忏悔自己的疑惑，怪罪自己在祈祷时有些许的分心，在灵魂中偶尔为细微的小事而生气，在说话或行为中有些任性时，忏悔神父每每要求他讲述一下往昔生活中犯下的罪孽，然后再给他赦免。他重又以谦恭和羞耻之心重述了罪孽，重又忏悔了一次。当他想到无论他多么圣洁地生活，无论他获得了什么德行与完美的道德规范，他总是无法完全摆脱那罪孽，他感到卑贱而羞辱。在他心中总是有一种不安的负疚感：他坦白、忏悔、被赦免，然后再坦白、忏悔，再被赦免，永远没完没了。那由于惧怕地狱而匆匆所作的初次的忏悔也许不合教规？ 也许他只是全神贯注即刻要降临的末日，而没有对自己的罪孽表现出真诚的痛悔？但是他知道最可靠的证据证明他的忏悔是符合上帝意旨的，他真诚地幡然悔悟他的罪孽表明他已经悔过自新了。

——我已经改邪归正了，是吗？ 他诘问自己。

*　　　　　*　　　　　*

院长①站在窗户的凸口处，背对着天光，胳膊肘靠在棕色的横百叶窗上，当他说话和微笑时，手中缓缓地一会儿垂下、一会卷起另一扇百叶窗的绳子，斯蒂芬站在他面前，一会儿瞅一眼屋顶上正在渐渐消褪的漫长的夏季的日光，一会儿瞅一眼神父手指缓慢的熟练的动作。神父的脸庞完全隐没在阴影之中，然后逐渐消失的天光却衬托出他深陷的太阳穴和头颅的轮廓来。当神父用时而严肃时而诚挚的口吻谈论起毫无意义的话题，诸如刚结束的假期啦，天主教耶稣会在国外创办的学院啦，教

---

① 斯坦尼斯拉斯·乔伊斯证实这段对话是真实地发生过的。

师的调动啦等等时，他只凝神细细琢磨神父讲话的口音和间隔。那严肃而诚挚的声音纯熟地讲述着这一切，每当他停顿时，斯蒂芬觉得他责无旁贷，以尊敬的口气询问几个问题，以使谈话能延续下去。他知道这一切不过是前奏而已，真正的好戏还在后面。自从院长召见他的通知送达他那里，他心中一直在捉摸通知的含意；当他端坐在公学会客室里等待院长来临的那漫长而忐忑不安的时光里，他的眼光从墙上一张面容严肃的肖像移向另一张，心中在筛选一个个猜疑，最后院长召见他的含意对于他几乎十分清晰无误了。正当他巴望有什么事缠住院长，使他不能前来时，他听见门把叭———一下转动一下，接着便是法衣的窸窣声。

院长谈起了多米尼克①和圣方济各修会教派，谈起了圣多马和圣波拿文都拉之间的友情。他心想那嘉布遣小兄弟会的法衣未免太……

斯蒂芬的脸回应着神父宽容的微笑，他不急于表述自己的思想，于是只轻轻地、踌躇地翕动了一下嘴唇。

——我相信，院长说，在嘉布遣小兄弟会僧侣中就有一种想法，废除这种会服，而仿效其他圣方济各修会成员的做法。

——我想他们会在修道院里保留它？斯蒂芬说。

——哦，当然，院长说。在修道院里穿这种袈裟挺好，可是在大街上，我真的希望他们不要穿它，对不对？

——我想，穿那袈裟真够累赘的。

——当然累赘，当然啦。想想看，当我在比利时时，我总看见他们将袈裟下摆抛在膝盖上无论什么天气骑着自行车到处乱跑。Les jupes（法语：裙子），他们在比利时这么称它。

他将元音发得很轻，斯蒂芬听不清。

———

① 圣多米尼克（1170—1221）西班牙僧侣。

——他们称它什么？

——Les jupes。

——哦！

为了回应阴影里神父脸上的微笑，斯蒂芬也微微一笑，其实他根本没有看见那微笑，只是在听到那低沉的、小心翼翼的口音时，那微笑的形象或影子似乎迅疾地掠过他的心田。他宁静地凝视着身前正在渐渐消隐的天色，夜色的凉意使他感到快乐，他庆幸那淡淡的一抹金黄色的暮霭掩饰了他脸颊上轻微的烧灼的红晕。

一提起女人穿的衣服的名称，一提起女人做衣服所用的某种柔软的纤细的质料，他的心里总是会陡然升起一阵纤微的象征着罪孽的香气来。在孩提的时候，他将套马用的缰绳想像成柔和光滑的丝绳，后来，当他在斯特拉布罗克第一次触摸到油腻腻的皮辔头时，他惊呆了。当他的颤抖的手指初次触摸到女人长统袜那脆嫩的质料时，他也感到震颤不已，因为除了反映或预言他自己的处境的东西以外，他所读的一切全然遗忘殆尽，而只是在吟诵轻柔的诗文或触摸玫瑰花般绵软的东西时，他才敢于想一下婀娜翩然的娇嫩的女人的灵魂或身子。

神父在发这法语短语时耍了点儿小花招，他明白神父是不应该如此轻率地谈论这一话题的。神父在说这法语短语时故意将音量压得很低，他感到那阴影里的一对眼睛正在打量他。不管他曾听说或读到过什么关于耶稣会修士狡猾奸诈的情况，他一概都是坦诚地置之不理，因为他自己从未体验到这种狡猾奸诈。他的老师们，甚至包括那些对他毫无魅力的老师，在他看来都是聪颖而严肃的神父，身强力壮而兴高采烈的督导。他将他们想像成一群生气勃勃地用冷水洗涤身子、穿干干净净的冰冷的亚麻布衣的人们。在他整个在克朗哥斯和贝尔维迪尔公学的年月里，他只受到过两次鞭笞，虽然那两次鞭笞纯属冤枉，他知道他每每是可以躲过惩罚的。在所有这些岁月里，他从未听见老师中有任何人说一句轻率无礼的话：正是他们向他传授了基督的教义，勉励他过一种遵从诫律的生活，当他犯了可悲的罪孽时，正是他们重新将他引至上帝的恩宠与福泽之中。当他在克朗哥斯公学还是一个乳臭未干的傻小子时，他们的存在便使他卓尔不群，当他在贝尔维迪尔公学保持无与伦比的地位时，他们的存在更使他卓荦冠群。这种感觉时时存于他的心头，一直陪伴他到最后毕业的那一年。他从没有叛逆过一次，也从不允许胡作非为的伙伴将他从默默顺从①的习惯中诱惑开去：即使当他对某一位教师的言词存有疑惑时，他也从不公开地表述出他的困惑。最近，他们有些言论在他听来显得有点孩子气，使他感到一种遗憾和怜悯，仿佛他正在从一个业已习惯的世界中引退出来，最后听到它的语言似的。一天，当同学们在小教堂附近的棚顶下聚集在一位神父周围时，他听见神父说：

——我相信麦考利勋爵可能是一个一生从未犯过致命罪孽的人，也就是说，从未故意犯过致命罪孽的人。②

有学生问神父维克多·雨果是不是一位伟大的法国作家。神父回答说，维克多·雨果反叛教会之后的写作没有他皈依天主教时一半好。

——但是许多著名的法国文艺评论家认为，神父说，虽然维克多·雨果是一位伟大的作家，但他的法国风格没有路易·维伊奥③的纯粹。

神父的比喻使斯蒂芬感到脸红，那飞上双颊的淡淡的红晕很快又消失了，但斯蒂芬仍然将双眼平静地凝视在毫无生气的天空上。然而，在

---

① 圣依纳爵认为对于信仰耶稣的信徒来说，顺从是最大的德行。

② 托马斯·麦考利(1800—1859)，英国作家、政治家。在讨论麦考利的谈话中，神父知识的贫乏便暴露无遗，因为麦考利一生并不是无懈可击的。他反对英国圣公会和罗马天主教。

③ 维伊奥(1813—1883)，法国著作家，教皇至上主义者的领袖。

他的心目前仿佛有一阵阵令人焦躁不安的困惑在到处飞飏。遮蔽着的记忆迅疾地在他眼前一闪而过：他辨认出了有些情境与人物，他意识到他当年未能感知这些情境与人物所包含的至关重要的意义。他看见自己在克朗哥斯公学操场上走来走去瞧着体育比赛，就着他的板球帽吃药蜀葵果酱条。有些耶稣会修士和女人正沿着自行车道在散步。遥远的当年在克朗哥斯公学流行的口头语重又在他心灵中回响起来。

当他在寂静的会客室里正凝视细听那遥远的回响时，他突然意识到神父正以另一种迥然不同的口吻在跟他说话。

——我今天叫你来，斯蒂芬，是因为我想跟你谈一个很重要的问题。

——是，先生。

——你有使命感吗？

斯蒂芬启开双唇想说有，但刹那间打住了。神父等待着答话，并说：

——我是说，在你心灵深处，在灵魂里，是否有想加入天主教耶稣会的愿望。想想吧。

——我有时候想到过，斯蒂芬说。

神父让百叶窗绳掉坠到一边，两手相抱，严肃地将下巴枕在手上，自言自语地说道：

——在像我们这样的公学里，他冗长地说，总有那么一个、二个或三个孩子，上帝要召唤他们进入宗教生活。这些孩子与他们的伙伴相比，在对天主的虔诚方面卓然出众，他们为同学树立了很好的榜样。会社里的其他同学敬重他们，也许会选举他们为他们的班督导。你，斯蒂芬，就是这么一个学生，圣母马利亚会社的班督导。你也许就是这个公学的一名学生，上帝要召唤他到他身边服务。

一种强烈的自豪感，加上神父凛然严峻的口吻，使斯蒂芬的心急跳起来。

——领受那召唤吧，斯蒂芬，神父说，是万能的上帝所能赐予一个人的最大的荣誉。在这世上，没有任何国王或皇帝能拥有上帝的祭司那样的权力。在天堂，任何天使或天使长，任何圣徒，甚至圣母马利亚都没有上帝的祭司那样的权力：给予天国钥匙的权力①，约束人不要犯罪，犯了罪孽赦免人的权力，驱邪祛魔的力量，从上帝的臣民身上驱赶左右他们身心的魔鬼的力量，正是这种力量，这种权威使天堂至高无上的主降临于圣坛，藏形于面包与葡萄酒之中。这是一种何等威严的力量，斯蒂芬！

当他聆听着这洋溢着自豪之情的演说，深悟到它回响着他自己的洋溢着自豪之情的静思默想，一阵红晕重又飞上斯蒂芬的脸颊。他曾经多少次将自己想像成一名神父，平静而谦卑地使用那使天使与圣徒都肃然起敬的可怕的权力！ 他的灵魂喜欢偷偷地耽于这样的默想之中。他将自己想像成一个年轻而沉默庄重的神父，每每迅疾地步进忏悔室，步上圣坛的台阶，供香，跪拜，毫无表情地完成神父应该做的一切礼仪，这些礼仪使他感到高兴，因为它们与现实生活相似而又不似。在他所想像的那种冥冥的生活中，他已经开始模仿起他曾经细加注意的不同神父的讲话的口吻与手势。像某一位神父那样侧着跪拜，像某一位神父那样只是轻轻地那么摇一下香炉，像另一位神父那样，在给教徒祝福之后转身回到祭坛时，那无袖外套潇洒地飘散开来。在他冥想的这些朦朦胧胧的情景中最使他感到高兴的是他只是处于次等人物的地位。在司祭神父的

---

① 见《新约·马太福音》16：19："我要把天国的钥匙给你，凡你在地上所捆绑的，在天上也要捆绑，凡你在地上所释放的，在天上也要释放。"

尊严面前他畏葸不前，因为一想到所有这些毫无色彩与生气的盛大的仪式由他个人的人格最终来体现，一想到在这礼仪中他应该肩负如此明晰而终极的职责，他就感到不悦。他希望承担略微次等的圣职，在大弥撒时穿上助祭祭服，站在远离圣坛的地方，不为人们所注目，肩膀上披着披肩，披肩里手持圣餐盘①，或者当圣餐结束后，作为副主祭，等着金色的主教布法衣，站在主祭神父下面的台阶上，两手交抱，面对着众人，吟唱 Ite, missa est（拉丁文：走吧，弥撒结束了）②。如果说他曾经幻想过自己作为主祭神父主持祭礼的话，那情景不过如他孩提时的弥撒书里的图画一般，教堂里除了圣餐天使之外寥无一个使徒，圣坛光溜溜的，侍祭和他一样一脸的孩子气。只有在毫无生气的祭事或圣事礼仪中，他的意志才似乎被召唤去面对现实：这部分是因为在这些祭事和圣事中没有那种既定的礼仪程式，无论他用沉默来掩饰愤怒或骄傲，还是他因为想拥抱什么而不能感到痛苦，既定的礼仪程式每每使他感到无所作为。

　　他怀着沉默的崇敬之情倾听着神父的请求，从神父的话语中，他更加清晰地听到一个声音，那声音呼唤他走近去，要给予他神秘的知识和神秘的权力。他会了解什么是西门的罪孽③，什么是不可饶恕的反对圣灵的罪孽。他将知晓其他人、受孕和生来就是神谴的孩子们所不可能知道的隐蔽的事情。他将在忏悔室在阴暗下来的小教堂的令人羞辱的氛围中听到女人或姑娘对着他耳朵的喃喃细语，知道其他人的罪孽、罪恶的期盼、

---

① 在弥撒或圣餐仪式上圣餐盘里盛放面包。

② 当吟唱"走吧，弥撒结束了"时，回答"Deo Gratis（感谢上帝）"。这对话在一般信徒看来很有点滑稽，但斯蒂芬却没有这种幽默感，因为他全然沉浸于上帝的威严之中了。

③ 见《新约·使徒行传》8：9—24："有一个人名叫西门，向来在那城（撒玛利亚）行邪术，妄自尊大，使撒玛利亚的百姓惊奇。西门看见使徒按手在百姓头上，便有圣灵赐下，就想拿钱从使徒处买这权柄。彼得说，你的银子和你一起灭亡吧。"西门被认为是"第一个异端分子"、"异端邪说之父"。

罪恶的思想和罪恶的行为：并且，由于他施了按手礼①，他们便神奇般地得到赦救，他的灵魂则不会因此而受到玷染，重又归于圣坛洁白的宁静之中。他用手拿起、掰开圣饼，为赦免罪孽而按手礼，但罪孽不会因此而滞留在他手上，也不会滞留在他用以祷告的嘴唇上，使他吃喝，不分辨是主的身体而吃喝自己的罪。②他将洁白无瑕而毫无罪孽，保持他的神秘的知识和神秘的权力：照着麦基洗德教派，他将永远为一位祭司。③

——明天早晨，我将为你主持一个特别的弥撒④，院长说，万能的上帝将向你显示他的圣旨。让你，斯蒂芬，对你的神圣的庇护圣徒，那第一个殉道者⑤，作九日祈祷，你的神圣的庇护圣徒是得到神示的，他会祈求上帝启蒙你的心灵。但是，你必须心中十分肯定，斯蒂芬，你有一种使命感，因为日后你再发现你并没有使命感，那将是非常可怕的。请记住，一旦当上神父，你就永远是神父了。教义问答集教导你，为神父就职而举行的圣餐礼，像有些圣礼一样，是只能举行一次的⑥，因为它深深地、不可磨灭地铭刻在灵魂上。在事前，而不是事后，你要好好斟酌权衡。这是一个庄严的问题，斯蒂芬，因为在这个问题上也许维系着你永恒灵魂的救赎。让我们一起向上帝祈祷吧。

他打开那沉甸甸的大厅的门，伸出手来握住斯蒂芬的手，仿佛斯蒂芬已经是他精神生活的伴侣了。斯蒂芬走到外面台阶上的宽阔的平台

---

① 见《新约·使徒行传》6：6："叫他们站在使徒面前，使徒祷告了，就按手在他们头上。"主教将手按在信徒头上，就意味着圣灵的神恩就降临于此人的身上。
② 见《新约·哥林多前书》11：29："因为人吃喝，若不分辨是主的身体，就是吃喝自己的罪了。"
③ 见《新约·希伯来书》7：21："至于那些祭司，原不是起誓立的，只有耶稣是起誓立的，因为那立他的对他说，主起了誓决不后悔，你永远为祭司。"
④ 即一种特别的弥撒，意在祈求上帝在斯蒂芬面前显示他的圣旨。
⑤ 指第一个殉道者圣斯蒂芬。（《圣经》中译为司提反，耶路撒冷基督教会执事。）
⑥ 和圣餐礼一样，其他圣礼在人一生中只能举行一次的有：洗礼、坚信礼和婚礼。可以多次接受的圣礼为：忏悔式、圣餐礼和涂油礼。

上，迎面扑来一股温馨的夜气。在前往菲德莱特教堂①的路上，有四个年轻人手挽着手，摇晃着脑袋，按着领头人六角手风琴清脆轻快的旋律大步向前走。就像猛一下子听到音乐经常感觉的一样，那音乐霎那间飘进了他充满奇思异想的心灵之中，毫无痛苦地、悄没声儿地将所有这些奇思异想化解掉，犹如一阵突如其来的潮头将孩子搭起的沙塔一下子横扫得荡然无影一样。他对着薄暮微微一笑，抬起头望着神父的眼睛，当他看到那张脸映着渐渐消隐的沉郁的天光，他缓缓地将手缩了回去。他一直默默地、不太情愿地让那精神生活的伴侣握着他的手。

当他步下台阶时，他脑海里存留的惟一印象便是那张在公学校门回映沉郁的渐渐消隐的日光的面具，这张面具将令他困惑不安的自我臆想的任神职的圣餐礼化解殆尽。严峻的公学生活的阴影掠过他的心头。在前面等待他的将是一种严肃拘谨的、有规律的、毫无激情的生活，一种毫无物质忧虑的生活。他心中纳闷，他将如何度过修道士见习期的第一个夜晚，第二天在宿舍醒来时他会多么忧郁而寡欢。他重又闻到克朗哥斯公学长长的走廊令人不悦的味儿，他又听到了燃烧的煤气灯发出的小心翼翼的咝咝声。他身上的不安与躁动立刻开始向各处扩散开来。接着，他的心发疯般地狂跳起来，一阵阵刺耳的含糊不清的话语冲击着他业已考虑成熟周到的思想，使它们也变得混乱不堪起来。他的肺张开，继而又沉下去，仿佛他正在吸入一口温暖的、湿润的、飘渺不定的空气，他重又闻到了飘荡在克朗哥斯公学浴室停滞不动的泥煤色的澡水之上的那温暖而湿润的空气。

由于回忆所唤起的本能，比任何训教与虔诚更加强烈，在他身上随

---

① 一座基督教长老会教堂，位于拉特兰广场，与大丹麦街成直角相交，与贝尔维迪尔公学相距一个很长的街区。

着离那生活愈益接近而变得越来越强劲，这是一种微妙的敌视的本能，使他不再去默认什么。那种令人不寒而栗的、严谨不紊的生活使他感到厌恶。他看到自己在清晨的料峭之中起身，和别人一起列队前去做早弥撒，无法用祈祷来克制时时感到的令人昏晕的恶心。他看见自己与公学的神职人员坐在一起用膳。那种使他不愿在一个陌生的地方吃喝的根深蒂固的羞赧到哪里去了呢？ 那种总是使他认为自己在任何方面都与众不同的骄矜到哪里去了呢？

可尊敬的耶稣会神父斯蒂芬·德达罗斯。

他在新生活中行将赋有的名称跳入他的眼帘，然后在心中见到一张无可名状的脸，或者说一张具有无可名状的脸色的脸。那脸色消隐下去，然后又变得浓重起来，就像浅红砖色一样变幻色泽。难道那不是他每每在寒冷的冬天的清晨在神父刚修刮干净的腮帮上所见到的那种粗糙的浅红色吗？ 这脸庞没有眼珠，愁眉不展，虔诚之至，点缀着胀红的怒色，一眼就可以看出是硬压住的。这不正是那耶稣会修士，有的同学称他为尖瘦脸，有的同学打诨叫他狡猾的坎贝尔①的脸吗？ 难道他心中的幽灵不正是这张脸吗？

那时，他正走过加德纳大街耶稣会会所②，心中朦朦胧胧地纳闷如果他加入了耶稣会，他将坐在哪扇窗前。然后，他又忖量他为什么要这么含糊不清地纳闷，他的灵魂离他迄今为止一直想像是她的圣所的地方有多么遥远，他揣摩如此多年的自律和顺从对于他的控制是多么的脆弱，只要他做一件断然而无可挽回的事，便会在现世和在永恒中永远结束他自由的生活。院长对他所说的关于教会的令人骄傲不已的权利和神

①　即耶稣会修士里查德·坎贝尔，贝尔维迪尔公学教师。
②　与圣方济各·沙勿略教堂相邻。

父的圣职所带来的神秘性与力量的说教又懒洋洋地在他记忆中回响起来。他的灵魂已无意去聆听和欢呼院长的讲话，他知道他所倾听的院长的劝勉现在已成为一个无聊而刻板的故事而已了。他永远不会作为神父在圣龛前摇晃香炉。他的命运是要躲避任何社会性的或宗教性的派别。神父的劝勉所包含的智慧并没有真正打动他。他注定要与众不同地领会他自己的智慧，或者在世界各种陷阱中周旋，自己来领会别人的智慧。

世界上各种陷阱便是它那诱惑人犯罪的路。他会堕落。他还没有堕落，但他会默默地窦那间堕落的。要不堕落太困难、太困难了：他感受到他的灵魂正默默地在往下滑去，正像它总会那样的，掉坠下去，堕落下去，虽然还没有掉入泥坑，还没有完全堕落，但总要堕落的。

他穿过托尔卡河①上的桥，冷冷地望了一眼在火腿形穷人小屋聚居区中间业已褪色的浅蓝的圣母马利亚圣龛像一只鸡一样兀立在一根木杆上。他趄向左边，沿着一条小巷一直走回家。他闻到了从河边高地菜园里飘来的腐败的白菜叶淡淡的酸臭味。当他想到正是他父亲家里的杂乱无章、管理不善和混乱以及毫无生气的生活占有了他整个灵魂，他微微笑了起来。当他想到他家屋后菜园里那个绰号称之为盖帽儿的孤独的农夫时，他发出了短短的略略的笑声。在停顿了一会儿之后，一想到那盖帽儿干活的样儿，他每每要——找准天空的四方，然后再不无遗憾地将铲子铲进土地里去，斯蒂芬便不由自主地又略略笑了起来。

他推开门廊无闩的门，穿过光溜溜的没有铺地毯的门道，走进厨房。一群弟妹正围坐在餐桌周围。茶差不多快喝完了，第二道茶的底脚仍残留在权充茶杯的玻璃缸和果酱罐的底上。桌上丢满了加糖面包的面

---

① 乔伊斯在德拉姆孔德拉路米尔伯恩巷的家距托尔卡河不远。在都柏林北区，它称为托尔卡河，在南区，它则叫做多德尔河。米尔伯恩巷是过桥后德拉姆孔德拉路第一条往左拐的叉路。

包皮和面包屑，面包皮和面包屑因为洒泼了茶水而变成棕黄色的了。桌面上到处是一摊摊茶水，一把象牙柄业已破损的小刀正插在一张半圆馅饼的中间，馅饼已被吃得不成样子了。从窗户和敞开的门里泻进来的薄暮忧郁的宁谧的浅蓝色的光充溢全屋，默默地消融掉斯蒂芬心中突然感到的自责与悔恨。弟妹们所不能得到的一切都毫无保留地给予了他，家中的长子：从黄昏时分宁静的光中，他可以看出他们的脸上并无任何怨恨之色。

他在他们桌边坐下，问爸爸妈妈到哪儿去了。有个小不点儿的回答道：

——去那个瞧那个房子了。

又要搬家！在贝尔维迪尔公学有个名叫法龙的同学①总是一脸傻笑地问他为什么他家老挪窝儿。当他似乎重又听见法龙的傻笑声，他的眉宇很快皱了起来，露出一种轻蔑的神色。

——要是我可以问的话，我们为什么又要搬家？

还是这位妹妹回答道：

——因为那个房主那个赶我们那个走。

他最小的弟弟②在壁炉的另一头开始唱起《宁静的夜晚》这支歌。③其他弟妹也逐一接着唱起来，俨然像一个完整的合唱班。他们会

---

① 这是乔伊斯众多的贝尔维迪尔公学同学中惟一点了真名的人。
② 乔伊斯最小的弟弟是乔治，生于1887年。如果斯蒂芬的小弟弟也是这年生的话，他当时便应该9岁。
③   宁静的夜晚
  在宁静的夜晚，
    在坠入梦乡之前，
  美好的回忆常常
    唤起昔日的时光；
  那少年时代的笑和泪，
    以及当年的爱。

这样一个小时一个小时地唱下去，唱一支歌又一支歌，一支无伴奏合唱曲又一支无伴奏合唱曲，只有当最后一道苍白的天光从地平线上消失，第一片黑沉沉的夜云飘上来，黑夜降临时，他们才会停息。

他聆听着他们歌唱，迟疑了一会儿，然后他也加入了合唱。当他聆听他们歌唱时，他感到在他们脆弱的、清新的、纯洁无邪的嗓音里隐含着一种困顿与疲惫，心中不禁隐隐痛起来。甚至在他们开始踏上人生之前，他们已经对人生的道路感到疲乏了。

他听见厨房里的合唱和无数代孩子合唱永无止境的回音回响在一起，而变得越来越嘹亮起来：他听到在所有这一切的回响中有一个不断重复出现的疲惫与痛苦的声音。所有的人似乎在走上人生之路之前就感到疲乏了。他记得纽曼在维吉尔①支离破碎的诗行中也听到了这个声音像自然本身的声音一样，表述了痛苦、疲惫与对美好事物的想望，这正是每一时代她的孩子们的体验。

＊　　　＊　　　＊

他不能再等待下去了。

从拜伦酒吧门口到克朗达夫教堂②大门，然后又从克朗达夫教堂大门到拜伦酒吧门口，他这么来回缓缓地踯躅了许久，小心翼翼地举步走在人行道垫石的方格里，步伐的节奏正好与诗歌的节律合拍。自从父亲和家庭教师丹·克罗斯比走进去询问关于入大学③的事儿已经过去整整一小时了。在这整整一小时中，他踅来踅去，等待着：但他不能再等待

①　维吉尔(公元前70—前19)，罗马最伟大的诗人。著有民族史诗《埃涅阿斯纪》。
②　教堂位于克朗达夫路上，距通往布尔(公牛)岛的桥不远。在爱尔兰文中，克朗达夫意为"公牛之地"。
③　乔伊斯于1898年6月离开贝尔维迪尔公学，9月进入都柏林大学学院。

下去了。

他斗然间转身走向布尔岛①，急速快步地走去，惟恐父亲尖厉的哨声将他召回去；他很快拐过了警察营房附近的弯道而变得十分安全了。

是的，他母亲并不赞同这一想法，他从她那不安的沉默中看出来了。然而，她的不信任感比父亲的傲慢更加刺痛他的心，他冷冷地想道，他如何严谨地遵循着宗教的一切礼仪，在她眼中他的信仰正在成熟、坚定起来，尽管信仰在他灵魂中越来越淡薄了。一种隐约的对立情绪越来越强烈地蓄积在他的身上，对她的不忠像一片云一样遮蔽了他整个的心；当对立情绪烟消云散，他的心灵重又变得沉静而饱含对她的责任感之后，他隐隐约约地、毫不遗憾地感到他们的生活应该悄没声儿地分离开来了。

大学！这就是说，他已经战胜了孩提时代各种各样守护神的挑战了，他们把守着他孩提时代的各道关口，竭力将他置于他们的影响之下，服从他们，按他们的愿望生活。自满自足之后感到的自豪像一排漫长而缓缓渐升的浪头一样将他抬将起来。他生来就要为之服务、但从未见到过的目的引导他从一条看不见的道路逃遁：它现在又一次召唤他，他又将开始新的冒险。他仿佛听到了激越的音乐，跳跃到一个全音，然后滑向 D 大调，升到一个全音，又降至 C 大调，犹如分三叉的火焰，从午夜的森林，一团火紧接着一团火，发疯般地忽高忽低地往上喷吐。那是一首小精灵序曲，没有尾声也没有固定的程式；当音乐变得越来越铿然高昂、越来越急遽，而火焰的跳跃已不合拍时，他仿佛听到在树枝底下和青草里有野兽在奔跑，它们的脚蹄拍打着叶片，像雨滴一样，发出飒飒声。它们的脚蹄，野兔的与家兔的，公鹿的、雌鹿的与羚羊的，轰

---

① 布尔的全名应为北布尔岛。这是一个沙洲，从利菲河口北部一直延伸到豪斯。

然奔越过他的心灵，然后一切悄然无声，他不再能听到它们了，只记得纽曼一句值得骄傲的结尾：他的脚犹如公鹿的脚蹄，长在永恒的手臂之下。①

那朦胧的形象所包含的自豪感使他重又想起他业已拒绝的圣职的尊严。在他整个的孩提时代，他一直在琢磨想望那圣职，他每每认定那就是他的归宿，然而当真的需要他顺从那召唤时，他却顺从了恣意妄为的本能而加以拒绝了。时机已经错过了：他的身子再也不会涂上圣职授任的膏油了。他已经拒绝了。为什么？

他从多利蒙特②的路堑向前往海边的路，当他步上单薄的木桥③时，感到桥板因为有沉甸甸的脚步踩在上面而在激烈地晃动。一群男修士正从布尔岛折回，两人一排地从桥上走来。不一会儿，整个木桥颤悠起来，发出吱吱咯咯的声音。一张张笨拙的脸，因为海而变成了枯黄、红色或青灰色，成双地从他面前走过去，虽然他竭力泰然自若而冷漠地瞧着他们，但一阵淡淡的自我羞愧与怜悯的红晕却泛上了他自己的面颊。他对自己很气愤，为了不让他们看见他的脸，他将脸转向一侧，凝视那桥下打漩的浅水，但他仍然看到他们颤巍巍的丝帽、谦恭的带状的领子和宽松的教会会服映照在海水之中。

——希基修士。

奎德修士。

麦卡德尔修士。

基奥修士。

他们的虔诚就像他们的名字，他们的脸，他们的衣服，他无需告诉

---

① 取自纽曼的《大学的思想》。

② 多利蒙特位于克朗达夫东北都柏林地区。

③ 这座桥连接克朗达夫路和布尔岛，至今仍在。

自己他们谦恭而忏悔的心灵远比他的心灵虔诚得多，上帝接受的程度十倍于他精密谋划的膜拜。他无需强迫自己对他们表示出慷慨的姿态，他无需告诉自己如果有朝一日他自尊丧失殆尽，穷极潦倒，穿着乞丐褴褛的衣服来到他们门前，他们会对他慷慨施舍的，爱他犹如爱他们自己。他一反平时冷静缜密的信念，辩论说关于爱的诫命要求我们不要以爱我们自己同样大和同样强烈的爱去爱我们的邻居，而是以爱我们自己同类的爱去爱我们的邻居；最终他觉得这样辩说既无益，又令人十分痛苦。

他从他积累的宝库中抽出一句短语来，并轻轻地自言自语地吟诵了出来：

——海上辍满光彩陆离的云霞的一天。①

这短语、这天以及这场景融合在一个和弦之中。文字。那是文字的色彩么？他让文字不断生彩然后消遁：朝日的金光灿烂，苹果园交相辉映的黄褐与翠绿，波浪的蔚蓝色，云絮边的青灰。不，那不是文字的色彩：那是完整长复合句②本身的态势与平衡。难道他热爱词的有节律的升降更甚于它们和传说与色彩的关系么？难道由于他近视而内向，他通过多彩丰富的语言棱镜从灿烂的可感觉的世界所获得的愉悦还不如对完

---

① 这句短语引自苏格兰地质学家、无神职的神学家休·米勒的《岩石的见证》。

② 原文为 period，根据上下文，乔伊斯一直在讨论文字的色彩与节律，这应作"长复合句"解，而不应译为"时代"。

全蓄含在一篇简约、细腻而谨严的散文中的个人内心情感世界的沉思所获得的愉悦吗？

他从颤颤悠悠的木桥又走回到陆地上。斗然间，他仿佛感到天气变凉了，他斜睨了一眼海水，一阵狂风骤然升起，刹那间使海潮变得黝暗起来，掀起一阵阵波涛。他的心为之一震，喉咙里感到一阵哽塞，这又一次使他明白他的肉体是多么惧悚大海那冷冰冰的非人的气味；他不走左边长着青草的丘陵地，而径直从指向河口的礁石脊上跳将过去。

被云翳遮掩的日光淡淡地洒照在河流形成港湾的那一片灰濛濛的水面上。远处，在缓缓而流的利菲河河道上，细细的桅杆点缀着天空，在更远处，城郭朦胧的剪影躺在薄霭之中。越过这超过时间的空间，他看到了基督教第七城①的形象，就像一幅和人类疲惫一样古老的模糊的挂毯上的景色一样，但并不比北欧国王统治时更古老、更疲惫困顿、更不能忍受臣服的地位。②

他感到沮丧，抬起眼望着那缓缓飘飞的多彩斑驳的海面上的云朵。云儿正在飞越天空的沙漠，一群游牧民正在行进之中，飞驰过爱尔兰，往西飘然而去。云朵飘飞而来的欧洲大陆横躺在爱尔兰海的彼岸，那欧洲大陆讲各种各样奇怪的语言，河谷纵横，森林环绕，城堡林立，那儿居住着深挖沟壑、秩序井然的民族。他在内心深处听到一阵阵杂乱的音乐，那音乐仿佛是记忆与名字的组合，他能意识到它们，但不复能即使在瞬间抓住它们了；然后音乐声消退下去，消退下去，消退下去：从每一渐渐消失的乐声里总是冒出一声冗长的召唤，像流星一般

---

① 这是中世纪给都柏林取的名字。
② 乔伊斯原文为 thingmote，这是指北欧国王征服了爱尔兰，开始坐镇都柏林。自此，丹麦人、罗马人、英国人统治爱尔兰。thing 的基本含义是"公众集会"。

穿越过薄暮的沉寂。再一次！再一次！再一次！一个世外的冥冥的声音在召唤。

——喂，斯蒂芬诺斯！①

——德达罗斯大人来了！

——啊唷！……呃，别这样，德怀尔，我告诉你别这样，要不我在你嘴里塞上个玩意儿了……啊唷！

——乖乖，陶塞，把他脑袋按到水里去！

——来吧，德达罗斯！戴花冠的牛！挂花环的牛！②

——把他脑袋按到水里去！让他喝个够，陶塞！

——救命！救命！……啊唷！

他辨认出了他们说的话，然后又看清了他们的脸。只要看一眼那湿漉漉的混杂的裸体人群便使他周身打颤。他们的身体，有的如尸体一般苍白，有的映着浅色的金黄的光，有的被太阳晒成粗糙的黧黑，由于沾满了湿漉漉的海水而熠熠发光。跳水石支放在粗糙的石板上，他们每跳一次，跳水石就颤巍巍摇将起来，这跳水石和他们在上面胡闹嬉戏的防波堤嶙峋的石头坡闪烁着冷冷的潮湿的光彩。他们用以拍打他们身体的毛巾因为浸满了冰冷的海水而变得沉甸甸的了；而且他们乱蓬蓬的头发浸透了冰冷的咸海水。

他痴骇地伫立在那儿，对他们的唤叫怀有一种敬意，用漫不经意的答话岔开了他们的玩笑。他们瞧上去是多么的没有个性：舒利不复穿有他那敞开的高领，恩尼斯不复系他那有个蛇形搭扣的红皮带，康诺利不复穿他那侧袋没口盖的诺福克式大衣！见到他们是痛苦的，见到他们身

---

① 这是非正规称呼。
② "斯蒂芬"在爱尔兰语中意为"花环"，故有此说 Bou Stephanoumenos！Bou Stephaneforos！

上成年的征象更像刀扎一般使他痛苦，那成年的征象使他们令人怜悯的赤裸裸的身体叫人厌恶。他们也许借助人群聚集在一起打打闹闹以驱赶灵魂中隐藏的恐惧吧。但是他，默默地远离他们，清晰地知道他对自己身体所怀有的神秘的恐惧感。

——斯蒂芬诺斯·德达罗斯！戴花冠的牛！挂花环的牛！

对于他来说，他们的调笑打诨并不新鲜，现在它反而强调了他隐隐怀有的使他感到自豪的与众不同之处。他现在觉得他奇异的名字像是一个预言，这是他以前从未这样感觉到的。这灰色的温馨的空气是如此超越时间，他自己的情绪是如此多变而不具人格，对于他来说，所有的时代似乎都是千篇一律的了。一会儿以前，丹麦人古国的鬼魂从那被雾霭笼罩的城市的幕间往外窥觑。①现在，以传说中的巧匠的名义②，他似乎听到了朦朦胧胧波涛的喧闹声，看到了波涛之上有一个长着翅膀的人影在飞翔③，缓缓地往天上升去。这意味着什么？难道这不是一个奇异的打开中世纪预言与象征书籍的方法吗？一个鹰隼一般长着双翅的人影④。在海上往太阳飞去，这难道是他生来就要为之服务的目的的一种预言吗？在他整个童年与少年时代朦胧的岁月里他一直在追求这一目的，这难道是艺术家在他的工作室里用大地的没有生命的东西创造出一个新的、翱翔的、难以辨认却又永不消亡的生命的象征吗？

他的心在颤抖；呼吸越来越急促，一股野性的精神充溢了他的四肢，仿佛他在向太阳飞去。他的心因为恐惧到极点而颤抖起来，他的灵魂在飞翔。他的灵魂在世外的空间翱翔，他知道他的肉体在刹那间得到

---

① 指都柏林。
② 指希腊神话中的德达罗斯。
③ 指希腊神话中德达罗斯的儿子伊卡洛斯。
④ 仍指伊卡洛斯。

了净化，摒弃了狐疑不定，变得绚丽灿烂，而与精神的要素融合在一起。翱翔的极乐使他的眼睛散发出异样的光彩，呼吸急遽，使他的兜着风儿的四肢颤抖，狂野，光辉夺目。

——一！二！……瞧着点儿！

——哦，天，我差点儿淹死了！

——一！二！三！跳！

——下一个！下一个！

——一！……

——斯蒂芬诺斯！

他的喉咙痒痒的，心中充溢着一种想大声呐喊的欲望，那是凌霄中鹰隼的呐喊，为他在嗖哨的风中得到解脱而呐喊。这是对他的灵魂的充满生命力的呼唤，决不是充满责任与绝望的俗世的沉闷而粗莽的声音，决不是怂恿他为圣坛苍白无色的礼仪而献身的非人的声音。在空中狂野飞翔的那一瞬间，他获得了拯救，他没有用嘴唇喊出的那胜利的呐喊几乎撕裂他的脑瓜。

——斯蒂芬诺斯！

他日日夜夜行走时所怀有的恐惧，那时时困扰他的犹疑不决，那使他从灵魂深处到外表深感自卑的羞耻——这些东西除了是死亡身上抖落下来的尸衣之外，是坟墓的葬衣之外，还能是什么呢？

他的灵魂从少年的坟墓中冉冉升起，剥脱掉她那坟穴的尸衣。是的！是的！是的！像他所取名的那位伟大的工匠一样①，他将充满豪情地从他的灵魂的自由与力量中创造出活生生的东西来，新的、翱翔的、美丽的、无法触摸的、永不消亡的东西来。

---

① 指德达罗斯。

他已经无法泯灭在血液中燃烧的火，沿石脊①往前神经质地走去。他感到双颊飞红，嗓子里想引吭高歌。他的脚底燃烧着想到天涯海角去漫游的欲望。向前！向前！他的心灵仿佛在这样呼喊。海上的暮色会渐渐浓起来，夜色会降临在平原上，在漫游者面前会展现出一片黎明的熹微之光，显现出陌生的田野、山峦和脸庞。在哪儿？

他朝北边豪斯望去②。海水已落到防波堤浅处以下，露出搁浅的海藻来，浪潮正从海滩迅速地往下退逝。在鳞鳞微波中兀露出来了一条长长的椭圆形的沙丘，温暖而干燥。在浅浅的海水中到处是暖洋洋的细沙小岛，在闪闪发光，在沙丘周围和海滩的浅流中有穿得很少、且穿得很鲜艳的人影③在濯足和跳水。

不一会儿，他成了赤足，他将长袜塞进兜里，将帆布鞋用鞋带系在一起甩在肩头上，从礁石间弃物中捡起一根浸饱海水的棍儿，沿防波堤坡磕磕绊绊地走下去。

在岸边有一条长长的小河，当他缓缓地沿河往上走时，他心中一直在揣摸那没完没了的漂流的海草。海草有翠绿的，漆黑的，赤褐色的，橄榄色的，在海流下潜行，摇头摆尾，转着圈儿。小河的溪水是黝黑色的，不断地没完没了地流动，映照着高空飘动的云朵。白云在他的头顶默默地飘动，墨角藻则在他身下默默地飘流；灰色而温暖的空气凝静不动：一个新的狂野不羁的生命正在他的血管里吟唱。

他的孩提时代现在在哪里？那在她的命运面前踌躇不前以孑然

---

① 石脊自布尔桥往东迤伸到都柏林湾。这是布尔岛惟一可供安全跳水的地方。现在人们仍这样做。
② 豪斯是组成都柏林湾北部的海岬。
③ 根据 Viking Press 1968 年纽约版本，此处还有 gayclad，而 Penguin Modern Classics 版本却没有这一词。

体味她的伤痕所带来的羞辱的灵魂，在她那污秽与狡辩的处所穿着褪色的尸衣①，戴着一触即枯萎凋零的花环称王称霸的灵魂在哪里？或者说，他在哪里？

他孤然一人。他不被人所注意，他幸福，他已接近人生疯狂的中心。他孑然一身，年轻而任性，在充满荒野气息的荒地上，带有咸味的水中，在充满贝壳与海草的海中，在像蒙上薄纱的阴晦的日光中，在穿得极少、且穿得十分艳丽的人影中，他茕茕孑立，心绪因孩子、姑娘和空中飘荡的稚气的少女的声音而变得放浪不羁起来。

有一位少女伫立在他面前的激流之中，孤独而凝静不动，远望着大海。她看上去像魔术幻变成的一头奇异而美丽的海鸟。她那颀长、纤细而赤裸的双肢犹如仙鹤的双脚一样纤美，除了肉身上留有一丝海草碧绿的痕迹之外，纯白如玉。她那大腿，圆润可爱，像象牙一样洁白②，几乎裸露到臂部，游泳裤雪白的边饰犹如轻柔的雪白的羽绒。她大胆地将暗蓝灰色的裙裾甩到腰间，在身后打上个结。她那胸脯像小鸟的胸口一样酥软而纤细，就像深色的鸽子的胸部一样纤细而酥软。但是她那长长的美发却完全像少女的秀发：她的脸庞也完全像少女，赋有一种神奇的极致的美。

她孤独而凝静不动，远望着大海；当她意识到他的存在以及他那钦羡的目光，她眼睛转过来凝视着他，毫无羞色地、毫无淫荡之气地默默领受着他的注目。她长长地、长长地领受着他凝视的目光，然后娴静地将双眸从他身上移开，而俯视那流水，用脚轻轻地一忽儿这儿一忽儿那

---

① 乔伊斯在这里使用一种比喻的手法，指旧日的斯蒂芬正在死亡，而新的斯蒂芬正在诞生。

② 乔伊斯曾将"艾琳""圣母马利亚"比喻为"象牙"，读者很容易引起这样的联想。

儿地搅动清水。那第一声细微的缓缓流动的水的潺潺声打破了寂静，那潺潺声低低的，细细的，像嗫嚅，宛若睡眠的钟声一样细微；一忽儿这儿，一忽儿那儿，一忽儿这儿，一忽儿那儿：一缕淡淡的红晕在她脸颊上颤动。

——老天！斯蒂芬的灵魂在极其快乐、如醉如狂的爆发中喊了出来。

他蓦地转过身背对着她，横跨过岸滩。他的双颊在燃烧；身子像着了火；四肢在颤抖。他一直往前走去，往前，往前，往前，在沙滩上走得很远，对着大海大声地歌唱，呐喊着去迎接那一直在召唤他的人生的来临。

她的形象永远深深地铭刻在他的灵魂上了，他没有说话去打破他的极乐的神圣的寂静。她的双眸召唤了他，他的灵魂跳出来去迎接那召唤。去活，去犯错误，去失败，去成功，去从生命中创造出生命来①！在他面前出现了一个狂野的天使，极其年轻而美丽的天使，从公正的人生法庭派遣来的使者，天使在他面前在倏然的极乐之中打开了所有通向错误与荣耀的门。往前，往前，往前，往前！

他遽然停了下来，在清寂之中倾听心脏的跳动。他走了多远？现在是什么时候了？

在他身旁阒无人影，一片沉寂。但是浪潮就在那拐弯处汹涌，白天正在消遁。他往陆地方向转过身来，往岸边奔跑起来，往岸滩斜坡上爬，毫不在乎那嶙峋尖利的砂石，他在一圈簇生灌木的圆丘中间找到一个沙质的藏匿之所，伸直身子躺在那儿，也许暮色的清寂与宁静能让他狂奔的热血平静下来。

---

① 斯蒂芬把自己看成是"具有永恒的想像力的祭司"。

他感受到头顶上广阔无垠的对一切漠然的苍穹，那天体静静的运行；他身子下面便是大地，那生育了他的大地正将他拥抱在她的胸间。

在昏昏欲睡的倦怠之中他闭上了眼睛，睡了过去。他那眼皮颤抖了起来，仿佛它们感受到大地和它的守护者在广袤之中周期性的运动，他那眼皮颤抖了起来，仿佛它们感受到新世界奇异的光。他的灵魂飞进了一个新的世界，一个光怪陆离、朦胧、无定的世界，仿佛在大海之下，像白云一样的东西和生命飞掠过它的上面。是一个世界，一道闪光，抑或是一朵花儿？闪烁着，颤抖着，颤抖着，舒展漫溢开来，像一道冲破黑暗的光，又像一朵含苞欲放的花儿，无限地自我重复地一片叶接着一片叶地一道光接着一道光地向外舒展漫溢开来，开始时是深红色，然后又褪为极浅的玫瑰色，以它那柔和的霞光充溢了整个天际，每一道霞光都比原来的更深沉。

当他醒来时，夜色已经降临了，他睡床的沙和稀疏的荒草不再熠熠生光了。他缓缓地爬了起来，回想起睡梦中的狂喜，不禁对睡梦的喜悦叹了一口气。

他爬到圆丘的顶上，环顾四周。夜降临了。一轮新月镶嵌在苍白的天际犹如一轮银圈埋在灰白的沙中；海潮轻轻地吟唱着迅猛地往海岸扑来，使远处环礁塘里的还未回去的人影成了一座座孤岛一般。

五

他喝完了第三杯淡茶①，喝得只剩残滓儿了，然后开始吃散放在他旁边的炸面包的皮②，一面凝视着玻璃缸里黝黑的残茶水。黄色的茶水像掏厕所般地被舀了出来，茶水下面的下脚水使他想起了克朗哥斯公学那煤浆一般污浊的澡水。他刚搜寻了一番盛放当票的盒子，百无聊赖地用油腻的手拿起一张又一张蓝色的和白色的签条③，签条肮脏不堪，皱皱巴巴的，上面有笔乱涂的痕迹，写着典当人戴利或麦克沃伊的名字。

一双半高统靴。

一件荷兰大衣。

三件杂物和一头白猪。④

一条男裤。

他将当票放在一边，若有所思地凝眸望着沾满跳蚤屎迹⑤的盒盖，淡漠地问道：

——钟走快多少？

---

① 斯蒂芬成了艺术宗师。淡茶是指濯足节圣徒弥撒圣餐的葡萄酒。
② 这也可能指圣徒弥撒圣餐的面包。
③ 根据安徒逊的解释，这有可能指在圣徒弥撒上散发给圣餐接受者的圣饼。
④ 原文为 White，根据 The Book World Dictionary。当 White 大写，指 an animal of a swine。爱尔兰人在当铺当任何东西，包括猪。
⑤ 当乔伊斯 16 岁进入都柏林大学学院时，他穿的衣服一般不烫，也很少洗涤。有一次在希伊家做游戏，当他被问及最憎厌的东西时，他说："肥皂和水"。在学院图书馆委员会的一次会议上，他曾表示保持清洁没有什么好处。他的妹妹回忆说，他甚至以生跳蚤而自豪。

214

他母亲扶起一直躺在厨房壁炉架中间的那只破旧不堪的闹钟，指针正指在十一点三刻上，她重又将它横放在壁炉架上。

——钟快了一小时二十五分，她说。正确的时间现在该是十点二十分。天①，你该赶紧去上课了。

——将浴缸灌满水，我好洗个澡，斯蒂芬说。

——卡蒂，将浴缸灌满水，好让斯蒂芬洗澡。

——布迪②，将浴缸灌满水，好让斯蒂芬洗澡。

——我不行。我要去染蓝布③。你去灌吧，马吉。

当搪瓷浴盆灌满了澡水，澡盆边上放上那只陈旧的擦澡手套时，他让母亲擦拭他的脖子，掏耳朵窝里和鼻子孔里的污垢。

——啊，这太糟糕了，她说，大学生还这么脏，当妈的还不得不给他擦澡。

——但这让你感到快乐，斯蒂芬平静地说。

从楼上传来刺耳的口哨声，他母亲赶紧往他手里塞了一件湿的罩衣，说：

——看在上帝的情分上，赶快擦干离家。

又响起了第二声尖厉的哨声，哨声愤怒地拖曳得很长，一位姑娘走到楼梯脚前。

---

① 原文为 The dear knows，为爱尔兰文的翻译。委婉说法为 Thauss ag fee（The deerknows），所以 The dear knows 应译为 "天"。

② 约翰·乔伊斯和妻子玛丽生有许多孩子。至于确切的数字，仍然不定。乔伊斯曾经说过他有 23 个妹妹，而斯坦尼斯拉斯说，"妈妈一共生了 17 个孩子，9 个活了下来。"根据戈曼，(乔伊斯也认可)在 18 年中，玛丽生了 16 或者 17 个孩子(5 个在婴儿期或青年期死亡)。活下来的孩子有：詹姆斯(1882)、玛格丽特(1884)、斯坦尼斯拉斯(1884)、查尔斯(1886)、乔治(1887)、艾琳(1889)、玛丽(1890)、埃娃(1891)、弗洛伦斯(1892)、梅布尔(1893)。卡蒂、布迪以及马吉均是斯蒂芬的妹妹。

③ 原文为 going for blue，其意为染蓝布。

——什么事，父亲？

——你那懒婊子哥哥走了没有？

——走了，父亲。

——你肯定他走了？

——是的，父亲。

——哼！

姑娘走回来打手势让他赶快从后门溜出去。斯蒂芬笑着说：

——要是他认为婊子是男性的话，那他对于性别的概念就太令人奇怪了。

——啊，不知害臊啊，斯蒂芬，他母亲说，你涉足了那地方，你会后悔一辈子的。我知道这把你整个儿地改变了。

——诸位早安，斯蒂芬说，微微一笑，亲吻了一下他的手指尖作为告别。①

台地后面的小巷浸满了水，当他在一堆堆湿淋淋的垃圾堆之间谨慎地选择落脚地、缓缓往下走去时，听见墙里嬷嬷疯人院里一个疯嬷嬷的尖叫声。②

——耶稣！哦耶稣！耶稣！③

他愤愤地甩一下脑袋，希冀将这惨叫声从耳朵里甩出去，行色匆匆

---

① 斯蒂芬作为艺术宗师亲吻代表耶稣的圣坛。因为他自己已变成了耶稣，他便亲吻自己。

② 乔伊斯家从 1900 年至 1901 年住在费尔维皇家台地 8 号，这是他们第 12 次搬家。他们家与嬷嬷疯人院仅一墙之隔。

③ 嬷嬷的呼喊隐喻刚结束的感恩弥撒，斯蒂芬被命名为耶稣。根据斯坦尼斯拉斯·乔伊斯的回忆，"那就是一部很粗糙的宗教剧，我哥哥却十分地珍惜它。他将那看作是描述一个被赋有危险使命的人的戏剧，虽然这人预先知道那些最亲密的人会背弃他，他仍然必须去完成使命。犹大或彼得在棕枝主日说的话深深地感动了他。他一般每天很迟起床，但无论是在巴黎还是在的里雅斯特，每逢耶稣升天节和耶稣受难日，他总是五点即起身，不管刮风下雨，去做清晨的弥撒。"

地在一堆堆散发腐臭的垃圾之间跌跌撞撞往前走去，心因愤懑与不悦而隐隐作痛。他父亲的口哨声，母亲的唠叨，从围墙里传来的疯子的尖叫，现在在他看来，都在触犯他，要泯灭他青春的骄傲。他以一种憎嫌的心情将它们的余声从心中驱赶出去；当他走在大道上，感受到透过淅淅沥沥滴雨珠的树丛而洒下的晦暗的晨光，闻到从湿漉漉的树叶和树皮散发出来的奇异的狂野的味儿，他的灵魂便完全忘却了痛苦。

大道上沾满雨露的树丛，正如往常一样，每每在他心里撩起对于格哈特·豪普特曼①戏剧里少女和女人的回忆；对于她们柔弱的痛苦的回忆与从湿漉漉的树枝上散发出来的清香融合成一种宁静的欢乐的情绪。他在城里的清晨的散步开始了，他预先明了当他经过费尔维沼泽地②时，他会想起纽曼遁世淡泊的、银铃般铿锵的散文，当他漫步在北滩路上，悠闲自得地瞧一眼食品店的橱窗时，他会回忆起吉多·卡瓦尔坎蒂

---

① 豪普特曼(1862—1946)，德国现代著名剧作家。他以自然主义的倡导者而知名。《日出之前》是一部强烈的现实主义的悲剧，涉及到当时的社会问题。在1901年夏天，乔伊斯和他父亲在穆林格尔度夏，他翻译了豪普特曼的《日出之前》。
② 位于利菲河口北部，汲干水而成费尔维公园。

黑色的幽默①而莞尔一笑，当他走过塔尔博特广场贝尔德②的石工活时，易卜生③精神，一种恣肆放任的充满少年美的精神，像一阵强劲的风吹拂过他的心灵，当他途经利菲河那边一家邋遢不堪的旧船具店④时，他会吟唱起本·琼森的歌，歌是这么开头的：

我躺在那儿并不更疲惫。⑤

当他的心灵疲于在亚里士多德或者圣托马斯·阿奎那⑥晦涩的词中探寻美的真谛时，每每转向伊丽莎白女王时代诗人的优美雅致的小曲以自娱。他的心灵，像一个对教义持怀疑态度的僧侣一样，常常将自己置于那个时代的影响之下，聆听古弦琴演奏家演奏那严肃而虚幻的音乐，或者细听下等妓女⑦放浪的狂笑声，直到一阵过于粗野下流的浪笑，一句随着时代的演进而变得晦暗的描述淫荡⑧和虚假的贞操的话语刺伤他

---

① 吉多·卡瓦尔坎蒂（约 1255—1300），意大利诗人，温柔的新体诗派主要诗人，诗名仅次于但丁。
② 都柏林著名的石匠。
③ 易卜生（1828—1906），挪威剧作家，以社会问题剧形式对社会讽刺。
④ 即维登与麦卡纳公司，位于自治市码头 2 号和市码头 3 号和 13 号，专卖帆船设备。这家公司现在仍然在做买卖。菲利普·麦卡纳是这家公司的股东。他与乔伊斯有亲戚关系。
⑤ 本·琼森（约 1572—1637），英国剧作家、诗人、评论家。被公认为伊丽莎白一世和詹姆斯一世时期仅次于莎士比亚的剧作家。这一诗句选自琼森的《欢乐的幻景》（1617）的结尾，奥罗拉赞颂她的情人蒂瑟纳斯。乔伊斯在 1902—1903 年居住巴黎期间耽读了琼森的所有的作品。
⑥ 圣托马斯·阿奎那（1224/1225—1274），意大利神学家和诗人。天主教教会认为他是西方第一流的哲学家和神学家。他研究亚里士多德著作，并公开地宣讲他的著作。
⑦ 原文为 Waistcoateers，意为下等妓女。
⑧ 原文为 chambering，这是伊丽莎白时代的英语，意为性事上的放纵，此英语仍在爱尔兰流行。

僧侣般的自尊而把他从藏匿的地方拖将出来。

人们普遍认为他整天琢磨、默思的学问，使他远离年轻的伙伴而孑然索居的学问原来不过是摘自亚里士多德的诗学和心理学和《圣托马斯哲学思想概要》①的纤巧的句子的大杂烩而已。他的思想是一片漆黑的疑惑和自我怀疑，偶尔由直感的光所照亮，在那样的时候，由于直感的光是如此的强烈，整个世界便会在他脚下倾颓、消亡，仿佛它被大火刹时吞没了似的；从那以后，他便不善言词，以漠然、无动于衷的目光来回应别人的注视，因为他觉得美的精神像一件外套一样将他紧紧地裹住了，至少在梦想虚幻之中他与高贵紧紧靠在了一起。然而，当那短暂的缄默的傲慢不再占有他的心灵时，他很高兴发现自己仍然厮身于普通的人们中间，在城市的污秽、嘈杂与怠惰之中毫无畏惧地、轻轻松松地度着时日。

在运河②的围篱附近，他遇见了那有着一张娃娃脸的生肺病的男子③，那男子戴着一顶无檐帽，迈着细碎的步子，正沿着大桥的坡道向他走来。他巧克力色的大衣钮扣一直扣到脖子上，手中提着收拢的伞，离身子大约一二巴掌远，活像拎着一根牛角叉头。④他想，准该十一点钟了，他探头伸进一家乳品店瞧时间。乳品店的钟指在四点五十分上，当他转过身子时，听见附近有一只钟用急促的准确的节奏敲打十一下，但他没有看见钟到底在哪儿。当他听到钟的敲打声时，不禁哈哈大

---

① 原文拉丁文标题为：Synopsis Philosophiae Scholastie ad mentum divi Thomae. 有许多类似标题的著作。1898 年罗马出版的 G·M·曼西尼的《托马斯·阿奎那哲学基础》中包含了乔伊斯在此书中摘引的所有阿奎那的言论。

② 指皇家运河。运河上的桥与北沙滩路相连。在《遭遇》中，斯蒂芬在这座桥上遇见了马奥尼。正是在这里，乔伊斯 14 岁时在一个妓女身上失去了贞洁。

③ 据认为，这是"变形的耶稣"。

④ 原文为 diviningrod，牛角叉头。

笑起来，因为这使他想起了麦卡纳①，他仿佛又看见这小胖子穿着一件射击夹克衫和马裤，蓄一绺山羊胡子，在霍普金斯父子律师事务所街角②站在风中，他仿佛听见他说：

——德达罗斯，你是一个自我禁锢的反社会分子。我不是。我是一个民主派：我要为在未来的欧洲合众共和国中在所有的阶级和男女性别中实现社会自由与平等而奋斗。

十一点！ 不管怎么样，他赶不上上课了。今天是星期几？ 他在一家报摊前止步，读招贴牌上的标题。星期四。十点至十一点，英语课；十一点至十二点，法语课；十二点至一点，物理。他独自兀然幻想起英语课的情景，即使离得那么远，他仍然感到不安与无助。他看到同学的脑袋驯顺地低着，在笔记本上写着老师要求他们记下的要点，名词的定义，关键的定义和实例，生卒年月，主要作品，评论家的褒奖与贬抑。而他却不低垂头颅，因为他的思绪在教室外驰骋，不管他在审视班里不多的同学还是在望着窗外萧索的绿色的花园③，总有一股让人感到难受的地窖潮湿而腐败的气味向他袭来。除了他的脑袋之外，在他面前前排的长凳上还有另一个脑袋，兀然地昂立于其他低垂的脑袋之上，就像神父的脑袋一样，毫不谦恭地对着圣龛为他周围的谦卑的教众祈求。为什么每当他想起克兰利，他在心目中看到的只是他的脑袋和脸的形象，而不是他的全身的形象呢？ 即使现在，在上午灰暗的雾霭的背景上，他在他面前看到的仅仅是一个幻梦中的鬼怪而已，一张断头的脸或一幅死亡

---

① 在现实生活中，这是弗朗西斯·斯克芬顿，在大学学院，他英文总是名列前茅。当他与汉娜·希伊结婚后，为了显示男女平等，改名为希伊-斯克芬顿。乔伊斯认为他是大学学院中仅次于他的最聪明的学生。他在1916年复活节起义中在都柏林被英国人杀害。

② 这是奥康诺街与伊登街相交处。霍普金斯父子律师事务所至今仍在营业。

③ 指圣斯蒂芬公有草地，在草地南端耸立着老大学学院的校舍。

的面具①，在眉毛上面冠之以坚硬的戳立的黑发，犹如套上一顶铁盔一般。那是一张神父般的脸，像神父一样苍白而无血色，像神父一样有一只阔鼻子，它的眼影与下巴的轮廓都像神父，那张脸上的长长的毫无血色的露出一丝浅笑的嘴唇也完全是神父式的：斯蒂芬很快想起他如何向克兰利坦陈日日夜夜困扰他灵魂的所有的躁动、不安与希冀，而获得的仅仅是他朋友缄默不语地倾听而已，他应该早就明了那是一张有负疚感的神父的脸，他倾听那些他并没有权力赦免的人们的忏悔，斯蒂芬再一次回忆起那张脸上女人般黑眼睛的注视。

透过这一形象，他瞥见了一个诡谲的黝黑的臆想的洞穴，但他立刻甩掉了这一思想，他觉得进入这一洞穴的时机还没到来。他朋友的不安像夜幕一样在他周围的空气中散发一种持久不散的、致命的氤氲，他发现自己在浏览左右一个个偶然映入眼帘的字，心中在木然地纳闷这些字如此静悄悄地丧失掉它们字面的含义，以致每一块粗俗的商店招牌上的字像符咒一般将他的心灵捆绑起来，他的灵魂猛然一缩，他沿着街巷在一大堆死亡的语言的环境中走下去时，不禁因年龄的增长而唏嘘不已。他脑袋里正渐渐丧失对语言的意识，仅仅零零碎碎感知按任意的节律组成或拆装的字本身而已：

> 常春藤在墙上呻吟
>
> 在墙上呻吟、盘绕
>
> 常春藤在墙上呻吟
>
> 黄色的常春藤在墙上
>
> 常春藤，常春藤在墙上往上爬

---

① 这是因为克兰利在这一章中代表还俗的基督形象中的施洗的约翰。

　　谁听说过这种蠢话？　全能的主！　谁听见过常春藤在墙上呻吟？黄色的常春藤：好极了。还有黄色的象牙。如果说象牙白的是常春藤，怎么样？

　　这个词在他脑海中闪亮起来，比从大象斑驳的长牙上锯下的任何象牙更清晰、更明亮。Ivory, ivoire, avorio, ebur. ①他学的最初的拉丁文例句便是：India mittit ebur②；他想起了那张学院教区长的阴险的北方人的脸③。学院教区长教他用精美雅致的英语逐字翻译奥维德的《变形记》，然而由于提到猪豕、陶器碎片和火腿脊肉而显得古里古怪。他从一位葡萄牙神父撰写的破旧不堪的书中学到了他知之甚少的关于拉丁诗的规则。

　　Contrahit orator, variant in carmine vates. ④

　　罗马历史中所有的危机、胜利和分裂传授给他时却成了这么陈腐的一句话 in tanto discrimine⑤，他曾试图从 implere ollam denariorum⑥ 这句话一窥城中城的社会生活，学院教区长用非常洪亮的嗓音吟读这句话，仿佛正在往钱罐里丁零当啷装古罗马银币似的。他触摸他那因经年累月而变得破旧的贺拉斯的诗页⑦。从无冷意，即使他自己的手指头冰冷：它们是充满人情的诗页：五十年前，约翰·邓肯·英弗拉里梯和他的弟弟威廉·马尔科姆·英弗拉里梯用他们人的手指翻阅过这些诗页。是的，这些高贵的名字就签写在业已晦暗的衬页上，甚至对于他这样一个

---

① 这是英语、法语、意大利语和拉丁语的"象牙"。

② 拉丁语：印度输出象牙。这是瓦尔皮编选的《拉丁文选》中的一句话。

③ 这是贝尔维迪尔公学院长威廉·亨利神父。

④ 拉丁语：演说家斟词酌句，诗人夸大其词。

⑤ 拉丁语：在如此重大的危机之中。

⑥ 拉丁语：往罐里装古罗马钱币。

⑦ 贺拉斯（公元前65—8），罗马诗人。

拉丁文很差的人来说，这些晦暗的诗句充满了芬芳馨香，仿佛这么些年它们一直浸泡在没药、熏衣草和马鞭草之中；然而，一想到在世界文化的盛宴上他不过是一个羞怯的过客，他一直在致力创立一种美学基础的僧侣的学问在他生活的时代的人们看来并不比纹章学和猎鹰术微妙而奇怪的陈词滥调更为高贵，他的心便隐隐作痛起来。

他左手三一学院灰色的建筑群①，耸立在这城的无知与愚昧之上，就像一块硕大的沉闷的石头戳立在一个累赘而令人讨厌的圆圈里，这使他感到沮丧；当他慌不择路竭力使他从改革派的良知的羁绊中解脱出来时，他来到了爱尔兰民族诗人②滑稽的塑像前。

他凝望着雕像，毫无生气的意思：因为虽然身心的怠惰就像看不见的毒虫一样爬满整个雕塑，爬在拖曳的双脚上，外套的褶痕里以及那奴颜婢膝的脑袋上，雕像似乎仍然非常谦卑地意识到它所受到的轻慢与侮辱。雕塑犹如一个法尔博格人穿着一件借来的米尔西安人的外套③；他想起了他的朋友达文④，一位来自农村的学生。这在同学间是一个滑稽的名字，但这位年轻的农民却毫不在意用这个名字，他说道：

——取笑吧，斯蒂维⑤，正如你说的，我是木脑袋。叫我什么都行。

当他首次听到从他朋友的嘴里吐出他教名的家常昵称时，他快乐而感动，因为他与别人，正如别人与他一样，一直都是使用正式英语说话

---

① 三一学院巨大的四方院的建筑群耸立在威斯特摩兰街与纳索街交叉的路角上，与爱尔兰银行相对。
② 指托马斯·莫尔(1779—1852)。
③ 法尔博格人与米尔西安人均是爱尔兰传说中的土著，前者身材矮小而原始，后者魁梧高大而英俊。米尔西安人据认为来自西班牙，称为"黑伊比利亚人"。
④ 在现实生活中即是乔治·克兰西。小说中所叙述的达文夜半的奇遇正是乔治亲身经历过的。乔治后来成为利默里克市长，在家中被杀害。克兰西也是一位盖尔体育运动的狂热爱好者，他曾是盖尔体育协会创建人迈克尔·丘萨克的挚友。乔伊斯在早期作品将他描述为马登。他是斯蒂芬以其名称呼的惟一的一位朋友。
⑤ 斯蒂芬的昵称。

的。每当他坐在达文在格兰瑟姆大街的卧室里，瞧着他的朋友一双双沿墙而立的做工精致的靴子而心中纳闷，给他的纯朴的朋友朗诵别人的、也即表达自己喜怒哀乐的诗歌与小曲时，他的听者粗莽的法尔博格人的心将他的心紧紧吸引过去，然后又使他的心产生反感，他的听者的心以一种平静的生而有之的凝神细听的谦卑，以一句古怪的古英语①，或者以他那对于粗鄙的身体的技能的愉悦——达文拜倒在盖尔人迈克尔·丘萨克的脚下②——而吸引他的心，然后又以粗俗的理智，迟钝的感情或者呆滞的恐怖的一瞥迅速而又遽然地使他的心产生反感，他的恐怖是植根于行将饿死的爱尔兰村民灵魂里的一种恐惧感，在爱尔兰农村对于夜间熄灯令仍然充满了恐惧。

这位年轻的农民仍然记得他作为运动员的叔叔马特·达文③的种种敏捷而纯熟的技巧功夫，并膜拜爱尔兰种种悲哀的传说。喜欢不惜一切代价在平淡的学院生活中无端生事、搬弄是非的同学认为他是一名年轻的芬尼亚分子。他的奶妈教他学会了爱尔兰语，用爱尔兰神话断断续续的光芒培育了他那粗野的想像力。他像一个愚钝的农奴对待罗马天主教信仰一般倾心于爱尔兰神话，虽然迄今为止还没有任何人从这些神话中发现哪怕一点点美，他倾心于那些古拙的故事，这些古拙的故事在不断写进的英雄史诗之中相互区分开来。④对于任何来自英国或英国文化的思想或感情，他的心灵都严加把守，一概加以摒弃：在英国以外的世界，他只知道法国的外国兵团，他甚至说起要去参加外国兵团。

---

① 斯蒂芬在此所说的古英语显然不是指盎格鲁-撒克逊古英语，而是指都铎王朝入侵爱尔兰所带来的英语。这在达文的言词中得到反映。

② 请参考前页注④。

③ 帕特与迈克尔·达文是爱尔兰著名的运动员，迈克尔·达文与丘萨克一起创建了盖尔体育协会。

④ 这包括爱尔兰英雄芬恩、奥西恩、库丘业恩、康丘巴、迪尔德丽等传说。

这年轻人的勃勃雄心以及他的幽默感使斯蒂芬常常称他为一只家鹅①：他这么称呼他也表达他对于他的朋友不善言词、拙于行动的一种恼怒，他朋友这种不善言词、拙于行动的气质似乎每每在斯蒂芬勇于探索的心灵与爱尔兰神秘的生活方式之间游移。

一天晚上，这位年轻的农民的精神受到斯蒂芬激烈的或者说十分溢美的言词所刺激，从而摆脱了作为理智反叛的冷漠的沉默，这在斯蒂芬的心目前展现了一幅奇异的图景。两人正缓步当车穿越穷困的犹太人居住的黝黑的狭窄湫溢的小街而走向达文的居室。

——去年秋天，快要入冬时分，斯蒂维，我遇到了一件事，这件事我从未对任何人讲过，你是我告诉的第一个人。我不记得②那是十月还是十一月。准是十月，因为那是在我赶来上大学新生课之前。

斯蒂芬眯着微笑的眼睛转向他朋友的脸，他的信任使他受宠若惊，而他朋友讲话的土腔土调赢得了他的同情。

——那一天，我一整天没在宿舍里，呆在巴特望特③——我不知道你知不知道那地方——玩爱尔兰式棒球④，球赛是在克罗克少年队和大无畏瑟尔斯队之间进行，天，斯蒂维，那场球赛可紧张激烈得叫人透不过气来呢。我的一位堂哥，方瑟·达文，那天赤溜儿光着膀子⑤，为利

---

① 指在爱尔兰生活的爱尔兰人。在以往的 150 年间，数百万爱尔兰人离开了爱尔兰，远走他乡，因此，1840 年爱尔兰人口为 800 万，而到 1964 年，人口低于 400 万。

② 原文为 disremember，即"忘却"，这被认为是典雅的古英语用词，在英国已不流行，但在爱尔兰却被认为是时髦。

③ 在爱尔兰科克郡北部。

④ 爱尔兰式棒球，hurling 或 hurley，一种快速的粗野的运动，是足球、棒球、橄榄球、曲棍球、曲棍网兜球的综合。运动员使用一根弯曲的硬木棒将一只很小的硬球或击打、或滚带、或携抱进对方的球门中。爱尔兰式棒球现在仍然是爱尔兰民族主义和爱尔兰语言的象征。

⑤ 原文为 stripped to his buff，一般来说这应该意为"全身赤裸"，但在爱尔兰芒斯特，却意为"腰身以上赤裸"。

默里克斯大人守后卫①，可一半时间跟前锋一块儿往前冲，狂呼乱喊，简直像疯了似的。我永远不会忘记那一天。克罗克队有个小子对着他抢起糟糕的曲棍②，天啊，差那么一丁点儿③击着太阳穴了。哦，天，要是克罗克队那小子那次打着他了，那他就完蛋了。

——他逃过了那一着真该庆幸，斯蒂芬笑了笑，说，但那肯定不是你遇到的奇怪的事吧？

——嗯，我想你也许对那并不感兴趣，球赛后大伙儿叫啊，喊啊，结果我误了回家的火车，也找不到任何玩意儿④可以搭着回家，倒霉的是，那天在卡斯尔顿洛奇举行一个群众集会⑤，所有的马车都到了那里。要么在那儿过夜，要么徒步走回去。得，我决定走，走啊走，夜幕降临时，我来到巴利霍拉山，离基马洛克还有十英里⑥，那是一段漫长而孤独的路程。看不到一幢有人居住的房子，听不到一丁点儿声音。几乎是一片漆黑。时不时地我在树丛下歇一会儿抽烟斗，⑦要不是夜露浓重，我早就伸胳膊伸腿地躺在树下睡觉了。在拐过路口之后，我终于瞅见一座农舍，从窗户里透出灯光来。我走上前去敲门。有一个声音在里面询问是谁，我回答道我在巴特望特打球，现在正往家走，要是能给杯

---

① 原文为 minding cool，爱尔兰式棒球队一般将最好的运动员把守门前区，拦截对方进攻。爱尔兰语 cool，意为"后方"，全字为 cool-bau-ya。

② 原文为 camann，指爱尔兰式棒球中的曲棍。

③ 原文为 an aim's ace，意为"少量，差一点儿，短距离"。这是莎士比亚英语 ambsace 在爱尔兰的遗存。

④ 原文为 any kind of a yoke，yoke 意为可供使用的器物。当一个爱尔兰乡下人初次见到汽车时，他会说："That's a queer yoke。"

⑤ 可能是指"土地联盟"鼓动大会。

⑥ 巴利霍拉山在科克郡北部，基马洛克在利默里克南部。

⑦ 原文为 stopped by the way under the bush to redden my pipe。在这句中，way，under，redden 均是芒斯特人特殊的用法。爱尔兰人不说 light，而是说 redden his pipe。

水喝的话，将不胜感谢。过了一会儿，一个年轻的女人打开门，送来一大杯牛奶。她半裸着，头发散垂在两肩，似乎我在敲门时她正准备上床睡觉的样子，从她的模样和她的眼神来看，我猜想她正在带一个孩子。她和我在门口聊了好一阵子，我觉得这挺奇怪，因为她的胸部和肩膀都裸露无遗。她问我累了没有①，愿不愿意在她那儿过夜。她说只有她一个人在屋里，她丈夫上午和妹妹去了昆斯顿②，给她送行。在她说话的当儿，斯蒂维，她的眼珠子一个劲儿地瞅着我的脸，她站得离我那么近，我都能听见她的呼吸声。当我最后将杯子还给她时，她一把攥住我的手，将我往门槛里拖，并说：'进来，在这儿过夜吧。不会有人来打扰你的。在这屋里，除了你我之外没有别人③……'我没走进去，斯蒂维。我谢了她便又上了路，可浑身发烧。走到拐路口时，我转过身来瞧，只见她仍然伫立在门口眺望。

达文故事的最后几句话在他的记忆中萦绕回荡，故事中那女人的身影显现出来，融合在当他坐在公学马车里驰骋过克兰时见到的站在门厅里的农村女人的身影之中，作为她的和他自己的种类的一个典型，一个贱女人，在黑暗间、秘密和孤独之中生起情来，通过一个毫无奸诈之心的女人的眼神、声音和手势，招呼一个陌生人与之上床睡觉。

一只手按放在他手臂上，一个年轻的声音呼唤道：

——啊，先生，给你的姑娘买一束吧，先生！今天卖的第一束鲜花④。就买那束可爱的鲜花吧。好吗，先生？

她在他面前挥舞的蓝蓝的鲜花和她那碧蓝的眼珠，在他看来仿佛就

---

① 原文为 She asked me was I tired，在盖尔语中，间接引语不用"whether"或"if"。

② 科克郡的港口之一，距利菲河数英里。

③ 原文为 There's no one in it but ourselves，in it 在盖尔语中意为"in existence"。

④ 原文为 handsel，一天中所做的第一笔买卖，是成功的象征。

是无邪的象征，他停住了脚步，将这象征性的形象从心头挥去，然后他看到的只是她那褴褛的衣衫，潮湿的粗糙的头发和一张野妞儿的脸。

——买一束吧，先生！ 别忘了给你的姑娘买上一束花儿，先生！

——我没钱，斯蒂芬说。

——买吧，多可爱的花儿，买吧，先生？ 才一便士。

——难道你没听见我说话吗？ 斯蒂芬躬身对着她问道。我告诉你我没钱。我再给你说一遍。

——嗯，当然啦，有朝一日你会有钱的，先生，如果运气好的话，姑娘迟疑了一会儿回答道。

——也许，斯蒂芬说，但我认为不太可能。

他急匆匆走开，生怕她的亲热会变成一种嘲弄，企盼在她向英国来的旅游者或三一学院学生兜售她的花儿之前，赶紧逃离开她。他迈步走在格拉夫顿①街上，而格拉夫顿街使他因贫穷而感到十分沮丧的时刻绵延了许久。在街头道路上竖着一块纪念沃尔夫·托恩的石碑②，他仍然清晰地记得他和父亲出席了那天的立碑仪式。他怀着痛苦与不屑的心情仍然记得那花里胡哨的俗气的纪念场面。四个法国代表坐在一辆大型四轮游览马车里③，一个胖墩墩的一脸微笑的年轻法国人手举着一块楔嵌在木棒上的标语牌，上面印有：Vive l' Irlande! ④

圣斯蒂芬草地的树丛散发出雨后的馨香，从浸透了雨水的大地蒸腾而上一种死亡的气息，那是长眠的灵魂透过腐土而缓缓升腾的一缕缕袅

---

① 都柏林主要商业区，从利菲河南岸三一学院和爱尔兰银行一直延伸到圣斯蒂芬公共草地。

② 这显然是回忆 1898 年召开的纪念 1798 年托恩领导的革命一百周年大会。

③ 法国在 1798 年给予沃尔夫·托恩和爱尔兰反叛者以支持。

④ 法语：爱尔兰万岁！

袅的清烟。前辈对他述说的那座英雄而腐败的城市的灵魂随着时间的推移而蜷缩成一缕从大地袅袅上升的淡淡的死亡的氤氲，他知道他一踏进昏暗的学院，除了"公鹿"伊根和"伯恩查帕尔"惠利的败坏行为之外①，他将会意识到一种腐败的气息。

上楼去上法语课已经太迟了。他穿过大厅，踅进通往梯形物理教室的走廊往左走。走廊黝黑而冷清，但并不警觉。为什么他觉得走廊并不警觉呢？难道是因为他听说过在"花花公子"惠利的时代那儿有一座秘密的楼梯吗？或者是因为耶稣会屋子享有治外法权，而他正在外国人中漫步么？托恩的爱尔兰，帕内尔的爱尔兰似乎在空间往后隐遁了。

他打开梯形教室的门，他在从落满尘垢的窗户中漏泻进来的阴冷而灰暗的光中停住了步。有一个人影蹲在一座偌大的壁炉前，根据清瘦的身影和花白的头发，他知道那是教导主任②在生火。斯蒂芬轻轻地关上了门，向壁炉③走去。

——早安，先生！我能帮上一手吗？

神父猛一下抬起头来，说：

——待会儿，德达罗斯先生，你会看个明白。生火也讲究技巧。我们设有文科，也设有实用技术科目。这就是实用技术。

——我要学会它，斯蒂芬说。

——别用太多的煤，教导主任说，非常娴熟地忙活着，这就是诀窍

① 大学学院的旧建筑85号与86号耸立在圣斯蒂芬公共草地南端。86号是里查德·查佩尔（"伯恩查佩尔"）惠利的家宅。"伯恩查帕尔"惠利是浪子"公鹿"惠利的父亲。和"公鹿"伊根一起，他们后来在都柏林大学学院校舍古屋里举行了恶魔崇拜仪式。

② 即约瑟夫·达林顿神父。在《斯蒂芬英雄》中他是巴特神父。在爱尔兰语中，巴特指运马铃薯和沙的马车。

③ 这是18世纪典雅的陶瓷壁炉。

之所在。

　　他从法衣的侧口袋里拿出四根蜡烛头，非常熟练地将它们置放在煤中间，将废纸揉成一团。斯蒂芬默默地望着他。他这样蹲在石板上生火，忙着摆弄碎纸团和蜡烛头，看上去更像是一位谦卑的助祭，一位主的助祭，在一座空荡荡的寺庙里清理出一方祭神的地方来。他穿的褪色的破旧不堪的袈裟犹如助祭清一色的法袍①，罩蔽着这一跪着的人的身影，他穿布道法衣或饰有银铃的大祭司袈裟感到不舒服、不自在。在为主作出谦恭的服侍的过程中——如点燃祭坛上的火，对听到的一切信息保持缄默，侍候凡夫俗子，一接到任何吩咐便雷厉风行地遵行——他自己的身躯变得衰老了，显得丑陋了，缺乏圣徒般的或高级教士的那种美感。不，不啻说他自己的灵魂在那服侍的过程中变得衰老了，不再对光明与美趋之若鹜，也不再向外散发甜蜜的圣洁的芬芳了——那是一种受伤的意志，对服从的激动与爱的激动无动于衷，与精瘦的、遒劲的、日益老迈的身体作斗争，头发里现出了银丝。

　　教导主任蹲下休息，瞧着木棍儿着起火来。斯蒂芬为了打破沉寂，说道：

　　——我肯定点不着火。

　　——你是一位艺术家，是吗，德达罗斯先生？　教导主任说，抬起眼来，映着他那浅色的眼珠。艺术家的目标就是创造美。至于什么是美又是另一个问题了。

　　他缓缓地、枯燥乏味地摩擦着他的手，显得对这一艰涩的问题茫然无知。

　　——你能回答这一问题吗？　他问道。

_____

① 耶稣会修士的法袍，棉质，黑色。

——阿奎那说，斯蒂芬回答道，Pulcra sunt quoe visa placent。①

——譬如我们面前的这堆火，教导主任说，使我们看上去感到愉悦。这因此就美吗?

——只要视觉能理解它——我是说美学理解——那它就是美的。阿奎那还说，Bonum est in quod tendit appetitus。②只要火满足了动物的渴求暖和的期望，那它就是善。当然在地狱里火就是恶了。

——是这样的，教导主任说，你显然击中了问题的要害。

他敏捷地站起来，走到门口，将门敞开着，说:

——据说，通风对生火有帮助。

当他轻微有点一颠一拐地、但步子却非常矫健地走向壁炉时，斯蒂芬发现这位耶稣会修士沉默的灵魂正透过他那一对浅色的冷漠的眼睛注视着他。和依纳爵一样，他是一个跛子，但他的眼睛里却没有依纳爵的热情之火。甚至传闻中的耶稣会③的手腕，一种比述说神秘的微妙的智慧的寓言书籍更微妙、更神秘的手腕，也没有赋予他的灵魂以使徒般的力量。仿佛他按照吩咐的那样运用俗世的方策、学问和阴谋仅仅为了赢得上帝更大的荣耀，在运用中他既未体验到愉悦，也不对它们所包含的恶怀有嫉恨，而只是以坚定的服从④的态度以恶制恶罢了:从他所有的

---

① 与阿奎那所说 "Pulchra enim dicunter ea quae visa placent"〔因此，可以说，所见(或所颖悟)让人愉悦者便是美〕极相似。乔伊斯在早年就很精确地将阿奎那的关于美的思想应用于对现代美学问题的研究。乔伊斯在小说中是表述一种讽喻，挪揄教导主任关于经院哲学的知识如此逊色于学生斯蒂芬。(在现实生活中，达林顿神父在大学学院讲授形而上学)。

② 拉丁语:心灵为之动者为善。按照圣托马斯·阿奎那关于美与善的区别的理论，例如，一个人因看到一幅画而感到愉悦;而当他心灵为之而动时，便想占有它。

③ 原文为 the Company，这是指天主教耶稣会修士。还可以说 Little Company。

④ 服从被认为是天主教耶稣会修士的特殊的品质，就像方济各会修士崇尚"圣洁的贫困"一样。

默默的服侍看来，他似乎压根儿不爱基督，也不爱他为之献身的目的，如果他还有爱的话。正如耶稣会创立者希望他成为的那样，Similiter atque senis baculus①，像是老人手里的棍，可以放置在墙角，遇到夜间或恶劣的气候上路可以拄杖，可以搁放在公园座椅上女人送的花束旁，也可以抡起作恐吓状。

教导主任回到壁炉边，开始抚摸他的下巴。

——我们什么时候能听你谈谈美学的问题？他问道。

——我谈谈！斯蒂芬惊讶不已地说。要是我幸运的话，半个月才碰上有那么一点儿想法。

——这些问题很深奥，德达罗斯先生，教导主任说。这如同站在莫尔山②的悬崖峭壁上往深渊看。许多人下到深渊就再也没有上来。只有训练有素的潜水员才跳入深渊，在深渊探索，然后再游出水面来。

——如果你是指思考的话，先生，斯蒂芬说，我可以肯定只要所有的思想被它本身的规律所禁锢，那么，就不可能有自由思想。

——哈！

——为了我的目的，按照亚里士多德和阿奎那的一两个思想的启发，我现在可以足够工作下去了。

——我明白了。我明白你的意思。

——我需要这些思想，只是为了我自己的需要和启示，然后按照它们的启示为我自己做些什么。要是油灯冒烟或者发出异味，我就修剪灯芯。要是光太暗淡，我就卖掉它再买一盏新灯。

——爱比克泰德也有一盏灯，教导主任说，他死后那盏灯卖了一个

---

① 拉丁语：像老人手里的棍。
② 莫尔山悬崖峭壁位于爱尔兰西岸高尔韦湾南 12 英里处。它们面对西北方向，正对阿兰岛。

十分昂贵的价格①。就是在那盏灯下，他撰写了他的哲学论文。你知道爱比克泰德吗？

——他只是一位老学究而已，斯蒂芬粗鲁地说，他说灵魂就像一桶水。②

——他以他平易近人的方式告诉我们，教导主任继续说道，他在一座神的塑像前放了一盏铁灯，小偷偷走了铁灯③。哲学家怎么办？ 他想偷窃正是小偷的本性，决定第二天去买一盏陶灯，而不再买铁灯了。

教导主任放在壁炉里的蜡烛头冒出一股融化的牛脂味儿，牛脂味儿在斯蒂芬的意识里和丁零当啷轰鸣的话语声，桶和灯，灯和桶，融合在一起了。神父的嗓音也含有一种硬邦邦的丁零当啷的调儿。斯蒂芬的思想，由于那奇异的调儿、那意象和那活像一盏没有点亮的灯或者一块悬挂着的焦距不正的反光镜的神父的脸，而本能地遽然中止了。隐藏在这张脸后面或者说这张脸里面的是什么呢？ 是一颗麻木不仁的迟钝的灵魂抑或是一团充满颖悟力、承载着上帝愤怒的灰暗的雷云？

——我是指一种不同的灯，先生，斯蒂芬说。

——毫无疑问，教导主任说。

——问题在于，斯蒂芬说，在美学讨论中，很难弄清词的使用是按文学传统还是按市井习俗。我记得纽曼有一句话，提到圣母马利亚，说

---

① 爱比克泰德（约60—138），希腊斯多噶派哲学家。圣卢西安曾讥讽一个爱比克泰德崇拜者，此人买下爱比克泰德的陶灯，希冀在这盏灯下写作能变成一位哲学家。

② 爱比克泰德在他的《谈话录》中将自己描述为"一位老者"，在其《谈话录》第3卷第3章中，在论及灵魂似一桶水时，他说，"当水受到搅动，看上去光似乎也受到搅动，但实际上并没有。"

③ 见爱比克泰德《谈话录》第1卷第18章。

她生活在所有的圣徒中间①，而市井习俗在使用这词时却说法不同。我捉摸没缠磨您吧。

——不，一点儿也没，教导主任礼貌地说。

——不，不，斯蒂芬说，微微一笑，我是说……

——是的，是的；我明白了，教导主任急急地说，我明白你的意思了：你是在指 detain 这个词的用法。

他噘起下巴颏儿，发出一声短促的干咳。

——再回到油灯的话题，他说，给油灯灌油也是一个很巧妙的问题。你必须选用纯净的油，在往里灌油时，必须留意别倒得太满溢出来，别倒得漏斗盛不住。

——什么漏斗？ 斯蒂芬问道。

——往油灯里灌油的漏斗。

——是吗？ 斯蒂芬说。那玩意儿叫漏斗？ 不是叫漏子吗？

——漏子是什么？

——就是那东西。就是……漏斗。

——在爱尔兰那叫漏子吗？ 教导主任问道。我一辈子从未听人说过漏子这个词。

——在下德拉姆孔德拉②人们叫它为漏子，斯蒂芬哈哈大笑地说，那儿的人说最标准的英语。

——漏子，教导主任沉思地说。这个词真有意思。我必须到词典里去找一下这个词。我必定要去看一下词典。

---

① 源自纽曼的《马利亚的荣耀》。纽曼在这儿演绎了《圣经外传》(24：16)"我居住在所有的圣徒中间"。
② 乔伊斯家第七次搬迁的家坐落在德拉姆孔德拉米尔伯恩巷，距托尔卡河不远。乔伊斯家的邻居都是"农夫和壮工"。

他态度的谦恭礼貌听上去有点虚假，他以寓言中哥哥注视浪子弟弟的眼神瞧着这位背叛圣公会而皈依天主教会的英国人。他是那轰轰烈烈的牛津运动①的一个卑微的信徒，一个居住在爱尔兰的穷困潦倒的英国人，他似乎在所有关于阴谋、痛苦、嫉妒、倾轧和轻蔑的戏演完之后才走上耶稣会的历史舞台的——一位迟来者，一个悠然而至的精灵。他的起点在哪儿呢？ 他也许出生于一个严肃的持不同教见的家庭，并在这些人中间成长，他们认为只有在耶稣之中才能得到救赎，厌嫌英国国教的种种华而不实的盛典②。他觉得在教派分裂的混乱和此起彼伏的分裂教派——如六信纲修士会、特别子民会、种子与蛇浸礼会、堕落前拯救论学派③——的陈词滥调之中有保持盲目信仰的需要吗？ 难道他在辩论关于对受洗者行吹气礼④、行按手礼⑤或辩论圣灵的发出⑥这些问题时

① 达林顿神父在牛津大学布拉塞诺斯学院上学，于 1876 年获硕士学位，原是英国圣公会牧师。在这段时期，鼓吹恢复天主教的牛津运动正处于高潮。斯蒂芬刚才提及的纽曼也是在这一高潮中皈依天主教的。

② 达林顿神父在皈依天主教之前是圣公会牧师。他所指的严肃的持不同教见者便是那些憎厌英国国教礼仪、服饰、僧侣等级制度以及其他浮华盛典的人们。

③ 这些都是专门的持不同教见者派别组织，代表了用极端的个人主义来阐释圣经，其广泛的反响之一便是牛津运动。例如，特别子民会是 1838 年在英国普拉姆斯特德成立的一个宗教派别，这一宗教派别拒绝任何医疗，相信祈祷能治愈百病，因为他们信奉《新约·雅各书》5：14：“你们中间有病了的呢，他就该请教会的长老来。他们可以奉主的名用油抹他，为他祷告。”其名取自《旧约·申命记》14：2：“因为你归耶和华，为圣洁的民。耶和华从地上的万民中，挑选你特作自己的子民。”

　　堕落前拯救论者是加尔文教徒，认为人们得救与否，能否成为上帝的选民，或是否会被上帝遗弃，全仰仗上帝，早已预定，并认为上帝选民救赎的信条决定了人会堕落，这为救赎人类的一部分提供了机缘。另一方面，堕落而后拯救论者否认堕落是上帝创造人类时的初衷，并认为天恩的选择是对现行罪孽的补赎。天主教耶稣会倾向于堕落而后拯救论，多明我会则倾向于堕落前拯救论。

④ 向人吹气是为驱逐魔鬼，并注入新的精神生命。

⑤ 在洗礼、坚信礼、圣职授任礼上，主教将双手按放在受礼人身上。

⑥ 圣灵的发出是使基督教早期便开始分裂的主要神学问题之一——即圣灵是自圣父和圣子发出，还是仅仅自圣父发出。

像在线轴上绕精细的棉线，到底时遽然发现了真正的教会吗？ 或者说，难道当他坐在一座铁皮顶的小教堂门旁，打着呵欠数着教徒募捐的便士时，耶稣基督像对坐在税局门旁的使徒一样抚摸了他一下，嘱咐他跟着基督走吗？

教导主任又重复说了一遍这个词。

——漏子！ 嗯，真有趣！

——你刚才问我的问题，在我看来更有意思。艺术家竭力从人身上表现的美是什么呢？ 斯蒂芬冷冷地说。

这微不足道的词似乎使他将似剑一般锐利的敏感的锋芒对准了这位谦逊的、高度警觉的对手。他痛苦而沮丧地意识到他正与之交谈的这个人是本·琼森的同胞。他想：

——我们交谈所使用的语言先是他的母语，然后才成为我的母语。然而，像家、基督、麦酒、主人这类词，从他嘴里说出来和从我嘴里说出来是何等不同！ 我在述说或写作这些词时不可能不感到精神的不安。他的语言，如此熟稔而又如此陌生，对于我，总是一种通过学习才获得的语言。我没有制造或接受它的词汇。我的良知与它们保持一定的距离。在他的语言的阴影之中我的灵魂感到烦躁。

——区别美与崇高，教导主任接着说。区别道德美与物质美的异同。探讨什么美更适宜哪一种艺术。我们也许可以讨论一下这些有趣的问题。

教导主任的坚定的枯燥乏味的语调使斯蒂芬突然感到沮丧不堪，他缄默不语了。教导主任也沉默下来：在寂静之中从楼梯传来杂沓的皮靴声和嘈杂的人声。

——在追求探讨这些问题的过程中，教导主任结论性地说，有因才学疏浅而感到枯竭的危险性。首先，你必须读个学位。将那作为你的首要目标。然后，你可以渐渐地看清你的路子。我的意思是，无论从哪方面说，你可以看清生活与思想的路子。开始时，那可能很艰难。以穆南先生为例吧。他奋斗了好长时间才出人头地。但他终究出人头地了。

——我也许没他的才气，斯蒂芬静静地说。

——这可是说不准的事儿，教导主任机灵地说。我们对于自己的潜能总不是很清楚的。我当然不该感到灰心。Per aspera ad astra。①他急匆匆离开壁炉，走到楼梯口俯瞰文科一年级学生前来上课。

斯蒂芬靠在壁炉边，听见他轻快地、不偏不倚地对班里的每一个学生打招呼，他甚至可以想像出来行为较为粗俗的学生脸上挂着坦率微笑的样子。一丝凄清的怜悯像一滴露水一样滴落在他多愁善感的心上，他怜恤这位骑士般的罗耀拉的忠实的信徒，这位教士界的中途的皈依者，这位教士界的中途皈依者讲话的语言比他们更为污浊，灵魂却更为坚定，这类神父他是永远不会向他忏悔的：他纳闷这个人和他的一伙同僚在一生中是如何在上帝的法庭上为懒惰的、冷漠的、谨小慎微的灵魂请求宽宥，不仅在有俗念的人们中而且在超脱尘世俗念的人们中赢得凡夫俗子的名声。

在灰暗的布满蛛网的窗户下，坐在阴暗的梯形教室最高层学生厚重靴子的跺脚声②预示教授正在往教室走来。

教授开始点名，应答的调儿各不相同，最后点名点到彼得·拜恩。

---

① 拉丁语：通过崎岖的路而抵达星星。这是中世纪或文艺复兴时期的一句陈词滥调。其源自罗马诗人维吉尔的《埃涅伊德》第9章："Macte nova virtute, puer, sic itur ad astra"，意为：快鼓起年轻的英勇气概吧，孩子！ 你将抵达星星！

斯蒂芬和乔伊斯心里十分清楚拉丁语的出处与来历，但教导主任显然并不了然。这是对教导主任的一种讽喻。

② 原文为kentish fire，这是一种拖曳的、整齐合拍的掌声或其他响声以表示不耐烦或不同意。这一用法源自1828—1829年在肯特郡召开的反对天主教徒自由法令的会议。

——到!

从梯形教室的上方传来一声低沉的男低音，紧接着从座位中响起抗议般的干咳声。

教授略微停顿了一下，喊出了姓：

——克兰利!

没有人回答。

——克兰利先生! ①

斯蒂芬一想到他朋友的学业，他的脸庞便露出了一丝微笑。

——到利昂伯兹顿跑马场去找吧! ②有一个声音从背后座位上说。

斯蒂芬迅即往上一瞧，只见莫伊尼汉长着大鼻子的脸在灰暗的光线勾勒下显得无动于衷。教授讲了一个公式。在翻动纸张的窸窣声中，斯蒂芬又转过身，说：

——看在上帝分上，给张纸吧。

——你怎么这么惨? 莫伊尼汉咧嘴一笑，问道。

他从笔记本上撕下一张纸，传递下来，悄没声儿地说：

——在需要时，任何世俗的男女都会这样做。③

他顺从地抄写在纸上的公式，教授曲曲扭扭的演算，力和速度的幽灵般的符号使斯蒂芬的心为之神往，并感到困顿不堪。他听说老教授是

---

① 现实生活中克兰利即是 J·F·伯恩，他曾撰著回忆乔伊斯的自传《沉默的岁月》。乔伊斯 1898 年秋天进大学学院，而伯恩则在 1895 年便进入大学学院，他1898—1899 年因辅导两名学生而仍然留在学院里。乔伊斯 1898 年开始便称伯恩为克兰利，克兰利原是都柏林大主教的名字（1397—1417）。这名字的来历也可能是源自乔伊斯的一位保姆，她叫克兰利，一个年轻的女人，来自布雷正派的渔夫家庭。

② 这是都柏林主要跑马场之一，在城西北。

③ 这是《教义问答集》中关于洗礼的一句话。莫伊尼汉在此引用它显然极不合时宜。

一个无神论的共济会会员。哦，这灰暗的沉闷的一天！ 它似乎处于一种毫无痛苦的、富有忍耐力的意识状态之中，数学家的灵魂在这种意识状态中漫游，在愈益稀薄的、愈益苍白的薄暮的一层层的光中抛扔出狭长而细瘦的光带，光带辐射出迅捷的粼粼波纹一直延伸到一个更为广阔、更为迢遥、更为不可捉摸的宇宙的最后的边际。

——所以，我们必须区分清楚椭圆形和椭圆球面的不同点。你们中有些先生也许对威·西·吉尔伯特先生①的作品很熟悉。在一首歌中，他唱到一个被罚打台球的台球骗子：

　　　在一袭假布上
　　　用扭曲的球棒
　　　击打椭圆的台球。②

——他是指一只形似椭圆体，有一根长轴线的球体，关于长轴线我刚论述过。

莫伊尼汉躬身凑近斯蒂芬的耳边，轻声说道：

——你以为怎么样，椭圆台球！③追求我吧，娘儿们，我是骑兵！④

斯蒂芬同学粗莽的幽默像一阵风一般吹拂过他心灵的走廊，将挂在墙上的轻柔的神父法衣吹得飘拂起来，在一片混乱的寂静之中轻舞飞

---

① 　W·S·吉尔伯特(1836—1911)，英国剧作家和幽默作家，以与沙利文合写的喜歌剧闻名于世。

② 　这选自 W·S·吉尔伯特与沙利文合写的歌剧《日本天皇》(1885)。

③ 　原文为 What price...？ 英俚语，赛马时询问走红的马跑赢的希望怎么样，比喻，意为"你以为怎么样？"，不是"什么价格"。

④ 　这句话实际上出自一位名叫基纳汉的年轻人，他是在费利克斯·哈克特教授的一堂课上说的。在这里，乔伊斯将哈克特教授讲授的关于电学和关于力学的课合二为一了。这两堂课相隔数月之久。

扬。从被阵风吹拂起来的祭服中浮现出一个个教职人员的人影，教导主任，一头银头发的、微胖的、脸色红润的账房先生，校长，赋写虔诚诗歌的一头软发的小神父，矮胖的活像个农民的经济学教授，高大的年轻的心理学教授，站在楼梯平台上和学生讨论一个良知的问题，活像一只长颈鹿在一群羚羊中伸长脖子在吃树叶，严肃的神情不安的班督导，胖胖的圆脑袋上长着一对淘气眼睛的意大利语教授。他们慢慢地踱着步，继而东倒西歪地奔涌而来，爬滚着，欢呼雀跃着，捋起长袍做跳背游戏，互相攥拉着，浑身因发出深沉、空洞的狂笑而颤抖不已，互相猛击着脊背，为那粗鲁的淘气而哈哈大笑，呼喊着熟稔的绰号，时而以遽然而来的自尊心呵斥粗俗的脏话，时而三三两两用手掩着嘴在窃窃私语着。

教授走到侧墙的玻璃柜前，从架子上拿下一套线圈，用嘴吹掉尘垢，然后小心翼翼地拿到桌前，一边讲课，一边将一根手指搁放在线圈上。他解释说，现代线圈所用的电线是由 F·W·马蒂诺最近发现的合金铂制成的。

他在说发现者的缩写和姓名时，吐音十分清晰。莫伊尼汉在背后细声说道：

——好一个老淡水马丁！①

——去问问他，斯蒂芬以疲惫不堪的幽默感低声回答道，他是否想找一个处以电刑的替死鬼。他可以找我。

莫伊尼汉看见教授躬身俯在线圈上，便从长凳上站起，用右手手指打榧子，却并未发出毕剥声，用顽童的哭声喊道：

---

① F·W·马蒂诺，F 与 W 正好可拼写成 fresh water，故有"淡水"之称。此人很可能就是 F·马丁，他撰写了数篇关于铂化学性质的文章。

——老师！ 老师！ 这位同学骂人，老师。

——合金铂，教授严肃地说，比锌白铜是更为理想的材料，因为它因温度的变化而造成的电阻变量系数更低。合金铂电线是绝缘的，绝缘的丝就绕在我手指握住的这胶木线圈架上。如果线圈上绕的线是单次的，那么就会产生一股额外的电流。线圈架在热的粗石蜡中浸泡过……

在斯蒂芬座位下面有一个尖声尖气的带有北爱尔兰①口音的声音喊道：

——您有可能问我们有关应用科学的问题吗？

教授开始认真地变着戏法地解释什么叫纯科学，什么叫应用科学这两个名词。一个身材魁梧的、戴金丝边眼镜的学生一脸疑惑地望着提问题的同学。莫伊尼汉在他身后用平常的声音嗫嚅道：

——麦卡利斯特问这么个傻问题，不是见鬼吗？

斯蒂芬冷冷地往下瞧着那只椭圆形的脑袋，脑袋长满了蓬乱的麻线绳般颜色的头发。提问者的嗓音、口音和思想叫他感到腻味，他听任自己由着性儿对他怀有恶意，心想这学生的父亲该送他到贝尔法斯特②学习，那样还可省下一笔火车路费呢。

那下面座位上的椭圆形脑袋并没有转过来迎接他的讽喻之箭，箭又返回它始发的弓弦：因为他刹那间看见了这位学生的苍白失色的脸。

——那讽喻的想法不是我的，他急急地对自己说。那是坐在后面长凳上的那位诙谐的爱尔兰人的主意。镇静点儿。你能肯定地断言你民族的灵魂和它的上帝的选民是被谁出卖的吗——是被这提问者还是被嘲笑他的人呢？ 镇静点儿。记得爱比克泰德吗？ 也许那正是他的性格，用

---

① 北爱尔兰诸郡大部分信奉长老会。
② 北爱尔兰首府。

这样的腔调在这样的时刻问这样一个问题，而且发科学这一词时顺嘴一带而过犹如发单音节词似的。

教授讲话的嗡嗡声围着它正讲解的线圈缓缓地一遍又一遍地绕上去，在线圈增加它的电阻时，它的催眠作用也成倍地增加了。

远处铃声响了起来，莫伊尼汉随即喊道：

——下课了，先生们！

进门的大厅挤满了人，人声鼎沸。在门边的桌上放着两幅嵌放在照相框里的相片①，在照相框之间躺着一长条纸，上面爬满了不规则的飞舞的签名。麦卡纳在同学中间八面玲珑地走来走去，与人急匆匆地讲上一两句话，回击斥责的人，带领人们到签名的桌前。在内厅里，教导主任站着在和一位年轻的教授交谈，神情严肃地摸着下巴颏儿，不时点着头。

斯蒂芬站在门口的人群前，心神不定地停下步来。克兰利黝黑的眼珠从软帽宽阔的耷拉下来的帽檐下骨碌碌瞧着他。

——你签名了吗？ 斯蒂芬问道。

克兰利闭住他那宽宽的薄嘴唇，沉思了一会儿，回答道：

——Ego habeo②。

——为了什么？

——Quod? ③

——为了什么？

克兰利苍白的脸庞转过来对着斯蒂芬，平淡而痛苦地说：

---

① 一幅相片是尼古拉二世沙皇，另一幅是他的妻子亚历山德拉·费奥多罗芙娜，维多利亚女王的孙女。

② 不规范拉丁语：我已签了。

③ 拉丁语：什么？

——Per pax univeralis。①

斯蒂芬手指着沙皇的照片，说：

——他的脸就像一位喝醉酒的基督。②

他声音里所含的轻蔑和愤懑使克兰利将正在宁静地审视大厅墙壁的眼睛收了回来。

——你感到烦恼了？ 他问道。

——不，斯蒂芬回答说。

——你眼下情绪很糟糕吗？

——不。

——Credo ut vos sanguinarius mendax estis，克兰利说，quia facies vostra monstrat ut vos in damno malo humore estis。③

莫伊尼汉在前往签名桌的路上凑着斯蒂芬的耳朵说：

——麦卡纳眼下情绪极佳。准备流最后一滴血。一个全新的世界。别给婊子以任何刺激品和选票。

斯蒂芬对这种信任莞尔一笑，当莫伊尼汉走过去之后，他又转过头来面对克兰利的眼睛。

——也许你能告诉我，他说，为什么他这么毫无顾忌地跟我悄悄说心里话？ 你能吗？

克兰利阴沉地皱起前额。他凝视着莫伊尼汉刚才俯身签名的桌子，断然地说：

---

① 拉丁语：为了普遍的和平。
② 尼古拉二世沙皇(1868—1918)策划了1899年和1906年在海牙召开的国际和平会议。乔伊斯自1898年至1902年在大学学院求学。这里描述的事件很可能发生在1899年春天。第一次海牙和平会议5月18日开幕，7月29日闭幕。
③ 拉丁语：我认为你是一个该死的骗子，因为你的脸色表明你的情绪糟透了。

——屁！①

——Quis est in malo humore，斯蒂芬说，ego aut vos？②

克兰利没有回答斯蒂芬的奚落。他痛苦地沉浸在自己的判断之中，以同样断然的口吻重复道：

—— 一个货真价实的该死的屁货，那就是他！

对于业已死亡的友情他总是这么说，斯蒂芬在心中纳闷他是否会有朝一日以同样的口吻说起他。这沉甸甸的笨重话语渐渐地消失，听不见了，就像石块沉入泥沼里去了。正如他以前见过的那样，他眼看着它沉入池底，感受到它的沉重，这使他沮丧不已。克兰利的话③，与达文的不同，既没有时下已很少使用的伊丽莎白女王时期英语的短语，也没有爱尔兰习惯用法奇异的翻版。他讲话中冗长的拖音是从一座萧条颓败的海港反射回来的都柏林码头的回音，他语言的力量则是从威克洛神父讲坛反射回来的都柏林神圣的雄辩的回音。

当麦卡纳从大厅的另一端轻快地向他们走来时，克兰利脸上的深深的皱眉渐渐消失不见了。

——你在这儿！ 麦卡纳兴高采烈地说。

——我在这儿！ 斯蒂芬说。

——总是迟到。难道你不能将进步的倾向④与守时结合在一起吗？

---

① 原文为 a sugar，正如乔伊斯在一封信解释的，这是克兰利使用的一种委婉的说法，指身体的一个排泄物，取其第一字母的谐声。有时表示惊叹的意思，有时表示对一个人的憎恶。详见《乔伊斯书信集》（英文版），第 3 卷，第 129 页。

② 拉丁语：谁在发脾气——是你还是我？

③ J·F·伯恩生在都柏林，并在都柏林长大。他认为自己讲一口纯正的都柏林口音。

④ 虽然乔伊斯在 1904 年偶尔参加在亨利街举行的社会主义小组的会议，并在波拉和的里雅斯特宣称自己是一名社会主义者，但他认为由麦卡恩和坦普尔所代表的关于生物、社会与政治演化的进步思想不是艺术家应具有的思想，艺术家仅仅关心精神。

——这是两回事儿，斯蒂芬说。还有什么事？

他微笑的眼睛紧盯着从鼓动家胸口口袋里冒出来的锡纸包装的牛奶巧克力。一小群人围拢来想听听这场舌战。一个瘦削的同学，一身橄榄色皮肤，长着一头长而不卷曲的黑发，将脸蛋儿塞进两人之间，张开着湿润的嘴，似乎想捕捉住每一句从眼前飞掠而过的句子似的。[1]克兰利从口袋里拿出一只小小的灰色的手球，将球翻来覆去仔细地揣摸。

——还有什么事？　麦卡纳说。哇！

他大声干笑了一下，一脸堆着微笑，捋了两下垂在他粗糙的下巴上的干草色山羊须。

——下一件事就是请你在呼吁书上签名。[2]

——要是我签名，你给我什么报酬？　斯蒂芬问道。

——我还以为你是一位理想主义者，麦卡纳说。

这位很像吉卜赛人的同学往四周瞧了瞧，用模模糊糊的呜咽般的声音对围观的人讲话。

——该死，那是一个奇怪的概念。我认为那是雇佣观念。

他的声音沉寂下来。没人注意他说的话。他将橄榄色的脸转向斯蒂芬，请他再讲下去，模样儿就像一头马。

麦卡纳开始以诵读沙皇诏书般的流利劲儿谈到斯特德[3]，普遍裁军、国际争端的仲裁[4]，谈到时代的特征、新的人类和使人类得以以尽

---

[1]　坦普尔，具有吉卜赛人的特征，在现实生活中是约翰·埃尔伍德，一位医科学生。乔伊斯在1903年自巴黎返回奔母丧之后，与他建立了联系。一般来说，爱尔兰吉卜赛人比欧洲大陆的吉卜赛人肤色要浅一些。

[2]　沙皇尼古拉二世在欧洲诸国散发呼吁书，吁请和平。

[3]　威廉·托马斯·斯特德(1849—1912)，英国记者，《蓓尔美尔街新闻报》副主编，《评论的评论》创刊人。他是和平运动的热心的支持者。

[4]　海牙和平会议提出和平解决国际争端的方法：调停与仲裁，1900年在海牙成立常任仲裁法庭。

可能小的代价让尽可能多的人们获得尽可能大的幸福的生活的新福音。

吉卜赛学生在他一讲完便喊道：

——让我们为全人类兄弟情谊欢呼三次！

——欢呼吧，坦普尔，一位强壮而容光焕发的同学，站在他旁边，说。我请你喝酒。

——我信仰全人类兄弟情谊，坦普尔说，他那黝黑的、椭圆形的眼珠子往四周瞧了一下。马克思是个十足的骗子。

克兰利一把紧紧地抓住他的手臂，让他说话留神点儿，脸上挂着不安的微笑，重复说道：

——别急，别急，别急！

坦普尔将手臂挣脱开来，嘴角边泛着薄薄的白沫：

——是爱尔兰人首先创立了社会主义，在欧洲第一个鼓吹思想自由的是柯林斯。整整二百年前。他谴责教士的权术，米德尔塞克斯的哲学家。为约翰·安东尼·柯林斯欢呼三次！①

在围观的人圈边上有一个微弱的声音说：

—— 一个了不起的人物！ 一个了不起的人物！②

莫伊尼汉在斯蒂芬的耳边嗫嚅道：

——而安东尼·柯林斯可怜的小妹妹怎么样？

> 洛蒂·柯林斯丢掉了衬裤，
>
> 能将你的借给她吗？③

---

① 安东尼·柯林斯(1676—1729)，多产的和有煽动力的自然神论者和自由思想家。他是哲学家约翰·洛克的朋友。他在《论自由思想》中说，"无神论的根源是无知，医治无知的办法是自由思想。"

② 原文为 pip，俚语，了不起的人物。不能释为"万岁"。

③ 1891 年洛蒂·柯林斯在伊斯林顿的大剧院上演《迪克·惠廷顿》，吟唱"Ta-Ra-Boom-De-Ay"，后广泛流行。

斯蒂芬哈哈笑了起来，莫伊尼汉因这效果而激动起来，又耳语道：

——我们可以在约翰·安东尼·柯林斯身上打五先令的赌，赌它是第一名或者第二名。①

——我正等着你的回答，麦卡纳直截了当地说道。

——我对这一套毫无兴趣，斯蒂芬困顿地说。你心里很明白。为什么你还要这么大张旗鼓地搞？

——好极了！ 麦卡纳说，将嘴唇响亮地喷了一声。你是个反动派？

——难道你认为你挥舞木剑，斯蒂芬问，你就可以使我对你印象深刻吗？

——好一个比喻！ 麦卡纳率直干脆地说。请说实在点。

斯蒂芬一脸通红，转过身子去。麦卡纳坚持他的看法，用敌视的调侃的语调说道：

——我想，二流诗人是不屑于考虑像普遍和平这样琐碎的问题的。

克兰利抬起头，将手球放在两位同学之间表示调和，说：

——Pax super totum sanguinarium globum. ②

斯蒂芬一手推开旁观的人，气愤地往沙皇相片的方向抖一下肩膀，说：

——快收起你们的偶像吧。如果我们必须要有一个耶稣，让我们拥有一个合法的耶稣吧。

——瞧，说得多好！ 吉卜赛同学对周围的同学说。那是一个很好思想。我太喜欢这想法了。

他咽了一口唾沫，仿佛要把这句话吞进肚子里去似的，他一面摸着

---

① 莫伊尼汉在此假想一个以安东尼·柯林斯命名的赛马场，原文 each way，赛马术语，赌第一或第二名。详见《乔伊斯书信集》（英文版），第 3 卷，第 129 页。
② 拉丁语：在流血的全世界实现和平。

他的花呢帽顶，一面转身对斯蒂芬说：

——请原谅我，先生，你刚才那句话是什么意思？

他感到附近有同学在推搡他，他便对他们说：

——我很想知道他那句话是什么意思。

他又转身对着斯蒂芬，耳语道：

——你相信耶稣吗？ 我信仰人。当然，我并不知道你是否信仰人。我钦佩你，先生。我钦羡不相信任何宗教的人的心灵。那是你关于耶稣心灵的想法吗？

——说下去，坦普尔，那强壮而容光焕发的同学说，仿佛是他平常每每做的那样，又回到他最初的想法，酒正等着你呢。

——他以为我是个低能儿，坦普尔对斯蒂芬解释道，只因为我相信心灵的力量。

克兰利抱住斯蒂芬和他的羡慕者的手臂，说：

——Nos ad manum ballum jocabimus. ①

斯蒂芬正在被攫走的当儿，瞥见了麦卡纳飞红的粗糙的脸。

——我的签名无关紧要，他有礼貌地说。你干你的吧。只要别干扰我就罢了。

——德达罗斯，麦卡纳落地说，我相信你是个好人，只是你应该懂得利他主义的庄严性和个人的责任感。

有一个声音说道：

——怪里怪气的思想呆在运动外面比混进运动更好一些。

斯蒂芬辨认出了麦卡利斯特刻薄尖酸的调儿，没有往说话的方向转过身子去。克兰利手挽着斯蒂芬和坦普尔一脸肃然地穿过人群，犹如一

---

① 拉丁语：我们将打手球。

位司仪神父在神父拥戴下走向祭台。

坦普尔热切地躬身在克兰利的胸前，说：

——你听清麦卡利斯特说什么了吗？ 那年轻人嫉妒你。你心中清楚吗？ 我敢打赌克兰利心中不明白。见鬼，我一下子就听出来了。

当他们穿越内厅时，教导主任正在设法摆脱他一直在与之交谈的学生。他站在楼梯口，一只脚跨在梯级上，破旧的法袍撩起来，正准备以女人般的细心精巧爬楼，不断地点着头，重复地说：

——绝对是那样，哈克特先生！^① 好极了！ 绝对是那样！

在大厅的中央，学院天主教教徒会会长正在用一种含有轻微愠怒的语调和一位寄宿生一本正经地谈着话。他说话时，微微皱起长着雀斑的眉毛，在语句的间断中不时咬一口一支很小的羽毛笔。

——我希望所有的新生都来。文科一年级生肯定会来。文科二年级生也会来。我们必须肯定所有的新生都来。

当他们穿过门厅时，坦普尔又一次躬身俯在克兰利胸前，用一种急匆匆的耳语说：

——你们知道他是一个结了婚的人吗？ 在他皈依天主教前，他已结婚了。他在什么地方养着老婆孩子呢。见鬼，我想这是我听说的最大的怪事！ 呃？

他的喁喁私语变成了一长串淘气的咯咯的笑声。当他们正走到门厅尽头时，克兰利粗莽地一把攥住他的脖子，一边猛摇他，一边说：

——你这该死的糟糕的笨蛋！ 我敢打赌，你知道不，在这整个该死的世界里，没有谁比你更混蛋的了！

坦普尔在克兰利的手下竭力挣扎，一边仍然淘气地狂笑，而克兰利

---

① 即费利克斯·哈克特，乔伊斯的同班同学。

则一边粗鲁地摇晃他的身子，一边断然地重复道：

——你这该死的白痴！

他们一起穿越过杂草丛生的花园。大学院长披着一件厚重的宽大的斗篷，正沿着一条小径往他们方向走来，他正一边走一边在吟诵他的日祷文。①当他漫步走到小径尽头，在拐弯之前，抬起了眼睛。学生们向他致以问候，坦普尔则习惯性地用手去乱摸帽子的顶。他们不出声儿地继续往前走去。当他们走近小巷时，斯蒂芬可以听见濡湿的球撞击在球员手中时的啪啪声和达文为每一击而发出的激动的呼喊。

达文正坐在一只箱子上看球赛，他们三人在箱子周围停了下来。过了一会儿，坦普尔侧身走到斯蒂芬面前问道：

——请原谅我，我想问你一个问题，你认为卢梭②是一个真挚的人吗？

斯蒂芬一听便哈哈大笑起来。克兰利从脚边草地里捡起一块破碎的桶板，急速转过身来，一本正经地说：

——坦普尔，我发誓你如果再跟任何别人就任何话题说一个字，我告诉你我就 super spottum③ 杀了你。

——我想，他跟你一样，斯蒂芬说，是一个情感丰富的人。

——揍他，诅咒他！ 克兰利粗鲁地说。别跟他说话。说真的，你知道不，你跟坦普尔说话就像跟夜壶说话一个样。滚回家去吧，坦普尔。看在上帝的情分上，滚回家去吧。

——我一点儿也不在乎你说什么，克兰利，坦普尔回答道，逃离到克兰利举起的桶板打不着的地方，手指着斯蒂芬。在这学院里我看他是

---

① 每一个耶稣会修士每天必须诵读指定的祷文。
② 卢梭(1712—1778)，法国思想家，浪漫主义先驱。
③ 拉丁语：就地。

惟一的一个独立思考的人。

——学院！ 独立思考！ 克兰利喊道。滚回家去吧，揍死你，你这不可救药的该死的家伙。

——我确实是一个情感丰富的人，坦普尔说。表述得很准确。我为自己是一个情感丰富的人而感到骄傲。

他侧着身子走出小巷，一脸淘气的微笑。克兰利望着他，面容茫然，毫无表情。

——你瞧他！ 他说。你见过这么贴着墙走路的吗？

他的话引来一阵奇怪的哈哈大笑声，大笑的学生百无聊赖懒洋洋地靠在墙上，尖顶的帽子盖压在眼睛上。这么一个魁梧的男人发出这么尖利的笑声听上去就像是大象的呜咽。这学生笑得浑身颤动，为了止住他的狂笑，他双手在腹股沟上快乐地揉来揉去。

——林奇佯睡着呢①，克兰利说。

作为回答，林奇伸了一个懒腰，挺起了胸膛。

——林奇挺起胸，斯蒂芬说，一副傲视尘世的样子。

林奇重重地啪一声拍了一下胸口，说：

——哪个小子胆敢嘲弄我的块头？

话音一落，克兰利便一把攥住他，两人厮打起来。两人因厮打一脸通红，互相松开了手，气喘吁吁。斯蒂芬向达文俯下身子去，而达文则专心致志地在看球赛，无心理会别人跟他说话。

---

① 在现实生活中是维森特·科斯格雷夫。维森特·科斯格雷夫有一张粗糙的尼禄般暴虐的脸，一副漫不经心的样子。他很聪明，但不刻苦。他很早就对乔伊斯作出了估价，他对伯恩斯说，乔伊斯将是他们遇到的少有的一个才能超凡的人。他一生碌碌无为，一事无成，后在泰晤士河自杀。在1904年有一次乔伊斯和他一起走过圣斯蒂芬公共草地，当乔伊斯与人干架时，他却袖手旁观。乔伊斯很是气愤。乔伊斯在小说中将他命名为林奇（林奇为高尔韦市市长，吊死了自己的儿子）。

——我的驯顺的小鹅怎么样？他问道。也签了名了？

达文点点头，说：

——你呢，斯蒂维？

斯蒂芬摇摇头。

——你真是一个可怕的人，斯蒂维，达文说，从嘴角拿下烟斗。总是孤独一个人。

——你现在既然已签了呼吁普遍和平的请愿书，斯蒂芬说，我想你将烧毁我在你房间里看到的那本小操典吧。

见达文没有回答，斯蒂芬便引用起操典来：

——迈步走，芬尼亚主义者！向右转，起步走，芬尼亚主义者！芬尼亚主义者，报数，致礼，一、二！①

——那是另一个问题，达文说，我首先是一名爱尔兰民族主义者。但你完全脱离了爱尔兰民族主义运动。你是一个生来就对一切冷嘲热讽的人，斯蒂维。

——当你下次高举爱尔兰式棒球的曲棍造反，斯蒂芬说，需要不可或缺的告密者的话，请告诉我。我可以为你在学院里找出好几个人来。

——我真难以理解你，达文说。一次，我听见你痛斥英国文学，而你现在又痛斥爱尔兰告密者。就你的姓名和你的思想而言……你还是爱尔兰人吗？

——跟我一起到宗谱纹章馆②去，我将让你见见我家的家谱③，斯

---

① 原文为 Fianna，即盖尔语的芬尼亚主义者。斯蒂芬引自秘密操典。

② 位于都柏林城堡内。在爱尔兰，有两个宗谱纹章馆，一个在科克，一个在都柏林，都置于北爱尔兰纹章长官管辖之下。

③ 乔伊斯的父亲，约翰·斯坦尼斯拉斯·乔伊斯拥有一个装有镜框的高尔韦郡乔伊斯家族的纹章雕刻，在每次频繁的搬家中都小心翼翼地亲自照管，显示一种堂·吉诃德式的心态。

蒂芬说。

——参加到我们中间来吧，达文说。你为什么不学爱尔兰语？ 你为什么上了第一节联盟课后就不去了呢？①

——你明白为什么，斯蒂芬说。

达文猛摇脑袋，哈哈大笑起来。

——哦，哈哈，他说。是因为某一位年轻的妇女和莫兰神父调情吗②？ 但这全是你瞎想出来的，斯蒂维。他们在一起只是说说笑笑而已。

斯蒂芬停顿了一下，将一只手友好地搁放在他的肩膀上。

——你还记得，他说，我们初次相识的时光吗？ 我们初次相识的那天上午，你请我给你指去新生班的路，每个字的每一音节都念得很重。你还记得吗？ 你称呼耶稣会修士为神父，还记得吗？ 关于你，我总是问自己：他是不是和他说的话一样天真无邪呢？

——我是一个简简单单的人，达文说。这你是知道的。你那天晚上在哈考特大街告诉我关于你私人生活的那些事情后，真的，斯蒂维，我吃不下饭。我感觉很糟糕。那天夜里，我未能入睡。你为什么要告诉我这些事情呢？

——谢谢，斯蒂芬说。你是说我是一个魔鬼。

——不，达文说，但我真希望你没跟我说这些事儿。

---

① 《斯蒂芬英雄》的主要人物有好几个星期每星期五晚上参加了奥康内尔街用爱尔兰语讲授的盖尔联盟的课。正是在这些课上，他重又见到埃玛，并由此产生了对莫兰神父的嫉意。

② 在《斯蒂芬英雄》中，这位年轻的妇女是埃玛·克莱利，在《青年艺术家画像》中则是E—C和埃玛。在实际生活中，她至少部分是玛丽·希伊，议员大卫·希伊的女儿。希伊家坐落在贝尔维迪尔广场2号，乔伊斯在1896年经常造访。乔伊斯和斯坦尼斯拉斯常常去，有好几次在希伊夫人的邀请下在希伊家过夜。乔伊斯有好几年对玛丽怀有激情。希伊家便是《斯蒂芬英雄》里的丹尼尔家。

在斯蒂芬平静的友谊外表下面涌动起一股怒潮。

——这个民族、这个国家、这人生创造了我，他说。我只是说了一个真实的我。

——参加到我们中间来吧，达文重复道。在你内心深处，你是一个爱尔兰人，只是你太骄傲了。

——我的祖先扔掉了他们自己的语言而捡起了别人的语言，斯蒂芬说。他们让一小撮外国人奴役他们。难道你以为我会以我的身家性命去偿还他们的债务吗？为了什么？

——为了我们的自由，达文说。

——从托恩的时代到帕内尔的时代①任何一个体面而真诚地为你牺牲生命、青春和爱的人，斯蒂芬说，不是被你们出卖给敌人，就是在他最需要你们的时候你们遗弃他，辱骂他，抛开他去寻求新的主子。而你却邀我参加到你们的行列之中。我倒首先希望你们全完蛋。

——他们为理想而死，斯蒂维，达文说。我们成功的一天终究会来到的，请相信我的话。

斯蒂芬耽于沉思之中，沉默了一会儿。

——灵魂，他玄奥地说，是在我跟你说起的那样的时刻诞生的。灵魂诞生的过程非常缓慢，完全在不知不觉之中，比肉体的诞生要神秘得多。当一个人的灵魂在这个国家诞生的时候，便会有网笼罩在它的上面，以防它飞逸开去。你跟我谈起了民族、语言、宗教。我将要飞出这些牢笼。

达文嗑了一下烟斗的烟灰。

——对我来说，这太深奥了，斯蒂维，他说。但一个人的祖国第

---

① 即从 18 世纪 90 年代到 19 世纪 90 年代，横跨一个世纪。

一。爱尔兰第一，斯蒂维。然后你才是一位诗人或者神秘主义者。

——你知道爱尔兰是什么？斯蒂芬以一种严厉的咄咄逼人的声调问。爱尔兰不过是吞噬自己猪仔的老母猪而已。

达文从木箱上站起来，往玩球的同学走去，悲哀地摇着脑袋。然而，不久他的悲哀情调便消失了，开始与克兰利和两位刚打完球赛的球员激烈地争论起来。他们决定进行一场四人赛，克兰利则坚持用他的球。他将球在手上弹上二三次，然后将球一刹那间重重地往小巷墙基扔去，听到球啪——的撞击声时便喊道：

——去你妈的灵魂！①

斯蒂芬站在林奇一边，比分渐渐升了上去。然后，他拉了一下林奇的袖子，示意叫他走开。林奇顺从了，说：

——用克兰利的话说，让咱们颠儿吧。②

斯蒂芬对这出其不意的一击笑了笑。他们重又穿过花园，走进大楼③，向通向大街的门厅走去，一位蹒跚的老人正在大厅里往告示牌上钉一份通告。

在台阶的底部，他们停了下来，斯蒂芬从兜里拿出一包香烟，请他的伙伴抽烟。

——我知道你穷，他说。

——去你的糟糕的叫人受不了的话，林奇回答道。

---

① 原文为 Your soul！乔伊斯解释说，这是"Damn your soul！"的简写。详见《乔伊斯书信集》(英文版)第 3 卷，第 130 页。所以，不能译为"你的灵魂"。

② 原文为 Let us eke go，乔伊斯解释说，克兰利经常用错词。在这儿，他意思是说，Let us e'en go eke 是指"也"，其实并无实意。详见《乔伊斯书信集》(英文版)第 3 卷第 130 页。

③ 这就是说他们重又走进了都柏林大学学院校舍，穿过大厅而抵达圣斯蒂芬公共草地南端的街上。

林奇又一次证明了他的文化教养①，斯蒂芬不禁又莞尔一笑。

当你决意用糟糕这一词来咒骂时，他说，这对于欧洲文化确实是一个伟大的日子。

他们点燃了香烟，往右边走去。过了一会儿，斯蒂芬说：

——亚里士多德没有给怜悯与恐惧下定义。②我给它们下了定义。我认为……

林奇停了下来，粗鲁地说：

——闭嘴！我不想听！我感到恶心。昨晚，我和霍兰以及戈金斯③上街了，喝得酩酊大醉，糟透了。

斯蒂芬继续说下去：

——怜悯是人类在遭受任何严重的与恒定的痛苦的情况下占据心灵并使心灵与受苦的人认同的一种感情。恐惧是人类在遭受任何严重的与恒定的痛苦的情况下占据心灵并使心灵与其神秘的原因认同的一种感情。

——重复讲一遍，林奇说。

斯蒂芬慢慢地复述了一遍他下的定义。

——几天前，他继续说道，一位姑娘在伦敦乘上了一辆单马双轮双座的马车。她是去见她妈妈，她已好多年没见到妈妈了。在一个街角，

---

① 林奇错误引用了克兰利的用词错误的话，表明了他的文化修养。原文为 yellow，这是林奇兀自将它代替较有色彩的"bloody"。详见《乔伊斯书信集》（英文版），第 3 卷第 130 页。

② 亚里士多德在《诗学》中给悲剧下定义时使用了"怜悯"和"恐惧"。它们的感情净化和消解是悲剧的目的。但他并没有对"怜悯"与"恐惧"下定义。乔伊斯1903 年 2、3 月间第 2 次访问巴黎时给它们下了美学的定义："恐惧是人类命运中任何严重的事件占据我们心灵并使我们与它的神秘的原因同一的一种感情，怜悯是人类命运中任何严重的事件占据我们的心灵并使我们与同类受苦的人同一的一种感情。"

③ 戈金斯即《斯蒂芬英雄》中的戈加蒂。乔伊斯在 1909 年曾想将这一名字从《青年艺术家画像》中删除。

一辆平板马车的辕杆撞在单马双轮双座马车的窗玻璃上，击出一个星形的洞。一根长长的像针一样尖利的碎玻璃直刺姑娘的心脏。她当场死亡。记者报道时称此为悲剧性死亡。其实这不是悲剧性死亡。按照我的定义，它既不是由怜悯也不是由恐惧引发的。

——悲剧情感事实上是一张往两面瞧的脸，往恐惧瞧又往怜悯瞧，这两面都是悲剧情感的一部分。你瞧，我使用了占据这个词。我的意思是说悲剧情感是静态的。或者说戏剧性情感是静态的。不合适的艺术所激发的情感是能动的，激发的是欲望或者厌恶。欲望催使我们去占有，去干点什么；而厌恶促使我们放弃，避免去干什么。这些是能动的情感。激发这种情感的艺术，无论是色情的或者是说教的艺术，全是不合适的艺术。审美情感（我是指这个词的一般含义）因此是静态的。心灵被这种情感所占据，然后升华而超越欲望与厌恶。

——你说艺术绝对不能激发欲望，林奇说。我跟你说，有一天，我在博物馆的普拉克西特利斯的维纳斯雕像①屁股上写上了我的名字。难道那不是欲望吗？

——我是指在正常的本性的情况下，斯蒂芬说。你曾经告诉过我，当你在那可爱的卡迈尔派修士学校读书还是个孩子的时候②，你吃过干牛粪。

林奇又一次哈哈大笑起来，两手又开始在腹股沟上揉来揉去，只是手仍然伸在裤兜里没有拿出来。

---

① 普拉克西特利斯（活动于公元前370—前330），公元前4世纪雅典雕刻家、希腊最有创造性的艺术家之一。他的《维纳斯》石膏复制品一直存放在国家图书馆对面的国家博物馆内。
② J·F·伯恩（"克兰利"）在进入贝尔维迪尔公学和大学学院之前曾就读过好几家卡迈尔派学校。

——哦，我吃过！我吃过！他大声说道。

斯蒂芬转身对着他的伙伴，好一阵子勇敢地直视他的眼睛。林奇从大笑中刚缓过气来，用谦卑的目光望着他的眼睛。在那高高的尖顶帽下那长长的、瘦削的、平坦的头颅使斯蒂芬想起一只顶饰兜状的爬行动物的形象。那眼睛的闪光与窥视也像爬行动物。然而，在那一刹那间，那谦卑而机灵的眼睛里也会闪出一星人性的光芒来，从那里人们可以窥见一颗萎顿的、尖刻的、自暴自弃的灵魂。

——至于那个，斯蒂芬礼貌地补充说，我们都是动物而已。我也是一头动物。

——你是动物，林奇说。

——但是我们却处于精神的世界之中，斯蒂芬接着说。不合适的审美手段所激发的欲望与厌恶感正是非审美的情感，这不仅因为它们在性质上是能动的，而且因为它们仅仅只与肉体有关。当我们的肉体面对它们畏惧的东西时，它便紧缩起来，它却会通过纯粹神经系统的反射而回应它所喜悦的东西的刺激。当我们意识到苍蝇直扑我们的眼睛时，我们的眼皮便会遽然闭上。

——并不总是这样的，林奇用批判性的语调说。

——同样，斯蒂芬说，你的肉体会回应一座裸体雕像的刺激，但那在我看来仅仅是神经系统的反射而已。艺术家所表述的美不可能在我们身上撩起能动的感情，也不可能激起纯粹是肉体的感觉。它唤醒，或者说应该唤醒，激发，或者说应该激发一种审美的静态平衡，一种理想状态的怜悯或者一种理想状态的恐惧，被激发的静态平衡一直延宕下去，以致最终我称之为美的旋律的化解。

——美的节奏到底是什么？林奇问道。

——节奏，斯蒂芬说，是在任何一个审美整体中一部分与另一部分

之间、或者一个审美整体与它的一部分或数部分之间、或者任何一部分
与其审美整体之间的首要的形式上的美学关系。

——如果那就是节奏的话，林奇说，让我来听听你对美的看法：请
记住，我虽然曾经吃过牛粪，但我只崇拜美。

斯蒂芬举起了他的帽子仿佛是向谁致敬似的。然后，脸颊有点微
红，他将手放在林奇厚实的花呢袖子上。

——我们是正确的，他说，而其他人错了。谈论这些问题，竭力去
理解它们的本质，理解了它们的本质之后，从原始的大地或从大地生长
的万物，从作为我们灵魂的牢狱之门的声响、形状和色彩中，竭力渐渐
地、谦恭地、恒久不变地去表述，演绎出我们所理解的美的形象来——
那就是艺术。

他们来到运河大桥①，便离开大道而来到林荫道上。②一缕粗陋的
灰色的天光映照在缓缓潺流的河水之中，头上潮湿的树枝发出一股股馥
香，这一切似乎与斯蒂芬的思路格格不入。

——但你还没有回答我的问题，林奇说，什么是艺术？艺术所表达
的美是什么？

——那就是当我在独自思考这个问题时，斯蒂芬说，我给你的第一
个定义，你这晕头晕脑的混蛋。你还记得那天晚上吗？克兰利发脾气，
大谈威克洛火腿。

——我记得，林奇说。他跟我们说他们只是该死的肥猪。

——艺术，斯蒂芬说，是人为了审美目的对可觉察的或可理解的事
物的处置。你记住了猪却忘了威克洛火腿。你和克兰利真是一对叫人厌
烦的宝贝儿。

_____

① 这是下巴戈特街大运河上的桥。
② 这是运河岸边的拉纤的路，路上树木成荫，与赫伯特广场并行。

林奇对阴冷的灰暗的天空作了一个鬼脸，说：

——如果要我继续倾听你大谈美学，至少得再给我一支烟卷。我才不在乎美学呢。我甚至对女人也没兴趣。去你妈的，去你妈的这一切玩意儿。我只想获得一个年薪五百英镑的职位。你又不能为我谋到这样一个职位。

斯蒂芬将烟卷盒递给他。林奇拿了盒中留下的最后一支卷烟，直截了当地说：

——说下去！

——阿奎那说，斯蒂芬讲道，对令人愉悦的东西的颖悟就是美。

林奇点点头。

——我记得，他说，Pulcra sunt quoe visa placent①。

——他用了 visa 这个词，斯蒂芬说，以涵盖所有种类的审美颖悟力，无论是通过视觉或听觉还是通过其他的理解的手段。这个词，虽然本身含义非常含混，却相当明晰地排除激发欲望与厌恶感的一切善的与恶的东西。它当然意味静态平衡，而不是能动的状态。关于真怎么样呢？真同样构造出一种静态平衡的心境。你不会在直角三角形斜边上用铅笔签上你的姓名吧。

——不会，林奇说，我只会在普拉克西特利斯的维纳斯的曲线上写上我的名字。

——因此那是静态的，斯蒂芬说。我记得，柏拉图说美是真的光芒②。我认为那并没有什么意义，但真与美确实是很相近的。由最完美

---

① 拉丁语：所见（或所颖悟）让人愉悦者便是人。
② 乔伊斯最早是在福楼拜 1857 年 3 月 18 日致勒鲁瓦耶·德·尚特比夫人的信函中第一次读到这一引语，在这封信中，他发现福楼拜将艺术家比喻为创世主，存在于他创造的作品之中。乔伊斯在论述爱尔兰诗人詹姆斯·克拉伦斯·曼根的一篇文章和《斯蒂芬英雄》中引用了这句话。

的可理解事物之间的关系所满足的理智发现真：由最完美的可觉察事物之间的关系所满足的想像力发现美。发现真的第一步是理解理智的架构和范畴，是颖悟智力活动本身。亚里士多德整个哲学体系建立在他的心理学著作基础之上，亚里士多德认为同一属性不可能同时以同样的关系属于或不属于同一主体，我认为，亚里士多德整个哲学体系就构筑在这一论述上。发现美的第一步是理解想像力的架构和范畴，是颖悟审美力本身。明白了吗？

——但什么是美？林奇不耐烦地说。去你的定义。讲一些我们能看见和喜欢的东西！难道你和阿奎那就只能讲到这一步吗？

——让我们以女人来举例说明，斯蒂芬说。

——让我们来谈女人！林奇热切地说。

——希腊人，土耳其人，中国人，哥普特人①，霍屯督人②，斯蒂芬说，欣赏的女性美都不同。那似乎是一个我们无法摆脱的迷宫。不管怎么样，我认为有两条路可以从迷宫里走出来。一条路是假设：男人对女人身上钦羡的每一点都与女人所承担的物种延续繁衍的多种功能有直接关联。可能是这样。这世界甚至比像你林奇这样的人想像的还要可怕的多。我个人不喜欢这样一条出路。它引向优生学，而不是美学。它将你引导出迷宫而走进一座崭新的教室，在那座教室里麦卡恩一手按在《物种起源》上，另一只手按在《新约全书》上，对你大讲你羡慕维纳斯那动人的胁腹，因为你觉得她将为你生育壮实的后代，你羡慕她那一对丰腴的乳房，因为你觉得她将有丰沛的乳汁喂养她的、也是你的孩子。

---

① 古埃及原住民后裔。
② 西南非洲人。

——那样的话，麦卡恩便是一个糟透了的骗子，林奇斩钉截铁地说。

——还有另一条出路，斯蒂芬说，哈哈大笑。

——智慧之路？林奇问。

——这次假设，斯蒂芬开口道。

一辆长长的大车装满了废铁，从帕特里克·邓恩爵士医院拐角处①辚辚奔驶而来，废铁发出刺耳的哐哐啷啷的喧闹声，淹没了斯蒂芬的声音。林奇双手掩住耳朵，嘴里不断咒骂，直到大车驶远。他突然转过身去。斯蒂芬也转过身去，等了一会儿，直到他的伙伴的气完全消了之后才开始讲话。

——这次假设，斯蒂芬重复说道，是另一条出路：虽然同一个客体并不是对所有的人都显得美，但所有的人在羡慕一个美丽的客体时都每每在客体之中发现愉悦、吻合所有审美颖悟力各个阶段本身的某种关系。这些可觉察的事物之间的关系，你也许通过某一种形式窥见而我却通过另一种形式窥见，但必然是美的不可或缺的特性。现在，我们可以引述一下我们的老朋友圣托马斯的思想，从中我们可以获得些许启迪。

林奇哈哈大笑起来。

——听你时不时像个快乐的巡回修士引用他，他说，真叫我直乐。你是不是在暗中取笑？

——麦卡利斯特，斯蒂芬回答说，称我的美学理论为应用阿奎那思想。只要美学哲学的这一面开拓、发展出去，阿奎那就会将我沿着这条思路一直引导下去。当我们谈到艺术构想、艺术酝酿和艺术再现的现象时，我便需要新的术语和新的个人经验。

——当然啦，林奇说。虽然阿奎那的智力出众，但他毕竟还只是一

---

① 他们沿运河往东北方向步行了三个街区，然后往左拐走进了大运河街。

个好心的巡回修士而已。哪一天，你会告诉我你的新的个人经验和新的术语。赶快讲完你的第一部分吧。

——谁知道？斯蒂芬莞尔一笑，说。也许阿奎那比你更了解我。他本人就是一位诗人。他为濯足节赋写了赞美诗。赞美诗开头说，Pangelingua gloriosi①。人们说它代表赞美诗的最高成就。那是一首复杂而令人慰藉的赞美诗。我喜欢这首赞美诗；但是没有任何一首赞美诗可以与那首忧郁而威风凛凛的列队行进时唱的福蒂纳图斯的圣歌《皇帝的旗帜》②相比。

林奇开始用他那深沉的男低音轻轻地、肃穆地唱起来：

> Impleta sunt quoe concinit
>
> David fideli carmine
>
> Dicendo nationibus
>
> Regnavit a ligno Deus. ③

——好极了！他说，让人感到满足。伟大的音乐！

他们趦进下蒙特街④。在离街角还有几步路的地方，一位胖墩墩的

---

① 拉丁语：我的舌啊，神秘地盛赞光荣。这些赞美诗使斯蒂芬和林奇在濯足节的行进具有一种神秘的色彩。信徒在耶稣受难日弥撒之后唱 Pange lingua 赞美诗。信徒游行回来时，唱诗班便唱晚祷曲。

② 福蒂纳图斯(约540—约600)，意大利诗人，普瓦主教。他的拉丁文诗歌和赞美诗把古典拉丁诗人的共鸣与中世纪情调结合起来，使他成为古代和中世纪时期重要的过渡性诗人。

③ 林奇在此唱的是该诗的第二诗节："我们现在展示神秘"，而不是第一诗节："瞧，皇家的旗帜飘扬"。这是庆贺斯蒂芬揭示了艺术的神秘。

④ 他们在大运河街第一条叉路便左拐，行走了一个街区，往右走进下蒙特街，往马里恩广场走去。

年轻人，脖子上围着一条丝围巾，向他们致意，停下步来。

——你们听说考试结果了吗？他问道。格里芬考砸锅了。①哈平和奥弗林通过了国内政府学。穆南在印度语考试中得了第五名。奥肖内西得了第十四名。爱尔兰哥们昨晚在克拉克杂货铺②请他们吃了一顿。他们全吃咖喱酱烹饪的食品。

他那苍白的有点浮肿的脸现出一种温和的狡黠的神色，当他讲完关于考试的消息之后，那一对细小的鱼泡眼睛从视线中遽然消失，他那微细的喘息的声音顿时消逝殆尽。

为了回答斯蒂芬的一个问题，他的眼睛和他的声音重又从藏匿之所出现了。

——是的，麦卡拉和我俩人，他说。他修理论数学，我修宪政史。一共有二十个科目。我还修植物学。你知道我是野外俱乐部成员。

他以一副神气活现的样子从他们两人面前往后退去，一只肥腴的戴羊毛手套的手按放在胸口，立时从胸口发出一阵阵压抑的咯咯笑声。

——下次到野外去时，给我们带点萝卜和洋葱来，斯蒂芬干巴巴地说，好做一顿炖肉吃。

这胖墩儿学生畅笑起来，说：

——在野外俱乐部我们都是有头有脸面的人。上星期六，我们去格伦马勒尔，一共七个人。

——跟娘儿们一起，多诺万？林奇问。

---

① 原文为 plucked，英语俚语，意即"失败"，而爱尔兰同意俚语应为 sucked，乔伊斯在此讽喻多诺万的做作矫情。

② 原文为 the Irish fellows，可能是指爱尔兰民族主义者，他们常常在大不列颠街，可能是指爱尔兰售卖报纸与烟草的托马斯·丁·克拉克杂货铺聚会。克拉克是第一位在 1916 年临时政府宣言上签字的人，在复活节星期一起义之后被英国人处决。

多诺万①重又将手按放在胸口，说：

——我们的目的是获取知识。

然后，他急急地说：

——我听说你正在写关于美学的文章。

斯蒂芬做了一个含糊的否定的手势。

——歌德和莱辛②，多诺万说，在这个问题上写了许多了，古典派啦，浪漫派啦，什么的。当我读《拉奥孔》时，它引起了我很大的兴趣。当然那书是属于唯心主义派的啰③，纯粹德国人的思想，太深奥了。

其他两人没一个回应他。多诺万有礼貌地向他们两人告辞。

——我必须走了，他轻轻而亲切地说。我心中非常强烈地认为，几乎是坚信我妹妹今天要为多诺万家的正餐烙饼吃。

——再见，斯蒂芬对着他的背影说。别忘了为我和我的伙伴带萝卜来。

林奇望着他的后背，嘴唇蔑视地噘起，做了一个鬼脸：

——想想看这糟透了吃烙饼的臭大粪居然还找到了一份好工作，他终于说道，而我却只能抽蹩脚烟卷！

他们转身前往马里恩广场，缄默不言走了一阵。

——给我刚才所说的关于美的谈话作一个概括，斯蒂芬说，可觉察

---

① 即康斯坦丁·P·柯伦，他是一个性格温和的人。乔伊斯认为他很聪明。在《青年艺术家画像》里，他被描述为一个对饮食十分讲究的人，并开始发胖；他精通文学与建筑学。他后来成最高法院的登记员。

② 歌德(1749—1832)，德国诗人，剧作家，小说家，哲学家。莱辛(1729—1781)，德国诗人，批评家。斯蒂芬不喜欢莱辛的作品。

③ 莱辛在分析拉奥孔雕塑的基础上，在《拉奥孔》中讨论了诗与画的局限性。唯心主义是德国哲学流派，包括叔本华、费希特、康德，而莱辛并不属此列。斯蒂芬在某种程度上是一个唯心主义者。

事物之间的最完美的关系因此必须与艺术颖悟的各个必然的阶段相吻合。当你发现这些时，你便发现了普遍美的特性。阿奎那说，ad pulcritudinem tria requiruntur, integritas, consonantia, claritas.①我将它译为：美需要三样特性：完整性，和谐和光彩。难道这些不正与颖悟的阶段相吻合吗？你听懂了吗？

——当然，我听懂了，林奇说。如果你认为我愚钝不堪，那你去追多诺万，叫他来聆听你的宏论好了。

斯蒂芬指着一只倒扣在屠宰场伙伴脑袋上的篮子。②

——瞧那篮子，他说。

——我瞧着呢，林奇说。

——为了看见那篮子，斯蒂芬说，你的思想首先将篮子与它周围可见的空间分离开来。颖悟的第一阶段是颖悟所感知的物体的形状。一个审美形象不是通过空间便是通过时间呈现在我们面前。听觉感受的形象通过时间，而视觉感受的形象则通过空间呈现在我们面前。但是，不管是通过时间还是通过空间，最初明白感知的审美形象是与审美形象之外的无限的空间或时间相界定的兀自独立的审美形象。你将它作为一样东西感知。你将它视为一个整体。你颖悟了它的完整性。这就是所谓的 integritas（完整性）。

——击中要害！林奇说，哈哈大笑。说下去。

——然后，斯蒂芬说，你在它的形状的线条的引导下，从一个点移到另一个点；你颖悟到它的相对于它极限之内的部分而言的均衡的部分；你感受它结构的节奏。换句话说，对即时的知觉的综合之后便是对

---

① 此句摘自《神学概要》。
② 照常理这该是食品店伙计，但乔伊斯选择了屠宰场伙计，暗喻斯蒂芬抵达国家图书馆时，被象征性地钉上了十字架。

颖悟的分析。在你感知到它是一样东西之后,你现在感知到它是一件东西。你颖悟到它是复杂的,多层次的,可分割的,可分离的,是由各部分、各部分的结果和它们的总和所组成,是和谐的。这就是所谓的 consonantia(和谐)。

——又击中要害! 林奇俏皮地说。现在告诉我什么是 claritas(光彩),然后你便赢得这支雪茄了。

——这个词的含义,斯蒂芬说,相当模糊。阿奎那使用一个术语,看来不太精确。它使我困惑了很长一段时间。它有可能使你认为他所指的是象征主义或者唯心主义①,似乎美的最高特性是从另一个世界照射来的一线光明,根据这个学派关于美的思想,物质仅仅是影子,而美的现实则仅仅是象征。②我想,他也许是想说明 claritas(光彩)是在一切事物中神意的艺术的发现与代表,或者是使审美形象成为一个普遍的形象、使审美形象比它本身更加光辉灿烂的一种概括力。但这只是就字面意义本身的理解而已。我是这么理解的。当你将篮子作为一样东西而感知,然后根据它的形状加以分析再认知它为一件东西时,你完成了逻辑上和美学上允许的惟一事情——综合。你明白了只是那样东西而不是任何别的东西存在在那儿。他所谓的光彩便是经院哲学里的 quidditas,即一件东西的名状③。当艺术家最初在想像中获得这一审美形象时,他便感知了最高的特性。雪莱非常出色地将那神秘的一瞬间的心理比喻为行

---

① 这里使用的"象征主义"是指 19 世纪英国浪漫派或柏拉图派所使用的概念,而不是 20 世纪时使用的概念。

② 柏拉图在《国家篇》中将现象比喻为洞穴墙上现实的影子。19 世纪柏拉图主义者和唯心主义者,包括雪莱,接受了这一思想。乔伊斯在一封信中说,这里涉及到柏拉图关于思想的理论,或者更严格地说,涉及到新柏拉图主义,当时说话的人对这两个哲学的流派都无同情之感。参见《乔伊斯书信集》第 3 卷,第 130 页。

③ 原文为 quidditas(whatness)。

将熄灭的炭火。①被审美形象的完整性所攫住、被审美形象的和谐所着迷的心明白地颖悟美的最高特性和审美形象的明晰的光彩的那一瞬间便是审美愉悦的辉煌的无声的静态平衡，那是一种精神状态，与意大利生理学家卢依奇·盖尔瓦尼所言的心脏状况，即心的沉醉，非常相似，他的术语与雪莱的一样的美丽。②

斯蒂芬停顿了一下，虽然他的伙伴沉默不言，他感到他的话使他们周围笼罩上了一层由于沉迷于思想而造成的肃穆的氛围。

——我刚才所说的，他又开口道，是指美这一词的广义而言的，指美这一词的文学传统。在市井，它还有另一层含义。当我们根据第二层含义谈论美时，我们的判断首先受艺术本身和艺术形式所影响。很明显的是必须在艺术家本人的思想与感觉和其他人的思想与感觉之间创立形象。记住这一点，你就会发现艺术分为三种形式，三种形式递次演进。这三种形式是：抒情形式，在这种形式中，艺术家以与自己最直接的关系来创造形象；史诗形式，在这种形式中，艺术家以与自己和其他人间接的关系来创造形象；戏剧形式，在这种形式中，艺术家以与其他人最直接的关系来创造形象。

——几晚以前，你跟我谈了这个问题了，林奇说，我们开始了那闻名遐迩的讨论。

——我家里有一本笔记本，斯蒂芬说，在笔记本中我写下了比你的

---

① 雪莱在《捍卫诗歌》中说，"一个人不能说，'我将赋写一首诗。'甚至最伟大的诗人也不能这样说；因为处于创作中的心灵就像是行将熄灭的炭火，有些不能看见的影响，譬如一阵风，有可能煽起它短暂的辉煌；这力量来自内部……"乔伊斯的美学精神更多地源自雪莱和邓遮，而不是阿奎那。

② 卢依奇·盖尔瓦尼（1737—1798）用"心的沉醉"描述用一根针刺激青蛙的脊髓而引起心跳短暂的中止。这一浪漫的名词被用来描述临床现象给乔伊斯留下了深刻的印象。

问题有趣得多的问题。①为了寻找问题的答案，我接触了美学理论，让我来好好给你解释一番。这里是我提出的几个问题：一把精制的椅子是悲剧性的还是喜剧性的？如果我渴望看蒙娜丽莎这幅画像，那就是一幅好画吗？菲利普·克兰普顿爵士②的胸像是抒情的、史诗的还是戏剧性的？粪、孩子或者虱是艺术作品吗？如果不是艺术作品，那为什么不是？

——真的，为什么不是？林奇说，哈哈大笑起来。

——如果一个人一气之下，斯蒂芬说，将一块木头砍成奶牛的形象，那形象是艺术作品吗？如果不是，为什么不是？

——那真是一个可爱的问题，林奇说，又哈哈大笑起来。那问题有一股真正的学术味儿。

——莱辛，斯蒂芬说，不应该以一组雕像来作例论述。那种艺术是一种低一等的艺术，这种艺术并没有我们说的相互明显区别的形式。甚至在文学这一最高的最富有精神力量的艺术中，形式也每每混淆不堪。抒情形式实际上是一瞬间感情最简洁的口头饰物，是一种有节奏的号子，正如许多世纪以前，人们呼号着激励划船或背石上山的男子汉一样。呼号的人更多地意识到的是那一瞬间的感情，而不是作为感觉这种情感的个人。当艺术家将自己作为一个史诗般事件的中心人物来延续并思考自我的时候，最简单的史诗形式便从抒情文学中产生了，这种形式一直发展下去，直到感情负荷的中心与艺术家本人和其他人成等距离状态。叙述不再纯粹是个人的了。艺术家的人格融进了叙述本身，像澎湃

---

① 这是指乔伊斯的"巴黎笔记"（1902—1903），在笔记中他描述了悲剧和喜剧、抒情诗、史诗和诗剧的不同。

② 菲利普·克兰普顿爵士（1777—1858），著名的外科医生。他的半身塑像成为好几代都柏林人嘲笑的对象。威廉·约克·廷德尔称这胸像为"腐败的洋蓟"。

的海洋在人物与情节周围涌来涌去。你可以在古老的英国民谣《托平英雄》中非常轻易地看出这一点来，《托平英雄》开头用的是第一人称，而结尾时却用上了第三人称。①当在每一个人物周围涌动不已的活力使他或者她拥有了适当的无法捉摸的美学魅力时，戏剧的形式便达到了。艺术家的人格开始的时候是一种呐喊，一种韵律，一种情绪，然后成为流畅的温情脉脉的叙述，最终将它修炼到无形，用一句譬喻的话说，使它非人格化。在戏剧形式中，审美形象是从人的想像力中提炼并再释放出来的活力。美学的神秘性，正如物质创造的神秘性一样，就这样创造出来了。艺术家，正如造物的上帝一样，存在于他创造的作品之中、之后、之外或之上，隐而不现，修炼得成为乌有，对一切持冷漠的态度，兀自在那儿修剪自己的指甲而已。

——也将指甲修剪得无影无踪，林奇说。

从云雾密布的高空开始往下降落丝丝细雨，在雨来临之前，他们已经拐进了公爵草地而抵达国家图书馆。②

——在这可怜的连上帝都遗弃的岛上，林奇乖戾地问道，你侈谈美和想像是想说明什么呢？难怪艺术家在把这个国家搞得一团糟之后，隐匿到他们的作品之中或者他们的作品之后去了。

雨下得更骤急了。当他们穿过爱尔兰皇家学院③旁边的过道时，他们发现许多学生站在图书馆的拱廊下躲雨。克兰利背靠在一根柱子上，

---

① 《托平英雄》是乔伊斯在希伊家星期日聚会上唱的一支歌。他唱的歌显然源自1739年托平被吊死时街上流行的小调。

② 草地位于伦斯特公爵宅邸旁边、西马里恩广场上，在基德尔街与国家图书馆与国家博物馆同在一个街区。

③ 对于都柏林人来说，乔伊斯所指的爱尔兰皇家学院令人费解。而英国的校勘本将这改为"基德尔宅第"较易为人接受。基德尔勋爵曾经在这幢伦斯特公爵宅第里住过。

用一根削尖的火柴在剔牙，一边聆听着几个伙伴的谈话。有几位姑娘站在门口。林奇对斯蒂芬耳语道：

——你心爱的正在这儿。①

斯蒂芬默默地在这群躲雨的学生下面的台阶上站着，任凭急骤的雨滴打在身上，眼睛不时地往她那儿瞧。她也默默地呆立在她的伙伴中间。他想起了上次见到她时的情景，以一种苦涩的心情想道，她眼下可没有什么神父可以与之调情。林奇是对的。他的心，一旦丧失了理论与勇气，便会沉沦进入一种无精打采的宁静之中。

他听见同学们在聊天。他们谈到两位通过了医学期终考试的朋友，谈到在海轮上找份差事的可能性，谈到行医捞钱的多寡。

——那全是幻影而已。在爱尔兰乡间行医要好得多。

——海因斯在利物浦呆了两年，他也这么说。他说那可是个极可怕的鬼地方。整天接生②，没别的什么病可看。

——你是不是说在国内找一份差事比在像那样的繁华的城市要好得多？我知道一个朋友……

——海因斯是个没头脑的人。他通过考试靠死记硬背，全靠死记硬背。

——别管他。在一个商业大城市里有许多钱可挣。

——这要视医疗业务而言。

——Ego credo ut vita pauperum est simpliciter atrox, simpliciter sanguinarius atrox, in Liverpoolio。③

---

① 指埃玛·克莱利。

② 比喻地说，埃玛作为斯蒂芬的圣母马利亚，既是他的母亲又是他的女友。因此，圣性的肉身化与斯蒂芬被钉上十字架的象征在这里结合在了一起。

③ 拉丁语：我认为，在利物浦穷人的生活太可怕了，可怕极了。

　　他们的声音仿佛像是远处间断的搏动一样传到他的耳中。她正准备和伙伴们一起离开躲雨的地方。①

　　急骤的阵雨渐渐停了下来，雨露像一串串宝石一般挂在四方校园树丛的叶片儿上②，黑油油的土地散发出一股股清香。当她们站在柱廊的台阶上时，紧箍在腿上的合身的靴子发出沙沙的声响；她们沉静而快活地交谈着，一会儿望望天上的云，斜撑着雨伞以遮挡最后飘飘洒洒的雨滴，一会儿又收起了伞，端庄地撩起裙裾。

　　他是不是对她的判断太苛刻了？她的生命难道仅仅像玫瑰花一样瞬息即要萎谢，她的生命难道就像鸟儿的生命一样简单而又奇异，清晨欢乐雀跃，整天躁动不安，到落日时分又疲惫不堪了？难道她的心就像鸟儿的心一样简单而又恣意任性吗？

＊　　　　　＊　　　　　＊

　　快近黎明时分，他醒来了。哦，多么甜蜜沁人的音乐！他的灵魂沾满了晨露。在睡眠中，那苍白的微凉的熹微之光抚摸了他的四肢。他静静地躺在那儿，仿佛他的灵魂正沉浸在清凉的柔水之中，聆听着隐隐约约的甜蜜宜人的音乐。他的心渐渐醒来，而获得令人激动万分的清晨的知识，清晨的灵感。一种像水一样纯净、像露珠一样甜蜜温柔、像音乐一样令人感动不已的精神充溢了他的全身。它是那么轻轻地、那么沉静地被吸入全身，仿佛六翼天使正对着他呼吸！③他的灵魂正在慢慢地醒来，却惧怕完全地醒来。那正是无风的黎明时分，疯狂苏醒过来，奇异的花草对着阳光开放，虫儿默默地飞翔起来。

---

①　在这里，乔伊斯将埃玛和她的女友们比喻为十字架下的马利亚和其他的女人们。

②　四方校园处于国家图书馆和国家博物馆之间。

③　在这里，乔伊斯暗喻斯蒂芬被钉上了十字架、死亡、被埋葬，然后升至天堂。

心灵的沉醉！整个晚上是一个令人沉醉的夜晚。在梦中，或者在幻觉中，他体验到了六翼天使生活的魅力。那仅仅是瞬间即逝的沉醉，还是数小时、数天、数年或无限的沉醉呢？

刹那间，从往昔无数朦胧的发生过的或可能发生的情景中往四面八方折射出灵感的瞬间来。这瞬间像一点光芒，而一层又一层朦胧模糊的、令人困惑不已的情景又轻轻地给它的余光蒙上了一层之翳。哦！在处女的想像力的子宫里，词变成了肉体。①加布里埃尔天使来到了处女的闺房。一缕白色的火焰飞掠过他的精神，火焰的余光在他的精神里变得越来越亮，而成了一线玫瑰色的激情的光芒。那玫瑰色的激情的光芒便是她那奇异的恣意任性的心，她的心是奇异的。因为没有人、也不会有人理解它，这颗心在世界诞生之前就恣意妄为了：被那激情的玫瑰般的光芒所吸引，天使们从天坠落而下。②

> 难道你还没厌倦那激情的生活，
> 堕落的天使的蛊惑？
> 别再说春风沉醉的年华。

他心里闪现出诗句，嘴上便喃喃吟诵起来，他意识到诗中含有维拉涅拉诗体③的韵律。那玫瑰样的光放射出节律的光芒；生活，年华，着火，赞美，举起。那光芒将整个世界燃起，焚烧尽男人与天使的心：那

---

① 艺术的宗师每一次将日常的经验演绎成永恒的艺术的时候，圣性的肉身化便再现一次。斯蒂芬成为了他自己的母亲。

② 原文为 choirs of seraphim，根据 Book World Dictionary，choir 应释为"天使"，而不是唱诗班。这样理解对于明了乔伊斯的用意是很重要的，这样才能解释下面的词：fall，这是"堕落"，而不是"歌声飘落到人间"。

③ 维拉涅拉诗体，由五首三行诗节和一首四行诗节组成，压每一、二行韵，每诗节末尾一行按程式重复。

玫瑰射出的光芒就是她恣意任性的心。

> 你的明眸让男人的心儿着火，
> 你征服了他的意志。
> 难道你还没厌倦那激情的生活？

然后呢？节奏消失了，中止了，然后重又奏起来。然后呢？烟云，袅袅香烟从世界的祭台升起。

> 在火焰之上赞美的烟霞
> 从大海一圈一圈地升起。
> 别再说春风沉醉的年华。

烟雾从整个地球，从茫茫的大海升腾而起，她那赞美的烟霞。整个地球就像一只转动的摇晃的香炉，一只香球，一只椭圆球体。节奏霎时消遁了；灵感中断了。他的嘴唇反反复复地吟诵最初赋出的几行诗句；然后只是断句而已，心中充满了困惑；然后停止了。灵感辄然中断。

烟雾弥漫的无风的时光过去了，在无色透明的窗玻璃外面清晨的微熹越来越浓重了。在遥远的地方传来隐约微弱的钟声。一只鸟儿在喊喊喳喳地欢唱；两只鸟儿，三只鸟儿。钟声和鸟儿的欢唱中止了：这沉闷的白色的天光向东、向西扩展开来，笼罩了整个世界，掩盖了他心中的玫瑰色的光。

他生怕这瞬息的意念会消失，倏然撑起身子找纸和笔。桌上既没有纸也没有笔；只有昨晚吃米饭用的汤盘和烛台①，烛柱上挂着残留的牛

---

① 汤盘暗喻耶稣在最后晚餐时所用的盘，而米饭暗指耶稣受难日弥撒上的圣餐。

脂烛泪和被最后的余火烧焦的纸烛窝。他懒洋洋地将手伸到床腿，在挂在那儿的衣服的兜里乱摸。他的手指摸到一支铅笔和一只烟盒。他背靠在床上，撕开烟盒，将剩下的最后一支烟放在窗台上，开始在粗糙的硬纸板上用简洁的小字体写下维拉涅拉诗体的诗节。

赋写完诗后，他背靠在压实了的枕头上，再一次轻轻吟诵起来。枕在脑袋下的成块儿的毛绒使他想起了她客厅沙发里的成块儿的马鬃，他每每坐在上面，他对她和对自己都闷闷不乐，对不属于租屋人的碗橱上面的圣心印记感到困惑不解，不禁有时微笑着有时严肃地问自己到这儿来干吗。①他看见她在聊天的间隙走到他跟前，请他唱一支古怪的歌儿。他看见自己坐在一架旧钢琴前，轻轻地弹奏沾满斑污的键盘，在房间里重又响起的聊天声中，为她唱一支伊丽莎白一世时代优雅的歌，一支忧郁缠绵而甜蜜的离别哀怨的歌，阿让库尔战役胜利的歌②，绿袖姑娘幸福的歌儿，而她则靠在壁炉架上。当他吟唱，她聆听或佯装聆听时，他的心感觉十分怡然恬适，但是，一唱完那古怪而又古老的歌、重又听见房间里的聒噪时，他便会想起他自己的讽喻：在这屋子里，人们似乎过早用教名称呼年轻的男子。

她的眸子有时候似乎以充满信任的感情停驻在他身子，然而当他用眼睛去期待这样的注目时，那眸子却不见了。她旋转着舞进了他的记忆

---

① 《斯蒂芬英雄》曾这样描述："尽管在斯蒂芬和丹尼尔家人之间完全缺乏沟通，斯蒂芬仍然在丹尼尔家感到十分恬适，正如他们恳请他的那样，他坐在沙发里数着马鬃块儿，安然自得……"

　　"在大卫先生朗诵'民族作品'的全过程中，斯蒂芬的眼睛一刻儿也没从挂在朗诵者脑袋上的圣心图片移开过。丹尼尔家的姑娘们并不像她们的父亲那样仪表堂堂，她们的衣饰总是透着那么点儿少女味儿。[耶稣]在这么廉价的布料上暴露出他的心来。"在这里，丹尼尔姑娘(玛丽·希伊)和埃玛之间的界线模糊起来了。

② 英国诗人米·德雷顿(1563—1631)的诗，写于1605年，纪念英王亨利五世1415年10月25日战胜法国人的战役。

之中，他想起了那夜的狂欢舞会，她穿着雪白的盛装，一手微微提起裙裾，洁白的小花枝在发间婀娜摇曳。她在舞圈中轻盈自如地跳着。①她向着他舞来，当她快靠近时，眼眸却微微地移向别处，脸颊上闪亮着淡淡的红晕。在勾手的间隙中②，她霎时将手放在他的手上，一团酥软极了的玩意儿。

——你和周围的人总是格格不入。

——是的。我生来就是一个过隐居生活的僧侣。

——我想你恐怕是一个信奉异端邪说的人吧。

——你害怕吗？

她沿着勾着手的舞者跳跃着，离他而去，没有回答他的问题，她轻盈地小心翼翼地跳着，舞着，没投进任何人的怀抱。当她跳着时，头上的洁白的小花枝也随之舞动起来，当她舞进了阴影之中时，脸颊上的红晕显得更浓了。

僧侣！　他看到了自己的形象：修道院里的俗人，一个异端的方济各会修道士，既愿意又不愿意为上帝服务，像吉拉迪诺·达·博尔戈·圣·多尼诺③一样编织一张灵巧的诡辩的网，在她耳朵里喃喃细语。

不，这不是他的形象。这是一位年轻的神父④的形象，和这位神父一起，他上次见到了她，她以含情脉脉的眼神望着那年轻的神父，一手玩弄着她那爱尔兰语短语词典。

——是的，是的，妇女也到我们这儿来上课了。我每天都能见到妇

---

① 这女孩可能是汉纳·希伊，她和玛丽一起成为埃玛的原型。

② 在圈舞或四方舞中，左、右手交换。

③ 斯蒂芬可能在此想到这位13世纪方济各会修道士似乎是一位亵渎修道生活的人。虽然多尼诺因他的异端邪说而遭受关禁，他是一个致力宗教改革的人，希望他的教派实行更为严格的教规。

④ 指莫兰神父。

女来。妇女也支持我们的事业。她们是爱尔兰语最好的推广者。

——那教会呢，莫兰神父？

——教会也支持我们。在教会里推广爱尔兰语的工作也在进行着。别一提教会就皱眉头。

呸！ 他以一种轻蔑的心情昂然离开教室完全是对的。在图书馆台阶上他没有向她打招呼也完全是对的。让她去和神父调情，让她去和那教会逗乐吧，那教会不过是基督教界的厨娘而已。

极度的愤怒将他灵魂中最后残存的一点点兴奋驱散得无影无踪了。她那美好的形象被粗暴地撕得粉碎，碎片被甩扔到四面八方。她的被扭曲的形象从记忆的四面八方涌来：那衣衫褴褛的卖花姑娘，一头湿漉漉的粗糙不堪的头发，长着一张野妞儿的脸，自称是他的姑娘，请求他买一束花作为礼物，那邻居的厨娘，一边丁零当啷洗盘子，一边用乡村歌手的冗长的音调唱《在基拉尼湖畔》的头几节，那看见他破鞋底绊在科克山附近人行道铁算子上时快活地哈哈大笑的姑娘，那从雅各布饼干厂①走出来、使他见了为之一怔的姑娘，他为她那娇小的成熟的嘴唇着迷了，她讥讽地对他喊道：

——您喜欢我身上飘然的头发和弯弯的眉毛吗？

他感到不管他如何辱骂和挪揄她的形象，他的愤怒仍然含有钦羡的成分。他怀着并不是很真诚的轻蔑离开了教室，他感到在她和她一类的姑娘那闪动着长睫毛生动的阴影的黑眸子后面也许隐藏着秘密。当他在大街上漫步时，他不无酸楚地对自己说，她是她的国家女性的一个形象，她具有一颗蝙蝠般的灵魂，只有在黑暗、神秘与孤独之中才有活力，她和她那性情温和的情人既无爱又无负罪感地厮混了一阵，然后离

---

① 该工厂坐落在主教街 28 号—30 号。现在仍在那儿。

开了他，让他独自去面对格栅后面神父的耳朵，喃喃细说无辜的罪愆。他用对她情人粗鲁的咒骂来发泄他的怒气，她情人的名字、说话的声气和模样儿都是对他受挫的孤傲的一种冒犯：他不过是一个穿着神父神袍的农民而已，一个弟弟在都柏林当警察，另一个弟弟在莫伊卡伦①当酒吧跑堂。对她的情人，对一个仅仅在主持正式的宗教仪式方面受过教育的人，她愿意坦陈出她羞涩的灵魂一切的阴蔽，而对他，一个拥有永恒想像力的教士，一个能将日常的经验演化成具有永恒生命力的光辉灿烂的东西的人，她却不愿意。

圣体的光彩夺目的形象又一次在刹那间将酸涩的绝望的思想联系在一起，思想的呐喊在感恩的赞美诗中连续不断地升腾起来。

> 我们忧郁的民谣和断续的呼号
> 从感恩祈祷赞美诗中升起。
> 难道你还没厌倦那激情的生活？
>
> 当献祭的手举起
> 斟满了酒的圣餐杯。
> 别再说春风沉醉的年华。

他从起首的诗行开始大声吟诵出来，后来音乐和旋律充溢了他整个的心，使他静默地聆听起来；他艰苦地将诗行疾书抄写下来，见到书写的字感觉要好得多；然后他全身靠在枕头上。

---

① 高尔韦的一个小镇。乔伊斯最初写的是艾瑟利镇。艾瑟利镇也在高尔韦，该镇有很精致的中世纪拱门和城墙；而莫伊卡伦仅仅是道路拓展后的一座小镇。

天大亮了。听不见任何声响：但他知道他周围的世界很快就会在喧闹、嘶喊和睡梦惺忪的祈祷声中苏醒过来。为了躲避开那个世界，他转身面向墙壁，将毯子做成僧帽一般兜在头上，呆呆地凝视破旧不堪的墙纸上怒放的鲜红大花图案①。他想藉以这猩红的光辉来重新唤起正在消退的快乐情绪，心中想像从他躺着的地方有一条一直通往天堂的玫瑰路，路上撒满了鲜红的花儿。厌倦！ 厌倦！ 他也厌倦那激情的生活了。

一阵幽幽的暖意，一种慵懒感，从他紧紧兜着毯子的脑袋沿脊柱一直爬遍了全身。他感到这种慵懒感在他身上蛇行而下，看见自己这么模样儿躺着，不禁哑然失笑。他很快会进入梦乡。

十年之后，他会为她再一次吟诗作赋。十年前，她将披肩像头兜一般套在脑袋上②，往夜色呼出一缕缕温暖的气息，在光滑的路上跺脚。那是最后一班马车；细高的枣红马儿似乎也明白这个，往清澈的夜空摇响铃铛给人们提个醒儿。售票员和车夫聊着天，在马车灯暗绿色的光影中不停地点头。他们站在马车的踏板上，他立在高一级的踏板上，她则站在低一级的踏板上。谈话间，她多次蹬上高一级的踏板上来，然后又蹦下去，有那么一两次她待在他的身旁忘了站下去了，后来还是踩了下去。要是她一直待在他身旁该有多好！ 该有多好！

在孩提时代的那次初悟和他现在的蠢行之间整整横隔着十年的时间。要是他把诗寄给她，她会怎么样呢？ 他们准会在早餐时一面笃笃敲碎煮鸡蛋一面念他的诗。实在愚蠢至极！ 她的兄弟们③会哈哈大笑，用

---

① 这是一种仿英雄形象，暗喻但丁《天国》中的多叶卷叠式玫瑰。

② 如果在《青年艺术家画像》中这时是指 1902 年（乔伊斯 1903 年 1 月离开都柏林），那么，那次马车的相遇发生时，他正在上 10 年级。

③ 根据玛丽·希伊的回忆，乔伊斯对她的兄弟们比对她更友善。他的最亲密的朋友是里查德·希伊。

壮实、坚硬的手将诗页抢来抢去阅读。她叔叔，一位和蔼的神父，会坐在椅子里，伸手拿着诗篇吟读，一面莞尔一笑，点头激赏诗的形式。

不，不：那纯粹是一种蠢行。即使他给她寄去诗篇，她也不会拿去给别人看的。不，不：她不能。

他开始觉得他伤害了她。他体会到她是多么纯粹而无辜，这种感觉几乎催使他对她怜悯起来，他一直没有认识到她的纯粹与无辜，只有当他自己失足犯罪才体察到，她天性无邪，在她的天性初次受到那奇异的侮辱之前，她也不会体会到她的纯粹与无辜。只有在那之后，她的灵魂才会经历他的灵魂在初次犯罪之后所体验的感觉：他一想起她那羸弱的苍白的脸色和她的眼睛由于感到女性奇异的羞耻①而变得谦卑而忧郁，他的心便会充溢一种温情脉脉的怜悯。

当他的灵魂体验了狂想之后变得慵懒恬适，她一直在哪儿？在这些时刻里，她的灵魂也许通过一种神秘的精神生活会意识到他的赞礼吗？也许会。

一阵欲火在他灵魂中重又点起，在他整个身子里燃烧。当她意识到他的欲念，她，他赋写的维拉涅拉诗中的妖妇，会从芬芳四溢的睡梦中醒来。她那乌黑的闪着慵懒的光的眼睛会睁开与他的眼睛对视。她的裸露的胴体，光彩、温暖、芬芳而丰腴，完全听命于他，像一团灿烂的彩云将他笼罩起来，像流动的柔水将他包裹起来：像一团雾霭，像流水，在空中围绕着流动的词儿——神秘的象征——打旋，一古脑儿涌向了他的脑海。

> 难道你还没厌倦那激情的生活，
> 堕落的天使的蛊惑？

---

① 这是指女性月经来潮，并暗喻十年期间与埃玛的不间断的关系。

别再说春风沉醉的年华。

你的明眸让男人的心儿着火，
你征服了他的意志。
难道你还没厌倦那激情的生活？

在火焰之上赞美的烟霞
从大海一圈一圈地升起。
别再说春风沉醉的年华。

我们忧郁的民谣和断续的呼号
从感恩祈祷赞美诗中升起。
难道你还没厌倦那激情的生活？

当献祭的手举起
斟满了酒的圣餐杯。
别再说春风沉醉的年华。

你忧郁的眼神和丰腴的肢体
仍然吸引着我渴望的注目！
难道你还没厌倦那激情的生活？
别再说春风沉醉的年华。

*　　　*　　　*

这是些什么鸟儿？　他站在图书馆台阶上，困顿不堪地倚靠在白蜡树柱杖上，瞧着鸟儿。鸟儿绕着莫尔斯沃思大街①一幢楼宇向外突兀的肩角不断地飞呀飞。三月末的暮色使鸟儿奋飞的姿影显得分外清晰可辨，它们黝黑的颤动的身影衬在薄暮的夜空上，宛若映在一块随意挂在空中的浅烟蓝色的布片上。

他瞧着鸟儿翱翔；一只鸟儿又一只鸟儿：黑色的那么一闪，来一个大回转，扑剌扑剌扇动起翅儿。他试着在鸟儿往前直冲的颤动的身影从视线消失之前数个数儿：六只，十只，十一只；心中一个劲儿纳闷鸟儿的总数是奇数呢还是偶数。十二只，十三只：因为有两只鸟儿从高空直冲了下来。鸟儿一会儿飞高，一会儿低回，但总是以直线和曲线的队形从左往右在空中的圣庙周围盘旋。

他聆听鸟儿的鸣声：就像裙墙壁板后面老鼠的吱吱声：只是两倍的尖利。鸟儿的啾啾声是悠长而尖利的，并不像害鸟的聒噪，有时往下降三度或四度，当鸟儿劈开长空高飞时，鸣声霎时吊高而发颤。它们的鸣叫尖利、清晰而动听，犹如从线轴上往下飒飒坠放的丝一般的线那样传了下来。

他耳朵里一直充斥了妈妈的嘤泣声和责难，而这非人的鸣声抚慰了他的耳朵，那黝黑的孱弱的颤动的鸟影绕着浅蓝天色上一座空中的圣庙打转、扑棱、回旋，抚慰了他的眼睛，那眼睛仍时时瞥见母亲的脸容。

为什么他站在门廊的台阶上要往天空细瞧，聆听双倍尖利的鸣声，观望鸟儿的飞翔呢？这是吉兆还是凶兆呢？科内利斯·阿格里帕的一句话闪过他的心头，他想起斯维登堡②关于鸟儿与有智慧的生物之间存

---

① 莫尔斯沃思大街从基尔德尔街国家图书馆往西延伸。

② 科内利斯·阿格里帕（1486—1535），德国医生、神学家和哲学家。斯维登堡（1688—1772），瑞典著名科学家、神秘主义者、哲学家和神学家。他认为，在与自然界相一致的神灵世界里，上帝的本质是精神的太阳；它的温暖是爱，它的光明是智慧。此处叙述引自他的著作《天堂与地狱》第110节。

在通感的话，想起这在空中翱翔的生灵有它们自己的知识，了解时间与季节，因为它们与人不同，安于它们生命的程序之中，并没有以理性颠倒那生命的程序，各种各样无定的思想充斥了他的心田。

正如他抬头细瞧飞翔的鸟儿一样，人类向天仰望已数千年了。在他上面的廊柱使他隐隐约约想起一座古代的庙宇，他疲惫不堪地依靠其上的白蜡树让他联想起相命者的曲棍。一种对未知的一切惧怕的感觉在他的困顿不堪的感觉的中心蠕动，那是一种对象征和预兆的恐惧，对那鹰一般的神的恐惧，他的姓名就取自那神的名字①，张开由柳树条编织的翅膀逃离了囚笼，逃离了托斯②，那写作之神，用芦苇尖儿在碑上书写，在他那狭窄的朱鹭脑袋上戴着新月牙儿。

他一想起神的形象便不禁莞尔一笑，因为这使他想起了戴假发的酒糟鼻法官，手伸直拿着一份文件，在那上面点读，他知道他本来不会想

---

① 这是指德达罗斯。乔伊斯的思想和散文是如此复杂，乔伊斯一直希冀歌唱；他年轻时的梦是变成一只鸟儿，一只既能飞翔又能唱歌的鸟儿。

② 托斯，古埃及象征智慧与魔术的鹭头人身的神。在埃及宗教中，他是诸神的书吏，时间的掌管者和数字的发明人，所以是智慧与魔术的神。与希腊神话中的赫尔墨斯神相似。

起神的名字的，但那神的名字太像爱尔兰咒语了。那简直是一种蠢行。难道不正是为了这蠢行，他永远告别了生于其中的信仰与谨慎的殿堂，告别了他发端于其中的生活的秩序吗？

鸟儿尖声鸣叫着回到楼宇的肩角上空，在渐渐黯淡下来的暮色中像黑影儿一般地飞翔盘旋。这是些什么鸟儿？ 他想，它们准是从南方飞回来的燕子。他也会远走高飞的，这些候鸟飞去又飞回，在人们的屋檐下筑起临时的巢，然后又离巢而去，浪迹天涯。

> 低垂你们的脸庞吧，乌娜和阿利尔
> 我瞧着你们的脸就像燕子
> 在他去汹涌大海浪迹之前
> 瞧一眼屋檐下的巢。①

像海潮聒噪一般的一种轻柔的如水的快乐之情涌向了他的记忆，他在心中感受到大海上渐渐黯淡下来的浅蓝色的天空柔和的宁静的广袤的空间，感受到大海的寂静，感受到奔流的海水上空燕儿穿越过大海的暮色。

一种轻柔的如水的快乐之情从词语中流过，柔和的长元音悄没声儿地撞击，然后又消逝开去，拍打着海岸，又流淌回去，永不停息地摇动浪涛尖儿上的雪白的铃儿，发出无声的韵律，无声的丁当，轻柔的、低缓的、渐渐寂静的呐喊；他感到他在低回飞翔、划破长空的鸟儿身上和在他头顶上苍白无色的天空中一直在寻觅的征兆却像小鸟轻轻地、快捷

---

① 这是 W·B·叶芝的诗《伯爵夫人凯瑟琳》中垂死的伯爵夫人说的话。她将灵魂出卖给魔鬼以拯救她的将灵魂出卖了的农夫们。

地从塔楼里飞出来一样地从他的心里飞逸出去。

那是别离的还是孤独的象征呢？ 在他的记忆的耳中低吟浅唱的诗句在他记忆的眼前慢慢地唤起国家剧院开幕式的那天夜晚大厅里的情景①。他孤零零地一个人坐在楼座上，以厌倦的眼光瞧着正厅前座的都柏林文化界，瞧着笼罩在耀眼的舞台灯光中的幕布和玩具娃娃般的人儿。一个魁伟壮实的警察在他后面大汗淋漓，似乎准备随时动手。散坐在剧场各处的同学发出一阵阵粗鲁的嘘声、嗯哨声和喝倒彩声。

——对爱尔兰的毁谤！

——这是在德国炮制的！

——简直是亵渎！

——我们决不出卖我们的信仰！

——没一个爱尔兰妇女会那么做。

——我们不需要乳臭未干的佛教徒。

从他上面的窗户里传来一声突然的急促的叭嗒声，他知道阅览室的电灯扭亮了。他踅进安详地沐浴在灯光之中的圆柱大厅，爬上楼梯，通过轧轧作响的旋转栅门走了进去。

克兰利正坐在词典书架附近的座位上。一本厚重的书，翻在扉页，摆在他面前的木书架上。他背靠在椅子背上，像一位听忏悔的神父一般侧耳向着一位医疗系同学的脸，那同学正在给他念一本杂志棋牌栏目中

---

① 1899 年 5 月 8 日，叶芝的戏剧《伯爵夫人凯瑟琳》在国家剧院首演。年轻的学生认为剧中有部分反爱尔兰的内容，发出嘘声；戏剧落幕时，更是咆哮和嘘声大作。而乔伊斯则热烈鼓掌。演出后，斯克芬顿和其他人一起草拟了一封拟寄往《自由人报》的抗议信，第二天置于学院的一张桌上，所有愿意签名的人可以在抗议信上签名。有人请乔伊斯签名，乔伊斯拒绝了。

的一个问题。斯蒂芬在他右边坐下，坐在桌子另一边的神父怒气冲冲地啪——一声合上《碑》①，站了起来。

克兰利茫然地无动于衷地目送他。医疗系学生以更轻柔的声音继续说道：

——走兵王翼进四。

——我们还是离开这儿吧，狄克逊，斯蒂芬警告地说。他去告状了。

狄克逊卷起杂志，一副庄严的样子站了起来，说：

——让我们的兵卒有条不紊地撤退吧。

——撤退别忘了带上大炮和牛，斯蒂芬接着说，指着克兰利的书名页上印着《牛病》的书。②

他们在桌子边的过道上走时，斯蒂芬说：

——克兰利，我有话要跟你说。

克兰利没有答话，也没有转过身来。他将书放在借书柜台上，走了出去，擦得锃亮的皮鞋在地板上发出单调的橐橐的声音。在楼梯上，他停了下来，心不在焉地瞧着狄克逊，重复说道：

——就走兵王翼他妈的进四。

——你想那么走，就那么走，狄克逊说。

他的声调平静而平淡，仪态文质彬彬，不时炫耀一下戴在丰腴的干干净净的手指上的图章戒指。

在他们穿过大厅的时候，一个矮矮的人向他们走来。在他小小的帽子的帽檐下，没有修刮过的胡子拉碴的脸上堆着快乐的微笑，他们能听

---

① 在英国出版的一份保守的罗马天主教周刊。
② 书名并不叫《牛病》，这是书中一个章节的题目。当伯恩将这章节的题目给乔伊斯看时，乔伊斯爆发出一阵狂笑，以至图书管理员利斯特先生将他驱赶出图书馆。

见他喃喃细语。那一对眼睛就像猴子般的忧郁。

——晚安，队长，克兰利说，停了下来。

——晚安，先生们，那张胡子拉碴的猴子脸说。

——对三月来说，天气够暖和的了，克兰利说。楼上的窗户都打开了。

狄克逊莞尔一笑，用手转一下他的戒指。那张黑不溜秋的皱巴巴的猴子脸温和而快活地张开一张人模样的嘴：那嗓音高兴得咕噜咕噜直响：

——多叫人快乐的三月天气。太叫人高兴了。

——楼上有两位年轻美貌的女人，队长，她们等得不耐烦了，狄克逊说。

克兰利微微一笑，和气地说：

——队长只爱一个人：瓦尔特·斯各特。①是那样吗，队长？

——你正在读什么书，队长？狄克逊问道。在读《拉默摩尔的新娘》吗？②

——我爱读老斯各特的作品，那伶牙俐齿地说。我认为他写得妙极了。没有哪一个作家可以与瓦尔特·斯各特爵士媲美。

他在空中轻轻地挥动他那瘦削而皱巴巴的深棕色的手，正和他的赞扬斯各特的话合拍，而他那薄薄的活泛的眼皮不时地在一腔忧郁的眼睛上眨巴。

使斯蒂芬的耳朵感到更加忧伤的是他的讲话：口音斯文，低沉而滋润，不时冒出个语法上的错误：听着他讲话，他在心中揣摸关于他的传

---

① 据斯坦尼斯拉斯·乔伊斯，詹姆斯·乔伊斯"简直无法忍受"斯各特和狄更斯。斯各特(1771—1832)，英国小说家，历史小说的首创者。

② 斯各特1818年出版的一部小说。

说是否真实，在他那猥琐的身形里流淌的血果然是高贵的，是一场乱伦的爱的果实吗？

公园的树①挂满了雨露，雨滴宁静地、绵绵不绝地滴落在湖面上，湖像一面灰色的盾静躺在那儿。一群天鹅在那儿飞翔嬉戏，湖水和湖岸被它们撩起的绿白色的烂泥所沾污。他们在灰濛濛的雨光、湿漉漉的宁静凝然的树、可以作见证的盾形的湖和天鹅的刺戟下相互轻柔地拥抱。他们相互拥抱，既没有欢乐又没有激情，他的手勾着他妹妹的脖子。一条灰色的毛披肩斜搭在她的肩头和腰肢上：她金发的脑袋搭拉着，既羞耻又乐意。他长着一头蓬松的棕红色的头发，一双模样优雅的手却壮实有力，长着雀斑。脸。看不见脸。哥哥的脸扑在她那散发着雨露清香的金发上。那双长着雀斑的、壮实有力的、模样优雅的、正在抚摸的手是达文的手。

他对自己的走神，也对那干瘪的使他走神的矮子怒气冲冲地皱起眉头。他父亲对班塔里帮的嘲笑②突然在他记忆的海洋中冒出来。他竭力抛掉这记忆，重又不安地捉摸他自己的思想。那为什么不是克兰利的手呢？ 难道达文的质朴与无邪更加不知不觉地刺痛了他吗？

他让克兰利和那矮子去好好细聊，便与狄克逊一起穿过整座大厅。

在柱廊，坦普尔正站在一群同学中间。有一个同学喊道：

——狄克逊，走近一点儿好听清楚点儿。坦普尔正讲在兴头上。

坦普尔将他那乌黑的吉卜赛眼珠子盯着他。

——你是一个伪君子，奥基夫，他说，而狄克逊是笑面虎。啊，这

---

① 这是一座想像的公园，在公园里斯蒂芬想像窥见了乱伦的爱。

② 原文为 gibes，在标准的英语中，jibe 和 jeer 具有十分鲜明的文学色彩，可是在爱尔兰，却是日常用词。班塔里帮，是指帕内尔派政治家，他们的领袖，如蒂姆·希利，来自班塔里村。

是一个多么美妙的文学的表述。

他狡猾地笑一笑，紧盯着斯蒂芬的脸，重复说道：

——天，我对那叫法满意极了。笑面虎。

一个站在他们下面台阶上的、身材魁梧的同学说：

——再说说那情妇的事儿吧，坦普尔。我们想听那个。

——他养情妇，真的，坦普尔说。他还是一个有老婆的人呢。所有
的神父经常在那儿吃饭。天，我想他们全染指这事儿。

——这就叫放着好马不骑却去租匹驽马骑，狄克逊说。

——告诉我们，坦普尔，奥基夫说，你肚子里到底装了多少玩
意儿？

——你智慧的灵魂①仅仅表现在这一句话里，奥基夫，坦普尔以公
然的蔑视说。

他踉踉跄跄地转过人群对斯蒂芬说起话来。

——你知道福斯特家族是比利时王吗？　他问道。

克兰利从大厅的门口走出来，帽子甩在脑勺后面，正小心翼翼地在
剔牙。

——啊，来了一个聪明人，坦普尔说。你知道福斯特家族吗？

他停顿了一下等待回答。克兰利用他那粗制滥造的牙签从牙缝里剔
出了一颗无花果的籽，一个劲儿地瞧着它。

——福斯特家族，坦普尔说，是佛兰德王鲍德温一世的后裔。他
名叫福雷斯特。②福雷斯特和福斯特是同一个姓。弗朗西斯·福斯特
上尉是鲍德温一世的后代，在爱尔兰定居下来，娶了克兰勃拉西尔最

---

① 　根据亚里士多德和经院哲学派，灵魂分为理性、动物性与植物性部分。
② 　佛兰德，中世纪欧洲一伯爵领地，包括现比利时、法国、荷兰地区。鲍德温一世
　　（9世纪）并不姓福斯特，而姓 Bras-de-fer（铁手），死于879年。

后一位酋长的女儿。还有叫布莱克·福斯特的。那是另一不同的
支脉。

——从佛兰德王鲍德海德嫡传下来，克兰利重复道，重又从容不迫
地张口剔着他那雪亮的牙齿。

——你从哪儿捡来这些历史知识的？ 奥基夫问道。

——我还知道你家的历史，坦普尔转身对着斯蒂芬，说。你知道吉
拉尔德斯·坎姆勃伦西斯是如何谈及你们家的吗？①

——他是不是也是鲍德温的后裔？ 一个颀长的患肺病的同学问，
他长着一对黑眼睛。

——鲍德海德，克兰利重复说，正用舌头吮吸着牙缝。

——Pernobilis et pervetusta familia②，坦普尔对斯蒂芬说。

站在台阶下的那位壮实魁伟的同学放了一个短屁。狄克逊转身对着
他，用一种柔和的声调问：

——天使说话了③？

克兰利也转过身去，语气很重，但并无怒意：

——戈金斯④，告诉你吧，你是我遇见的最该死的脏鬼。

——我心里也那么想，戈金斯口气坚决地回答道。但这并没妨碍任
何人，是吗？

---

① 威尔士的杰拉尔德1184年访问了爱尔兰，撰写了关于爱尔兰的访问记，这是第
  一位记叙有关爱尔兰情况的外国人。
② 拉丁文：一个高贵而显赫的望族。
③ 这是对天使的一种故意的亵渎。这与乔伊斯在《尤利西斯》中表达的"我母亲是
  个犹太人；我父亲是一只鸟儿"相似。那就是说，圣母马利亚因圣灵"鸽子"的
  话而怀上了身孕。乔伊斯关于"想像的处女子宫"的思想，或者说"艺术的构想
  和艺术的酝酿"的思想源自邓南遮。乔伊斯认为邓南遮是仅次于福楼拜的最伟大
  的小说家。
④ 乔伊斯在1909年2月或3月在修改《斯蒂芬英雄》时曾想删去戈金斯，将所有邪
  端的思想都集中在斯蒂芬身上。

——我们希望，狄克逊和蔼地说，这不是如科学上说的 paulo post futurum①。

——我不是跟你们说过他是个笑面虎吗？ 坦普尔环顾左右之后说。我不是给他起了那个绰号吗？

——是的，你这样说过，我们并不聋，那顾长、患肺病的同学说。

克兰利仍然对台阶下的那位壮实魁伟的同学皱着眉头。他突然讨嫌地哼一声，一出手将他猛一下子推下台阶去。

——滚开这儿，他粗鲁地说。滚开，你这臭尿盆。你就是个臭尿盆。

戈金斯蹦跳到石子路上，然后马上又若无其事地回到原来的位置上。坦普尔转过身问斯蒂芬：

——你相信遗传的规律吗？

——莫非你喝醉了，或是怎么的，要不你怎么这么说话？ 克兰利问道，转过身来对着他，一脸迷惑。

——迄今为止含意最深刻的一句话，坦普尔热情洋溢地说，是写在动物学上的最后一句话。生殖是死亡的前奏。

他怯生生地碰一下斯蒂芬的胳膊肘，热切地说：

——你觉得这句话含意深刻吗？ 你是诗人。

克兰利用他那瘦长的食指指着。

——瞧他一眼吧！ 他轻蔑地对其他人说。瞧一眼爱尔兰的希望吧！

人们被他的话和手势逗乐了。坦普尔一脸严肃地转身对着他，说：

——克兰利，你总是嘲笑我。我看得出来。但我任何时候并不比你差。和我相比，你知道我对你的看法吗？

——我亲爱的老兄，克兰利彬彬有礼地说，你知道吗，你不善于，

---

① 拉丁文语法用语：将来行为造成的状态。

绝对地不善于思考。

——但你是否知道，坦普尔接着说，将你与我自个儿相比，我是怎么看你和我自己的吗？

——快兜出来吧，坦普尔！ 那壮实魁伟的同学在台阶上说。全兜出来吧！

坦普尔转身向右，然后又转身向左，讲话时，突然打了几个孱弱的手势。

——我只是鸡巴蛋①而已，他说，绝望地摇着脑袋。我是鸡巴蛋。我知道我只是鸡巴蛋而已。我承认我是鸡巴蛋。

狄克逊轻轻地拍着他的肩膀，温和地说：

——这本身证明你是好样儿的，坦普尔。

——但是他，坦普尔指着克兰利说。他和我一样仅仅是个鸡巴蛋而已。他只是没有自知之明。那就是他与我之间的惟一的不同点。

一阵突然爆发的哈哈大笑声盖过了他的声音。他再一次转身对着斯蒂芬，用一种突如其来的热切之情说：

——这是一个非常有趣的词。它是英语里惟一的一个双数词。你知道吗？

——是吗？ 斯蒂芬无动于衷地说。

他正细瞧揣摸着克兰利那张棱角分明的痛苦的脸，脸上漾着一丝强装的勉自忍耐的微笑。那粗俗的咒词横扫过那张脸，犹如脏水泼洒在一尊古老的石雕像上，对一切的羞辱已无动于衷了：当他瞧着他时，他看见他举起帽向人致敬，从前额露出来像铁冠一样罩在脑袋上的乌黑的头发。

她从图书馆的门廊走出来，越过斯蒂芬躬身向克兰利致意。也向他

---

① 原文为 a ballocks，睾丸。英语里惟一的双数词。

致意吗？ 在克兰利的脸颊上不是隐隐有点红晕吗？ 难道那是因为坦普尔的咒词吗？ 灯光黯淡了下来。他看不清。

难道那不正说明他朋友为什么总是处于坐立不安的沉默之中，为什么他对人总作出那些苛刻刻薄的评价，为什么说话时总不时冒出粗鄙的言词，正是那粗鄙的言词常常使斯蒂芬撤回虽并不情愿但一度曾是热切的忏悔吗？ 斯蒂芬大方地原谅了一切，因为他发现在自己身上在对待自己的问题上也存在粗鄙和鲁莽的一面。他记得，有一天夜晚，他骑着一辆借来的吱嘎吱嘎作响的自行车到马拉海德附近的林子里去向上帝祈祷。他举起手臂，知道自己正站在神圣的土地上在一个神圣的时刻，以一种狂热的心情对着树丛中庄严的圣殿祷告。这时，从阴暗的道路的拐角处出现了两个警察，他便中断祈祷，大声吹起了刚从哑剧里学来的调儿。

他开始将磨破的白蜡树拄杖顶端对着圆柱的基石猛揍。难道克兰利没有听见他吗？ 他可以等待。关于他的议论停止了一会儿：从上面的窗户里又传来轻轻的嘘声。除此之外，在空中便没有其他声响了，他一直以悠闲恬适之情观望飞翔的燕子也已进入梦乡了。

她穿越过黄昏。因此，空中除了传来轻轻的嘘声之外，一片寂静。因此，叽叽喳喳议论他的长舌停止了下来。黑暗在降临。

黑暗从空中降临。①

---

① 斯蒂芬在这里引述英国诗人、剧作家托马斯·纳什（1567—1601？）《夏天的遗言》（1600）中的《歌》。《歌》是这么开始的：
> 永别了，大地的祝福，
> 这世界充满了不定，……
> 我病了，我必须死亡；
> 上主怜悯我们吧。

　　叶芝在《诗的象征主义》中引用了纳什的诗，作为例子说明"持续的无法界定的象征主义是所有风格的精髓"。

一种令人颤抖的快乐，像一线微弱的光，在他周围宛若仙女在翩翩起舞。她穿越过那渐渐浓郁的暮色的身影，或者那赋有黑色音韵和头韵的诗文，是丰满而有如诗琴一样抑扬顿挫吗？

他离开同学，缓缓地向柱廊深处更浓重的阴影里走去，一边走一边用拄杖轻轻击打石板，以掩饰他的种种幻觉，不让他们觉察出来：他同时得以让心灵重新回味道兰德，伯德①和纳什的时代。

眼睛，从欲望的黑洞洞的深处张开，眼睛使东方微熹的晨光变得黯淡了。除了淫荡的柔情之外，他们百无聊赖的优雅算什么呢？ 除了一个淌口水的斯图亚特王②宫廷粪坑上一层嘎巴儿的闪光之外，他们的闪光又算什么呢？ 在回忆的语境里，他体验到琥珀色的美酒，渐渐消遁的甜蜜的乐曲，那骄傲的双人舞：他用回忆的眼睛看到科文特加登广场阳台上咂小嘴调情的和蔼而高贵的妇女③，小酒馆麻脸的妓女和年轻的妻子们，她们快乐地顺应与她们一起销魂狂欢的人们，和他们拥抱了再拥抱。

他所回忆起的种种形象并没有给他带来任何愉悦。它们是神秘的，充满激情的，但她的形象和这些形象并没有纠缠在一起。不能那样去想到她。他根本不能在那样的心境中去想她。难道他已不能控制他的思想了吗？ 古老的语句是甜蜜的，但它们的甜蜜仅仅是一种被挖掘出来的甜蜜而已，就像克兰利从他发亮的牙齿里剔出无花果籽一样。

虽然他朦朦胧胧地感觉到她的倩影正穿过城市往回家的路上走，但

---

① 约翰·道兰德(1563—1626)，英国古琵琶演奏家。威廉·伯德(1543？—1623)在17世纪被认为是音乐之父。他作了大量宗教、室内和弦乐乐曲、歌曲和牧歌。
② 指1603年伊丽莎白女王死后继位的詹姆斯一世。
③ 原文为Covent Garden，实指科文特加登卖蔬菜和花卉的广场，而不是指1731年才建的皇家歌剧院。

这既不是思绪也不是幻觉。开始时模模糊糊的，后来他非常真切地闻到了她玉体上散发出来的馥香。他自觉到有一股躁动在他血液里沸腾起来。是的，他闻到的正是她的肉体，一种狂野的、令人慵倦的馨香，他闻到那散发着温热的肢体，在那肢体上激荡着他的充满欲念的心声，他闻到那神秘的酥软的内衣上沾染的由她的肉体散发出来的香味和甘露。

在他的后脖颈上有一只虱子在蠕动，他将大拇指与食指敏捷地伸进敞开着的领子里，一把捏住了它。他用大拇指和食指将虱子软软的像米粒一样松脆的身子转了一个个儿，然后让它从身上掉落下去，心中纳闷这小玩意儿将会是活还是死。他心中想起了科内利斯·阿·莱匹德的一句怪话，那怪话说，生于人的汗水之中的虱子并不是上帝在第六天创造的①。然而，脖子上皮肤这样奇痒难耐，这不禁使他怒火中烧。他的身子，穿得破旧，营养缺乏，饱受虱子啃咬，一想到这，他在一阵突如其来的失望之中闭上了眼睛，在一片黑暗之中，他看到那松脆的、闪亮的虱子的身子从空中往下坠落，在坠落的过程中，还不断地翻着个儿。是的，从空中降下的不是黑暗。而是光明。

光明从空中坠落。

他根本没有记清纳什的诗行。它所唤起的形象都不是真实的。他的心滋生蛀虫。他的思想不过是降生于懒惰的汗水的虱子而已。

---

① 科内利斯·阿·莱匹德(1567—1637)，耶稣会作者，著有《论圣经》，在书中一条注释中，他引用了《旧约·创世记》1：25："于是神造出野兽，各从其类，牲畜各从其类。地上一切昆虫各从其类。神看着是好的。"他认为，由此可以得出结论，动物并不是由上帝直接创造，而是从上帝创造的物质中产生出来的，例如飞虫产生于肉，蛆产生于奶酪，虱产生于人汗。

他沿着柱廊很快走回同学那儿去。得了，让她走吧，去她妈的。她可以去爱一个干干净净的运动员，他每天擦洗腰身以上的身体，胸口长满了黑毛。让她去吧。

克兰利从兜里又拿出来了一只干无花果蜜饯，慢慢地、吧唧吧唧地细嚼着。坦普尔坐在廊柱的基底上，背靠在柱子上，帽子耷拉在睡意惺忪的眼上。一个矮胖的年轻人从门廊里走出来，胳膊下挟着一只皮包。他往人群这儿走来，用靴子的后跟和沉甸甸的伞柄金属箍橐橐击打着石板。他举起雨伞作为致意，他对众人喊道：

——晚安，先生们。

他又橐橐敲打几下石板，吃吃地窃笑，脑袋神经质地颤抖起来。那顾长的患肺病的学生、狄克逊和奥基夫正在用爱尔兰语聊天，没有回应他的问候。他转身对着克兰利，说：

——晚安，我特别向你问候。

他挥动了一下雨伞作了表示，又吃吃地窃笑起来。克兰利嚼着无花果，下巴嘎巴嘎巴地蠕动，回答道：

——晚安？　对啦，这夜晚够安好的了。

这矮胖的学生严肃地瞅了他一眼，轻轻地不满地晃了晃伞。

——我看得出来，他说，你要说些谁都明白的话了。

——嗯，克兰利回答道，从嘴里拿出嚼了一半的无花果，塞到矮胖学生的嘴前，让他吃。

矮胖学生并没有吃无花果，他领受了克兰利的特殊的幽默感，仍然吃吃地窃笑，严肃地说道，挥动雨伞来加强他说话的语气：

——你是想……

他遽然停了下来，毫不客气地指着咬嚼过的仍在淌着汁液的无花果，大声说道：

——我是指那个。

——嗯，克兰利还像原来的样子说。

——你是想，矮胖的学生说，想 ipso facto，或者说打个比喻而已？

狄克逊从他那一群学生堆里走出来，说：

——戈金斯在等着你呢，格林。他去了阿德尔菲旅馆找你和莫伊尼汉。这里装着什么？ 他问道，敲了敲格林腋下的皮包。

——试卷，格林回答道。我每个月都给他们考试，看看他们从我的教学中得益多少。

他也敲了敲皮包，轻轻地咳了一声，莞尔一笑。

——教学！ 克兰利粗鲁地说。我想你是指一帮赤脚小鬼来听像你这样的猴样老师的课吧。上帝保佑他们吧！

他啃掉了剩下的半拉无花果，一甩手将果蒂扔掉。

——我让小孩儿来到我的身边，格林高兴地说。

——该死的猴子，克兰利强调地重复道，一个亵渎神祇的该死的猴子！

坦普尔站起来，推开克兰利，对格林说：

——你说的那句话，他说，来源自《新约》关于允许孩子来到我的身边的话。

——再去睡觉吧，坦普尔，奥基夫说。

——好极了，那么我要问你，坦普尔继续对格林说道，既然耶稣应允孩子来到他身边，那么，假如他们死时还没有受洗礼，教会为什么要遭送他们到地狱去呢？ ①

——你受过洗礼吗，坦普尔？ 患肺病的同学问道。

---

① 根据斯坦尼斯拉斯，坦普尔的不满正是乔伊斯的不满。

——如果耶稣说让他们全到他那儿去，为什么还要遣送他们到地狱去呢？ 坦普尔说，眼睛盯着格林的眼睛，仿佛在寻觅什么。

格林咳嗽了一声，温和地说，强力忍住神经质的吃吃笑声，每说一个字便挥舞一下雨伞：

——如你说的，假如真是那样的话，我就要刨根问底，为什么会那样呢？

——因为教会就像所有古老的罪人一样是残酷的，坦普尔说。

——在那个问题上，你所持的观点是正统的观点吧，坦普尔？ 狄克逊和蔼地说。

——圣奥古斯丁提到了没有受洗礼的孩子进地狱的话，坦普尔回答道，他也是一个残酷的老罪人。

——我同意你的观点，狄克逊说，但我有这样一个印象，在这种情况下他们进的是地狱外缘。

——别和他辩论，狄克逊，克兰利粗暴地说。别跟他说话，甚至别瞧他一眼。用一根草绳①牵着他回家，就像你牵一条咩咩直叫的山羊。

——地狱外缘！ 坦普尔喊道。好一个发明。妙极了。

——妙是妙，但要除去那些不痛快的东西，狄克逊说。

他转身对其他人微微一笑，说：

——我想我说的反映了所有在场的人的想法吧。

——你确实反映了所有在场人的想法，格林用坚决的口吻说。在那个问题上，爱尔兰是一致的。

他将伞端的金属箍往柱廊石板上敲了敲。

---

① 原文为 a surgan，一根草绳。

——见鬼，坦普尔说。我可以尊重撒旦配偶的发明。地狱是罗马人的玩意儿，就像罗马人的城墙，坚牢而又丑陋。地狱外缘是什么呢？

——把这小子塞进婴儿车里去吧，克兰利，奥基夫喊道。

克兰利急速地往坦普尔大跨了一步，又遽然停了下来，跺起脚来，仿佛在吆喝鸡儿似的：

——喔咻！

坦普尔轻捷地躲了开去。

——你知道地狱外缘是什么吗？ 他喊道。你知道我们在罗斯康芒①是怎么称呼那玩意儿的吗？

——喔咻！ 去你的！ 克兰利喊叫道，拍着手。

——既非屁股，又非胳膊肘！②坦普尔轻蔑地高声说道。我们就是这么称呼地狱外缘的。

——把那根棍儿给我，克兰利说。

他猛然一把将斯蒂芬手中的白蜡树棍夺了过来，箭一般冲下台阶去：坦普尔一听他要追来，便像野兽一样，轻捷而飞也似的逃进了暮色之下。人们可以听见克兰利沉甸甸的靴子大声冲过四方校园的咚咚声，不久，那靴子又沉甸甸地走回来了，有点灰溜溜的样子，每走一步，踢一脚路上的碎石。

他的步子充满了愠怒，突然恼怒地一把把棍儿塞回斯蒂芬的手中。斯蒂芬觉得他的愤怒还有别的原因，但他装出一副满有耐心的样子，轻轻地戳一下他的胳膊，平静地说：

---

① 爱尔兰康诺特省的郡，首府为罗斯康芒镇。大部处于香农河与其支流萨克河之间。
② 原文为 Neither my arse nor my elbow！ 都柏林流行的表述方式，即"非驴非马"。

——克兰利，告诉你吧，我想和你聊聊。走吧。①

克兰利凝神瞧了他一会儿，问道：

——现在？

——是的，现在，斯蒂芬说。我们不能在这儿谈。走吧。

他们一起穿越过四方校园，没有说话。《齐格菲》②中的鸟鸣轻盈地从门廊的台阶上传来，一直追随着他们。克兰利转过身去：狄克逊一直在吹着口哨，大声喊道：

——你们两个家伙到哪儿去？ 台球赛怎么办，克兰利？

他们在宁静的空气中大声喊叫着谈论将在阿德尔菲旅馆进行的台球赛。斯蒂芬独自彳亍而行，走出校园而踅进基德尔街。他站在枫树旅馆对面，等待起来，心境重又平静如水了。这旅馆的名字，那无色的光滑的木饰，旅馆毫无生气的宁静的门面就像彬彬有礼而又轻蔑的一瞥深深刺痛了他的心。他充满愤懑的心情回头望着旅馆柔和灯光笼罩下的客

① 这是乔伊斯在1902年3月写的一首诗的题名，开首的诗节是这样的：

> 哦，寒冷且凝静——啊！ ——
> 我的爱的酥软而雪白的胸脯，
> 在那里既无诡计也无恐惧。
> 伫立在岸边，她听见
> 水上的钟声，
> 她听见那召唤"走吧"
> 那灵魂的召唤。

乔伊斯1902年12月1日第一次离开爱尔兰前往巴黎，圣诞节回国一次，1903年4月11日再次回国参加母亲的葬礼。1904年10月9日携带诺拉再次出国。在《青年艺术家画像》中，乔伊斯描述了斯蒂芬1902年4月读完大学的课程之后便准备离别爱尔兰。第五章结尾的中心事件应该发生在1903年春天，而不是1903年或1904年。

② 《齐格菲》是瓦格纳写的一部歌剧。齐格菲是西格蒙特和西格琳德的儿子，由尼贝龙铁匠米麦带大。齐格菲将他父亲的断剑熔铸成不折之剑。他用这把剑杀死了守卫莱茵金的巨蛇法夫纳，并获得魔指环，魔指环能使他随意变形。他穿越过包围布兰希尔德的火焰，将她唤醒，二人因爱情而神化。乔伊斯似乎在暗喻斯蒂芬正从事同样英雄的行为。在这里，斯蒂芬向克兰利宣布他将违反母亲的意愿。

厅，他想像在客厅里爱尔兰的显贵们过着宁静、豪华的生活。他们心里整天兜着的是军队的委任令和土地经纪商：农民在乡间的道路上列队欢迎他们：他熟知一些法国菜名，对爱尔兰出租马车车夫①用尖尖的外乡的口音发号施令，号令每每从绷得紧紧的腔调里迸发出来。

他如何能击中他们的良知，或者他如何想像他们的女儿，在乡绅们扑到她们身上繁殖之前，她们有可能生育比他们这一代稍不卑鄙的一代人吗？在越来越浓的暮色中他感受到他所属于的这一代人的思想和欲望像蝙蝠一样，在黑魆魆的乡间小弄堂上，溪水边的树荫下和水池点缀的沼泽地附近的地域飞来飞去。当达文夜间路过的时候，一个女人等候在门道里，给他喝一杯牛奶，诱惑他爬上她的床去；因为达文有一对缄口保密的那种人的温和的眼睛。但是，却没有任何女人的眼蛊惑过他。

有人一把死死抓住他的胳膊，他听见克兰利说道：

——咱们走吧。

他们默默往南面走去。克兰利说：

——坦普尔，那个大傻瓜！天，告诉你吧，我总有一天会要他的命。

但他的声音不再充满愤懑之情了，斯蒂芬在心中纳闷他是否在心中捉摸她在门廊向他打招呼那事儿。

他们趄向左边，仍然像原先那样徐步而行。像这样走了一会儿后，斯蒂芬说：

——克兰利，今晚我吵嘴了，很不痛快。

——跟你家里的人？克兰利问道。

——和我母亲。

---

① 原文为 jarvies，爱尔兰马车车夫。

——为了宗教的事？

——是的，斯蒂芬回答道。

顿了一会儿，克兰利问：

——你妈多大了？

——不老，斯蒂芬说。她希望我复活节接受圣职。

——你愿意吗？

——我不愿意，斯蒂芬说。

——为什么不愿意？ 克兰利说。

——我不想伺候上帝，斯蒂芬回答道。

——这话以前说过，克兰利平静地说。

——现在再说上一遍，斯蒂芬光火地说。

克兰利捏了捏斯蒂芬的手臂，说：

——别上火，我亲爱的。你知道吗，你是个该死的爱激动的家伙。

他说话时，神经质地大笑起来，抬起头，以感动的、友好的眼神凝视着斯蒂芬的脸，说：

——你知道你是个爱激动的家伙吗？

——我知道我是，斯蒂芬说，也大笑起来。

他们的心近来有些疏远，而现在似乎在斗然间又互相贴近了。

——你相信圣餐吗？ 克兰利问道。

——我不相信，斯蒂芬说。

——那你不相信圣餐？

——我既没有相信圣餐，也没有不相信它，斯蒂芬回答道。

——许多人对此持怀疑态度，甚至宗教界人士，但他们克服了怀疑，或者将怀疑感搁置了起来，克兰利说。是不是你的关于这个问题的怀疑太强烈了？

——我不想克服我的怀疑，斯蒂芬回答道。

克兰利一时感到有点窘迫，从兜里拿出一只无花果，正想吃时，斯蒂芬说：

——别，拜托了。你不可能一嘴塞满了无花果再来讨论这个问题。

克兰利在路灯下停下步来，就着路灯灯光瞧了一眼无花果。他用鼻子闻了闻无花果，咬了一小口，然后呸——吐了出来，将无花果猛一下扔进街沟里。对着躺在沟里的无花果，他说：

——滚蛋，你这该诅咒的，到那永恒的火中去吧！

他挽起斯蒂芬的胳膊，又继续往下走去，说道：

——难道你不惧怕在最后审判日听到这些话吗？

——要不是这样，那我可能得到什么呢？ 斯蒂芬问道。难道去和教导主任待在一起领受永恒的祝福吗？

——请记住，克兰利说，他将会因此而无上荣光。

——啊，斯蒂芬带点讥讽的含意说，他将会光辉灿烂，活灵活现，麻木不仁，特别是难以捉摸。

——你知道吗，真是奇怪，克兰利无动于衷地说，你的心灵浸透了宗教，而你还说不信宗教。你在学校里的时候，信教吗？ 我打赌你一定信教。

——我那时信教，斯蒂芬回答说。

——你那时快乐一些吗？ 克兰利轻声问。比方说，比现在快乐一些吗？

——常常快乐，斯蒂芬说，又常常不快乐。我那时是另外一个人。

——怎么是另外一个人？ 你这话是什么意思？

——我是说，斯蒂芬说，我不是现在的我，不是我必须成为的那样的人。

——不是现在的你，不是你必须成为的那样的人，克兰利重复说一遍。让我来问你一个问题。你爱你母亲吗？

斯蒂芬慢慢地摇摇头。

——我不明白你的话是什么意思，他直截了当地说。

——你从来没有爱过任何一个人？ 克兰利问道。

——你是说女人吗？

——我不是指那个，克兰利以一种更为冷峻的语调说。我问你你对任何人或任何东西是否感到一种爱。

斯蒂芬在他朋友身边继续走下去，低头盯着人行道。

——我试图去爱上帝，他终于说道。现在看来我失败了。非常难。我试图一刻一刻地将我的意志与上帝的意志统一在一起。在试图这样做时，我并不总是失败。我也许还能继续那样做……

克兰利打断了他的话，问道：

——你母亲的一生幸福吗？

——我怎么知道，斯蒂芬说。

——她生了几个孩子？

——九、十个吧，斯蒂芬回答道。有些夭折了。

——你父亲……克兰利自己停顿了一会儿：然后接着说：我并不想探知你家庭的隐私。但我想问，你父亲够得上所谓的殷实吗？ 我是说在你成长的岁月里？

——算够得上，斯蒂芬说。

——他是干什么的？ 克兰利顿了顿后问道。

斯蒂芬开始滔滔不绝地历数他父亲的资历。

——医科学生，划船运动员，男高音歌手，业余演员，声嘶力竭大喊大叫的政客，小地主，小投资商，酒鬼，好人，说书人，秘书，酒厂打杂，税务员，破产者，目前是一位吹嘘经历的自夸狂。①

克兰利哈哈大笑起来，更挽紧了斯蒂芬的胳膊，说：

——酒厂真他妈的好极了。

——你还想知道什么别的吗？ 斯蒂芬问道。

——你现在境况好吗？

——我瞧上去像家境好的吗？ 斯蒂芬断然地问道。

——那就是说，克兰利若有所思地继续问道，你是生于安乐。

正如他每每使用技术性短语那样，他用地方口音大声地说出来，仿佛他希望听者体味到他在使用那些短语时心中仍存有诸多的疑惑。

——你母亲一定经历了许多的痛苦，他说。难道你不愿意将她从痛苦中拯救出来，即使……你愿意吗？

——要是我可能的话，斯蒂芬说。那对我毫无损害。

——那么就去做吧，克兰利说。按她希望你做的那样去做吧。对于你，这算什么？ 你并不相信它。这仅仅是一种形式而已：没任何其他含意。而这样你却能让她的心灵平静。

他停了下来，由于斯蒂芬没有回答，他也缄默不语。然后，仿佛自言自语似的，他说：

——如果说在这糟透了的世界里许多东西都是无定的话，母亲的爱却不是。你母亲将你引进这个世界，她最初用她的身子孕育了你。对于她的感受，我们知道什么呢？ 但是，不管她感受什么，这至少是实实在在的。它确实是实实在在的。我们的思想或者勃勃雄心是什么？ 演戏而已。思想！ 吓，那该死的像山羊一样咩咩直叫的坦普尔有思想。科卡纳

---

① 乔伊斯的父亲也同样干过这一切。

也有思想。在路上走的每个笨蛋都自认为有思想。

斯蒂芬一直在捉摸这些话背后的含意,假装一副满不在意的样子说:

——要是我没记错的话,帕斯卡①惧怕与女性接触,从不让母亲亲吻他。

——帕斯卡是头猪,克兰利说。

——我想,阿洛伊修斯·冈萨加②也有同样的感觉,斯蒂芬说。

——那他是另一头猪,克兰利说。

——但教会追认他为圣徒,斯蒂芬反驳道。

——我才他妈的不管别人怎么称呼他,克兰利粗鲁地、直率地说。我就叫他猪猡。

斯蒂芬在心中斟词酌句,继续说道:

——耶稣在公众场合似乎对母亲很少表示敬意,天主教耶稣会神学家、西班牙绅士苏亚雷斯曾经为他而辩解过。③

——你脑子里想过吗,克兰利问道,耶稣并不是如他装模作样做出来的样子?

——产生这个疑问的第一个人,斯蒂芬回答道,是耶稣自己。

——我是说,克兰利说,语气更为强硬了,你是否想过他本人就是一个一意孤行的伪君子,就像他诅咒当时的犹太人那样,是一个虚有其表的人? 或者,更直截了当地说吧,他是个流氓恶棍吗?

---

① 帕斯卡(1623—1662),法国数学家,物理学家,笃信宗教的哲学家,散文大师。

② 阿洛伊修斯·冈萨加(1568—1591),意大利宗教人士。

③ 苏亚雷斯(1548—1617),西班牙出生的天主教耶稣会神学家和哲学家、国际法奠基人之一。圣 T·阿奎那之后最杰出的经院哲学家。他认为,耶稣在迦拿婚筵上对他母亲说的话:"妇人,我和你有什么相干?"(《新约·约翰书》2:4)在阿拉姆语中是很彬彬有礼的。

——我从来没有那样想过，斯蒂芬回答道。我倒想问问，你是想让我皈依宗教，还是想让你自己背叛宗教呢？

他转身面对他朋友的脸，看见那脸上浮着一丝冷冷的笑，看得出有一股意志力竭力要使那丝笑容具有优雅的含意。

克兰利突然用一种简捷的、明白事理的口吻问道：

——跟我说实话吧。我所说的使你震惊了吗？

——有那么点儿，斯蒂芬说。

——如果你心中确信我们的宗教是虚伪的，耶稣不是上帝的圣子，克兰利用同样的口吻追问道，你为什么会感到震惊呢？

——我压根儿就没确信，斯蒂芬说。与其说他是马利亚的儿子，还不如说他像上帝的圣子。

——这就是你为什么不愿接受圣餐吗，克兰利问道，因为你并没有确信，因为你觉得圣饼有可能是圣子的圣体和血，而不仅仅是一片面包？ 因为你惧怕它有可能是圣体和血？

——是的，斯蒂芬平静地说。我确实那样觉得，同时我也确实那样惧怕。

——我明白了，克兰利说。

斯蒂芬对他关门刹车的口气感到惊讶，立即捡起话题说道：

——我惧怕许多东西：狗，马，火枪，大海，雷电风暴，机械，夜间乡下的道路。①

——但你为什么惧怕一小片面包呢？

---

① 　根据斯坦尼斯拉斯·乔伊斯的回忆，在孩提时代乔伊斯最惧怕雷雨。这不仅是对雷声的惧怕，而且还是对死亡的恐惧。甚至当他 12 岁或 13 岁了，他还害怕雷暴雨。打雷时，他会奔到楼上弟兄们的房间里，妈妈竭力抚慰他。她去拉下百叶窗，并拉上窗帘。

——我想像，斯蒂芬说，在我所说我惧怕的东西后面藏有一种歹毒的恶意。

——那你怕不怕，克兰利问道，如果你把一次圣餐拜受变成了一次亵渎神祇的仪式，罗马天主教的上帝会置你于死地、罚你进地狱，你害怕不害怕？

——罗马天主教上帝现在便可以那么干了，斯蒂芬说。我所惧怕的比由于对凝聚了二十个世纪权威和崇敬的象征虚假的敬意而造成灵魂上的混乱多得多的东西。

——你会在极端危险的情况下，克兰利问道，犯那特别的渎圣罪吗？比方说，如果你生活在"惩戒时代"呢？①

——我不能为历史作答，斯蒂芬回答道。我不可能。

——那么，克兰利说，你也不想成为一位新教徒？

——我说过我已丧失了信仰，斯蒂芬回答道，但我还没有丧失自尊。放弃了一种合乎逻辑严谨而荒唐的信仰，再去拥抱另一个不合逻辑的杂乱不堪的荒唐的信仰，算什么解放呢？

他们一直走到了彭布罗克镇，当他们在大道上漫步时，那树丛和别墅里星星点点的灯火抚慰了他们的心灵。弥漫于空气中的富有与闲逸的氛围似乎慰藉了他们的困窘。在一丛月桂树篱后面的厨房里闪烁着灯火，他们听见一位女厨娘一面在磨刀一面在吟唱小调儿。她在一小节一小节地哼唱《罗齐·奥格雷迪》。

---

① 继奥林奇的威廉于 1690 年在博伊恩和 1691 年在奥格里姆大败詹姆斯二世和爱尔兰人之后，新教的都柏林议会于 1697 年和英国议会于 1699 年同意将 75 万英亩土地划归新的领主。这样，在一个世纪的时间内实现了对爱尔兰的三次征服。爱尔兰人只占有七分之一的土地。都柏林议会于 1695 年和 1698 年通过惩戒法律，禁止罗马天主教徒携带武器、在学校任教职和担任律师。

斯蒂芬停下步来细听，说：

——Mulier cantat. ①

这个拉丁词②的柔和的美以其令人沉醉的魅力触动了沉黑的夜色，虽然其触动比音乐的力量或女人手指的抚摸要轻柔些，但却更具感人的魅力。他们心灵中的痛苦被消融了。一个出现在教堂礼拜仪式上的女人的身影默默地在昏黑之中一闪而过：那女人的身影穿着白袍，细小而纤弱，犹如一个小男孩，系着下垂的腰带。她的嗓音像个男孩一般的孱弱而尖利，他们听见在一个遥远的合唱团里那嗓音在唱女声起始句，那嗓音冲破了充满激情的起始句所撩起的忧郁与喧哗：

——Et tu cum Jesu Galiloeo eras. ③

所有的心灵都至为感动，转向倾听她的歌声，宛若一个年轻的明星一般光彩夺人，当那嗓音在从词尾倒数第三音节上加重音时，显得灿烂而清澈，而在音乐的结尾时便又显得十分微弱难辨了。

歌声辄然中止了。他们继续踯躅而行，克兰利用加强的节奏感来重复吟唱歌声的结尾部分：

当我们结婚时

哦，我们将多么幸福

我爱甜蜜的罗齐·奥格雷迪

罗齐·奥格雷迪也爱我。

——这对你是真正的诗歌，他说。诗里有真正的爱。

————————————

① 拉丁语：女人在歌唱。
② 指"女人"。
③ 见《新约·马太福音》26∶69："你素来也是同那加利利人耶稣一伙的。"

他脸上挂着一丝奇怪的微笑，斜瞥了斯蒂芬一眼，说：

——难道你认为那是诗吗？ 或者说，你知道歌词是什么含意吗？

——我想先见见罗齐再说，斯蒂芬说。

——找她好办，克兰利说。

他的帽子耷拉到前额上了。他一把把帽子往后一推：在树丛的阴影里，斯蒂芬见到了他苍白无色的脸，那脸被周围的黑夜所包围，一对乌黑的大眼睛显得更加突兀。是的。他的脸蛋儿是英俊的：他的体魄坚强而壮实。他提到了母爱。他感受到女人的痛苦，女人肉体和灵魂的弱点：他愿意用健壮而坚实的手臂呵护她们，将整个心灵拜倒在她们的石榴裙下。

走吧：该是离开的时候了。有一个柔和的声音对斯蒂芬孤独的心说话，劝他走开，告诉他友谊快结束了。是的：他要走了。他不能再违抗另一个声音了。他有自知之明。

——我可能得远走高飞了，他说。

——到哪儿去？ 克兰利问道。

——到我能去的地方，斯蒂芬说。

——是的，克兰利说。对你来说，再生活在这儿也许将是十分困难的。你是因为那才决定离走的吗？

——我必须走，斯蒂芬回答道。

——如果你并不真想离走的话，克兰利继续说道，你完全不必自认为是迫不得已被逐离走的，或者自认为是一个异端分子或者是一个非法之徒。有许多虔诚的教徒和你有同样的想法。这令你感到惊奇吗？ 教会并不仅仅是石头的建筑，甚至可以说并不仅仅意味着神职人员和教条。它是所有那些将教会视为与生俱有的生命的人们的精神的总和。我并不知道你在生活中希冀做什么。难道你的希冀就是那天夜晚咱俩站在哈考特大街车站外面时你告诉我的话吗？

——是的，斯蒂芬说，不觉为克兰利能如此熟识地将思想与地点联系在一起而莞尔一笑。那晚，你和多尔蒂面红耳赤争论足足半个小时，为的就是从萨利盖帕到拉腊斯走哪条道最近。

——吸毒鬼！ 克兰利以一种平静的轻蔑的口吻说。他怎么可能知道从萨利盖帕到拉腊斯怎么走？ 他怎么可能知道那类事呢？ 这淌口水的大傻瓜蛋！

他突然大声咯咯笑了起来，笑了很长时间。

——嗯？ 斯蒂芬说。你还记得其他的事儿吗？

——你是指你说了什么吗？ 克兰利问道。是的，我记得。去寻觅、发现一种生活方式或艺术方式，你的精神可以在其中毫无阻碍地自由表达。

斯蒂芬举起帽子表示赞许。

——自由！ 克兰利重复说道。你甚至都没有犯渎圣罪的自由。告诉我，你会去抢劫吗？

——你是希望我说，斯蒂芬回答道，财产所有权仅仅是暂时性的，在某种情景中抢劫并不是非法的。每个人都会按那样的信念去做。所以，我不会回答你那个问题。你不如去找找天主教耶稣会神学家胡安·马利亚那·德·塔拉韦拉①的书，他会给你解释在什么情况下你可以完全合法地弑杀国王，在什么情况下将毒药放在酒杯里毒死他，在什么情况下将毒药泼洒在他的袍服上或抹在他的马鞍的前穹上。你最好问我我是否会允许别人来抢劫我，或者问我如果他们来抢劫我，我是否会祈求世俗的手——我想是这么称呼的——来惩罚他们。②

---

① 胡安·马利亚那·德·塔拉韦拉，16 世纪西班牙天主教耶稣会修士，在他的著作 De Rege et Regis Institutione 有此论述。

② 根据中世纪天主教审判异端的宗教法庭的理论，犯罪者不由宗教惩处，而是由它的世俗的手——国家来惩处。

——你会吗？

——我想，斯蒂芬说，这会像遭到抢劫一样使我痛苦。

——我明白了，克兰利说。

他取出火柴，准备剔牙缝。他漫不经意地说：

——告诉我，比如说，你会将一个处女破身吗？

——恕我直言，斯蒂芬有礼貌地说，难道那不正是大部分年轻绅士的热望吗？

——那你的观点是什么？ 克兰利问道。

他刚才那句话像煤烟一般闻上去酸酸的，令人沮丧，使斯蒂芬的头脑处于激动昂奋之中，他的头脑仿佛笼罩在它弥漫出的烟雾之中。

——喂，克兰利，他说。你问我我想做什么和不想做什么。我不想伺候我不再信仰的东西①，不管那称之为我的家，我的祖国或者我的教会：我将在一种生活或艺术方式中尽量自由自在地、尽量完整地表达我自己，我将使用我允许自己使用的惟一的武器来自卫——那就是沉默，流放和狡黠。

克兰利一把抓住他的手臂，攥住他转了一圈，好走回利森公园去。他几乎狡猾地狂笑起来，以一个大哥般的爱捏紧了他的手臂。

——狡黠，好极了！ 他说。那是你吗？ 你这可怜的诗人，你！

——你使我对你坦陈了一切，斯蒂芬被他的爱感动了，说，我向你坦陈了那么多东西，是吗？

---

① 斯蒂芬在小说中多次想到路济弗尔的话"我不想伺候了"是有深刻的含意的。在早期基督教教父的著作中，路济弗尔——堕落之前的撒旦是明亮之星，早晨之子。读者在读这些章节时很可能不仅想到路济弗尔的堕落，而且会想到伊卡洛斯的坠落，雪莱的"形单影只，成年漂泊"以及纳什的"光明从空中坠落"。见《旧约·以赛亚书》14：12："明亮之星，早晨之子，阿，你何竟从天坠落，你这攻败列国的，何竟被砍倒在地上。"

——是的，我的孩子，克兰利仍然快乐地说。

——你使我坦白说出我的惧怕。我现在告诉你我不惧怕什么。我不怕孤独，我不怕被遗弃，我不怕丢掉我必须丢掉的一切。我不怕犯错误，甚至大错误，一生的遗恨，也许就像永恒一样悠远的错误。

克兰利现在重又显得一脸肃然了，放慢了脚步，说：

——孤独，孤独极了。你不怕孤独。你知道孤独是什么含意吗？ 不仅与所有的人隔绝，而且没有一个朋友。

——我愿意冒这个险，斯蒂芬说。

——你将没有任何朋友，克兰利说，没有比朋友更珍贵的朋友，比一个人可能有的最高贵和最真诚的朋友更珍贵的朋友。

他的话似乎拨动了他本性深处的弦。他表述过自己吗，表述过自己的本来面目，或者表述过自己希冀成为什么样的人吗？ 斯蒂芬默默地瞧了一会儿他的脸庞。那脸上挂着一丝忧伤。他表述了自己，表述了他所惧怕的自己的孤独感。

——你是指谁？ 斯蒂芬终于问道。

克兰利没有回答。

*　　　*　　　*

3 月 20 日：和克兰利就我的反叛的问题进行了一次长谈。

他摆出了一副正经的架势。而我则柔顺而温和。在爱自己母亲的问题上悍然攻讦我。竭力想像他的母亲；但不能。有一次，不经意告诉过我，当他来到这个世界时，他父亲已六十一岁了。从他身上可以看得出来。健壮的农民那类人。穿黑白点相间的衣服。硕大、壮实的脚。邋遢的、灰白色胡须。很可能是用猎狗追猎的能手。按时向拉勒斯的德怀尔神父交付会费，只是会费数额很小。有时在夜晚跟姑娘们聊天闲谈。他的母亲什么样儿呢？ 很年轻或者很年迈？ 不太可能很年轻。要是很年轻的话。克兰利说话不会是那个样子。那她就是很年迈的了。很可能是那样的吧，而且不为人所注目。这就是为什么克兰利的灵魂处于绝望之中：疲惫不堪的生殖器生的孩子。

3月21日上午：昨晚躺在床上想到了这一点，但太慵懒和太闲适了而没有写下来。所谓的疲惫不堪的生殖器是指伊丽莎白和扎卡里的生殖器。①那么，他是前辈了。条目②：他主要吃熏猪肉和无花果蜜饯。读关于蝗虫和野蜜的福音。③同时，当想到他时，总是幻见一只一脸肃然的断头或蜡制的死人脸，仿佛就衬在一幅灰色的幕布上或奇迹般地留有耶稣面容的布片上。④信徒们称这为斩首。一时为站在拉丁门前的圣约翰所迷惑。我看见了什么！ 一个断头的先驱者正使劲儿在撬锁。⑤

3月21日晚：自由。灵魂自由，想像自由驰骋。任凭死人埋葬死人。啊。任凭死人与死人结婚吧。⑥

3月22日：和林奇一起尾随一个又肥胖又高大的医院护士。那是林奇的念头。不喜欢这样做。两只瘦削的饥饿的大灰狗跟随在一头母牛屁

---

① 博恩的母亲死于1893年，而他的父亲当他三岁时先于母亲而死。在博恩（"克兰利"）家迁至都柏林之前在威克洛经营农庄。"克兰利"在假期和夏季便去威克洛。

② 原文为 ite，这是遗嘱的书写形式。见纳什的《夏天的遗言》："条目，我将凋萎的花卉敬献于遗体之前。"

③ 见《新约·马可福音》1：6："约翰穿骆驼毛的衣服，腰束皮带，吃的是蝗虫和蜂蜜。"另见《旧约·利未记》11：22：耶和华对摩西亚伦说，"其中有蝗虫、蚂蚱、蟋蟀，与其类，蚱蜢，与其类，这些你们都可以吃。"

④ 施洗礼的约翰是被砍头的。原文的 veronica 是一块布的意思。根据一个古老的爱尔兰传说，一个名叫 Veronica 的年迈的妇人在走向高尔韦时用手帕在这块布上擦，却印上了耶稣的面容。它并不是红布。

⑤ 指断头的施洗礼的约翰。

⑥ 见《新约·马太福音》8：19—22："耶稣说，任凭死人埋葬死人，你跟从我吧。"

股后面。

3 月 23 日：自那晚之后再也没见到她。难道病了？ 也许正坐在壁火前，将妈妈的披肩披在肩膀上。但性情平静多了。要来一碗香喷喷的麦片粥吗？ 现在就吃吗？

3 月 24 日：和妈妈进行了一次讨论。话题：圣母马利亚。由于我的性别和年龄，难以深入地讨论。力图避免使马利亚和她的儿子之间的关系也像耶稣和爸爸的关系一样陷于困窘之中。说宗教并不是妇产医院。妈妈很宽容。说我的思想很怪异，读书太多。事实并不是那样。读书太少，懂的也太少。她然后说我心情浮躁，有朝一日还会回归信教的。这就是说从罪孽的后门离开宗教，再从忏悔的正大光明之中重返宗教。不可能忏悔。就这么告诉她，问她要六便士。只给三便士。

然后去学院。又和那长着个小圆脑袋，一对无赖眼睛的格齐争论了一番①这次争论的话题是关于诺兰的布鲁诺。②谈话以意大利语始，以蹩脚的英语结束。他说布鲁诺是一个可怕的信奉异端邪说的人。我说他被焚烧而死太惨了。他带着一种痛苦的心情同意这一点。然后他告诉我他称之为 risotto alla bergamasca③ 的烹饪法。当他发轻 o 音时，他伸出他整个的厚厚的舌头来，仿佛要亲吻一下这元音似的。他忏悔了吗？ 他能忏悔吗？ 是的，他能：哭丧出两颗滚圆的无赖的泪珠来，从一只眼睛滚

---

① 在大学学院讲授意大利语的是一位耶稣会修士查尔斯·格齐神父，他在来爱尔兰之前曾长期居住在印度。

② 布鲁诺(1548—1600)，16 世纪哲学家、数学家、天文学家。1592 年 5 月因宣扬异端邪说而被捕受审，1600 年 2 月 8 日被处死刑。西方思想史上重要人物之一，也是现代文化先驱者。乔伊斯在 1903 年为《日快报》评论了 14 部作品，其中一部就是 J·刘易斯·麦金太尔的《吉奥达诺·布鲁诺》。在文中，他对布鲁诺作了大量引述。

③ 拉丁文：按贝加莫的方法烹煮米饭。贝加莫为意大利北部城市。

出一颗来。

穿越过圣斯蒂芬公共草地，那是我的草地①，记得正是他的国人，而不是我的同胞，创立了克兰利那晚称之为的宗教。九十七步兵旅的四个兵丁坐在十字架脚下，拈阄分钉在十字架上的人的衣服。②

去图书馆。试图读三篇评论。读不进去。她还没有出来。我惊讶吗？惊讶什么？惊讶她永远不会再出来了。

布莱克写道：

　　我思忖威廉·邦德是否会死亡

　　他已如此病入膏肓。③

唉，可怜的威廉!

我曾经去过圆形大厅看西洋镜。④最后放的是大人物的相片。他们

---

① 圣斯蒂芬，即圣经中的圣司提反。
② 见《新约·马太福音》27：35，《马可福音》15：24，《约翰福音》19：23，《路加福音》23：34。只《约翰福音》提到四个兵丁拈阄瓜分耶稣的衣服。
③ 布莱克《威廉·邦德》第一诗节为：
　　　　　　　我寻思姑娘们是否疯癫，
　　　　　　　我寻思她们是否会有杀机，
　　　　　　　我思忖威廉·邦德是否会死亡，
　　　　　　　他已如此病入膏肓。
　　最后一个诗节为：
　　　　　　　在怜悯别人的痛苦中，
　　　　　　　在轻轻抚慰别人的忧虑中，
　　　　　　　在夜的和冬雪的黝暗中，
　　　　　　　在赤裸和被遗弃的人们中，
　　　　　　　去寻觅爱吧!
　　斯蒂芬在此引用布莱克，显示他对从拜伦、雪莱到布莱克的少年的崇拜之情。
④ 圆形大厅耸立在奥康内尔街头，现为电影院。

中有威廉·尤尔特·格拉德斯通，他刚死。①乐队陪奏《哦，威利，我们想念你》。

一帮乡巴佬！②

3月25日上午：做了一夜的噩梦。真想摆脱噩梦的困扰。

一条漫长的弧形的游廊。从游廊的石板上升腾起一股股黝黑的汽雾。在汽雾里显现出石雕的传说中的国王形象。国王们的双手抱在膝头，显得十分疲惫的样子，眼睛变得阴暗难辨了，因为人类的错误总是像黑色的汽雾不断地在国王们面前飞腾而起。

奇异的身影从洞穴里走出来。影子没有人那么高。影与影之间似乎站得并不远。脸庞发着磷磷的幽光，幽光中夹杂着深深的细条的阴影。影儿窥觑着我，眼神里似乎要询问我什么。但他们没有开口。

3月30日：今晚，克兰利在图书馆的门廊里向狄克逊和她的弟弟问了一个问题。一个母亲让孩子掉进尼罗河里。又是关于母亲的老生常谈。一条鳄鱼抓住了孩子。母亲请求鳄鱼将孩子还给她。鳄鱼说，好吧，如果她能回答出它将如何处置孩子——吃掉孩子还是不吃孩子，它就将孩子还给她。莱必多斯定会说，这种心态完全是躺在烂泥里，晒着太阳光孕育的。③

---

① 格拉德斯通于1898年5月死亡。乔伊斯在1912年5月16日的一篇评论中说，"简而言之，格拉德斯通是一个自私的政治家。"他认为，格拉德斯通在主教的帮助下对帕内尔实行了"道德的谋杀"。

② 在这句话"一帮乡巴佬"(a race of clodhoppers)和下面关于鳄鱼的思索(Oh, man, man! Race of crocodiles!)之间，乔伊斯提供了《青年艺术家画像》惟一的一个"下意识回响"(unconscious echo)的例子，与暗喻不同。"难道你没有看到，"伯爵回嘴说，"这个行将死亡的人因为和他一起受苦的人不跟他一起死亡而感到愤怒不已吗？如果他能够的话，他会使出浑身解数将他撕裂成碎片，不让他享用他自己已被剥夺的生活。哦，人啊，人啊，一群鳄鱼！"伯爵喊道，将握紧的拳头伸向人群。

③ 见莎士比亚戏剧《安东尼与克莉奥佩特拉》第二幕第七场。莱必多斯说："你们埃及的蛇是生在烂泥里，晒着太阳光长大的；你们的鳄鱼也是一样。"

我的心态？ 难道我的心态不也是这样吗？ 让这种心态和尼罗河烂泥一起见鬼去吧！

4月1日：不同意这最后一句话。

4月2日：看见她在约翰斯顿、摩尼和奥布里安咖啡馆饮茶、吃糕点。①实际上是经过咖啡馆时有一双犀利山猫眼的林奇瞥见的。他告诉我克兰利是哥哥邀请他到那儿去的。他带上鳄鱼了吗？ 他还是那耀眼的光吗？ 好极了，我发现了他。我极不情愿发现了他。在威克洛麦麸斗后面静静地熠熠发光。②

4月3日：在费恩特莱特教堂对面的烟纸店③遇见达文。他穿着一件黑色的运动衫，手里扬着爱尔兰曲棍球曲棍。问我是否真的要远走高飞，为什么。告诉他去塔拉最近的路是走霍利海德。④正在那时，父亲来了。只得介绍一下。父亲彬彬有礼，两眼射出审视的神情。问达文他是否可以请他吃点点心。达文不行，要去参加一个会议。当我们走开时，父亲告诉我他的眼神很正直。问我为什么没参加划船俱乐部。我假装说让我考虑一下。告诉他如何伤了彭尼范瑟的心。⑤希望我读法律。说我正是学法律的料。又是烂泥，又是鳄鱼。

---

① 爱尔兰现在仍和乔伊斯时代一样，咖啡馆兼烤制糕点。这些咖啡馆可能在国家图书馆附近莱斯特街上，也可能在圣斯蒂芬公共草地38号。

② 乔伊斯自己解释说，"这是暗喻《新约》的一句话：'斗底下的灯。'"（见《乔伊斯书信集》第3卷第130页。）《新约·马可福音》4：21："耶稣对他们说，人拿灯来，岂是要放在斗底下，床底下，不放在灯台上么？ 因为掩藏的事，没有不显出来的，隐瞒的事没有不露出来的。"《马太福音》5：15、《路加福音》8：16有类似叙述。

③ 拉特兰（现为帕内尔）广场里头的一座新教教堂。烟纸店位于大丹麦街，贝尔维迪尔公学以西一个街区。

④ 这就是说，人要离开爱尔兰才能发现爱尔兰。塔拉是米思郡的一座山，国王和谋士们曾在那儿一座大厅里开会。霍利海德在英格兰，都柏林以东57英里。

⑤ 乔伊斯解释说，父亲是在划船比赛中伤过彭尼范瑟的心。他说，当然这句话也可能暗喻在爱情上的失望。见《乔伊斯书信集》第3卷第130页。

4月5日：狂野而料峭的春天。飞逝而去的云朵。哦，生活！ 黑黝黝的打旋的沼泽溪水，在溪水水面上飘浮着从苹果树上坠落的落英。在树叶间窥觑着姑娘的明眸。姑娘贤淑而又活泼。一头金发或红褐色的头发：没有黑色的。她们一脸飞红，看上去更姣好。哦，天！

4月6日：她当然对往昔的事记忆犹新。林奇说所有的女人都那样。她记得她童稚的时光——和我的孩提时代，如果我曾有过幼稚无知的时代的话。往昔消融在现在之中，现在是活生生的，它将引来未来。如果林奇是对的话，女人的雕像应该总是全身穿着衣服的，一只手不无遗憾地放在身后。

4月6日晚些时候：迈克尔·罗巴茨①记得被遗忘的美，当他的手臂拥抱住她时，他用手臂紧紧抱住在这世界早已消逝的可爱。不是这样。根本不能是这样。我希冀用手臂紧紧拥抱住尚未来到世间的那可爱。

4月10日：在黑沉沉的夜幕下，在城市的一片寂静之中，城市像一个疲惫不堪的情人从梦幻进入了沉沉的睡眠，没有任何的抚爱可以使其动心，隐隐约约地传来道路上的马蹄的得得声。马儿走近大桥时，马蹄的得得声便清晰多了：陡然间，当马儿经过沉黑的窗户下时，铃铃声像箭一般划破了寂静。马儿渐渐走远了，蹄儿在像蓝宝石一般的深夜里闪闪发光，奔越过沉睡的世界向前匆匆跑去，路程的终点在哪儿？ ——什么心情？ ——携带着什么消息呢？

---

① 这是叶芝的一个笔名。斯蒂芬在这里忆起的叶芝的诗是《奥沙利文致玛丽·拉维尔》：

> 当我的手臂拥抱你时，
> 我将心，
> 紧贴在
> 那早已在世界上消逝的
> 可爱之上。

4 月 11 日：重读我昨夜写下的东西。晦涩的词语描写暧昧朦胧的心绪。她会喜欢它吗？ 我想她会的。那我也必须得喜欢它。

4 月 13 日：心中一直在思索漏子那个词。我查阅了词典，发现它是英语，而且还是相当精妙、古老、粗俗的英语。让教导主任和他的漏斗见鬼去吧！ 他到这儿来干什么，来教授他的语言，还是来学我们的语言？ 不管是哪一种，都叫他见鬼去吧！

4 月 14 日：约翰·阿方萨斯·莫尔雷伦刚从爱尔兰西部回来。（欧洲及亚洲报纸请转载）。①他告诉我们在那儿一座山间的木屋里遇见了一位老人。老人长着一对红眼睛，抽短烟斗。老人讲爱尔兰语。莫尔雷伦讲英语。然后老人和莫尔雷伦都讲英语。莫尔雷伦跟他谈到宇宙和恒星。老人坐着，倾听着，抽着他的烟斗，时不时啐吐口痰。然后说道：

——啊，在世界的那头准全是些可怕的怪物。

我惧怕他。我惧怕他那一对圈儿发红、坚硬的眼睛。正是和他我必须彻夜挣扎搏斗直到天明，直到不是他便是我躺下死去，一把卡住他那遒劲的喉咙，直到……直到什么？ 直到他向我服输？ 不。我对他没有恶意。

4 月 15 日：今天在格拉夫顿大街和她打了个照面。是人群让我们不期而遇的。我们两人都止了步。她问我为什么我从不来，说她听到各种各样关于我的传闻。她只是想拖延时间而已。问我还在写诗吗？ 写谁？ 我问她。这使她困惑不已，我感到抱歉，自觉太卑鄙了。赶紧把那话题封上，打开但丁发明并在所有国家登记专利的精神英雄式的冷冻装置。②急匆匆

---

① 在都柏林讣告刊上，在付钱讣告结尾处仍有："美国报纸请转载"。

② 乔伊斯在一封信中解释说："我坚信，英雄主义的整个结构现在是，过去一直是一个该死的谎言，并且不可能有任何东西可以取代作为一切事物——包括艺术和哲学——原动力的个人的激情。"见《乔伊斯书信集》第 2 卷第 81 页。

　　但丁（1265—1321），意大利最伟大的诗人、散文作家、政治思想家。著有《神曲》。

地谈论起我自已和我的计划。不幸的是，在谈话间，我突然做了一个含有革命意味的手势。我准像个往空中撒一把豆子的家伙。人们转过头来瞧着我们。一会儿后，她握我的手，离去时说她希望我去实践我所说的。

我称那为充满友情的，你赞成吗？

是的，我今天喜欢她。有点儿喜欢还是非常喜欢？ 不知道。我喜欢她，那对于我似乎是一种新的情愫。那么，那样的话，所有其他的一切，所有我自以为思考了的东西，所有我自以为感觉了的东西，所有过去的一切，事实上……哦，全抛弃掉吧，老兄！ 睡一觉将它们全遗忘吧！

4 月 16 日：离去吧！ 离去吧！ ①

手臂与声音神魔的力量：路上白色的手臂，它们将亲切地拥抱，巍峨的映着月亮的船舰黑色的手臂，诉说着遥远国土的故事。它们伸在那儿似乎在说：我们多么孤独。来吧。而声音和手臂一起说：我们是你的亲人。它们呼唤我，它们的亲人时，空中充满了手臂，正要离去，扬起它们欣喜若狂的咄咄逼人的青春的翅膀。②

4 月 26 日：母亲将我的刚从旧货铺买来的衣物整理妥帖。她说，她

---

① 乔伊斯翻译了法国抒情诗人魏尔兰的诗 《幽长的哭泣》。第三诗节是这样吟唱的：

离去吧！ 离去吧！
在莫名的
漫无目的的痛苦之中
我只能顺应
那萧索的风。

② 根据乔伊斯的解释，"这段在《斯蒂芬英雄》中的关于手臂神魔力量的散文式叙述是表明少年（pueritia）和青年（adulescentia）之间的一个确切的转折点——涵盖 17 年。"（见《乔伊斯书信集》第 2 卷第 79 页。）当然，在《青年艺术家画像》中，它表明青年与成年的一个转折点。青春的翅膀，又一次暗喻伊卡洛斯。

祈求我在自己的生活中，在远离家和朋友的境况下，能懂得她的心和心情。阿门。让它去吧。欢迎，哦，生活！ 我将百万次地去迎接现实的经验，在我的灵魂的作坊里去锻冶我这一类人尚未被创造出来的良知。①

　4 月 27 日：老父，你这老巧匠②给我以帮助吧。

1904 年都柏林

1914 年的里雅斯特

---

① 乔伊斯在这里表述纯粹是他个人的经验。正是灵魂(乔伊斯把这称之为自我)催使他去"从生命中创造出生命来"，"他将充满豪情地从他的灵魂的自由与力量中创造出活生生的东西来，新的、翱翔的、美丽的、无法触摸的、永不消亡的东西来"。他将自己看成是"一个拥有永恒想像力的教士，一个能将日常的经验演化成具有永恒生命力的光辉灿烂的东西的人"。乔伊斯在一篇散文中提到"不可磨灭的自我主义"，并把"自我主义"称之为"救世主"。根据叶芝的回忆，在1902 年，在一次访问中，乔伊斯对他说，他们的心离上帝比离民间文学更近。在1900 年夏季，他对穆林加居民说，"我的心比这整个国家更使我感兴趣。"那年夏天，他将他创作的戏剧《光辉灿烂的事业》敬献给"我自己的灵魂"。在《菲尼根守灵夜》中，他将谢姆描述成一个"将自己流放在自我之中，在衣柜里书写他自己这一神秘的东西"。 这是乔伊斯美学理论的基础，源自雪莱、邓南遮和其他作家，在这基础上，乔伊斯建立了他的人生和作品。在 1902 年，他在给格雷戈里夫人的信中说，"我要与世界的力量抗衡。除了对灵魂的信仰之外，一切都是无定的，只有灵魂改变一切，使无定得到光明。虽然我在这里似乎是作为一个不信教的人被驱赶出祖国的，我却从没发现过任何一个人的信仰像我的那样。"见《乔伊斯书信集》第 1 卷第 53 页。
② 这是指异教发明家德达罗斯。

译文名著精选书目